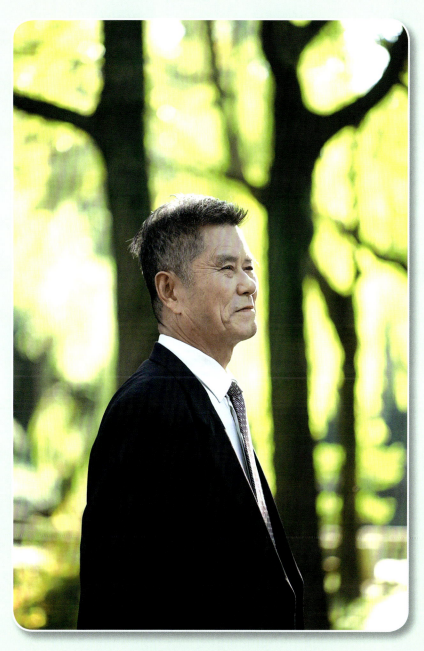

图 1　范培松生活照

图2 1986年9月10日，《新华日报》报道范培松从讲师越级晋升为教授

图3 1993年1月3日，国务院颁发给范培松的政府特殊津贴证书

图4 1986年4月，苏州大学聘请范培松为教授的资格证书

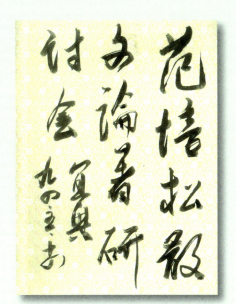

图 5　1994 年，“范培松散文论著研讨会”签名册

中华人民共和国国家教育委员会

关于国家教委社会科学
青年科研基金拨款
通　　知

编号：(87)教高一司字069号

苏州大学[illegible]

你校申报的国家教委社会科学青年科研基金项目，经专家评审，　　等 2 项列为本基金项目，共资助经费　　元，其中第一次拨款 5,000 元。请按《国家教委哲学、社会科学重点科研项目资助经费管理办法（试行）》使用。附你校的《国家教委社会科学青年科研基金项目拨款一览表》。

国家教育委员会高等教育一司
一九八七年十二月十六日

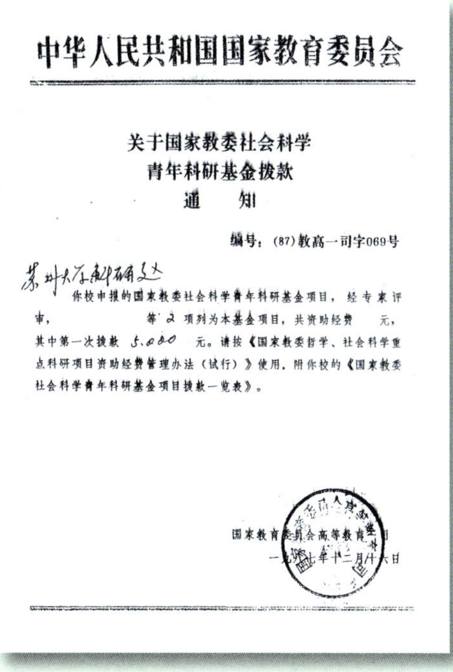

图 6　1987 年 12 月 16 日，国家教育委员会下发《关于国家教委社会科学青年科研基金拨款通知》

培松教授道鑒：

為加強貴我兩校學術研究，促進雙方之交流，擬於一九九九年二月一日至六月三十日期間，敦請先生蒞臨本校講學。素仰先生精研中國現代文學暨文學創作研究等學門，望重士林，謹專函奉邀擔任本校客座教授。講學期間本校支付相當於專任教授之薪資。謹函附聘書乙紙，敬祈查收。倘蒙俯允，賜以教言，俾年輕學子得親謦欬，實為本校學生之幸。耑此祇候光臨，並頌時祺

東吳大學校長　劉源俊　敬啓
一九九八年十月

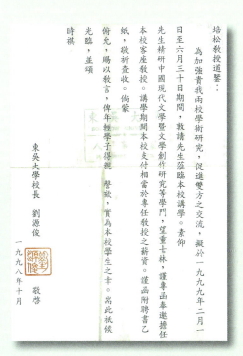

图 7　1998 年 10 月，台湾东吴大学校长刘源俊邀请范培松讲学的聘书

尊敬的 范培松 (女士、先生)：

林語堂國際學術研討會將于 2007 年 12 月 5 日—8 日在林語堂的家鄉漳州召開。這將是海內外現代文學與林語堂研究界的一次盛會，特邀請您撥冗出席。

届時恭候。順頌秋安！

林語堂國際學術研討會組委會
2007 年 9 月 26 日

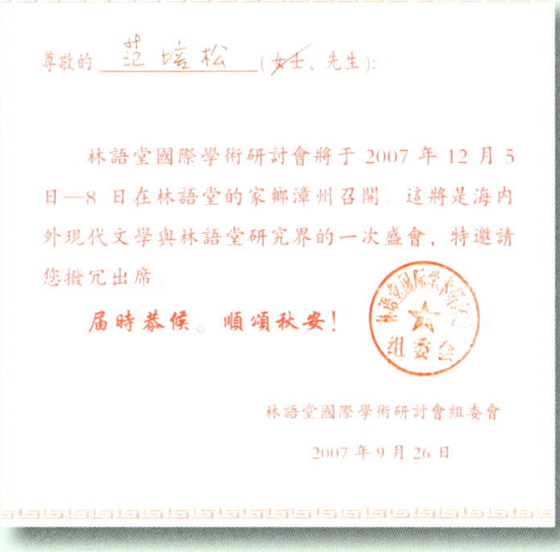

图 8　2007 年 9 月 26 日，林语堂国际学术研讨会组委会发给范培松的邀请书

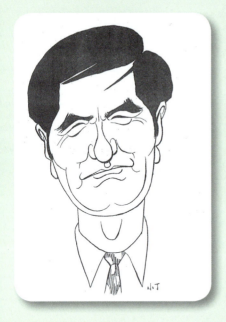

图9 1997年,丁聪为范培松绘制的漫画像

图10 2012年8月23日,鲁枢元为范培松七十华诞所题贺词

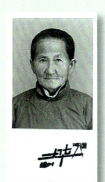

图11 范培松母亲袁彩娥

图12 范培松和夫人冯坤娣

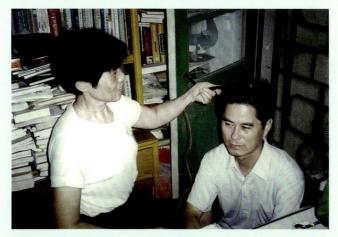

图13 夫人冯坤娣给范培松理发

图14 范培松和范家族人合影

图15 范培松和夫人冯坤娣及冯家族人合影

图16 范培松在书房

图17 范培松六十大寿与亲朋合影

图18 范培松女儿范华和范嵘

图19 范培松在拍摄《南溪水》传记片现场

图20 范培松和夫人、外孙合影

图 21　范培松和花城出版社《散文天地》责任编辑徐巍（中）等人合影

图 22　范培松和江苏教育出版社原副总编徐宗文在参加《早年周恩来》研讨会时合影

图23　范培松与江苏省作家协会副主席叶兆言（中）、《当代作家评论》原主编林建法（右）在震泽采风

图24　范培松与《文学评论》常务副总编王保生在江阴华西村考察时合影

图25　范培松和香港岭南大学文学院教授梁锡华合影

图26　范培松和散文家林贤治合影

图27　范培松和北京大学中文系教授钱理群合影

图28　范培松和北京大学中文系教授严家炎（一排右一）、南京大学中文系教授许志英（一排右二）、山东师范大学文学院教授朱德发（一排右三）、南京大学中文系教授叶子铭（一排右四）等人在泰山

图29　1992年,在中国散文研讨会上,范培松和作家王蒙(左)、作家张抗抗(中)在避暑山庄

图30　范培松和作家汪曾祺在承德

图31 范培松和中国社会科学院文学研究所原副所长何西来（左二）、扬州大学中文系教授曾华鹏（右三）、南京大学中文系教授包忠文（左四）等人合影

图32 范培松在香港中文大学演讲

图33 范培松和中国社会科学院德语翻译家叶廷芳（中）、中国作家协会副主席叶辛（右）在参加中国作家协会第五次全国代表大会时合影

图34 范培松和香港中文大学中文系讲座教授李欧梵（右四）、苏州大学文学院教授范伯群（左三）等在苏州

图35 范培松和香港中文大学英文系教授周英雄（中）、香港中文大学英文系教授李达三（左）在苏州网师园

图36 范培松和江苏省作家协会原主席范小青（中）、复旦大学人文学院教授陈思和（左）在苏州

图37　范培松和中国社会科学院外国文学研究所原所长陈众议在北京"纪念钱锺书先生诞辰100周年"大会上合影

图38　范培松携夫人和香港中文大学中文系荣休讲座教授饶宗颐（中）在香港饶宗颐寓所合影

图 39　范培松及其研究生在苏州

图 40　范培松和夫人在敦煌

图41　范培松在萧红故居

图42　范培松和夫人在无锡东林书院

图43　范培松和夫人在聂耳墓前

图44　范培松和夫人在杜甫草堂前

图45　范培松和台湾东吴大学学生合影

图 46　范培松在柬埔寨吴哥窟

图 47　范培松与家人在俄罗斯阿芙乐尔号巡洋舰前

图 48　范培松与家人在颁发诺贝尔和平奖的挪威市政厅前

图 49　范培松在英国格林威治天文台

图 50　范培松与朋友在埃及金字塔前

图51 范培松和苏州大学文学院教授杨海明在宜兴

图52 范培松工作照

图53 范培松在美国自由女神像前

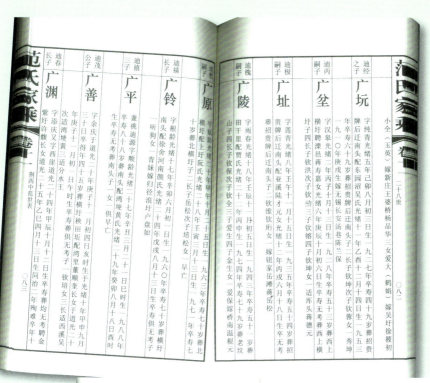

图54　范培松家谱《范氏家乘》

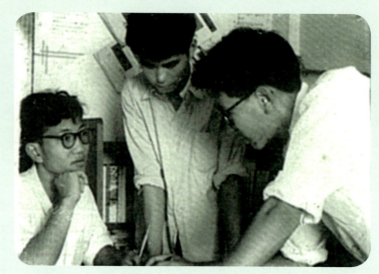

图55　范培松和上海师范大学教授孙逊（右一）、同学王志和（左一）在讨论文章写作

图56　范培松与家人合影

范培松研究文集

张颖 范嵘 主编

FAN PEISONG
YANJIU
WENJI

苏州大学出版社
Soochow University Press

图书在版编目（CIP）数据

范培松研究文集/张颖，范嵘主编. -- 苏州：苏州大学出版社，2023.3
ISBN 978-7-5672-4353-8

Ⅰ.①范… Ⅱ.①张… ②范… Ⅲ.①范培松－散文－文学研究－文集 Ⅳ.①I207.6-53

中国国家版本馆CIP数据核字（2023）第056644号

范培松研究文集
FAN PEISONG YANJIU WENJI

张 颖 范 嵘 主编
责任编辑 冯 云

苏州大学出版社出版发行
（地址：苏州市十梓街1号 邮编：215006）
苏州工业园区美柯乐制版印务有限责任公司印装
（地址：苏州工业园区双马街97号 邮编：215121）

开本 710 mm×1 000 mm 1/16 印张 24.25 字数 373千
2023年3月第1版 2023年3月第1次印刷
ISBN 978-7-5672-4353-8 定价：128.00元

若有印装错误，本社负责调换
苏州大学出版社营销部 电话：0512-67481020
苏州大学出版社网址 http://www.sudapress.com
苏州大学出版社邮箱 sdcbs@suda.edu.cn

序

贾梦玮

不仅仅文学、文学创作是人学,作家研究和批评家研究也应该是某种意义上的人学。对作为创作主体的作家和作为批评研究主体的批评家,都要以"人"观之。西方文学理论的确给我们带来了新奇的视角,比如形式主义强调文本的自足自洽,有其合理性,但也不能绝对化,要小心被它们"烧坏"脑子。

范培松先生集散文批评家和散文家于一身,其人更具研究价值。因此,我们不仅要研究范培松先生的散文研究、范培松先生的散文创作,还要研究范培松先生这个人。

范培松先生的长篇散文名作《南溪水》在《钟山》上发表前,我和他曾就作品中的人物描写有过较长时间的讨论,例如,文学要呈现一段过程,找到那些阻碍、破坏人的身心自由发展的因素。如果这些人曾经是你的对手和敌人,那更是对作家人文情怀的考验。因为文学具有公共性,不能让其成了为自己说理的工具,当然更不能以文学的名义和手段发泄私愤。即使是被判处死刑、剥夺政治权利终身的人,也可能成为文学的主人公。文学面前,人人平等。而对散文中刻画、描写的亲人,比如父母子女、兄弟姐妹,也包括朋友,一旦进入文学作品,他们就不仅是你的亲朋,还是文学人物,要以文学的规律和要求写出他们的丰富性,甚至复杂性。否则,文学作品将停留在"私情"上,无法呈现文学本该有的"公义"。一个散文家的人格结构,他的政治、哲学、宗教等精神资源,决定了他创作的面貌、创作的境界。古圣贤说:"士之致远,先器识而后文艺。"做人在先,为文在后,器度宏,见识高,才能谈文论艺,苟且为一文人,等而下之了。一个优秀的散文家,须立在高处,坐在平处,行在阔处,才能"关世教",以文化人。

简单地说"文学是人学",其实是宽泛了些。政治、经济、哲

学,从某种意义上说都是人学。这些学科都按照自己的学科要求,对人做了部分的、流于片面的理解,有异化人的嫌疑。如果从生物学意义上考量,那么每个人的DNA物理图谱(又称"脱氧核糖核酸物理图谱"),就是最为精确的人学。但人显然不仅仅是生物学意义上的存在。我想,文学可以利用这些学科的成果,以意象的方式,以语言文字为媒介,综合地表现人——在大地上栖居的人。在此意义上,文学是真正把人当人看的学科。《南溪水》的成功,无疑是文学意义上的人学的胜利。

再说,作为人学的作家研究,优秀的作家研究考量的乃是作家与文本之间的关系。但是,如今的作家研究考量的主要是作品和文本之间的关系,作家是作家,作品是作品,其弊端是显而易见的。特别是散文家,其生活经历、情感资源、精神源流往往直接决定了散文的质量。作家的生命状态与作品之间有着隐秘的联系。我偶然从手机里听到苏童讲《包法利夫人》。包法利夫人准备与丈夫离婚,她考虑了诸多利弊,但唯独没有考虑孩子的问题。对于有了孩子的夫妻,如包法利夫妇,他们在考虑离婚时,孩子往往是"头等大事",但在经典小说《包法利夫人》中则语焉不详。经苏童考证,作家福楼拜是没有孩子的。大概福楼拜本人也不会想到,自己的婚姻家庭状况,对他的文本也有着不可小觑的潜在影响。而作家,特别是散文家,作为精神创造的主体,其精神气度、人生观点对创作的影响可能是无处不在的。知人论文,作家和文本相互联系,一定比仅从文本到文本更可靠。

范培松先生在《钟山》上开设的专栏"文学小史记",我觉得很好地体现了中国文论"人文互释"的传统。林语堂、朱自清、沈从文、丰子恺、陆文夫、汪曾祺等人都是已有定论的作家,范培松先生从他们的生活经验、情感体会、精神资源出发,融主(作家)客(文本)观因素,见他人所未见,解他人之所见,疑他人之所论,时有诛心论说。这是他作为文学研究者意义上的人学。

我认为,研究作为散文家的范培松先生,也应作如是观。因此,研究作为散文研究大家的范培松先生,我想一定可以找到作家与文本、文本与作家、文本与文本之间的隐秘关系。

一个情感苍白、精神贫弱的批评家是不可能正确认识优秀作家及其作品的。同时，脱离了作为文学研究主体的范培松先生这个人，仅从他的研究著作、批评文本出发，又怎么可能理解他散文研究的"一片冰心"与"良苦用心"呢？有人说，范培松先生的散文研究"入情入理"，那"情"和"理"也是范培松先生的"情"和"理"，是他的情理与作品的情理呼应和沟通的结果，如此，他的散文研究才能"在情理之中"。

做编辑的时间长了，培养了我一个独特的能力——不仅能读纪实散文，即使读虚构小说，甚至是批评文章，也能读出文本后面作家的思想。作为编辑，总是有作者这样问我："你最看重的是什么？"我总是毫不犹豫地回答："我其实最看重的是作品背后的作家。"因为正是作家的精神情感直接或间接地决定了作品的气质。

正是在文学作为人学的基础上，中国人所说的"以文会友"，本质上还是人以群分，"以人会人"，从而达到精神相通，三观一致。我与范培松先生相识了四分之一世纪，近些年来日益走得很近。因为我们是作者和编辑的关系，从表面来看我们是真正的"以文会友"——他撰写论文、创作散文，我来编发、推介，可谓专业意义上的多文体的"以文会友"。但于我而言，能和范培松先生走得近，还是因为范培松先生这个人啊！

可喜的是，现在有了这本《范培松研究文集》。我要感谢其中众多的论文作者，通过他们及其论文，我可以更好地了解、理解范培松先生这个人。

2022 年 4 月

目 录

第一辑 众家论史

百年散文史识：文体建构的曲折和辉煌
　　——评范培松《中国散文史》　　　　　　　孙绍振 / 3
历史与审美双重视野下的散文史
　　——试评范培松《中国散文史》　　　　　　陈晓明 / 17
20世纪中国散文的变道与常道
　　——评范培松的《中国散文史》　　　谢有顺　石 峤 / 25
整体性·关联式·个体化
　　——读范培松的《中国散文史》　　　王光东　陈小碧 / 41
我喜欢这样入情达理的理论著作　　　　　　　　贾植芳 / 49
以童心体认历史
　　——读范培松著《中国散文批评史》　　　　　徐宗文 / 53
竖立起一个新的里程碑
　　——范培松和他的散文研究　　　　　　　　　王 尧 / 55
悬念的技巧　　　　　　　　　　　　　　　　　范伯群 / 60
独具风采的散文史
　　——读范培松《中国散文史》　　　　　王 晖　周 稳 / 62
构建个性化的述史空间
　　——读《中国散文批评史》　　　　　　　　　王 晖 / 71
弘扬自我的散文批评理论建构
　　——评范培松的《中国散文批评史》　　　　　啸 尘 / 75
论散文史书写的历史抵达与主体生成
　　——兼论范培松《中国散文史》　　　　　　　丁晓原 / 79

范培松与报告文学基本理论研究 　　　　　　　丁晓原　/ 87
评范培松著《中国现代散文史》 　　　　　　　汤哲声　/ 100
散文：高扬"个性"之旗
　　——兼论《中国散文批评史》 　　　　　　徐国源　/ 105
与"生命"对话的史学叙述
　　——读范培松的《中国散文史》 　　　　　张立新　/ 108
散文研究的里程碑 　　　　　　　　　　　　　张宗刚　/ 120
体大思精，根深叶茂
　　——解读《中国散文批评史》 　　　　　　张宗刚　/ 122
弘扬自我，崇尚个性
　　——关于范培松的散文理论研究 　　　　　蔡江珍　/ 126
范培松散文理论观论要 　　　　　　　　　　　滕永文　/ 138
创造独特的散文研究气场 　　　　　　　　　　朱红梅　/ 154
散文研究的重要收获
　　——读范培松新著《中国散文史》 　　　　丁佳蒙　/ 156
凭借"散文心"，破解散文脉络的玄机
　　——评范培松的《散文脉络的玄机》 　　　何庆华　/ 158

第二辑　灵气飞舞

孤绝的声音如何穿透历史的幽暗
　　——读范培松的《南溪水》 　　　　　　　蔡江珍　/ 163
史传传统与现代主体意识的弘扬
　　——评范培松的《南溪水》 　　　　　　　程桂婷　/ 170
通向历史的一种路径
　　——读范培松的《南溪水》 　　　　　　　冯仰操　/ 179
一条"南溪水"满怀赤子情
　　——读范培松先生长篇散文《南溪水》 　　程庆昌　/ 183
"非虚构"的现实应答
　　——读21世纪以来《钟山》"长篇散文"专栏　朱红梅　/ 187
"小历史"，真笔墨
　　——从《南溪水》到"文学小史记" 　　　　朱红梅　/ 197

我要我了
　　——读范培松《南溪水》　　　　　　　　陈国安　/ 205
生机勃勃的"散文树"
　　——评《范培松文集》　　　　　　　　　张　颖　/ 231
非典型学院派的散文叙事
　　——评范培松的《南溪水》、"文学小史记"　张　颖　/ 243

第三辑　文系姑苏

串起散落的文学珍宝
　　——《插图本苏州文学通史》广受热评　　徐　宁　/ 255
文学史方法论的有益尝试
　　——评《插图本苏州文学通史》　　　　　吴　辉　/ 258
我国第一部市级地方文学通史
　　——读《插图本苏州文学通史》　　　　　陈　辽　/ 262
"文化苏州"的文学名片
　　——评《插图本苏州文学通史》　　　　　肖玉华　/ 265
姑苏斯文载青史　　　　　　　　　　　　　　周玉玲　/ 268

第四辑　磊落底牌

散文史家的"诗意"人生
　　——记范培松　　　　　　　　　　　　　徐宗文　/ 273
范培松：水乡走出的中国散文史家　　　　　　任宣平　/ 280
我的父母都是文盲，但他们是了不起的教育家
　　——范培松教授访谈录　　　　孙宁华　刘　放　/ 297
无为有为"不欲堂"　　　　　　　　　　　　范　伟　/ 302
范培松：写的是苦难，展示的都是爱　　　　　高　琪　/ 306
将生命流淌成南溪河
　　——记中国散文史家范培松　　　　　　　戴　军　/ 313
范培松：文存天地，花散人生　　　　徐　钦　戴　新　/ 319
范教授唱评弹　　　　　　　　　　　　　　　老　九　/ 323
心中有个爱　　　　　　　　　　　　　　　　裴秋秋　/ 326

附 录

附录一 范培松的《中国现代散文史》研讨会摘要
　　　　　　　　　　　　　陆文夫　孙玉石等 / 335
附录二 范培松主要学术成果及荣誉一览　　　　 / 343

编后记

　　　　　　　　　　　　　　　　　　张 颖 / 350

第一辑／众家论史

百年散文史识：文体建构的曲折和辉煌
——评范培松《中国散文史》

孙绍振

撰写文学史著作，艰巨莫过于散文史，尤其是现代散文史。和小说、诗歌相比，散文阅读缺乏共同视域，当代散文更是如此。作品散见于报刊，名目繁多，浩如烟海，个人涉猎有限，散文史家常有"生也有涯"之叹。小说和诗歌评论常常借助业内人士普遍关注的阅读焦点、共同话题，散文则极少占这样的"便宜"。再加上系统散文理论的缺席，是世界性现象，评价在根本准则上的感觉化、随意化，造成盲人摸象、以偏概全的现象可谓司空见惯。从20世纪末开始盛行的"年度散文评论"，所推崇的作家，还有坊间所谓的"年度最佳散文"，所选的篇目，往往南辕北辙，重合者寥寥。评价准则上共识的匮乏，还导致散文评奖失去权威性和公正性。在此等混沌的情势下，做一阶段之总括性评论已属难能，操觚作史，其艰难可想而知。但是，知难而进者，并非绝无仅有。近年来，多种"现代散文史""当代散文史"陆续出版，固然不乏匆忙痕迹，但是从大体上说，莫不积多年之心力，然而，其间隐藏着一个严峻的悖论，那就是，这些作品往往局限于现代30年或当代60年，带有断代性质。这种不自然的硬性断代，造成了遮蔽历史视野的积弊，而身在此山中的散文史学者，对此似乎缺乏高度警觉。

一

比之现代小说史和现代诗歌史，中国现当代散文的发展，并无追随西方艺术流派更迭的脉络，既没有诗歌那样的象征派、现代派、民歌派、朦胧派、后新潮派、后现代派，又没有小说那种现实主义、新感觉派、意识流、社会主义现实主义、魔幻现实主义之类的航标。中

国现当代散文具有某种自主发展、独立建构的性质，因而其中关键性的概括，不能指望西方文学流派的显性标志。有出息的散文史家不得不面临的任务是，从历史现象进行直接的、原创性的概括。而概括的深刻性与全面性不能分开，失去了历史的全面性很难保证其深刻性。历史的全面性，以宏观的、整体的、历时性的视野为生命。而流行的现当代散文史，断代于1949年，其局限在于两个方面：其一，其划分标准不是散文本身，而是社会历史的阶段性，这种社会历史的阶段性与20世纪散文的阶段性是错位的；其二，政治历史的断代切断了散文宏观视野的完整性，有碍于散文历史和逻辑的系统整合。以目前已经出版的断代散文史来看，虽说在学术上各有千秋，但是共同的局限是外部历史事件的连续性掩盖了、扭曲了散文的历史逻辑。20世纪80年代思想解放初期，最早出现的某些现代散文史和散文史论，以社会历史为纲，可能是宿命的历史局限，未可苛求。20世纪90年代以后出现的当代散文史，即使有意识地避开政治社会背景的框架，断代视野的局限性也依然存在。由于现象纷繁多元，再加上史识的、学术魄力的不相称，就不能不以被动的、任意的、杂乱的现象罗列代替深邃的、历史线索的探寻。历史视野的不完整，注定了中国现当代散文史学术水平长期徘徊不前。读者看到的，不外乎两种极端：一是号称散文史，却并不是散文本身的历史，而是社会历史框架中的"附件"；二是摆脱了社会历史的框架，散文发展脉络失序，缺乏系统性的分类，导致了杂乱的、零碎的现象铺陈。

范培松的《中国散文史》在这种僵局中出现，带来了突破性的冲击。

首先，它打破了百年散文现当代硬性断代的惰性，不但把百年散文历史的全程尽收眼底，而且把中国台湾、香港、澳门地区的散文整合为历史的全景。其气魄之宏大，创造了中国现当代散文有史以来的纪录。范培松自称，《中国散文史》耗费了他8年的时间，但是从资源的积累来看，可能还要推向20世纪80年代的《中国现代散文史》的准备和90年代的《中国散文批评史》的写作，以及在此期间，游历中国台湾、香港地区呕心沥血的积累。凭着近30年的苦心孤诣，才在历史文献资源上，拥有雄厚的优势。

其次，占有资源当然是难度很大的，但更大的难度是驾驭资源。

不言而喻，资源的全面性和系统性之间存在矛盾，资源的丰富与概括的难度成正比。浩如烟海的资源是无序的，为史者起码的工作就是将之整合为有序的、有机的谱系。现成的惯例是，根据社会历史的发展阶段，按照主题分门别类，这固然可以驾轻就熟，但是对于散文史来说，实为"懒汉"的"伪谱系"。把散文作为社会历史发展的"附件"，正是范培松着意突破的目标，他显然怀抱着一种雄心，那就是对于百年散文史的真正内在谱系的追寻，这意味着对散文史研究现状的突破和对他自我的突破。

二

从这本百年散文史来看，范培松显然不是没有遇到挑战的。

拒绝把散文当作社会历史的"附件"，尊重散文本身，遭遇到的最大矛盾是，散文并不能脱离社会发展的历史进程。但是，过分迁就社会历史，从属于社会历史，则是他更为警惕的，因为这可能会遮蔽散文艺术发展的内在逻辑。在两难之间，范培松没有采取折中立场，他非常明确地把散文历史发展作为本体，当然也没有脱离社会历史，只是为了"注释"散文本体的建构而已。最能表现范培松学术气魄的是，把百年散文史划分为从五四时期到20世纪20年代末期的"异军突起"、从20世纪20年代末期到40年代中期的"裂变分化"、从20世纪40年代中期到80年代中期的"消融聚合"、从20世纪80年代中期到90年代末期的"和而不同"四个时期。最能显示范培松的散文观念独创性的是"消融聚合"期，横跨20世纪40年代到80年代，几乎占据了现当代散文史的一半历程。从社会方面来说，这不是一个社会历史时期，而是分属五个时期，即抗日战争时期、解放战争时期、中华人民共和国成立初期、"文化大革命"时期和改革开放初期。范培松把这个漫长历史时期的矛盾归结为"'工农兵'代言人"和"后'工农兵'代言人"的转折时期。对社会历史如此坚定的跨越，透露出其准则正是对散文文体特点的坚持。在许多对散文文体不坚定的散文史那里，宏大的历史阶段和惊心动魄的时代变迁，不是被理解为散文文体艺术的背景，反而弄成了覆盖散文本体的云雾。范培松显然意识到，对时代背景表面上豪迈的追随，可能会造成对散文本体建构谱系的扭曲，只有坚持拉开一定距离，才能疗救散文史写作的

长期暗伤。范培松划分的这个"消融聚合"期,在他的散文史中之所以成为关键,就是因为在散文本体的历史建构中,该时期处在被扭曲和回归的转折点上。在这以前的五四时期是散文的发生期("异军突起"期),五四后期和20世纪30年代是散文的发展期("裂变分化"期),在这两个时期中,散文本体从无到有,从有到多元交错,为现代散文奠定了基础:其核心价值是人的发现、人格的张扬、个人的自我表现和文体的多元开放。而在接下来的40年中,范培松表面上只给出了一个相当含糊的定性——"消融聚合"期。实际上,在范培松的笔下,这个时期的前期和中期背离了五四时期人格的自由表现和文体的多元风格,不是主体的深化,而是客体的"代言",即所谓加引号的"'工农兵'代言"。"代言"就是消解自我。表面上,范培松对"代言"的潮流,只做了平心静气的描述,在具体文本的细致分析中,显然寓意着褒贬。具体表现在,此前的"裂变分化"期,对于京派散文(沈从文、何其芳等的作品),论语派散文(林语堂等的作品),特别是"表现自我,艰难的挣扎"类文章(丰子恺的性灵小品、周作人和陈源的书斋小品、郁达夫的游记等),海派散文(张爱玲、苏青的作品),学者散文(梁实秋、钱锺书、王了一等的作品)笔锋中带着情,推崇其艺术成就的异彩纷呈;而到了"'工农兵'代言"时期,对于散文成绩的简略陈述,不论是从篇幅上的短小精悍,还是从评价语言上的低调,其倾向性是不言而喻的。这一点,在"后'工农兵'代言人"章节中表现得更为淋漓:丰硕的艺术成就多方面展示,又加上接下来的"和而不同"期,描述了万途竞萌、云蒸霞蔚的空前盛况。其话语与五四散文文体建构中的核心价值遥遥相对、息息相通,即"主体复活张扬""重塑自我灵魂的狂欢"。其间,都市散文、乡土散文、田园散文、学者散文、江南斜姿散文、文化散文、西部散文、女性散文、人生诘难散文、台湾散文、香港散文等,表面上与某些追随社会发展、缺乏文体本体谱系化的散文史相近,但是从根本价值上来说,归结于"重塑自我灵魂的狂欢",这既是五四散文价值的回归,也是五四散文文体的突破。当然,作为史家,范培松多多少少回避直接陈述自己的判断,用笔比较谨慎,许多地方流露出中国传统史家的"春秋笔法",寓褒贬于历史的描述之中。

从这样的宏观构思中,读者不难看到范培松的散文史观:一方面,背弃僵化的传统,逃避把散文仅仅当作社会历史的反映;另一方面,他又拒绝时髦,并不追随西方文论,而把散文当作社会意识形态的载体。范培松锲而不舍追求的是,散文史就是散文本体建构的历史,对于散文史最为重要的,并不是社会历史的,甚至也不是散文的文化内容,而是散文作为一个特殊文体的发生、发展、危机、曲折和辉煌的内在逻辑。社会历史、政治、意识形态在散文史中的作用,不仅有促进作用,推动散文的发育、发展,而且也曾造成散文文体建构的挫伤。从某种意义上来说,范培松在百万余字的著作中,雄心勃勃地和盘托出的是超越了社会历史的具体性的散文本体的艺术积累、流失、回归和升华的历史。

也许,并不是所有学者均能同意这样的选择,但是在笔者看来,对于中国现当代散文史来说,可能是别无选择。因为中国现代散文在五四时期的发生,和小说、诗歌有根本的不同。小说、诗歌不但在中国而且在西方有着现成的、稳定的文学体式,一般来说,没有建构文体形式的问题,更没有小说、诗歌形式危机的问题。而散文作为一种文学形式,当周作人在《美文》中提出来的时候,不但在中国古典文学中不存在,就是西方也没有与之相对应的文学体裁。在英语的百科全书中,prose 并不是指一种具体的文学体裁,而是许多与散文相关的特殊文体的总称。与周作人提出的概念相近的,只有英国培根的 essay 和法国蒙田的 belles lettres。然而,五四先驱对散文文体的选择又不完全是 essay 和 belles lettres,这就使得散文成为中国特有的、崭新的文体:1935 年郁达夫在《中国新文学大系·散文二集》的"导言"中,对人们把中国的现代散文与英国培根的 essay 和法国蒙田的 belles lettres 相联系,他说:"其实,这一种翻译名义的苦心,都是白费心思,中国所有的东西,又何必和西洋一样?西洋所独有的物质文化,又哪里能完全翻译到中国来?所以我们的散文,只能约略的(地)说,是 prose 的译名,和 essay 有点相像,系除小说、戏剧之外的一种文体,至于要想以一语来道破内容,或以一个名字来说尽特点,却是万万办不到的事情。"① 从这个意义上来说,中国现代散文

---

① 郁达夫:《中国新文学大系·散文二集》,上海良友图书印刷公司 1935 年版,第 3 页。

可以说是世界上最年轻，也是最缺乏稳定积累的文体。学术界对散文的先驱的界定并不完善，连鲁迅杂文算不算文学性散文，至今仍然存在极大的争议。正是因为散文文体具有某种程度的不确定性，散文文体的历史建构的过程中发生了两次文体危机，就并非偶然了。第一次是20世纪40年代中期散文的通讯报告化。中华人民共和国成立初期，散文几乎消失，最优秀的散文是魏巍的朝鲜通讯《谁是最可爱的人》。1954年，中国作家协会编写了《短篇小说选》《诗选》，甚至是《独幕剧选》，而选不出散文，只能出版《散文特写选》。第二次是杨朔提倡把散文当诗来写，这其实表达了把散文不当散文写的主张，该主张居然风靡全国。在小说和诗歌中，把小说不当成小说来写，把诗歌不当成诗歌来写，是不可想象的。正因为这样，中国现代散文的本体自觉追寻，就比小说和诗歌更具有历史意义。

三

范培松做这样的选择，并不是自发的，而是有理论自觉的。早在2000年，范培松在《中国散文批评史》中，就把中国现当代散文的批评分为三种模式：一是言志派，二是社会学派，三是文本派。作为历史，范培松不得不客观地说，这是"三足鼎立"，但是作为价值取向，他无疑是更为向往言志派自我人格的表现和文本派"重文本，重'体'"①的描写。而在这本散文史中，范培松虽然并不否认社会学派，但更加明确地抓住了散文本体建构作为百年散文史一元化的逻辑线索。科学和美学的特点就在于真、简、美，以简驭繁，以简明的逻辑线索阐释丰富的历史。范培松实现了把多元的现象组织在一元化的逻辑线索之中的追求，为散文史提供了独特的学科范式，对散文史编撰来说，这既是独树一帜的展现，也是学术的突破。

应该说，抓住这条一元化的本体建构的逻辑线索，比追随社会意识形态，对于范培松才智的挑战要严峻得多，这意味着他不仅要在思想上气度恢宏，而且要在艺术上洞察幽微。对于一些人共知的现象，在最容易陷入老生常谈的地方，用一元化的系统性，加以条贯统序、颠覆重构，揭示出深邃的文体奥秘，这个难度对于许多率尔操觚的散

---

① 范培松：《中国散文批评史》，江苏教育出版社2000年版，第22—23页。

文史作者来说是太高了,而对于范培松来说,这正是他志在攀登的高度。

正是本着这样的追求,范培松才能够在一元化的主干上安排多样的枝蔓,梳理出散文文体建构历程中丰富而又统一的风姿,这一点在《中国散文史》的第一编、第二编和第四编中,得到相当充分的表现。对于五四散文,范培松没有沉迷于一望而知的外部现象,满足于被动的分类,而是从内部、深层发现了对立统一的机理,整个五四散文主潮被他概括为"怨怒之音"。这种概括抓住了时代情绪、智慧和散文建构的风格特征。在抓住时代风格的一元化的主潮之时,范培松并没有忽略人格审美特征的多元化,特别是与之相对立的"冲淡"流派。对于这种对立,主要是与鲁迅和周作人的风格对立,范培松在分析中坦然宣称与社会历史批评拉开距离:

> 怨怒散文和冲淡散文的分流固然由它们各自主帅的不同政见所致,但在这里把它们写入现代散文史,并不是把它们作为政治派别来论功过是非的,而是作为散文的类别来考察的。从散文的类别来把它们比较,它们是古代散文不同流派的新的继续和发展。作为抗争和冲淡散文的两位领袖,周氏兄弟在总结论述他们各自的散文时,都不约而同地到古代散文中去找他们的"宗"和"源"。他们的"宗"和"源"很相近,都推崇古代散文中的唐宋和明末的小品,所不同的是鲁迅研究了唐末和明末的小品,认为唐末小品"几乎全部是抗争和愤激之谈",明末小品也"有不平,有讽刺,有攻击,有破坏",得出了"小品文的生存,也只仗着挣扎和战斗的"结论……而周作人则是对古代散文,尤其是明末公安竟陵派散文中的田园冲淡风格顶礼膜拜……①

在这里,文体观的自觉跨越了时间,升华到文体的历史源流,这显然是一种学术的深度,看来范培松似乎怀着一种信念:现实的具体性,对于文体来说,可能只是一种表面的硬壳,只有一往无前地超越历史,才可能思接千载,视通万里,从缥缈的、不相连续的现象中揭

---

① 范培松:《中国散文史》上,江苏教育出版社2008年版,第60—61页。

示文体的生成逻辑。但这并不意味着,范培松忽视历史的发展;相反,他不但关注逻辑联系,同样也关注历史发展。在提示了"怨怒与冲淡"的对立之后,范培松立刻拓展了另一种深度,那就是具有原创性地概括出"五四散文趋美的变异",把朱自清、冰心、徐志摩的散文当作五四散文的历史继承和发展。这样不但在概括上获得比较大的延展性,而且在方法上也把逻辑的方法和历史的方法结合了起来。

仅此一端,就可以看出范培松所追求的散文史乃是单纯的一元化和丰富的谱系化的统一。这种统一如果是思想的统一,就比较简单了,难度在于范培松设定的是艺术文体的丰富和统一,最大的挑战在于艺术比思想更加多元、更加错位、更加缥缈,对于范培松概括力的挑战更加严峻,好在他具有超越时空的、远距离的、异中求同的抽象魄力。

从宏观上来看,范培松始终把散文的历史发展定位在自我人格的发现、张扬与"代言人"的冲突的动态谱系上。20世纪40年代解放区"'工农兵'代言人"时代并不是空穴来风的,而是其来有自的。范培松从丰富的学术资源中概括出,早在1927年以后,就有过散文为革命"代言"(革命文学:自我是阶级的一分子)和艺术独立(论语派:以自我为中心)的尖锐争论。语丝社引以为豪的个人主义的"自我表现"很快就为"咄咄逼人"的"反个人主义的文学"所冲击,范培松在瞿秋白的新闻通讯中,还看到了"把散文当通讯一样写"的前兆。就这样,范培松为散文本体的两次危机找到了深邃的历史根源,这既是他史家笔法的胜利,也是历史谱系一元化概括的胜利。

四

范培松所认定的一元化,简而言之,就是宏观上散文艺术的一元化的发展历史,这固然是史家的勇敢史识,但也意味着另一种难度、挑战,那就是微观上的艺术感受力和理解力是否与他的史识相称。从方法论的意义上来说,这是同中求异的分析;而从某种意义上来说,这才是真正的挑战,如果没有相应的艺术上辨析幽微的分析力,散文本体一元化谱系将成为"空中楼阁"。值得庆幸的是,范培松经受住了这种难度的考验。范培松对于散文文体的把握和文本的分析，达到了相当程度的统一。难得的是，范培松在对文本的分析中，常常表现出某种原创命名的能力。范培松苦心孤诣地在混沌奥妙的艺术形象中辨析着个体的特殊性，唯共同性话语之务去，有一种不分析出同类作家独特的、不可重复的相异点就不罢休的劲头。例如，范培松提出朱氏散文中有一种"意恋"的潜在情致，决定了他动摇于道德理性与审美之间的"无端的怅怅"①。对于沈从文的特点，他一针见血地指出其特点在于：醉心描写"'魔性'生命力的象征——'水手'和'妓女'"，而"魔性"的特征又是"欲望和喜怒哀乐的神圣"，"原始性、固有性和顽强性"，"野蛮性、残酷性和盲动性"，如此等等，构成了沈从文某种"'魔性'生命力抒写的价值体系"。②何其芳的《画梦录》中的孤独则"是一种对人的一概排挤的自我封闭"，充满了"心灵的创伤，无形的痛苦"，其抒写方式则是"一种精致的独语"。③ 周作人散文的价值实现了"散文情绪从极化到淡化的转变"④，范培松从更深层次分析出周作人的情绪淡化，具有"无目的的随机弹性思维""漫不经心地运笔""散文的结构从封闭式到散漫化""散文语言从雅致到絮语"⑤ 等特点。这在当代散文研究中，可算是极具不凡的特殊性了，但是在范培松看来，这还是比较静态的。作为散文史，不应该是脱离读者的作家作品的历史，而应该是读者解读的历史。正是因为这样，范培松又从周作人被解读的历史做出历史还原的分析：同样是闲适，茅盾的《浴池速写》就没有被革命文学家声讨，原因是茅盾只是偶尔为之，周作人则是执意为之。当周作人的《雨天的书》《泽泻集》出版，获得一片欢呼之际，模仿者纷起，但是并不敢完全与之同调，只有梁实秋、林语堂甘愿表示认同。这种情况到了抗日战争时期，由于周作人散文本身的形象思维的疲软萎缩而使他沦为"文抄公"，再加上他在政治上的堕落，他的"冲淡散文"在现代散文史上长时间失去追随者。

① 范培松：《中国散文史》上，江苏教育出版社2008年版，第240页。
② 范培松：《中国散文史》上，江苏教育出版社2008年版，第338-346页。
③ 范培松：《中国散文史》上，江苏教育出版社2008年版，第354-355页。
④ 范培松：《中国散文史》上，江苏教育出版社2008年版，第197页。
⑤ 范培松：《中国散文史》上，江苏教育出版社2008年版，第198-201页。

从方法上来说，范培松同中求异的分析往往与比较联系在一起。即使对周作人的散文做了如此静态的和动态的历史分析，范培松仍然运用比较的方法对其特殊性做了进一步的追寻，"把俞平伯散文和周作人散文相比：文比周艳，质比周薄。在对待现实的态度上：周是明避暗入，俞是明避暗离。俞文虽超脱但缺乏刚性，很难和朱自清、叶圣陶同流，而实质应属周作人开掘的冲淡这条'古河'中的一支。但周作人却又不承认，他认为俞文应单独列为一派……理由是他的散文为'最有文学意味的一种'，跟周作人身体力行所倡导的'雅致的俗语文'不同。其实，他们骨子里的情趣却是一致的，都是以明末小品中的名士情趣为他们散文的灵魂。只是具体显示名士情趣时，他们各具个性"①。这样，范培松的分析就能自由出入于同异之间，不但把周作人，也把俞平伯的散文风格特色立体化了。同样是以诗为文，范培松把余光中和杨朔相比，明确指出，"杨朔是在姿态上把散文'当诗一样写'，余光中是彻底的'以诗为文'，把文诗化……追求的是文化诗性"，"有意超越当代的风气，在篇幅上要超越鲁迅所嘲的'小摆设'"，他所追求的是在风格气势上的"大品"。② 由于比较方法的大量应用，范培松能在类似的文本中，驾轻就熟地揭示出其间的相异性，慧语迭出，给人以信手拈来的感觉。

严格地说，范培松对阅读史的方法还不是很自觉，因为对许多散文大家，他似乎都忽略了这种方法，但对于比较方法的运用则是非常自觉的，大凡比较重要的作家和作品，他几乎都是在同中求异的比较中进行辨析的。在分析到徐志摩对大自然的欣赏时，范培松这样写道："在这里美高于一切，主宰一切。这种欣赏活动显然是一种贵族绅士式的'洋'派欣赏。"③ 应该说，这是一个相当精准的论断，但是他可能觉得这样太单薄，于是他又把徐志摩和周作人对苦雨及柳宗元对永州山水的欣赏相比较："那是完全不同的欣赏方式。周作人、柳宗元追求融进自然，他们是在自然中发现'我'，显示'我'，表现'我'；而徐志摩则是重在欣赏自然，他是想从自然中发现美，显

---

① 范培松：《中国散文史》上，江苏教育出版社2008年版，第205页。
② 范培松：《中国散文史》下，江苏教育出版社2008年版，第648—649页。
③ 范培松：《中国散文史》上，江苏教育出版社2008年版，第251页。

示美,表现美……在美中创造一个西方绅士式的自由天地。"① 这里不但有同时代的,还有异时代的比较,这种大跨度超越时间的求异比较,使得范培松的论述具有了历史文化的高度。类似的情况还出现在论及许地山的散文中的"生本不乐":"与同期散文作家,如郁达夫、庐隐、石评梅等相比,所不同的是这种'不乐'为一层神秘的宗教迷雾所包裹。"②

范培松的比较常常不能两两相对而满足,而是多元的交错。在论述许地山时,范培松又把他与徐志摩相比:"《空山灵雨》想象奇特瑰丽,可以与徐志摩的散文相媲美。但他的冥想是表达和显示刹那间的'悟',徐志摩表达的是刹那间的'美'……许地山较为克制,其思维的方式呈圆满型(形)……而徐志摩的散文冥想却比较放荡,反复搽抹,笔调浓艳,思维呈散发型(形)。因此,如用女子来比喻他们的散文,许地山的散文是内秀的少女,徐志摩的散文却是一位艳丽的少妇。"③ 多元化比较避免了单一性。难得的是,他的比较不但有多方面的特征,而且某些时候具有系统性,这可能是有意对比较方法免疫。在论述京派散文时,先和海派散文比较,特点是"乡下人"在都市生活中产生了对农业大文化的"眷恋"。论述"眷恋"时,范培松又把沈从文和何其芳、废名、李广田做了比较:"沈从文甘愿冒着旅途艰险"到湘西去"寻找那些壮健的水手和洒脱的妓女,以抵御现代的文明",而"何其芳尽量把自己密封在幻想的小天地里,但也不时把昔日农村的一些事拿来编织成彩色的梦"。④ "废名、李广田则更津津乐道他们那遥远的童年生活的乡村一块小天地,似乎那里的一切都值得留恋的。"⑤ 接着,范培松又把沈从文和芦焚做了比较,芦焚还乡的基调是"失乐园",而沈从文的整部《湘行散记》则完全沉浸在"'得乐园'的梦一般的境界中"⑥。正是由于方法考究,本书中许多作家和文本的分析成为一大亮点。范培松重点论述的作家作

---

① 范培松:《中国散文史》上,江苏教育出版社2008年版,第251页。
② 范培松:《中国散文史》上,江苏教育出版社2008年版,第262页。
③ 范培松:《中国散文史》上,江苏教育出版社2008年版,第265页。
④ 范培松:《中国散文史》上,江苏教育出版社2008年版,第329页。
⑤ 范培松:《中国散文史》上,江苏教育出版社2008年版,第329页。
⑥ 范培松:《中国散文史》上,江苏教育出版社2008年版,第329-330页。

品，往往在微观的艺术分析上，显示出某种精彩。如对孙犁以"'工农兵'代言人"的身份成长，但并未扭曲自我，最后走向告别"'工农兵'代言"之梦，早期青春的记忆和晚年对人物"结局"的寓意，都言简意赅；对贾平凹散文中的"情感的隐秘性：谜性和野性"；对张晓风和琦君女性散文抒情的分析和中国台湾地区都市散文"恶之美"的概括；对林耀德先锋散文语言的质疑，都可谓独具慧眼。

五

也许范培松自己也意识到艺术分析是自己的强项，故在《中国散文史》下里，他对于自认为比较重要的作家，还特别设置了"代表作欣赏"来加以突出。然而，恰恰是这种强调暴露了范培松强项中的弱点，很明显，他所选择的一系列代表作并未达到在散文史上经典的水准，如黄宗英的《星》、黄裳的《晚春的行旅》、苏叶的《能不忆江南——常熟印象》、谢大光的《鼎湖山听泉》。如果这些散文也能享有这样的殊荣，那么鲁迅、周作人、夏丏尊、何其芳、梁实秋、钱锺书、余秋雨、南帆、舒婷、王小波、余光中、王鼎钧、琦君该有多少作品应该得到更高的推崇？作为史家，范培松虽然坚持文体艺术一元化的准则，但涉及具体作品时，往往免不了动摇。这种动摇在《中国散文史》下里，可谓不一而足。如对一些地区作家（江南斜姿散文家，除车前子、叶兆言之外）的偏爱，对一些散文家（福建的南帆、舒婷、朱以撒）的忽视，对中国台湾地区一些影响重大的散文家（李敖、柏杨、林清玄）的草率评价。

从现象上来看，这是对艺术分析的准则不够明确、把握不够平衡；可从实质上来看，问题出在散文观念上，事实说明，方法的考究不能完全弥补观念的不足。一个突出的现象是，大凡审美抒情散文，分析就比较到位、饱和，但对于幽默散文和审智散文分析往往不到位。例如，认定林语堂在国难当头之际奢谈幽默，为现实所不容。实际上，同在国难当头之际，鲁迅的《朝花夕拾》中的长妈妈等形象及其他许多杂文中的人物形象，不也是以幽默见长吗？同样，对钱锺书、梁实秋、王了一的幽默散文则给人"隔靴搔痒"的感觉。其实这三位大师，应该是把林语堂的幽默风格真正发扬光大了，登上了幽默散文的高峰，却被范培松当作一般散文；仅仅从文化心理、个性自由的角度去分析，其真正的光彩就不能不被淹没。同样，对于王小波、汪曾祺、贾平凹、余光中、王鼎钧、李敖、柏杨、林清玄等的幽默散文的多元化创造，范培松也未给予专门的论述。这说明范培松散文美学观念集中在人格自我表现的、抒情的、审美的价值上，百年散文史的艺术历史就是抒情审美的一元化建构。在抒情审美上的过度澄明、过度扩张，导致把幽默包含其中，但幽默被遮蔽则是必然后果。从方法上来说，在这里，范培松并没有把同中求异的方法贯彻到底，没有意识到幽默与诗意之间的矛盾。幽默从根本上和抒情背道而驰，不是美化自我、美化环境，而是采取自我贬低、自我"丑化"的姿态，在幽默学上的自嘲或者调侃，是以反诗意为特征的，从美学上来讲，是审美价值难以包容的。这一点在西方美学史上，早有所论述。鲍山葵在《美学三讲》中这样说：

> 我们即使说崇高是美的一种形式，也总是碰到有人反对；只有当我们碰到那些严厉的、可怕的、怪诞的和幽默的东西时，如果我们称他为美的，我们就是一般地违反通常的用法。①

李斯托威尔在《近代美学史述评》中说：

> "美"这个词，是有意识地按照两种不同的意义来使用的。有时用其通俗的含义，相当于整个美感经验，有时则用某种更严格的科学的含义，与丑、悲剧性、优美或者崇高一样，只是一种特殊的美学范畴。②

很显然，按照鲍山葵的说法，幽默是不能包含在审美之中的，而李斯托威尔则认为，美是和丑并列的美学范畴。如是把幽默的"审丑"，混同于审美，作为审美的一个部分，幽默散文的艺术特性就不能不被遮蔽了。可能是出于这样的考虑，在周作人指出现代散文的特性是"叙事和抒情"之后，郁达夫在《中国新文学大系·散文二集》的"导言"中，又郑重其事地指出，现代散文的另一

---

① ［英］鲍山葵：《美学三讲》，周煦良译，上海译文出版社1983年版，第43页。
② ［英］李斯托威尔：《近代美学史述评》，蒋孔阳译，上海译文出版社1980年版，第3页。

个源头，就是幽默。① 正是因为这样，范培松对于幽默散文的精粹未能做出像审美散文那样洞察幽微的分析。事实上，审美诗化以情趣见长，而幽默以谐趣见长。幽默的天地广阔，如鲁迅在小人物迷信面前的故作"弱智"，梁实秋放下绅士身份坦然的自我披露，钱锺书尖锐反讽的愤世嫉俗，贾平凹的自嘲、自得、自慰三者的相互交融，舒婷在调侃亲友中的自我欣赏，余光中在自我尴尬中的自省，李敖从自我贬低到不怕丑的泰然，柏杨从自称老泼皮到不怕恶的果敢，林清玄的佛禅玄境，等等。每一种风格都开拓了散文的艺术边界，完全可以作为百年散文文体建构的另一条美学脉络加以梳理。

当然，这可能是一种苛求，但是对于范培松这样对散文史做出突出贡献的大家，怀着这样高的期待，也许并不是不现实的。

（本文载于《文学评论》2009年第1期，有删改）

---

① 郁达夫：《中国新文学大系·散文二集》，上海良友图书公司1935年版，第10-12页。

历史与审美双重视野下的散文史

——试评范培松《中国散文史》

陈晓明

1993年秋天，中国当代文学研究会第八届学术年会在苏州召开。在这次年会上，笔者见到了范培松。此后，笔者又多次在各种学术会议上遇到了范培松，他总是那么谦和、安详。一晃15年过去了，范培松已年过六旬，他耗费诸多心血凝聚而成的《中国散文史》出版，该书的研讨会在南京凤凰台饭店举行，来自京、沪、宁、闽、粤等地的学者济济一堂，畅谈范培松的治学，畅谈中国的散文研究，那是一次散文言说的"盛宴"，言辞恳切，直言不讳，对范培松充满崇敬，也不无商榷之意。笔者其实是一个散文研究的"门外汉"，中国的学术按学科划分壁垒森严，笔者从小说偶然跨到诗歌已然吃力，要走到散文更是寸步难行，实在是出于对范培松的崇敬才敢放言无忌。

对于笔者来说，范培松是一个有文人风骨的学者，一个人倾注一生的精力，做好一门学问，这是什么精神？这就是学术精神。在这样的时代，范培松的治学，便是一个榜样。这个榜样虽然说不上多么伟大崇高，但显示出做学问最要紧的精神品格。勤奋扎实地做好一门学问，必定会出成果，会出过硬的大成果。在笔者看来，范培松的《中国散文史》就是这样过硬的成果。要全面评价这部百万余字的著作显然非笔者的能力所能及，这里仅做几点简要概括，以反映出笔者对这部丰厚著作的理解。

范培松写散文专心致志，治学严谨，因而能做到材料丰厚。几十年来，范培松的心里唯有散文，举凡现代以来的散文，他无不尽收眼底，那些名家名篇，他更是了如指掌。前几年，范培松就编写了《中国散文批评史》一书，那是一部极力展现材料搜集功底的著作，以写散文理论为基础，这样对中国现代以来的散文就有更加清晰的把

握。现在出版的《中国散文史》，其内容涵盖了中国现代至当代百年散文的历史，几乎所有的名家大师、名篇佳作都在他的论述范围内。从散文的萌芽到五四散文的主潮，从京派散文到散文成为民族国家的利器，从海派散文到学者散文，从"'工农兵'代言"到"后'工农兵'代言"，从整体性的散文观到"和而不同"的多元化表达时期，无不见范培松试图把20世纪以降的散文历史，构成一个体系化的思考。范培松心中有"一盘棋"，因其掌握翔实的资料，所以才可全面梳理散文写作的历史。

当然，范培松的散文史可圈可点处甚多，给笔者印象最深的还是他始终饱含着感情，执着于对文学、散文审美理想的追求来书写这部散文史。如果认为范培松的这部洋洋大观的著作是靠搜集材料的功夫，或者只是做历史的归纳与分类，那就错了。范培松通篇都倾注了他对散文的热情，那就是他始终在20世纪的历史风云际会中去阐释散文创作。一方面，范培松充分地意识到20世纪中国散文与历史之间深厚的血缘关系；另一方面，他又始终不放弃对散文审美理想的追求。范培松的审美理想体现在，散文要以其文字性灵来体现人类之美好与精神品格，能引导人类向真、善、美进发。因此，范培松的散文史可以说是在历史与审美理想双重视野观照下的散文史。

关于现代散文的源起，范培松看到了1905年科举制度的解体，现代白话文时代——胡适、陈独秀等人掀起的白话文新文化运动时代的到来。这既是"王纲解纽"的时代，也是梁启超"文界革命"应运而生的时代，而白话散文时代必然来临。现代白话散文的源头当然要追溯到五四运动。范培松以为，五四散文的兴起基于一种时代情绪，那就是"愤"。"愤"的情绪体现的是"破"的精神，即现代的批判精神，这就把五四白话散文与传统散文做了区别。

其实，传统散文并没有过错，实在是因为时代变了，要表现如此剧烈变化的时代，文言文已经不能承担时代表达的重任，只能让位于白话散文。传统中国散文的"载道"与"言志"的传统，实在是因为各有所侧重，这两条线索在五四时期也依然在延伸，不过被赋予了不同的时代内容。五四运动引来了西方的科学民主精神，中国的文学以其从未有过的方式与时代紧密结合。这些文章本身就承载和传播时代精神，它们既承载时代的道义，又把个人情致充分表达出来，二者可以说得到充分的融合。这也是中国现代散文有血有肉、有骨有气的缘由所在。以朱自清早期散文为例,范培松认为:"愤'国'愤'民'也愤'自我',常常陷入灵与肉的矛盾之中。他们的自我审视是严肃自觉的。"①"愤"字像是散文的"文眼",范培松以此作为中国五四时期现代散文的情感基调。对待五四时期的散文主潮,范培松用了两个章节,即"怨怒之音(上、下)"。"怨怒"实则就是"愤",这是一种现代性常态、现代性情绪。德国哲学家舍勒就把"怨恨"看成现代价值观念形成与价值判断的根源。"怨恨是一种有明确的前因后果的心灵自我毒害。这种自我毒害有一种持久的心态,它是因强抑某种情感波动和情绪激动,使其不得发泄而产生的情态:这种'强抑'的隐忍力通过系统训练而养成。"②"怨恨"本来是古已有之的一种人类情感态度,但现代性激发和加剧了这种情感态度,并使之普遍化。舍勒由此把"怨恨"看成现代性价值的根源,他显然对现代性带有更多的批判态度,因而在舍勒的理论中,"怨恨"的负面价值要大于正面价值。现代性的阶级分化、社会的急剧变革,"怨恨"从中油然而生。但从中国现代的历史情形来看,社会变革具有正当性,"怨恨"表达的正是反抗旧秩序、敌视落后事物、向往未来光明的情感态度。在范培松这里,"怨怒"乃是革命的潜在情绪,它推动的自然是革命的进步性和前进性。于是在"怨怒"的时代情绪之下,鲁迅、茅盾、瞿秋白、郭沫若、王统照、川岛、郁达夫、庐隐、石评梅和陈学昭等人被包括进去,这几乎概括了现代早期的激进文人。当然,范培松如此划分,倒是超越了"革命政治"的划分,"怨怒"体现的是更普泛化的历史前进性的现代性意识,表达了中国知识分子的历史责任和批判现实的勇气。

在大的历史观照之下,具体细致的个案分析,使这部散文史显得生动丰富。"怨怒"概括了五四时期冲破旧时代文化压抑的普遍情绪;在这个纲目底下,范培松分析了不同的散文家具有的个人情致与时代关联的独特方式。鲁迅当然是一个时代的典型,他的"怨怒之

---

① 范培松:《中国散文史》上,江苏教育出版社 2008 年版,第 49 页。
② [德] 马克斯·舍勒著,刘小枫编:《价值的颠覆》,罗梯伦、林克、曹卫东译,生活·读书·新知三联书店 1997 年版,第 7 页。

音"便是时代的最强音,甚至在《两地书》这样的情爱书信中,也弥漫着"憎"的情绪。"怨怒"或"憎"并不会因为有了历史的正当性就获得了进步的意义,在范培松的阐释中,个人的情绪依然是复杂的,依然具有极为个性化的特征。范培松认为,鲁迅在《两地书》中"憎"的目标的不稳定性和情绪的激化起伏,"反映了他在这一时期的迷茫、颓唐、孤独乃至绝望的心理状态"①。当然,范培松也看到鲁迅的这种情绪在后来的《野草》散文诗集中有了延续,他并不是一时偶然的宣泄,这其实是体现着他个性、气质、风骨的一种情感态度。这种"憎"的情绪,一方面,当然也可以上升为一种时代的批判精神,对正义的追求、对黑暗的鞭挞;另一方面,也可以被用来探究鲁迅的个人精神气质。尤其是后者,可以从此切入,去理解作为活生生的、有血有肉的、有情绪的、有态度的鲁迅,去理解他的作品中流荡的激情。

同样,郁达夫也是一个"怨怒"的时代精神的表达者,但他的表达方式与鲁迅相去甚远。范培松认为那是"漂泊者的哀怨悲歌"②。相比起鲁迅的"愤",郁达夫就低沉婉转得多,那里面包含着生有厌绝,以及零余者的孤独。范培松认为:这是一种病态的矛盾情绪,也是一种信仰危机,把它放到特定的20世纪20年代来考察,这既是一种知识分子的通病,也是一种觉醒和解放的启蒙表现。范培松解读散文,读出的既是作家的精神心理,也是时代心理。其分析评价,要言不烦,总是说到点子上,恰到好处。因此,这部散文史能做到体大而思精,从大处着眼,皆在小处落墨。

中国现代散文主潮在启蒙与社会批判上一路高歌猛进,这是由与中国现代性剧烈变革相伴而生的新文学的使命所决定的,这些散文中占主导地位的是社会政论、杂感与小品文。现代社会变革,不只是要打破旧有的社会文化秩序、旧有的价值观,更重要的还在于要塑造现代人的心灵。现代性的展开只有从社会体制、价值观念、人的心灵与性情方面塑造才可以完成。但长期以来,涉及人的心灵与性情的那种文学一直被贬抑,被视为意义不大,甚至落后、没落、颓靡的代表。

---

① 范培松:《中国散文史》上,江苏教育出版社2008年版,第104页。
② 范培松:《中国散文史》上,江苏教育出版社2008年版,第145页。

在散文方面，周作人、林语堂、梁遇春、梁实秋、朱自清、徐志摩、俞平伯、沈从文等人也长期处于下风，他们只是鲁迅、郭沫若、茅盾的补充，甚至还是其对立面。朱自清因为后来不食美国人的面包而有了爱国主义的光环，也在正统散文史中占据一席之地。周作人则因为历史污点，因人废言，散文很难被恰当评价。林语堂、徐志摩、沈从文皆因政治上不够硬气，其散文评价也深受压抑。只是20世纪90年代以后，文学史评价体系略有改变，这些人的文学地位才有所提升，但有些评价又难免矫枉过正，试图"把烙饼翻过来"，那也不是正确的史家态度。在范培松的这部散文史里，我们可以看到更加扎实的、恰当的分析评价。

范培松信奉"文学是人学"这样的道理，他对现代散文分流出的性灵情致一脉，给予充分而细致的关注。尽管在范培松的叙述中，这一脉也被定义为"五四散文的分流"，相比直面时代的"怨怒之音"，这里有更多个人的浅吟低唱。范培松还是给予这一脉散文以更多的美学评价。这一脉主要以周作人为代表。20世纪20年代初，周作人发表《美文》，提出散文要有"自己的文句与思想"。周作人这样说，目的是试图加强西方现代散文与中国传统名士之间的联系，即中国传统名士的格调，加上西方现代散文的言辞风格。在五四运动的激变之后，思想文化界也趋于平缓，而现实依然困难重重。这一时期也是知识分子思想低落之时，周作人的《美文》正是缓解个人彷徨的手段。如此远离社会喧嚣之中心，对于周作人来说，正好是他将散文引向名士情调与审美情趣发展的机会。"手拿不动竹竿的文人只好避难到艺术世界里去……"①只是避得了初一，避不了十五。处于现代中国风云激荡的年代，散文或美文不足以成为避风港。后来，周作人陷入了政治的泥潭，他是逃不掉的。范培松对周作人的分析偏向于文本和他的散文风格方面，并未过多地切入他的政治思想和精神世界。后来，周作人做了错误的政治选择，范培松似乎并不想将周作人的美文与他政治上的不成熟进行关联。这多少有些遗憾。

现代文学史论及徐志摩，主要论其诗歌，很少论及其散文。此番范培松论徐志摩的散文就打开了研究徐志摩的另一方天地。在对散文

---

① 周作人：《〈燕知草〉跋》，《周作人自编文集·永日集》，河北教育出版社2002年版，第80页。

进行审美情趣分析时，可以看出范培松的那种得心应手、出神入化，那完全是沉醉于其中的写作状态。从周作人到徐志摩，再到林语堂，中国现代散文有一种审美的内化运行轨迹，从中看到每个人都以自己的独特方式开创着现代白话散文的道路。现代散文到林语堂这里，应该是一个了不起的发展，但经典的现代文学史叙述，总是很难给这条道路以恰当的评价，范培松算是清晰地勾勒了这一进向，令人信服地描绘出了更为丰富和美妙的现代中国文学的地形图。

范培松的散文史写作饱含着理想主义的激情，这在于他敢于坚持自己的文学观念与审美观念，敢于对历史之正义是非做出判断，并贯穿在散文史的梳理中。到了20世纪50年代，中国进入另一个历史时期。现代中国进入了社会主义革命和建设时期，文学也凭借与政治紧密结合的方式展开了它的实践。我们会说，现代以来的文学在任何时候都会与政治结下不解之缘，现代历史同样也是如此。周作人、林语堂、梁实秋远离政治的写作，也可以与另一种政治挂钩。现代历史似乎表明政治无处不在。但此政治与彼政治还是有区别的：周作人等人的政治表现在文学方面不自觉地反映一种政治情绪和态度；而1949年以后的文学，则必须自觉地表现政治。现代散文历经周作人、徐志摩、林语堂、梁实秋等人，或许在现代性的语境中不知不觉地已经建构起一种自由的写作主体，但1949年以后，这样的主体被改造了。革命既使主体获得新生，又使旧有的主体变成历史的、没落的群体；而新的主体站在历史舞台上，"工农兵"这一历史主体成为推动历史前进的巨大动力。在这样一种深刻的转变中，散文的历史也被改变了。这一改变的根本体现在何处？这是建构20世纪散文史不能回避的问题。

范培松就直接回答了这一问题。他把1949年以后的散文写作，归纳为"'工农兵'代言人"和"后'工农兵'代言人"两个阶段的历史变异。现代散文经历过历史风云的洗礼，逐步地在向着性灵情致方面发展，由此来建构现代的写作主体。革命给写作主体带来的挑战是要从回到个人内心转向为"'工农兵'代言"，而这就是散文非知识分子主体写作时代的开始，也就是周作人等"士"把散文奉为文学的"极致"的神话"宣告彻底破灭了"。

尽管范培松看到这一改变对散文审美理念的窄化，他客观地概括了这一改变在散文创作中的后果，但他也看到了这种历史变异的必然性：中国社会主义革命和建设需要组织和动员一切力量，文学和文化当然不能例外，它必然要为新生的政权的合法性提供形象和情感基础。范培松同时也看到，这种历史改变的过程并非单一的或扁平式的，而是包含了其他的可能性。如杨朔等人把散文"当诗一样写"的倡导，范培松把它形象地称为"变脸"，这也是试图在有限的政治语境中，挖掘散文审美的可能性。

对于"文化大革命"后的散文写作主体，范培松以"后'工农兵'代言人"来概括，尽管对于此说，可能有不少同行会有不同意见，不过笔者还是更倾向于范培松的概括。范培松一直从散文写作主体的角度来探究散文的审美规定，写作主体的写作动机指向于历史揭示或是时代共同的情绪表达，其情感立足点是"人民"，那就不是回到个人的情致或性灵，而是要隐个人于"人民群众"之中再谈写作，终究是要代表人民群众来表达时代的思想意识。在这一意义上，"文化大革命"后的散文，不管是反思，还是表达改革愿望、抒写时代豪情，依然具有鲜明的"代言"特征。这一点，恰恰显示出范培松对"文化大革命"后的散文写作持有很强的反思性批判态度，因而才能如此明确地加以定义。

当然，"后'工农兵'代言人"揭示的是其本质，20世纪80年代上半期被文学史描述成反思批判"文化大革命"、个人自我意识觉醒的时期，老作家纷纷讲真话。但范培松显然并不认同这种文学史叙述，在他看来，"代言人"的写作姿态依然存在，散文作家既是代表人民在思考，也是在为人民寻求时代真理。当然，这种"代言"，并非没有变异，但也同样标志着历史的前进性。只是"后代言人"有时也很难做出概括，贾平凹可能是范培松感到棘手的对象。贾平凹的《商州初录》《商州又录》《商州再录》就是作为农民的知心人夫善待农民的作品。范培松也承认，贾平凹"要在散文中把农民还给农民！因此，在这些农民身上闪现的审美价值也确实无法用'工农兵'代言人时代流行的尺度去衡量"①。也正是基于更加复杂的和广阔的背景，范培松使用了"后'工农兵'代言人"这种说法。但一个"后"字还是会有歧义出现，这个概念只是给出了一个时期的特征。

---

① 范培松：《中国散文史》下，江苏教育出版社2008年版，第631页。

时代造就了文学的自我意识,文学无法超越历史给定的角度。但范培松欣赏贾平凹散文的谜性和野性,恐怕远远超出了"代言人"的边界,就是"后"字也无法归纳,其根本缘由就在于,那是需要用完全不同的概念去归纳散文的审美品性。

20世纪80年代中后期,直至90年代以后,中国的散文有着更为广阔自由的发展。不只是贾平凹,另有余秋雨、王小波,这些作家都为20世纪90年代以后的散文写作提供了完全不同的景观。很显然,在20世纪90年代以后的读书市场,周作人、林语堂、梁实秋、张中行等人的散文都成为热门读物,这似乎也说明,20世纪90年代的散文是在重续20世纪三四十年代的脉络。但这只是问题的一方面,20世纪90年代以来的中国散文,正处于一个"和而不同"的时代,散文体式有着深刻的改变,那就是写作主体的身份发生了根本性的变化:以文化批判实现"以文化自我为中心"。这不仅与此前的"'工农兵'代言人"或"后'工农兵'代言人"区别开来,也与20世纪三四十年代的名士散文有很大不同。范培松力图去建构20世纪90年代中国散文的文化批判意识和自由精神,在这里面倾注了他的散文审美理念,既是对这些20世纪90年代散文的阐释,也是对他审美理念的张扬。其中贯注的那种激情,显示出范培松执着的文人风骨。

这部散文史还有其独特的学术价值,它是迄今为止论述中国港台地区散文最充分的史论著作之一。一般的文学史或散文史给予中国港台地区散文的篇幅都极为有限,只是"装点门面",范培松却是对中国港台地区散文有长期的研究,他的论述既可以把握整个中国港台地区散文的大背景,又可以与中国大陆的文学走向相比较。由此可见,同为汉语写作,在不同的文化政治背景之下,文学具有不同的艺术品格。

总之,范培松的《中国散文史》,在历史与审美的双重视野观照下展开散文史叙述,体大而思精,谨严而富有激情;史论结合,文论互证;知人论文,情趣相映。特别是范培松既能贯通旧学,又能融会新知;既能笔调俊朗,又能收放自如。一部《中国散文史》,显示的是一种治学精神、一种学术风骨。虽然某些局部观点还可再做讨论,这就不是笔者这篇短文和笔者这个后学所能胜任的了。

(本文载于《当代作家评论》2009年第2期,有删改)

20世纪中国散文的变道与常道

——评范培松的《中国散文史》

谢有顺　石　峤

一

中国学者素来重写史，以史观看文学，也成为学界研究文学的一种基本方法。但文学史作为20世纪以来盛行的一种新型治学方式，发展到现在，也开始面临困境。从2009年泛滥的史著来看，有一些文学史不过是材料的简单重复，有一些文学史则是水准不齐的集体作业，真正形成了自己史实、史观的文学史，其实并不多。材料或许是做得日趋精细了，但材料背后如果没有学者独到的见识和价值观，就终归树立不起一种精神，无法真正从根底上理解文学的发展和变化。因此，文学史写作，除重史料之外，还需要重史识、重材料背后的精神。古人做学问，讲人文修养，现代学者则更看重理论和方法，本来二者都不可偏废，但是在一个把学问普遍等同于材料和注释的时代，重申学问与精神、修养、心力之间的关系，就变得异常重要。何以古人推崇"先读经，后读史"？就在于"经"是常道，是不变的价值；"史"是变道，代表生活和精神的变数。重修史，并在修史中探寻变道之规律，试图以变来为文学的发展立论，这是当下文学史写作的大势，学者之间的分歧也多出于对文学之变有不同看法。可是，文学作为一种人心和灵魂的叙事，除变道之外，应该还有常道。也就是说，在变化之外，文学中还有不变的精神。所谓"天地可变，道不变"，这个"不变"就是人类精神中的常道。

文学的常道是文学写作的原则、方向、基准。体悟到了文学的常道之后，看文学的方法就会大有不同。常言道，关乎价值、灵魂、生命，所谓"生命的学问"，探究的正是常道及常道与个体生命之间的联

系。生命的普遍性蕴含在常道之中，理解了这一点，就能明白何以学问的一家之言，往往通向一个人的身世，通向一个人对生命的感悟。宋代学者程明道说，"不学便老而衰"，讲的正是学问中的生命。生命力旺盛了、强劲了，才能去领悟问题、洞察自己，否则便会衰颓。这个意思，如果用梁漱溟的话来说，就是"学问贵能得要"，"学问家以能得为要，故觉轻松、爽适、简单"①。"得要"就是心得、自得。"在学问里面你要能自己进得去而又出得来，这就是有活的生命，而不被书本知识所压倒。"② 文学史写作，历来推崇的是客观、公正，似乎唯有如此，才能获得一种历史的眼光，这种编撰方式使得文学史家对材料产生了过度依赖，而恰恰遗忘了文学本身是一个生命的世界，如果缺乏艺术的感染力，缺乏对一个作家或一种文学现象的解释力，那个单纯由材料堆砌起来的文学史世界将会多么无趣而枯燥。

因此，在文学研究界一直有一个怪现象：史家在编撰文学史的过程中，往往大量借鉴文学批评家对作家作品的解释和评判，可他们一边在用文学批评家的成果，一边又把文学批评排斥于正统的学问之外。造成此种学术怪象的原因，说到底还是学者对一己之性情、一己之生命与学问之间的关系缺乏共识。尼采说，一个作家的身上，不仅有他自己的精神，还有他朋友们的精神。这是多么不可思议的表达！治史，没有史料，是一种无知，但如果眼光太琐碎，无法从史料中超拔出来，则会面临一种精神"瘫痪"。现在看来，面临精神"瘫痪"、艺术"饥饿"的文学史真是太多了。文学史家陈平原在其名作《中国小说叙事模式的转变》一书中，也谈及要防止以僵硬的教条来约束、规范活生生的创作。为此，他引用了弗吉尼亚·伍尔夫的一句话："你可以解剖你的青蛙，但是你却没法使之跳跃；不幸得很，还存在着一种叫作生命的东西。"③

文学中"存在着一种叫作生命的东西"，这是我们面对一个活泼的文学世界时需要常常提醒自己的方面。离开了生命、灵魂、感受力，文学若只剩下一些知识和材料，它还有何魅力可言？

---

① 梁漱溟：《朝话：人生的省悟》，百花文艺出版社2005年版，第31页。
② 梁漱溟：《朝话：人生的省悟》，百花文艺出版社2005年版，第32页。
③ 陈平原：《中国小说叙事模式的转变》，北京大学出版社2003年版，第253页。

二

范培松是著名的文学史家,他之前的两部文学史,即《中国现代散文史》(1993年)和《中国散文批评史》(2000年),是笔者喜欢读的。在众多的文学史写作中,范培松的文风显露出了少有的激情、感悟和见识。范培松是严谨的学者,有疑也有信,有材料也有观点,并且有很强地对作家作品和文学现象的解释力,但他坚持在叙述中,带着温润的感情和个人的见解看问题,同时他的写作有鲜明的文体意识。范培松并不追求一种纯客观的态度,相反,他常常迷恋自己说话的口吻——在描述一种文学事实的同时,加入许多有心灵体温的文学感受,这已成为范培松治学的一大特色。

长达百万余言的《中国散文史》的出版,更是这方面的典范。以一己之力,范培松写就这样浩大的文学史著作,并且对中国散文的断代、分期,对中国散文作家的个人取舍,均有他独到的见地;文风也不板结,既有学者的锐利,又有散文作家的温润情怀,这在20世纪文学史的写作中并不多见。如此鸿篇巨制,假如没有对文学的挚爱,没有充沛的学术激情,是难以完成的。多年来,笔者也对散文研究一直怀有浓厚的兴趣,但深感在这一领域可靠的研究成果太少,以至于笔者对范培松的《中国散文史》有很高的期许。笔者相信,一个撰写了《中国现代散文史》和《中国散文批评史》这样优秀的文学史著作的学者,必定会在他的新著里为我们画一张更有价值的20世纪的散文地图。《中国散文史》的出版,达成了笔者的这一愿望。

要客观评价这部作品的价值,有必要对新时期以来散文史的研究做简要的回望与梳理。必须承认的是,散文体专史的写作在现当代文学史的著述中,一直处于次要的地位。比起小说、诗歌来,散文更像是一种无足轻重的次文体,仅仅停留于对作家作品的一般介绍上。加上散文的革命性不强,无法分享更多的文学思潮和文学运动,这在史著写作中,更是容易被忽略;即便写到,也往往是平铺直叙,散文的面孔就显得呆滞、沉闷。造成这一局面的原因,固然有散文无理论之困境,但也和散文这一文体自身的研究难度有关。只是文学史写作若藐视散文的存在,必然会遗漏一些重要的文学侧面。且不说"文"乃是我国古典文学的两宗之一,就20世纪而言,转换了语言形式的

白话散文仍旧沿着"新文体"、《新青年》杂感、鲁迅的杂文、周作人和林语堂的小品文、革命斗争时期的军旅散文、报告文学、新时期的文化散文这条线索,走出了一条属于它自己的从萌芽到兴盛的道路。现代白话散文早已有了成熟的景象,但关于它的研究,并没有多少与之相称的成果。

新时期以来,投身散文的研究者开始多了起来,先有林非所著的《现代六十家散文札记》《中国现代散文史稿》,后有俞元桂主编的《中国现代散文史》;而俞元桂在治史的同时,亦主持了《中国现代文学总书目》《中国现代散文理论》等一系列现代散文资料的开掘、收集、整理工作,功不可没。后来,散文史研究日渐兴盛,如在现代散文史方面,有范培松的《中国现代散文史》;而在当代散文史方面,比较有影响力的则有六七种之多。但这些散文史,大多还是停留在资料整理和现象分析上,关于散文理论的研究仍然十分薄弱,除俞元桂主编的《中国现代散文理论》之外,真正对20世纪散文理论进行全景式梳理的,还有范培松的专著《中国散文批评史》。但从总体而言,比起小说史、诗歌史,散文史写作的整体水准并不高,现有的著作或是史识陈旧,或是体例雷同,或是忙于堆积材料、缺少判断,或是对研究对象不能发微显隐,而是人云亦云,语言花哨不实或以政治评价来定位作家作品,无视文体自身的特征与规律。这样的研究现状,当然难以赢得学术界的尊敬。而把现代、当代割裂开来,也是当下散文史研究的常见方法,以至于对20世纪散文的演变和发展缺乏一个整体把握,即便偶有与《中国散文史》类似的著作问世,也因作家缺乏一种整合能力,无法在思想、史识上为散文史的研究开辟新的道路。

《中国散文史》完成了这一开创性的工作,它不仅深度把握了20世纪散文这一文体的发展潜流,而且在视野上,还大篇幅地容纳了中国港澳台地区的散文。范培松既能以材料和作品分析说话,又能把材料系统化,并发掘其内在的精神谱系,从而为散文在20世纪的发展进程做出了细致的注释。这一论著的深度、视野和个人眼光,在当下散文研究界,独树一帜。

三

　　《中国散文史》是一部体现范培松文学史观的论著。范培松文学史观的建立，不仅体现在他对百年散文史的重新分期上，还在于他传承了前面几本文学史评点作家作品的那种锐利、准确和勇气——基于这种艺术分析，范培松的百万余言便真正显示出了文学史、文体史写作的专有特色。

　　一种健全的文学史观如何形成？答案是材料加史识。翔实的材料，再经由卓越的史识辨析、论证，史家的眼光就有了。因此，范培松的散文史，不仅有新材料，也有新论点，其建立文学史观的雄心，早在他构建"20世纪散文研究系列"这一设想时便已经确立。范培松在《中国现代散文史》中说，"在编撰这本《中国现代散文史》时，我坚持以体为本，以变为纲"，"它所承担的任务只能是向人们忠实地记录一种特定的文体成长发展的艰难历程，好比是描述一棵树如何从幼苗到栽种到长成参天大树，也好比是描述一条河从哪里发源到哪里曲折到哪里和其他河流汇合成巨川"。[①] 范培松还说，"张氏可用张氏的写法，李氏可用李氏的写法，虽则是同一本文学史，应该允许打上'张记'、'李记'的主观烙印，应该允许充分展示作者的主观意志，但终极目的——'还历史的本来面目'应该是确实无疑的"[②]。显然，"以体为本，以变为纲""主观意志""终极目的——'还历史的本来面目'"是其中的关键词句。研读范培松的近作，可发现这些核心观念仍然贯穿其中。

　　"体"即文体，以之为本，就把握住了文体专史写作的精髓。散文文体是一个非常有争议的弹性的文体。在中国古代，它就成为一种品类繁多的文体形式。从广义上来说，散文文体包括一切与韵文相对的散行文字；从狭义上来说，散文文体是与应用类文章区别开来的、富于艺术美感的叙事、议论、抒情并重或偏于一二的文体。现代散文的最大革新是由文言文转变为白话文，而基本的品类及艺术感觉、审美原则没有与古文的精神气脉割断，不过由于时代、生活的变迁，可

---

① 范培松：《中国现代散文史》，江苏教育出版社1993年版，第610页。
② 范培松：《中国现代散文史》，江苏教育出版社1993年版，第610页。

以书写的内容更多，可以创新的文类更广。孙犁说："古代散文并非文章的一体，而是许多文体的总称。"① 这是有道理的。所谓杂文、小品文、报告文学、游记、日记、书简等，都囊括在了散文之中，散文实则是一个庞大的文类集合名称。范培松在《中国散文史》一书中选取的也是这样一个集合概念。但每一种文学文体都有它自己较为恒定的审美素质存在，小说是虚构的，诗歌是有韵的，戏剧是有表演的，散文的核心精神是什么？这仍然是一个开放而未有定评的学术话题。《中国散文史》扣住的是散文的写作主体——"自我"，即人。它的边界或许显得模糊，因为其他文体也都有"我"在，但散文中的"我"的确更平易、更坦白，也更容易显露心灵的秘密。所以"和其他文体相比，散文在被阅读时，作家的'我'常常会被人们联想和窥视"，"散文始终和人的'性情'相联结，也可以说，散文就是作者的'性情'"。②

范培松的文学史观正是从"自我"和"性情"出发的。因为他抓住的是"以体为本"这一核心线索，所以他并不因人而废文，也不因时而废文。前者有一个典型个案——周作人，这是当代史家极为关注的话题之一。诚然，在20世纪80年代中期以后，史家多以宽容的态度评价周作人，肯定他在现代文学史上的理论贡献和写作成就，范培松也居于此列，但他的观察角度特别，对周作人的理解也比一般人深入。在《中国散文史》上里，范培松唯独给周作人分设了两节来进行讨论（一节为专论，另一节与他人合论，但占了一半篇幅），可见范培松用心良苦。范培松以一个理论家的卓见，高度评价周作人为五四运动后期确立散文主体——"自我"——所起的先锋作用，并以周作人的《自己的园地》《文艺上的宽容》，以及大量的小品文为例，表明其离"道"、厌"道"、恶"道"的决心，周作人以"美文"的自觉追求，创造了冲淡闲适的散文境界，也直接推动了现代散文的成熟。范培松认为，作为现代散文这一文体基石的奠基人，周作人的散文成功实现了三个转变：一是"实现散文情绪从极化到淡化的转变"；二是"实现了散文的结构从封闭式到散漫化的转变"；

---

① 孙犁：《秀露集》，百花文艺出版社1981年版，第246页。
② 范培松：《中国散文史》上，江苏教育出版社2008年版，"代序"第1页。

三是"实现了散文语言从雅致到絮语的转变"。① 范培松对散文文体本身进行了细微体察,细致地区分了周作人在各个时期的艺术风格——从"清冷苦涩"到"利己冷漠",等等。这些艺术特征的梳理,都是范培松对散文文体进行充分理解之后才有的发现。例如,范培松在分析周作人的《若子的死》一文时这样写道:"这本是撕人心肺的至亲至痛,然而周作人已跳出父女的圈子,如一个医生般漫不经心地向他人介绍若子死的经过。他是有意识地在把情绪淡化,这固然有他的'死是还了自然的债'的彻悟在指导,但更重要的是他凭借漫不经心的运笔艺术,巧妙地把至痛至悲的情绪化成冲淡的情致。如若子抱母的一声低语,就把留恋人世的情绪不露声色地揉(糅)进字里行间,供读者慢慢咀嚼,从而更加余味无穷。"② 这样的理解,真是深刻洞悉了周作人在散文写作中的艺术用心。

不因时而废文,则从范培松对何其芳的分析中可以看出。关于何其芳,多数论者都有褒前抑后的倾向,他们极力推崇他前期的散文写作,而普遍认为他在延安时期及之后的写作是艺术上的倒退。这或许是事实,但在政治意识形态主控之下的写作往往有其复杂性,论者若持先入之见,必定难以对何其芳后期的写作进行一种心平气和的品读。范培松不是没有看到何其芳"由于客观的环境和他的工作的负荷,这些散文大多是匆匆的报告和急就章,相对来说,比较粗糙"③的缺陷,但他仍客观评价道:"何其芳散文创作变化是属于艺术转型,而不是艺术倒退。"④"在这一时期内,何其芳已不再是个无依无靠的孤独者。在集体熔炉里,何其芳'喜出望外','当我和人群接触时我却很快地、很自然地投入到他们中间去,仿佛投入我所渴望的温暖的怀抱'。他开始厌弃精致的独语,把《画梦录》称为娱(愉)悦自己的'玩具','可怜的一本书'。这些反省以及他在脱离孤独后所激发出来的热情,使得他虔诚地专心致志地注视客观生活中的一切,并用纪实和报告的手法加以表现。因此,这些散文中的感情质地

---

① 范培松:《中国散文史》上,江苏教育出版社2008年版,第197、200-201页。
② 范培松:《中国散文史》上,江苏教育出版社2008年版,第199页。
③ 范培松:《散文脉络的玄机》,广州人民出版社2016年版,第129页。
④ 范培松:《中国散文史》上,江苏教育出版社2008年版,第353页。

可以说是起了脱胎换骨的变化，其中有些篇章所显示的感情是异乎寻常的纯净……"① 这是范培松发现的另一个何其芳，是纯净地、欣喜地沐浴着解放区阳光而歌唱着的人，他对自己以前写作与生活状态真诚地否定，对新生活毫无保留地热情拥抱，虽然缺乏思辨、警醒的力量，但十分真实，确实反映了当时大多数奔赴延安的作家的心理。范培松对何其芳写作后期心态及作品的研究，不仅丰富了对一个个体生命的理解，也带动了对这一写作群体的思考。

文和人其实是"体"的两面，文的背后站着的是人。范培松论散文，从不忘对人心的体察、人性的挖掘与人情的展现。正如范培松在分析散文家及批评家李健吾时所说："这里李健吾先生在对我们进行他的'根据人生'批评文学法的示范操作。是说文还是说人？可以说既是说文又说人，文是人作，说文必说人，说人才能真正说文，这样就能品出文的真正滋味来。"② 范培松评价何其芳，理解的是他这个人；分析周作人，烛照的也是他对于人性幽微处的认识。范培松从周作人的文字中读出了其由斗士向"皈依冲淡"迈出的第一步，读出了他时而自适在一种心理平衡中，时而又在两个"鬼"（周作人语，即"流氓鬼"与"绅士鬼"）的"双头政治"之间左冲右突的紊乱心理，而最终向无原则、无限度的"中庸"主义迈进，完全将自己的心关闭起来，麻醉起来——从这样的论析中，我们仿佛看到了一个挣扎的灵魂、一个"活"的周作人。③ 他对鲁迅、沈从文、朱自清、徐志摩、丰子恺、郁达夫等人的论述，也是根据他们的人生做出阐发，从文中见人，仿佛和那些远逝的灵魂一一照面、握手，并和他们一起叹惋、哀痛或欣喜，以富丽的人性的存在，打破了人与人之间的层层隔膜，从而实现了人与文的深度交会、彼此阐释。

四

"以变为纲"，"变"是锁眼。"变"可能是散文的一种自主选择，也可能是散文的别无选择：

---

① 范培松：《中国散文史》上，江苏教育出版社2008年版，第351页。
② 范培松：《中国散文史》上，江苏教育出版社2008年版，第300页。
③ 范培松：《中国散文史》上，江苏教育出版社2008年版，第181、186、190页。

在不到十年的时间里，散文经历了两次选择，第一次是在三十年代初，在"以自我为中心，以闲适为格调"和"匕首"、"投枪"的论战中，散文选择了"匕首"和"投枪"。在四十年代的延安文艺整风中，散文的选择是拒绝了"匕首"和"投枪"。

散文已别无选择。①

如何辨析出"变"的背后那条显现和隐藏的线索，应是文学史写作中最基本的一种能力。汤哲声在论述范培松的《中国现代散文史》一书时，曾对"变"做过一番颇有意味的分析："在客观存在的，人们共同认可的文学宏观背景之下，除了对作家作品作（做）出必要的筛选和篇幅安排等技术性处理以外，怎样评价和分析作家作品的升降沉浮，前后变化是文学史家最为重要最难处理的问题，是从'进化'的角度看作家，还是从'变化'的角度看作家，这无疑是当前文学史撰写之中主要的分歧之一。'进化'的角度是作家随着时代前进，从初级向高级，幼稚向成熟进化发展，落实到方法论上是写作家的成长过程。'变化'的角度是写作家在时代变化之中的变迁，它并不强调作家一定是从低向高的发展，也许是从高向低的变迁，落实到方法论上是写作家心态的轨迹。很显然，进化的角度强调的是时代对作家的影响，变化的角度强调的是作家的心态对时代的感应。"②两相对照即可发现，"进化"观是一种螺旋式上升的走势，"变化"观则是一种波浪式起伏的曲折姿态。范培松显然选择了后者。时变、文变、人变、心变，范培松通过对变化的把握，使得他这部散文史写作有了一种艺术的流动感。这是一种气韵，如同一位好的画家，绘人即有衣带飘袂之态，状物则有呼之欲出之感，临山摹水亦有山川秀色，灵动飞扬，而粗劣者虽可极物写貌，穷力追新，但他笔下没有生命的呼吸。散文史写作方面不是没有这样的例子，有些作家遵照权威的论断或普遍的公理，将历史、流派、文学现象、作家作品僵死定格，先画定了一个圈子，然后牢牢坐稳，再不愿移易。这与史家

---

① 范培松：《中国散文史》下，江苏教育出版社 2008 年版，第 509 页。
② 汤哲声：《评范培松著〈中国现代散文史〉》，《中国现代文学研究丛刊》1994 年第 3 期，第 301–302 页。

"究天人之际，通古今之变，成一家之言"的探索精神实在相去远矣！

范培松对20世纪散文史的发展变化，偏偏爱在那些波诡云谲中追问变化的原因，透析深层的旨意，反省文化的悖谬，思索人文的境遇。例如，范培松提炼出五四散文家特定的时代心态——"愤"，这是一个精神突破口，有了这个突破口，许多的论证便有了根基。还可举一个例子，熟知散文史的人都知道，杨朔曾提出把散文"当诗一样写"，对这一观点的演变和影响，范培松有了详尽的分析和论述。他考察了20世纪60年代的时代背景，并阐释了与此相关的"两个神话"。一个神话是用散文构筑起来的"工农兵"英雄神话，最典型的是魏巍的《谁是最可爱的人》，"正是这篇散文，使人民接受了'他者'——中国人民志愿军。中国人民志愿军也由此获得了一个神圣的称号：'最可爱的人'。《谁是最可爱的人》居然能调动全国读者的情绪，并使一支武装部队获得一个新的称号，这不能不说是一个二十世纪散文史上用爱构筑起来的一个'神话'"①。另一个神话是关于破坏的。一方面，散文家不断矮化自己，文学想象干涸；另一方面，政治想象力空前高涨，散文与政治、制度、组织携手，一同制造了对胡风书信"当诗一样写"中的主体贫乏，由于先天的营养不良，它虽一度风行，但仍是一种新范式的"红色颂歌散文"，必然会走到它的末途。很显然，这也是一种对散文之"变"的犀利观察。

巴赫金认为，文学史的任务是要"在不断形成的文学环境的统一体中研究文学作品的具体生活；在包围着它的意识形态环境的形成中研究这种文学环境；最后，在渗透于其中的社会经济环境的形成中研究这种意识形态环境"，"而文学史家却应当去揭示意识形态形成的内幕"。② 确实，文学史家的身份是一个"探秘者"而不是"泥瓦匠"，文学史要在"具体生活""文学环境""意识形态环境""社会经济背景"这几个因素的互动关系中，才能辨析出那些文学话语和非文学话语是如何通过一系列的运动进入文学领域的——《中国散

---

① 范培松：《中国散文史》下，江苏教育出版社2008年版，第521页。
② [苏]巴赫金：《文艺学中的形式主义方法》，《巴赫金全集》第二卷《周边集》，李辉凡、张捷、张杰等译，河北教育出版社1998年版，第143、132页。

文史》的成功，就在于它很好地平衡了这几种因素之间的关系。

五

当然，"以体为本，以变为纲"，它在范培松的《中国散文史》里并不是割裂开来的两极，它的整体感还贯穿在《中国散文史》一书对百年散文史所做的分期上。全书分上、下两卷，除"绪论"之外，总共分为四个部分：第一编，"异军突起"（1918年—20世纪20年代末）；第二编，"裂变分化"（20世纪20年代末—40年代中期）；第三编，"消融聚合"（20世纪40年代中期—80年代中期）；第四编，"和而不同"（20世纪80年代中期—90年代末）。这种打破惯常的文学史分期的学术体例，其实在他的《中国现代散文史》中便已具雏形。《中国现代散文史》的体例是：绪论，"崛起前的躁动"；第一编，"诞生早熟期"（1918—1927）；第二编，"裂变分化期"（1928—1937）；第三编，"消融聚合期"（1937—1949）。撇开绪论不谈，《中国散文史》除对年代有些微调之外，与前著并无多大不同，只是由于《中国现代散文史》止于1949年，所以"消融聚合期"的总体思路没有得到延续。由此可见，范培松的散文史意识及对其分期形态的认识，很早就已成形，但他还在不断地探索、深化这一思索。到撰写《中国散文史》时，范培松关于20世纪散文史的整体观越发显得成熟、严密。

我们或可将之对比于张振金所写的《悲壮而辉煌的历程——〈二十世纪中国散文史〉绪论》一文。张振金将20世纪散文史分为五个阶段：第一个阶段是20世纪末戊戌变法前后至五四前夕，这是现代散文的准备阶段；第二个阶段是五四时期到20世纪30年代中期，这是现代散文的诞生和成长阶段；第三个阶段是全面抗战到中华人民共和国成立，即从"救亡"到"解放"，这是现代散文的深入阶段；第四个阶段是中华人民共和国成立后17年，这是现代散文的曲折发展阶段；第五个阶段是新时期开始至20世纪末，这是在经历了"文化大革命"后，现代散文在倒退和消亡中重新复苏和超越的阶段。这显然是20世纪散文史的惯常划分方式，特别以政治运动和社会转折作为划分的依据，而且在发展阶段的概括上，偏重于前面提到的"进化"观。这似乎是普遍承认的道理，其实这样的划分多有重复,而且把一种文学文体的发展完全附着于政治和社会的发展之上,这是一种学术惰性的表现。相较之下,范培松划分的时期更像是一次冒险之旅,他以"消融聚合"的名义,把被人视为公理的后三个阶段打乱,"消融聚合"在他的"20世纪40年代中期—80年代中期"这一大的时间跨越中。但未必每个人都同意这样的划分,在现成的五段论里重复言说,必然会掩盖散文文体自身演变的痕迹,而时期划分上的创新,正是范培松从文体演变和文体革命出发的新史观精神之一。

"消融聚合"的起点是20世纪40年代初批判王实味等文化事件和1942年毛泽东发表《在延安文艺座谈会上的讲话》,作者以"'工农兵'代言人时代的散文"和"后'工农兵'代言人时代的散文"为其命名。"'工农兵'代言人时代的散文"讨论的是在散文家的写作主体地位遭到否定、写作对象遭到限定、写作思维遭到规约之后散文界知识分子由自主选择"匕首""投枪"还是"小摆设"的时代,进入了彻底的"红色颂歌的通道",开始了"非知识分子"写作的时代。① "后'工农兵'代言人时代的散文"的界定则是考察了"文化精神特征"之后所下的结论:

> 从一九七六年"文革"结束到八十年代中期的近十年时间里,和其他文体,如小说、诗歌等相比,散文的文体变革和发展相对比较缓慢。小说、诗歌在"文革"结束不久,就很快和"工农兵"代言人时代告别,但散文却一直徘徊,我们把它命名为后"工农兵"代言人时代。因为这十年中,散文创作的基本倾向,散文家的状态,思维的模式,抒情的姿态以及话语,基本上和"工农兵"代言人时代一脉相承,也就是说,这一时期的散文的风气和主流倾向是对"工农兵"代言人时代的散文创作经验的承认,但散文的蜕变、叛逆却又和这一承认同时存在。世界在变,现实在变,散文家的"自我"虽然还在包裹的状态之中,但已经蠢蠢欲动,"工农兵"代言人时代即将终结。事实证明,到八十年代中

---

① 范培松:《中国散文史》下,江苏教育出版社2008年版,第509页。

后期,余秋雨、贾平凹、王小波、夏坚勇、邵燕祥等站出来,以文化"自我"为中心,创作一批散文,和以前的"我"告别,实现了文化"自我"的自由,散文终于走出了"工农兵"代言人时代。①

这样的论述表明,范培松对散文史做出新的分期的理论依据,不是政治和社会的演变线索,而恰恰是"散文的风气和主流倾向",也就是"散文创作的基本倾向""散文家的状态""思维的模式""抒情的姿态以及话语",说到底,范培松是想找出散文文体自身演变的内在逻辑,从而把自己的史论写作重新置于文学视野中来观察。从文体意识的涣散、消解,到文体自身的重新建构,从精神的扭曲到自我的回归,范培松所推崇的散文本体观,就这样被一点点地塑造起来。

六

"一个不忠诚于自己的人,是很难进行散文创作和研究的。所以撰写这本论著我一直把'忠诚于自己'作为自己的最高学术理想。""散文是穿泳装的文体,它无所依傍,只有凭自己的本色取胜。我研究散文,穿的也是泳装,我没有什么依凭,靠的也就是本色!"② 多年前,范培松的这段表白,也可视为他的治学宣言。"忠诚于自己",以本色的"自我"进入散文这一本色的文体,将自身的感觉通道全部打开,用纯真的感觉去阅读散文,去聆听散文作家笔下真我的声音,范培松的研究确实是这样进行的。

范培松在分析鲁迅的恋爱观时感叹道:"爱得是如此艰难!这固然有历史的阴影在作祟,还有当时所处的大环境的险恶。他们之间的爱,几乎是在咬紧牙关中挣扎过来的。"③ 范培松对于周作人对爱女和恋人的死所持的"死本是无善恶"的态度,不敢苟同:"这一感悟尽管是把人生看透了,但,是与非、善与恶也在这看透中泯灭了界线。"④ 范培松在分析红色颂歌散文最后的"辉煌"——"致敬电"

---

① 范培松:《中国散文史》下,江苏教育出版社2008年版,第550页。
② 范培松:《中国散文批评史》,江苏教育出版社2000年版,第608页。
③ 范培松:《中国散文史》上,江苏教育出版社2008年版,第103页。
④ 范培松:《中国散文史》上,江苏教育出版社2008年版,第185页。

时，竟忍不住要怒吼了："全国处在仇恨之中，人人仇恨，仇恨人人。散文的灵魂是爱，诗意的灵魂也是爱，失去灵魂的散文焉能有'诗'？"① 在愤怒中又发出"权威需要精神奴隶的同时，又需要奴隶式的'英雄'来支撑"② 的精辟之论。而对于中国香港地区散文作家小思，他甚至衷心地祝福："像这样善良的人，完全应该拥有一块属于她自己的土地。她应有美好的明天。"③ 这就近于一种"天真的痴"了。这样的论述还有很多，这种打上了范氏烙印的动情、动心的文字，润泽了本来枯燥的文学史叙述。

或许，允许充分展示作者的主观意志和还历史的本来面目，也可以是一体的。最高的学问，当然是和研究对象之间有生命的对话，而历史本来的面目也是由生命的群像所构成的。好散文作为一个时代的记录，关乎生命的各种情状，如何呈现这些情状，是散文家所追求的，而散文研究者又何尝不想还原一个生命被表达和被关注的现场？生命、自我、性情、本色，这终归是学术的精神根底。离了这个精神根底，研究和论述就容易成为知识的附庸。正因为范培松不愿被知识奴役，他才在史观里贯注着自己对生命和世界的理解。他在《中国散文史》的"代序"《百年中国散文之命运》中，明确提出"道"的问题，这也可看作他对"散文与人生"这一生命课题的诠释。"现代散文是在布道中诞生的"④，这个"道"，因时代而变，因人而变，因社会而变，具有不确定性。在"可道"与"不可道"之间，在"载'道'"与"离'道'"之间，"道"仍然主宰、影响百年散文的命运：战火纷乱的年代是"道"促使了散文家的裂变分化；权威的一统也凭借"道"向散文发号施令；在多元并存的时代下，散文主体的回归与张扬仍在"道"的影响之下；即便是现当代散文家表现出的"激进"与"中庸"的心理冲突与审美取向，也都围绕着"道"这根绳索——只不过是"载'道'"还是"离'道'"罢了。就连20世纪一个突出的文化现象，城与乡的对立、碰撞，也可以从"道"的角度来阐释，正如散文史中的京派与海派，一个近乡，另一

---

① 范培松：《中国散文史》下，江苏教育出版社2008年版，第537页。
② 范培松：《中国散文史》下，江苏教育出版社2008年版，第537页。
③ 范培松：《中国散文史》下，江苏教育出版社2008年版，第897页。
④ 范培松：《中国散文史》上，江苏教育出版社2008年版，"代序"第1页。

个近城，但是"'乡'也罢，'城'也罢，都是一种避'道'的姿态，所以，他们在对待'道'的态度上是完全一致的"①——研读百年散文的命运，能从史论中抽出"道"这条绳索来贯穿者，唯独范培松一人。尽管要准确定义"道"，还比较困难，但这至少表明，范培松想建立一个广阔的散文史视野的雄心有了一个落实的精神基点。

这种从大处着眼的史论意识，在具体的行文中，又和范培松颇具眼光的艺术分析结合在一起，像论述沈从文、贾平凹等人的章节，尤其显得丰盈、饱满，创造了文学史写作中不多见的个人眼光和学术阐释相得益彰的范例。当然，这种有意发展自己的个性眼光的撰史方式，有时也会受个人旨趣的局限，而失之单薄和偏颇。例如，范培松论到海派散文时，就较为简单地把海派散文与"圆通""时尚""平庸"等同起来，对于其中的灵魂人物张爱玲，其评价也未必精准："这才是顶要紧的，在这'孤岛'要活下去，不向上海人抛几个飞吻，怎能混下去呢？张爱玲能在'孤岛'的兵荒马乱中走红，靠的就是'市民'这块俗得不能再俗的招牌。"② 虽然后面范培松对张爱玲的一些作品也做出了肯定，但类似的个人情绪，还是制约了他对海派散文的公允评价，至少对比他对京派散文的慷慨，笔墨上就显得吝啬多了。包括范培松在第四编的章节安排上，与前面几编对比，比重也明显有些失衡。第四编名为"和而不同"（20世纪80年代中期—90年代末），这一时段，在笔者看来是中国散文发展的重要时期，产生的话题和作家都有相当的分量，可范培松并没有对那些做出了重要贡献的写作个体给予必要的篇幅上的倾斜，像余秋雨、贾平凹、张承志、史铁生等人及其散文风格，都是值得设专节讨论的，但他们在自己的时代并未获得更充分的阐释机会，这不能不说是一种缺憾。

从这也可以看出，范培松在对现代散文的判断上，远超他对当代散文的看法。或许，太靠近事实，总是不容易看清，但范培松是一个有勇气和见识的散文史家，他不愿意一直远观，而是敢于把发生在身边的文学事实也纳入自己的视野——尤其是那些还活着的作家，那些

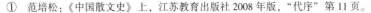

① 范培松：《中国散文史》上，江苏教育出版社2008年版，"代序"第11页。
② 范培松：《中国散文史》上，江苏教育出版社2008年版，第468页。

在自己家乡附近生活的作家,也许还需要范培松进行更冷静和更长时间的观察,才能做出真正理性的分析。但无论如何,这幅浩大的散文地图,已经为我们建立起了百年散文史上的关键路标,一些存疑多年的话题,也得到了深入的探讨。《中国散文史》的开创性和全面性,已经成了中国散文史写作的一个标杆。散文原本是一种自由主义的文体,但经由范培松的拆解和建构,笔者突然发现,这条自由主义的"河流"之下,原来也有蜿蜒曲折的"河床"。

(本文载于《当代作家评论》2009年第2期,有删改)

整体性·关联式·个体化
——读范培松的《中国散文史》

王光东　陈小碧

散文创作在文学史上，从古至今，创作之丰，也可谓大也。从"先秦散文""唐宋八大家""晚明小品"，到现代，散文创作依旧不绝如缕，特别是到了20世纪的二三十年代，散文小品异常丰富，其成就几乎在小说、诗歌、戏剧之上，甚至到了20世纪90年代以至于当下，散文尤其是随笔也是异彩纷呈的。但散文的研究一直处于相对滞后和被边缘化的状态，在很长一段时间里都未像同时期的小说、诗歌等其他文学体裁一样，能较快形成真正属于自己的、相对完整而成熟的话语空间，而是更多拘囿于作家和作品二维性的印象式、随感式评判，以至于被有的研究者称为"支离破碎的前理论"①。而且很多散文研究几乎都存在千人一面、缺乏个性和前瞻性的问题。但笔者最近读了范培松的《中国散文史》，该书似乎开拓了一个新的认知领域。范培松对散文的研究融入了一个系统的理论视野，自觉运用一种关联式的研究方法，看到了散文文学史研究的前后传承性和一致性，除让读者对散文的历史有一个整体性的感知之外，还深入文本的内在肌理，结合具体的文本细读和文学实践，在作家充满个体化的生命体验中，言说着对散文历史新的体悟和洞见。

一、"载'道'"与"离'道'"：散文史整体性的厘定

1932年，周作人在《中国新文学的源流》中就曾提出，"言志"与"载'道'"构成了中国文学的主流，而这两个主流的起伏造就了中国文学史。周作人认为"言志"就是表现作家的思想感情，抒发自己的"性灵"，因而"言志"就成了一个与"载'道'"相对

---

① 楼肇明：《第十三位使徒》，中国对外翻译出版公司1995年版，第51页。

的审美范畴。"言他人之志即是载道,载自己的道亦是言志。"① 这里所提及的"言志"的文学,在笔者看来,实际上就是一种"离'道'"的文学。"载'道'"与"离'道'"的文学倾向在文学史的叙述中具有某种真理性的意义,是一种类同于历史的循环观,因而具有了任何一个时代都无法逃离的宿命。作为内里的人与外在的人在构建一个整体性精神世界中总是发生着不断的冲突、统一的挣扎。只要有关于人的历史存在,这种"离—合"的状态就将一直延续下去。小说、诗歌、戏剧的历史是如此,当然散文的历史也概莫能外。社会的风起云涌、历史的变迁也无一能逃逸出散文的世界。在这个世界里,同样能折射出时代的光辉和黯淡,应和着社会的离合与时代的脉搏。所以,范培松说:"载'道'与离'道'却始终或明或暗地主宰和影响着散文的命运。"② 抓住了这一认知的核心,就使其在散文文学史学术构建中,贯穿起整个文学史叙述的脉络和内在的肌理,纲举而目张。如《中国散文史》所述,一方面,在五四时期,文学革命的诉求,要求现代散文家"热衷于布道,热衷于启蒙;另一方面,正是这个'道'的启蒙,又促使散文家清醒,把自身作为'精神的个人'欣赏,唤醒了'自我'"③。五四浪潮过后,"对社会的失望和自己理想的'新社会'的不可得,使得一部分散文家离'道'厌'道',追求一种和'道'对立的独立"④。从20世纪40年代开始,在延安时期,战争对散文又提出了"载'道'"的要求。毛泽东的"讲话精神","巧妙而又明确地把战争对现实的要求,即散文家必须成为'工农兵'的'道'的代言人植入散文书写规范。散文的命运发生了重大的转折。随之,长达近半个世纪的散文的'工农兵'代言人时代开始了"⑤。但在任何一种主流性话语确立的背后,在历史的边缘处、缝隙之间,总是有一种顽强的、异质性的生命力诉求,"工农兵"代言人时代"载'道'"散文的自我确立,并不能否认,

---

① 周作人:《中国新文学大系·散文一集》,上海良友图书印刷公司1935年版,第11页。
② 范培松:《中国散文史》上,江苏教育出版社2008年版,"代序"第1页。
③ 范培松:《中国散文史》上,江苏教育出版社2008年版,"代序"第2页。
④ 范培松:《中国散文史》上,江苏教育出版社2008年版,"代序"第2页。
⑤ 范培松:《中国散文史》上,江苏教育出版社2008年版,"代序"第4页。

在这近半个世纪的散文创作中,是"离'道'"与"厌'道'",还是二者可以并存。在中国文坛上,出现了几位学者,他们分别是梁实秋、钱锺书和王了一。① 直到 20 世纪 70 年代末,巴金"以'审己'、'弑己'和'焚己'的方式,发出了'我是我'的呐喊,对'工农兵'代言人时代的散文进行颠覆"②。后来到 20 世纪 80—90 年代,随同文化热的兴起,实现了散文以"文化自我为中心"的本体性回归。

范培松这种对中国现代散文史的整体性线索的厘定,遵从散文的内在发展脉络,梳理出以"载'道'"和"离'道'"为主线的百年散文史实,并以此确立了散文史整体性结构的安排。范培松总是在开篇就对当时历史环境下的散文进行整体性的鸟瞰。例如,在第一编中对第一章的"五四散文整体观"的表达,随后对五四时期散文的主流性"载'道'"文学的书写,再旁及第五章"五四散文的分流"和"五四散文的趋美变异"等"离'道'"倾向的散文叙述。又如,在第二编中,对 20 世纪 20 年代末—40 年代中期散文观念的蜕变进行的梳理,然后又遵从"载'道'"和"离'道'"的文学倾向进行分类,如杂文的兴盛、京派散文、论语派散文、海派散文、学者散文等的命定。范培松用"载'道'"与"离'道'"两条主线对整个中国现代散文史进行了整体的厘定和把握,具有开拓性的意义。

范培松的《中国散文史》可以说是目前颇具完整性的一部文学史著作,他在时间上正本溯源,从"古代散文史的最后一页"晚清时期开始,从现代散文的萌芽状态,讲到梁启超的现代散文的"过渡文体"——"新民体",再到五四时期,最后到当代,横跨了近百年的散文历史动向,好像一幅宏大的历史画卷被缓缓地展开,勾勒了散文世界在历史现实面前的多姿多彩的呈现状态,系统而又具体。在地域上,也改变了很多文学史叙述的"中心主义"的思维范式,而用相当长的篇幅讨论了中国台湾散文、香港散文的文学和历史的现状,填补了中国散文文学史叙述一个方面的空白,而使整部中国现代散文史更加系统化、完整化,真可谓纵横捭阖,恣言千里。

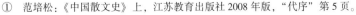

① 范培松:《中国散文史》上,江苏教育出版社 2008 年版,"代序"第 5 页。
② 范培松:《中国散文史》上,江苏教育出版社 2008 年版,"代序"第 6 页。

二、方法：关联式研究

在很多的文学史研究中，经常会出现一些立场化和问题化的研究方式，而往往忽略了一个文学事件和现象的发生，总是有其"前生"和"后世"，出现一些断裂性的理解。例如，文学史在论述20世纪80年代文学时，往往是以"文化大革命"时期的文学作为潜在的参照系，为了表明新时期文学独特性的历史意义，往往站在激进主义的立场上以一种否定的眼光来观照前期的文学现象。因此，在我们的理论视野和文学叙述中，20世纪80年代文学的"新"和此前的文学表现出截然相反的路径，用南帆的话来说，"人道主义、主体、自我、内心生活是文学理论撤出激进主义革命话语的概念通道"①，20世纪80年代文学作为文学史的"断代"意义也被彰显出来。这种过于简单化的"一刀切"的研究方法也势必遮蔽了很多历史的真实，悬置了很多如文学是如何从"文化大革命"时期过渡到"新时期"等问题。

为了避免这种二元对立性的思维方式进一步在文学史研究上的盛行，范培松的《中国散文史》运用了"关联研究方法"② 来进行散文的学术探讨和研究。在《中国散文史》下第三编的"消融聚合"（20世纪40年代中期—80年代中期）中，并没有像以往的文学史叙述那样以一个社会或政治事件作为一个历史分界点，如类似抗日战争时期的散文和解放战争时期的散文等分期，使文学史叙述过于依附社会政治史和权力话语。范培松能抓住散文自身的内在发展趋势和特点来展开学术研究，他追求的是文学史本身的内在理路和面貌的完整呈现，从而避免了由于外在社会现实环境的影响，人为地割裂了文学史事件内在的完整性和延续性，导致学术的偏离。范培松以"'工农兵'代言人时代的散文"、"转折：后'工农兵'代言人时代的散文（上）"和"转折：后'工农兵'代言人时代的散文（下）"三章展开研究。以前，"后'工农兵'"的命名，把20世纪40年代中期

---

① 南帆：《四重奏：文学、革命、知识分子与大众》，《文学评论》2003年第2期，第43页。

② 参见王尧：《"重返八十年代"与当代文学史论述》，《江海学刊》2007年第5期，第191-195页。

一直到80年代中期的历史串联起来，赋予了其整体性的特征。这无论是对历史自身发展规律的尊重，还是对学术研究客观真相的遵从都是一种有益的尝试。这种研究方法的确立在散文史的研究中可谓独树一帜。

这种"关联研究方法"的思维范式，在范培松深入具体的散文文本实践中，也自觉地指导和影响着他观看文学事件的眼光和思维的方式，所以他在"转折：后'工农兵'代言人时代的散文（上）"中，把这个时代的散文文化精神特征概括为：一是文化心理特征——心有余悸；二是文化精神特征——欠独立；三是文化审美特征——泛政治化。一个政治转折的时代，虽然刚性的意识形态等文化因素都发生了实质性的转变或隐遁，但人的内在文化心理需要经历一个长期激荡和蜕变的过程。因此，范培松在谈及贾平凹的散文《丑石》和《月迹》时，认为在散文的背后仍然具有"工农兵"时代杨朔散文的模式特征，都具有一种人为的"精神爬坡"和"精神飞跃"，目的是树立一种精神的楷模。有所不同的是，杨朔散文指向的是正宗的主流文化体制话语，而贾平凹的散文指向的是准主流文化体制话语，后者实际上是对前者的一种超越性的延续，二者之间并没有断然的裂痕和区别。在分析《在这块土地上》时，范培松直接表达了这层意思："尽管贾平凹在这篇散文中也喊出了'我就是我的'，但是，他的呼喊却是这样表达的：'你知道吗，我是什么？我就是我，社会主义。中国便是我身下的这块土地。栽我培我的只有你呀，农夫，我亲爱的党。'从贾平凹的经历来看，他所接受的文艺理论和文化资源基本上是'工农兵'代言人时代流行的概念。"① 这其实就是处于"后'工农兵'代言人时代"的贾平凹面临的尴尬境遇。时代容易变迁，但人长期形成的内在思想仍将延续过去时代的思维方式和路径，这是任何作为过渡期的人都无法回避和克服的命题。范培松并没有站在20世纪80年代的人道主义话语语境中，以一种激进主义的态度对过去的历史一笔抹去，以一种人道主义的立场完全否定过去革命激进主义时代的话语立场。范培松注重一种历史主义的眼光，看到历史发展的内在关联性和延续

---

① 范培松：《中国散文史》下，江苏教育出版社2008年版，第628页。

性，给予研究对象以一种相对客观的态度，可以说，最大限度地接近了历史的"真实图景"。

三、生命个体化的细读

散文的本体性特征既是一种主情的文学，也是一种充满主观色彩，以侧重表达个体内心体验和抒发内心情感为旨归的文学样式。这就要求散文是一种人类心灵世界火花的迸发，是人对世界本真性体验的表达。"范培松先生对于中国散文批评史的研究，差不多有着如同他生活中的为人那样一副天真烂漫的样子，纯粹凭着一颗赤裸裸的童心，没有任何顾虑又没有任何私欲地加以体认和感觉。其实了解他学术研究风格的人都知道这是他的一贯特点……"① 唯有具备天真烂漫心性的人，才能具有研究散文的先天禀赋。也可以说，范培松的内在心理构造让他与散文具有了某种同构性和亲和力，从而为研究的生动展开谋得了某种可能性。因此，范培松在《以最佳姿态释放自己——评王建的散文》中说，最欣赏余光中的一句话："散文是穿三点式泳装的姑娘，靠本色感人。"② 应该说，范培松的确深谙散文的内蕴，他的散文研究也正由于其认知深度的拓进而能进入散文的幽深处，在细致深入肌理的文本解读中，浸润着个体化的生命认知和感悟。也可以说，范培松是以一种最佳的姿态释放了自己对散文甚至对生命的内在本真性的体验。

范培松对散文的研究和陈述，本身也就如同各个时代的一幅幅散文诗画一样，被浓墨重彩地呈现在世人眼前。范培松没有重蹈传统写文学史时固有的意识形态教条化和教科书化的覆辙，不受理念和观念的束缚，他的心灵也如同散文本身一样轻盈和淡然。范培松根据自己经久积淀的理论修养及长期练就的敏锐阅读感受力、经验和体会，阐述了近百年来散文历史的行踪和特色。例如，范培松把贾平凹的散文特点概括为情绪谜性化和野性化，并穿透贾平凹的散文语言，认为其是"在松坦情绪中用磁性话语营建情感磁场"③。在对散文《在米

---

① 徐宗文：《以童心体认历史——读范培松著〈中国散文批评史〉》，《中华读书报》2000年12月20日。
② 范培松：《以最佳状态释放自己——评王建的散文》，《文艺报》2006年4月13日。
③ 范培松：《中国散文史》下，江苏教育出版社2008年版，第636页。

脂》的文本细读中，范培松做出评论："爱的精灵在这里充分地施法作怪：明明是恋，偏偏要斗——热斗冷斗变着花样斗，越斗越热乎。斗的'他'、'她'，并没有输赢，爱却胜利了！爱牢牢地控制着这对恋人，它把这对恋人搞糊了。爱本来就是一片'糊'——理不清说不明的'糊'。"①这其实就是范培松本人对爱的生命体验和感受，既提升了文本层面的见识，又给了爱以一种深刻的洞见，对爱的诠释可谓入木三分。范培松独辟蹊径地说汪曾祺具有"滋润"的文化观，是一种全方位的审美自觉，"滋润"的终极目的是"文化的休息"，从而反对散文的伤感主义。范培松在谈及邵燕祥时，认为他"睁眼看历史是为要睁眼看现实"②，是一种睁眼"捉影"的行为，"他喜欢从历史中那个寻找现实的'影子'，或把现实的'影子'投放到历史的屏幕上，古今中外勾联（连），以此重叠合成'影子'，进行评说"③。他的散文评点和研究具有学术个性和真知灼见。

因为带有生命的体悟和注重个体的精神世界的探寻，所以范培松的文学史叙述更具有某种生动性和机趣，让人读史时如沐春风、生意盎然。《中国散文史》中有很多在文学史上鲜见的有关个人的"典故"和"轶事"。例如，写到汪曾祺的散文，范培松说沈从文读书往往在书后题记，"有一本书的后面写道：'某月某日，见一个大胖女人从桥上过，心中十分难过。'这两句话我一直记得。可是一直不知道是什么意思。大胖女人为什么使沈从文难过呢"④。从这样的散文叙事中，范培松通过细读文本认为，沈从文难过的理由也许是，"在他看来，应该是美丽的少女倩影在小桥上走过，才能构成一理想的美的境界"⑤。然后，范培松说汪曾祺的疑惑本身就说明了他本人对现实的态度要比沈从文的更现实些、更坚强些。又如，汪曾祺的平等理想在处理与儿子之间的关系中得以体现，有"多年父子成兄弟"一说，"我十七岁初恋，暑假里，在家写情书，他（指汪父）在一旁出主意，我十几岁就学会了抽烟喝酒。他喝酒，给我也倒一杯。抽烟，

---

① 范培松：《中国散文史》下，江苏教育出版社2008年版，第638页。
② 范培松：《中国散文史》下，江苏教育出版社2008年版，第755页。
③ 范培松：《中国散文史》下，江苏教育出版社2008年版，第756页。
④ 范培松：《中国散文史》下，江苏教育出版社2008年版，第616页。
⑤ 范培松：《中国散文史》下，江苏教育出版社2008年版，第616页。

一次抽出两根，他一根我一根。他还总是先给我点上火"① 等充满生趣和机智的生活轶事和趣闻，点染着散文研究的历史画卷，令人耳目一新。而在这些插曲的背后，闪烁的仍是范培松一种知人论世的学术研究态度。

当然，范培松在进行个体化解读的同时，并不是天马行空，随个人的经验任意游走、挥洒的，而是站在历史"真实"的大量考察上，做到了史识并进。《中国散文史》中有很多翔实完备的历史资料索引。例如，谈邵燕祥的反极权和反专制，范培松针对邵燕祥从1981年到1995年有关反对极权和声讨专制主义的随笔代表作品，做了细致的随笔篇目和具体的发表日期的罗列。又如，为了说明"'工农兵'时代"，国民党对文学领导的软弱无力状态，范培松查找了许多的史实，以1942年7月1日出版的《文化先锋》月刊创刊号上，发表的《我们所需要的文艺政策》中提出的"六不"和"五要"为例来说明国民党文学言说的空洞性，以及其失去了文化领导权这一事实，等等。范培松总是站在大量的事实前，解读史料文本，并在此基础上创造出新的理论假设来解释文学现象，进而形成他深刻且独到的理论观点。

范培松的《中国散文史》是一个属于散文的世界，散文的真、散文的小、散文的多，都在这部文学史叙述中得以体现和重新定位；正因为拥有一种童心般的执着和真诚，范培松"以几十年的心血和光阴"练就了这部皇皇巨著，这部散文史的出版结束了国内百年散文研究现象罗列的无序状态。这部渗透了范培松的学术思想和文体观念的散文史——一部真正意义上的填补空白的著作，也给中国文学史的书写提供了一个非常好的范本。

(本文载于《当代作家评论》2009年第2期，有删改)

---

① 范培松：《中国散文史》下，江苏教育出版社2008年版，第621页。

我喜欢这样入情达理的理论著作

贾植芳

报告文学作为一种独立的文体,对今天的读者来说,已不算是生疏的东西了。从文体学的角度来看,可以说,它是一种古已有之的文体。传统的文学观念,把它列入游记、写人记事之类的散文范围内,直到20世纪50年代,我国有些编辑同志还把它当作散文划分的文类,这便是一个明证。但这一事项也说明了两点:其一,传统的文学观念根深蒂固,先入为主;其二,传统的文学观念作为一种独立的文体,还没有真正"站立起来",用自己独特的艺术魅力证明自己是一种与众不同的、独立的文学存在。这种现象的发生,其实是有一定的历史原因的。

报告文学作为一种新兴的文体,是20世纪30年代初,即我国左翼文艺运动兴起时期,我们把它当作国际无产阶级文艺运动中所发现的一种新式文艺武器介绍进来并加以学习和运用的。因此,横贯20世纪30—40年代的历史时空,在当时动乱和战争的环境里,我们除翻译介绍了国外有关报告文学的理论文章和作品之外,自己也着手创作了可称为"报告文学"的作品。其中有一些名篇直到现在还散发着顽强的生命力。它自身所拥有的一种埋葬旧世界、催生新时代的政治斗争性很强烈,而又以迅速反映现实生活见长的"文艺尖兵"的姿态,活跃在战斗生活的前沿阵地,充分发挥了它的政治战斗功能,因而受到注目和欢迎。但它到底是一种文学样式,因此,以严格意义上的艺术标准来要求,它还没有达到著名的报告文学家基希所说的"艺术的文告"的要求,它既不同于新闻纪实,又不同于一般的政治宣传品,它应该在如实且及时地反映和报道发生在生活中的人物,并在事变发生时,具有自己的文学气质,以及风格和艺术上的审美价值。从当时的创作作品来看,它们多半是即兴之作,写于动乱的社会和战争环境里,范培松还来不及对自己所掌握的素材进行深入的剖析和思考，在艺术处理上更没有精雕细琢的余裕；从创作的主体作家来看，也还不可能造就独立门户的专业作家。至于理论研究，尚处于草创阶段。中华人民共和国成立以后，它在创作上虽然呈现出新的优势，优秀的作家作品大量涌现，在理论研究上也有些起色，但由于我们文艺指导思想的偏误，"左"的思潮对文艺界的严重干扰，在封闭的社会条件下，它的写作题材范围变得越来越狭小，它的批判性逐渐消失于无形，有些以歌颂为主的作品又越来越多地掺杂了"假大空"的水分。作为一切文学作品，尤其是报告文学的真实生命力所体现的写实要求，更被视为所谓修正主义的谬论，一再受到毁灭性的批判和讨伐。

因此，从历史发展来看，我国报告文学作为一门独立的文体，真正崛起，并确立自己独特的文学性格和社会地位，可以说始于我国进入新的历史时期以后。这是由于生活本身的巨大变革、价值观念的更新，尤其是对"四人帮"的清算、对"左"的思潮的排除。由此，通过对报告文学创作本身的检验，我们对报告文学的认识，突破了传统的理论和方法——那种报告文学的认识，也突破了传统的理论和方法——那种就事论事地对事物表层现象的描述和报道的旧程式，那种强调它的宣传意识、政治要求，而忽视客观事物的真实价值，以及报告文学应具有的文学性能的理论准则。随着报告文学观念的更新，其题材领域也得到无尽的开拓和发展，在创作实践中打破了过去极"左"路线所设置的一个个禁区，它的主题开掘也日益得到深化。至于在艺术手法和技巧运用上，运用艺术门类的长处和优点来丰富自己的艺术表现能力，开拓自己新的艺术境界。因此，报告文学成为新时代最活跃和最受欢迎的一种文学品种。因为报告文学和生活最为贴近，往往成为一种社会舆论力量，它的新闻讯息价值也更为突出。报告文学的许多名篇，传诵全国，名扬海外，也确实涌现出一批又一批生活在不同领域的作家，造就了许许多多各有特色的专业作家。作为一种独立的文体，报告文学在学术界有了自己的学术研究会；在出版界，出现了专业刊物和众多的丛书与专集；在国家设置的文学奖项当中，它也作为文学的一个分支得到认可，获得奖励。对它的理论研究和学术建设，也正式形成一个专门课题，并且进入高等院校课堂和研究室。眼下范培松的这部《报告文学春秋》，便是在新的历史环境里写就的一部受欢迎的、有关报告文学理论的研究专著。范培松在这本书内，不仅对报告文学这一新文体进行了新的历史回顾与总结，还着眼于我国进入新的历史时期以后，随着报告文学在创作实践上所反映的从理论到方法上的许多深刻的变化和发展，对它所积累的那些丰富而新鲜的经验和教训及它的发展势头，进行全面而深入的历史分析和理论上的概括与探索。这里笔者只是简单地抒写一些自己的观感和认识，就教于同好。

范培松把《报告文学春秋》分为四大块，这种块状式结构，形式上各成系统，实际上又是一个有机整体。在每一个大块里，范培松集中一个专题，从尊重客观实际出发，旁征博引，抒发自己独到的新见。因此，全书从结构形式到内容论点，又可以说是书写自己独树一帜的"一家之言"。

本书的第一大块，范培松题名"报告文学春秋"，顾名思义，它主要书写了报告文学这一文体的发展变迁史。范培松把视野投向广阔世界，着眼于从这一文体的历史发展和变化，进行观察和思考。因此，通过考证，范培松提出报告文学是从"文学与游记的结缘"产生的新论点，同时，也借以说明了这一独立文体与传统文学体裁的历史渊源，它并不是无本之木、无源之水，它正是在历史激变的形势下，从传统文类中脱颖而出、自成门户的一种新兴文体。从新时期报告文学创作的艺术实践经验出发，范培松对报告文学写作的真实性问题，又提出了它的真实性应该是一个"近似值"的新论点，这正是文学创作和新闻报道根本区别之所在。语云"论从史出"，笔者认为，范培松在这里提出了两个新论点，这正是他严肃地凝视史实，拓宽眼界和深化思考的结果。同时，也从总体上说明了，报告文学作为一门独立学科或边缘学科，它应该是在不断地创作实践和理论探索中，发现自己、开拓自己的过程。任何一门学科或一种文体，如果只是作为一个凝固模式而存在，它就失去生命力了。整部文学史，讲的正是这个道理。

本书的第二大块，范培松对报告文学的主体进行了全面的论述，而这一论题，是近几年出版的有关报告文学论著中未曾接触到的一个空白点。范培松在这里充分论证了在报告文学的创作中，作家主体意志的重要性。笔者认为，这正是创作论中的一个重要论题。因为在文

学创作中,不管题材如何真实动人,如果没有和作家的思想和情绪相结合,没有通过作家自己的深入感受、理解、消融的过程,其作品就不会有真实的生命光泽。而这一点,是多年来在"左"的机械反映论盛行时期,被忽视甚至遭到严厉批判和彻底否定的问题,因而也成为多年来的文学批评和研究论著中未曾接触到的问题。但是,客观真理是不以人的意志为转移的,如果深入研究创作问题,必然要碰到这块"礁石"。范培松在他的这部新著中,首次提到这个议题,并且正视它,对其进行理性的分析和论证。笔者认为,这是一个进步,也是报告文学在理论建设上的一个突破和提高,从而对报告文学的创作和研究产生积极的启迪意义。

本书的第三块,在"报告文学艺术论"里,范培松对于报告文学创作过程中的一些关键性问题,通过自己的归纳、分析和研究,分别进行了有的放矢的论述。

本书的第四块——"点将台",是范培松对我国20位报告文学家所进行的客观、公允、全面的论述和评价。范培松在进行评价时,一不虚美拔高,二不隐恶扬善,三不胡乱吹捧,四不打棍子。这显示了范培松在人格上的真实和学风上的严谨。

总的说来,此书自成体例,自成一说,既不人云亦云,而又绝无新旧方巾八股腐气;既能一切从实际出发,做到有的放矢,又能具有一定的理论深度和创新意义。它浸透着作者的历史深情、时代灵感,也渗透着作者在治学上的开阔眼光、求实精神和在理论上勇于探索的胆识。

笔者喜欢这样入情入理的理论著作,因为它除了给人以思想的启迪,还给人以精神上的享受。因此,笔者很乐意把它推荐给新时代的读者。笔者相信,它的出版必然会给我国报告文学的创作、研究和教学带来一些积极的帮助和影响。

(本文载于《报告文学春秋》,吉林文史出版社1989年版,有删改)

以童心体认历史

——读范培松著《中国散文批评史》

徐宗文

学术界对于历史的认识常常有两种态度：一种是纯客观主义的态度，另一种是纯主观主义的态度。然而，这两种态度显然都不免失之偏颇。以一个非历史学者的眼光来看，倘若能用一种新的态度，从新的视角着眼，以童心去体认历史，或许更能接近真实，也更能获得对历史认识的真谛。

笔者之所以持这种看法，并不是心血来潮、忽然想到或者受益于什么灵感之类的，而是从某些成功的历史研究中感受到了它的妙处。就拿眼前这本《中国散文批评史》来说，它给我的第一印象，可以说是最直接、最深刻的印象和最有价值的东西，便是以童心去体认中国散文批评的历史。以童心体认历史，就是在客观上要求既不是对历史抱着一种自然主义的无所用心的态度，也不是随心所欲地或别有用意地加以诠释与解读。范培松先生对于中国散文批评史的研究，差不多有着如同他生活中的为人那样一副天真烂漫的样子，纯粹凭着一颗童心，既没有任何顾虑，又没有任何私欲地加以体认和感觉。其实了解范培松先生学术研究风格的人都知道这是他的一贯特点，也是其优势之所在——单刀直入、见血见肉、酣畅淋漓。例如，对于中国现代散文批评史源头的追溯与确认，范培松先生认为启蒙者是日本学者厨川白村，这就是没有顾虑和忌讳的批评；将中国现代散文的批评归纳为言志说散文批评、社会学散文批评、文本说散文批评三大类，并充分论述其最终形成三足鼎立格局的原因，则都是对历史资料进行了客观爬梳后形成的，这种观点并非为了别出心裁或标新立异而是有他的独特心得。又如，范培松先生对社会学散文批评的发展最终演变成政治化散文批评及政治化散文批评的一般过程和模式等问题，都是以一种前人从未有过的胆量进行直率真诚的批评。究其原因，就在于范培松先生具有一颗童心，他也是凭借着一颗赤子之心去感悟、体认历史所得的结果的。

历史到底是客观的还是主观的，实际上谁也无法下判语。从一般认识来看，历史应该是客观的，历史与客观就是天然的同义语。但是，百分之百的纯客观的历史是不存在的，甚至可以说是没有价值的。事实上，任何历史都是被文字、文献和文物记载或被形象反映过的历史，也都是被人类理解过的历史。既然历史是被理解过的，则必然是主观的。由此可见，对于历史的认识或许有无穷的方式，但有时愈是强调历史的深度，愈是需要渗透进主观意识，因而愈会产生片面性，愈会远离历史的真实。相反，如果以童心或凭直觉去体认、感悟历史，看起来似乎缺乏历史深度或缺乏理论基础，但比较容易达到所要追求的一种真实、深刻和科学。因为以童心体认历史，需要驱除杂念，舍弃私心，丢掉偏见和嗜好，使人保持在一种虚静的状态，纯之又纯、真而又真，最终实现对研究对象中正而公允的把握。范培松先生对百年中国散文的批评，之所以能够说出别人不敢说出的、符合事实的真话，就是因为他在从事这一课题研究时始终以童心体认历史，或者说纯粹是为了学术而学术的结果。由此可见，《中国散文批评史》所运用的方法是一种值得借鉴、比较科学的方法！

以童心体认和把握历史，是一种很好地对待历史的态度，它同样适用于对待、认识社会！

（本文载于《中华读书报》2000年12月20日，有删改）

竖立起一个新的里程碑

——范培松和他的散文研究

王 尧

1994年5月，陆文夫、谢冕、孙玉石、姜德明、范伯群等著名作家、学者在"教授之乡"——江苏宜兴聚会，对苏州大学范培松教授的《中国现代散文史》和他的整个学术研究进行了交流座谈。在谈到《中国现代散文史》时，北京大学孙玉石教授说，一个事实将被历史证明：这部著作将在整个中国现代散文史的研究中竖立起一个新的里程碑。

笔者非常认同孙玉石教授的观点。在20世纪八九十年代，中国现当代散文研究是和范培松的名字联系在一起的。

一

笔者曾经以"永远的散文"为题，对范培松的为人与治学做过议论。"永远的散文"也许是对作为学者的范培松颇为准确的概括。

范培松本身就是一篇散文。论范培松的性灵，真性灵；论其人格，真人格；而他待人、接物、处事，则用的是不加粉饰的叙述文字，不运匠心，但见真情。一个"真"字，就是他的原则。这既是优点，也是缺点；既体现了成熟，又展现了幼稚。世界上最简单的是真，最复杂的也是真。真的形式只能是朴素的，而在一个到处需要包装的社会里，朴素似乎不再是诗的最高意义了。曾经有人提醒范培松不必完全拒绝"包装"，他曾试图这样做，但做不来，也做不好，索性就不做了。他还是他，这又让人伤感。

范培松把他的挑战精神完全投入学术事业之中，他的治学是"形散而神不散"，主攻散文。笔者不知道，也从未询问过他研究散文的最初动机是什么，但笔者觉得这一选择是生命与学术的契合。笔

者用"小品心态"描述范培松的文化心理。他的"小品心态"在散文中有了存在的土壤,而散文也有了自己的园丁,这是另外一种知己知彼。学术研究是艰苦的,但不应是生命的重负。范培松研究散文时,没有抹杀个性、躲闪人格,而是在散文研究中张扬自己的生命,获得了另外一种真的境界,甚至可以说找到灵魂的居所。从这个意义上讲,散文艺术滋养了范培松。

20世纪八九十年代成为范培松学术与人生道路的新时期。范培松既是教授、博士生导师,又在长期担任苏州大学中文系主任的过程中形成了他作为教育家的形象。这几年,范培松身为江苏省作家协会理事和苏州市作家协会主席,又为苏州市文学创作的发展付出了辛勤的劳动。

二

在出版《中国现代散文史》之前,范培松关于散文的著述,先后有《散文天地》《报告文学春秋》《散文的春天》等。这些著述丰富和发展了现代散文研究,范培松在1986年就被称为"我国近几年来崛起的卓有成就的散文研究家"。

1984年,范培松撰写了《散文天地》,这是1949年后中国大陆学术界的第一部散文研究专著。本书以古今中外的散文创作现象和作品为分析对象,初步系统地提出了范培松自己的散文理论观,表现出其鲜明的学术个性和敏锐的审美感悟力。范培松注重思考散文的本体性,试图从散文美学的角度为散文研究开辟一片新天地。应当说,这一学术目的得到了实现。此书荣获江苏省哲学社会科学优秀成果奖。有趣的是,"散文天地"也一时成为许多报刊散文栏目的名称,由此也可见本书的影响力。

20世纪80年代,中国大陆报告文学呈现出繁荣景象,范培松作为学者起到了促进作用。1989年,范培松撰写了《报告文学春秋》一书,该书是国内第一部从整体上研究中国当代报告文学的著作。它体系独特,分"报告文学春秋论""报告文学主体论""报告文学艺术论""点将台"四个部分。第一部分在世界文学的背景下,论述报告文学的产生、演变及其趋势;第二部分全面论述报告文学的主体;第三部分对报告文学创作中的一些关键问题进行了探讨;第四部分评价20位有影响力的报告文学家。对报告文学创作中一些重要的问题，范培松提出了自己的学术见解。例如，关于报告文学的"真实性"问题，国内学术界一直争论不休，对此他提出了"报告文学的真实性是一个近似值"的观点，受到了学术界的重视和不少学者的认同。著名学者贾植芳先生评价此书："自成体例，自成一说，既不人云亦云，而又绝无新旧方巾八股腐气；既能一切从实际出发，做到有的放矢，又能具有一定的理论深度和创新意义。它浸透着作者的历史深情、时代灵感，也渗透着作者在治学上的开阔眼光、求实精神和理论上勇于探索的胆识。"①

贾植芳先生概括的这些特点，在范培松后来的学术研究中进一步强化，可以这样说，范培松的整个学术研究都"浸透着作者的历史深情、时代灵感，也渗透着作者在治学上的开阔眼光、求实精神和理论上勇于探索的胆识"。

三

《中国现代散文史》的出版使笔者认为，范培松以前的著作都是大书的草稿。大书者，乃《中国现代散文史》是也。所谓"大书"，并非字数论，范培松的著作洋洋近50万字，大就大在学养、识见、才情、审美及人格的选择上。突破文学史研究中的旧体系，在新的框架中整合现代文学史，这是范培松能够拓展学术深度的前提。尤为重要的是，范培松的著作框架或体系并不是某种先验的结论，他回到历史，既回到文本，既在宏阔的时空中体现历史感，又在历史感中把握散文文体的发展历史。

范培松的著作用较长的篇幅叙述现代散文"崛起前的躁动"，在历史时态中展现了古代散文解体后，近代散文以梁启超"新民体"为中介向现代散文过渡的进程。在史著的末端，范培松又揭示了现代散文将给当代散文带来潜在影响。这样的"瞻前""顾后"为现代散文史还原了一个广阔而厚重的历史时空，创造了一个动态而非静态的历史状况。

文学史尤其是文体史，最重要也最有难度的是对文体发展规律的

---

① 孙乃修编：《劫后文存——贾植芳序跋集》，学林出版社1991年版，第128页。

把握，在这一关键点上，范培松显示了他作为一个文学史家的成熟，体现在他将中国现代散文的发展分为"诞生早熟期""裂变分化期""消融聚合期"。这样的切块和概括，并非简单地为史的研究和撰写提供自然段落，而是对内在规律的透视，贴近现代散文发展的历史时序，这是学术界迄今为止对现代散文所做的一次最为成功的历史概括。

从某种意义上讲，现代散文充分体现了中国现代知识分子的情智，尤其是文化精神的文本。文学史研究要在民族文化心理和审美创造力方面做出双重的探析，并且要把握二者的内在联系。所谓"体大思精"，"思精"也就体现在这双重探析的深度上。范培松从文化心态分析入手，把握作家的人格心理，揭示作家的文化精神，进而探析人格在艺术中的选择和文化精神对审美创造的影响。无论是对五四时期散文的分析，还是对周作人、徐志摩、郁达夫、何其芳、瞿秋白等人的具体研究，他都将这一方法发挥到了极致。

范培松从散文创作理论入手，继而论述现当代散文作家作品，再到完成《中国现代散文史》，逐渐形成了自己的学术研究体系，他由此成为中国大陆学术界少数几个真正有重要建树的散文研究家。

四

自20世纪90年代以来，范培松不断拓展着他的学术领域。范培松撰写的《中国现代散文批评史》是国内第一部系统研究现当代散文理论批评的著作，不仅填补了现当代散文研究的空白，也填补了中国文论研究的空白，在学科建设上具有重要的开拓意义，已引起各方的关注。无论是在散文研究界还是在文论界，对散文理论批评史的研究还很薄弱，甚至还缺少做这样研究十分鲜明的学术意识。从萌生研究散文理论批评史的愿望到《中国现代散文批评史》的完成，范培松在他自己的学术生涯中完成了一次飞跃。以往的研究往往是侧面的，或者集中在某几个理论问题上，或者侧重少数作家、学者和批评家的理论与批评上，缺少整体的梳理与研究。范培松依托中国文学理论批评的历史资源，紧扣散文理论批评的脉络，宏观着眼，微观落笔，在史学的意义上第一次建立起了中国散文理论批评的整体框架。无论是对断代的研究还是对整体的把握，都体现出一种开拓性的学术思路。在史料的整体挖掘方面,范培松也用力甚勤,广泛收罗,旁征博引,处理好了史与论的关系,使研究更加深刻。范培松长期从事现代散文研究,对散文文体和散文美学有独到的见解,表现在散文批评史的研究中是清晰和完整的理论构建,以及对散文理论批评史的内在逻辑的把握。《中国散文批评史》以"三足鼎立""政治同化""多元蜕变"为体系,第一次科学系统地揭示了现代散文的内在理路。这是范培松继《中国现代散文史》之后的又一学术贡献。

(本文载于《国文天地》1998年第12期,有删改)

悬念的技巧

范伯群

《悬念的技巧》是我国第一本系统地探索悬念奥秘的专著。当这本书的书名呈现在我们眼前时,这个有吸引力的题目也会为我们制造出一种悬念——那就是对悬念奥秘的悬念。

随即,我们就会联想:从幼年在祖母或母亲的怀抱中听故事起,直到今天看到这本书的书名时,我们曾千百回地受过悬念的诱惑。大人们设置一个故事悬念,可以使孩子们乖乖就范——帮助操持家务或认认真真做好作业。这样真比斥骂或告诫的威力更大。评弹艺人道一声"明日请早",书场的椅子竟然产生了强劲的磁力。一本情节引人入胜的小说,令我们手不释卷、废寝忘食……在悬念的魅力面前,我们总是俯首就缚、心悦诚服。我们与她如此亲近,可是我们至今并不一定认识她的尊容;我们与她打过无数交道,可还是未看清她的庐山真面目。她真是我们熟悉的陌生人。作为读者,我们并不一定懂得悬念为何有征服我们的特异功能;作为作家,虽会设计悬念去吸引读者,却不一定研究过构成悬念的主机和零部件。这真是悬念的奥秘、奥秘的悬念!我们不得不钦佩本书的作者选择那样一个令人神往的题目,带领我们去认识这位熟悉的陌生人!

多年来,范培松致力于写作学的研究和教学。作为苏州大学中文系写作教研室的教授,范培松不尚"空对空"的高头讲章,而是坚持把文艺理论与写作技巧做有机的糅合与融会,去考察和剖析若干创作问题,使自己的探索既有一定的理论深度,又能传授创作技艺和实践经验。范培松的《散文天地》等著作都显示了这一特色。就本书而言,范培松从一个人们熟视无睹的问题中开辟出新天地来,从心理学、美学、哲学等方面,做多角度的扫描透视。这不仅十分必要,也引人入胜。笔者以为,悬念这个"精灵",就很善于利用我们的同情心、好奇心和向善憎恶的正义感等感应神经,使我们欲罢不能。文学是人学，也是人的命运学。我们渴望善良的主人公摆脱坎坷的命运，我们拭目以待凶残的屠户的可耻下场……我们为古人担忧，为情人祝福。于是，悬念这个"精灵"就利用种种共同心态乘隙而入，玩弄我们于掌肱之上；而我们并不会恼羞成怒，反让她尽情地逗引。人类啊，你的弱点被悬念牢牢控制！文学啊，这悬念是你乾坤袋中威力无比的法宝！

"解释"仅是本书任务的一小半；"运用"和"驾驭"才是更高层次上的理解。悬念的奥秘一旦为我们所掌握、所运用，这个"精灵"就会变成一匹骏马，我们就可驾驭这匹神奇的骏马，驰骋于广袤无垠的艺术天地之中。

毋庸笔者再饶舌，请诸君开卷有益吧！

（本文载于《悬念的技巧》，花城出版社1988年版，有删改）

独具风采的散文史

——读范培松《中国散文史》

王 晖 周 稳

近期,有学者疾呼"文学史写作正在'垃圾化'",因为迄今为止,中国现当代文学史已达1 000多部,而它们中间真正具有严谨文学史品格的寥寥无几,大多数成为重复生产、创见力萎缩、个性泯灭的谋名、谋利之物。相比之下,近期出版的范培松个人独撰的100多万字的《中国散文史》则为当代文学史的写作带来了亮色和希望。范培松这部分为上、下两卷的鸿篇巨制,是其长期从事中国现当代散文研究的一个结晶。这部著述连同其前些年出版的《中国散文批评史》,构成了其"20世纪中国散文研究系列"的辉煌篇章。可以说,这是独具风采的散文史记,对于现当代文学史的书写极具启迪意义。在洋洋洒洒的叙述中,范培松既以雄健的学术气魄着意于叙述大视野和大格局,同时又注意小心求证,在微观把握上做足功夫,展示出一幅20世纪中国散文发展与流变的壮阔画卷。宏微相间、知感交融、反思独到,可谓这部著述的最大亮点。它在宏观表达上鲜明地体现出以下几个方面的特色。

第一,在结构上,整部散文史的叙述分为上、下两卷,共四编,时间跨度将近百年(1918年—20世纪90年代末)。可以说,该著作对百年中国散文的历史做出了全面且深入的描绘和分析,是"大视野"和"大格局"。首先,这表现在它具有十分清晰的时间叙述维度,即从20世纪初到20世纪末。分别为:第一编,"异军突起"(1918年—20世纪20年代末);第二编,"裂变分化"(20世纪20年代末—40年代中期);第三编,"消融聚合"(20世纪40年代中期—80年代中期);第四编,"和而不同"(20世纪80年代中期—90年代末)。这又在整体上展现出百年散文发展"合—分—合—分"的内在规律。这种根据时间的划分，完全依据的是百年散文发展的内在文脉和律动，而非传统文学以政治事件为经的做法，体现出范培松建立于文学理念基础之上独立的文学史观。其次，这种"大视野"和"大格局"还表现在它具有广阔的言说空间，这就是将中国大陆（内地）、台湾、香港和澳门等地的散文流变纳入叙述之中，形成独立的"文化审视"视角，这样一种立足于"文化选择""文化心理""文化性格""文化精神"等关键词的对于散文流变的视点考察，无疑是一个大的思考格局。对比当下那些"无魂"的文学史，这样的独特叙述实在是难能可贵。我们完全可以将之视为发自范培松内心的研究冲动，并且有着自身文学史观、厚积薄发的述史精品。

第二，范培松在宏观地划分了四个时期之后，还使其各自形成独立的格局，并且运用"分""合"的笔法在各个格局之间自然衔接和过渡，这也是其宏观把握的一大体现。如在"异军突起"一编中，范培松从整体观出发独特地概括了五四散文家的心态特征——"愤"，在对"愤"的体察中结合时事记录下这一时期散文的文体发展，即现代散文萌芽杂感的新生。另外，在散文文坛的"怨怒"主潮中，范培松还发现其中分流和趋美的变异，并结合不同作家文本的文体特征，如周作人的冲淡、冰心的清纯、朱自清的儒雅、徐志摩的唯美，表现时代情绪主流以外的创作面貌和情感表达。这是范培松在总体上把握住了"合"的特征，也客观展现了"分"的趋向，为下一编中叙述的散文"分流"铺设了变化的可能。在接下来的"裂变分化"中，范培松描述道，随着"阶级意识的幽灵闯入了文学殿堂"，"散文观念的蜕变及其冲突"也变得势不可当。从论争的开展到流派的形成，从理论到创作实践，作家们在"载'道'"与"离'道'"问题上出现两极对峙。这是在"分"中尽显散文及其文体发展的活泼动态。独特的是，范培松从地域层面来考察散文的流变，另外以文化审视的视角来分析各个流派，在"分"中把握住"合"的主脉，在"合"中渗透"分"的因子。例如，当1937年的卢沟桥事变之后，爱国抗日成为这一时期散文的主旋律，这是范培松对"合"的展现。范培松接着将这一时期的散文从四个层面展开：

---

① 范培松：《范培松文集》第1卷，江苏教育出版社2012年版，第277页。

一是抗战前沿阵地；二是沦陷区；三是孤岛；四是大后方，即国统区和解放区。继而在"分"中从地域入手分析不同作家的艺术特征。可以说，这种以在"分"与"合"之间灵活转换来展现散文发展动态的方法是基于宏观把握的一种客观和练达的体现。

第三，在20世纪历史进程中结合多种因素叙述散文的发展及演变，还包括对散文文体的思考和认识，这体现了作者文学史观的深刻性。在该著的"代序"《百年中国散文之命运》中，范培松精辟地总结了操纵和影响散文命运的三对因素，即"载'道'"与"离'道'"、"激进"与"中庸"、"乡村"与"城市"。在说到"载'道'"与"'离道'"时，范培松认为这二者在百年散文发展中始终或明或暗地主宰和影响着散文的命运，从而引发出人与"道"、文与"道"之间关系的思考。纵观百年中国散文，"道"的影响尤其明显和重大，中国历史的沧桑变化不可避免地给散文带来了曲折的蜕变进程。在五四风雨中成长起来的革命家们，一方面，选择了"道"，借助散文宣扬民主与科学、提倡解放，并有效地强化散文的参与意识；另一方面，也没有使散文成为政治的附庸。这就确保了散文的独立性和艺术性，使散文能够自然地传递思想，于是散文在现代思潮的涌动中成为时代的"宠儿"——杂感成为现代散文的萌芽，文坛上强劲的杂感热发散出来。客观地来看，在五四的怨怒主潮中，众多作家愿意为时代呐喊，在"道"的驱动下以文明道，使散文在布道中成为他们心仪的宣传载体。鲁迅用散文和杂文对丑恶的现实和政治进行冷峻犀利的口诛笔伐，并在实践中丰富着杂文在文本意义上的价值和地位，他用"抗争的硬骨头，丰富的创作经验，思想家、哲学家的头脑"为杂文文学化工程做出了卓越的贡献。这种有效的抗争方式不仅成为时代的洪亮之音，也成为其人格力量的有力写照。杂文在特殊年代所产生的强大感召力显示了散文所具备的社会功能和时效性，它一直是众多作家抨击现实、宣扬思想的舆论武器。因此，在20世纪30年代的革命实践中，散文走向世俗化，它和新闻、科学结缘，分别诞生了纪实散文和科学小品。纪实散文又在20世纪30年代中期的实践中蜕变发展为报告文学、军旅散文和传记散文；而科学小品也在宣传着社会科学和自然科学，为革命提供文明的保障。可以说，在时代和历史的磨砺中，散文与"道"的结合使散文的生命变得尤为强大和丰富,纪实性的增强和通俗的体式为中国散文史的发展增辉添彩。同样是身处纷乱动荡的时代,另一部分作家则选择了对"道"的疏离,他们为了追求自我与独立、摆脱现实的纷扰而脱身于时代号角之外,着意于个人狭小的艺术天地。可以说,这种选择是在一个需要抗争的时刻做出的软弱回应,但这也恰好成为散文发展成熟和逐渐丰富的一个重要方面。周作人便是明证:他主动消退于时代,在散文中书写自我,倾尽全力地耕种"自己的园地",不惜向消极麻木的极端发展;他坚持文本观念,主张文学独立,认为文学以个人自己为本位,于是退到个人的艺术天地着力描绘清冷和苦涩,他将情致的淡化、结构的散漫化和语言的絮语化汇合起来,从形式到内容上,促使散文进行了一次解放。范培松用客观的笔调评价道:现代散文的创始人以周作人为代表,这是中国散文的史实。同时,范培松又将其放到整个时代环境中给予中肯的批评——面对日本帝国主义和国民党的炮火,如果人们都像周作人那样安卧着、耐心地倾听着苦雨声中的蛤蟆鸣叫,去分辨蛤蟆在水田里群叫和院子里的蛤蟆鸣叫的不同,那中国将会是怎样一幅情景!在此,范培松从宏观的角度不仅展现在出国难当头的危急时刻,作家追寻自我与跟踪时代之间的矛盾,在"载'道'"者和"离'道'"者的世界中追寻着散文文体的发展脉络,与此同时,他更坚定的是时代不允许散文"离'道'"这一观点。这无疑表现出范培松对于散文发展的全面把握和客观认知。

如果仅仅是在宏观上倾力描述,那么这样的文学史还不足以打通我们的感知脉络,在《中国散文史》里,渗透于宏观架构之中的,还有范培松微观的体察和认知。

资讯翔实、实证性强、论述有据是这种体察和认知的一个特点。在整部散文史中,范培松从各个方面搜集翔实的资料进行归纳和阐述,大到对百年散文史的四个发展阶段的划分,小到对作家创作心态的描摹,涉及百年散文的主要作家、作品、流派、思潮和现象,贯之以时代的运行、地域的影响、心理的探索和阶级的参与等。既有系统的爬梳,又有细致的阐释,有理有据,说服性强,显示出学术的严谨性。对周作人的散文分析便是如此。首先,范培松确定周作人为一个悲剧性人物,通过对其生平和观念的叙述,认识他在历史上的"过"和文学上的"功"。其次,范培松展示其在"功",即散文在"冲淡化工程"的实践中艰难的历程,并结合作品将这一历程分为三个步骤:《自己的园地》是"力主宽容,皈依冲淡的第一步"①;《雨天的书》《泽泻集》是"极慕平淡自然,对冲淡的尝试和成功"②,这是第二步;《谈龙集》《谈虎集》为第三步,是"冲淡心理的紊乱,两个'鬼'的'双头政治'"③。这鲜明体现了由宏观到微观的分析特点,实际上这都是范培松在细致研读的基础上以周作人的心理特征为切入点所提出的独到见解。更为精彩的还在于,范培松结合《雨天的书》《泽泻集》这两部"贡献给中国现代散文史的第一批成熟的'美文'硕果"④,带领我们走进了周作人的艺术天地,去品味其中的"清冷而苦涩"。从审美理想的"度"和审美情趣的"冷"的概括和体味中,范培松独到的笔力和深刻的智慧被显示出来。在深入的寻找和阅读中,范培松对"度"的解读为自由和节制,而他认为"冷"则是周作人在情与知的矛盾上无法调和的产物,见解之独到,令人信服! 通过一步步的实证,范培松肯定了周作人"美文"成就及其三个成功的转变,即散文情绪从极化到淡化、散文结构从封闭到散漫化、散文语言从雅致到絮语。最后,范培松对周作人做出历史与文学相结合的评价:一方面,周作人在现代散文史上第一个摘到了"小品之王"的桂冠;但另一方面,周作人又成为一个为人们所弃遗的精神之因。在对周作人的评述中,范培松潜心地去搜集资料、解读作品、探寻心理,用详细的资讯来证实观点。可以说,《中国散文史》建立在厚重的学术积累之上,显示出较强烈的逻辑性和说服力,是范培松潜心散文研究几十年的结晶,与当今学风之浮泛、学术行为之不端形成鲜明对照。

  微观体察和认知的另一个特点是,关注内心,把握感性,体现人文关怀。范培松对于作家的创作心理有着深入的体会、究诘,如用一个"愤"字来概括五四散文家的破坏心态,堪称独特鲜亮;对五四散文的分流进行感性把握,用语为"落潮中被召回的名士情趣",即"冲淡";在阐释京派散文的文化选择时,范培松又抓住"我"——

---

① 范培松:《范培松文集》第 1 卷,江苏教育出版社 2012 年版,第 188 页。
② 范培松:《范培松文集》第 1 卷,江苏教育出版社 2012 年版,第 189 页。
③ 范培松:《范培松文集》第 1 卷,江苏教育出版社 2012 年版,第 193 页。
④ 范培松:《范培松文集》第 1 卷,江苏教育出版社 2012 年版,第 195 页。

"乡"—"城"的三角情结、"对农业大文化的滞重的背负的心理紊乱"及文化思乡的特征；对"后'工农兵'代言人时代"的散文，范培松将其文化心理特征概括为"心有余悸"；等等。范培松在总体的理性认知中，结合作家的心理感受进行感性的描述，就使得论述具有鲜明的形象性。范培松还将这种细致情怀落实到对作家的具体分析上，显出一种独特的人文关怀，这突出地表现在他对作家孤独心态的感知和抚慰上。通读全书，我们发现范培松通过作品解读、记录下了许多人孤独的人生状态。人的一生，谁都无法拒绝孤独的存在，尤其是在百年历史沉浮中游走的敏感作家。在五四时期的怨怒之音中，就有这样一群漂泊的孤独者：鲁迅，堪称"勇者、斗士"，拥有一副硬骨头却也无法摆脱"孤独乃至绝望"的心理感受；周作人，崇尚中庸之道，沉浸于"苦"和"涩"的艺术天地，在远离现实中追求所谓的冲淡平和，实际上也是其身处现实中孤独和力不从心的表现；郁达夫，自诩为"零余者"，在散文中用大量的孤独意象和开放性的心态来发泄自己"大悲哀中的消极情绪"；庐隐，一生坎坷悲苦，在哀愁绝望的情绪中将散文"掷向人间都是怨"，精细的情感中满是孤独的爬痕；石评梅，身世悲愁，文章苦涩，关乎自我，犹如"失群的落雁"，用凄厉的心声来倾心书写"生命中的'深的缺陷'"。在京派散文代表人物中，我们还看到了何其芳的孤独身影，范培松将其《画梦录》描述为孤独寂寞者的"精致的独语""自我封闭""心灵的创伤"。另外，如瞿秋白、萧红、陆蠡、丽尼、缪崇群、张爱玲、巴金、苏叶、王英琦、史铁生、三毛、林燿德等大量的孤独者形象也在范培松的笔下树立起来。范培松根据不同的时代背景对这些孤独者的孤独进行了具体、深入的剖析——他们有的是在为改变现实的奔走中身心疲惫而深感孤独，如鲁迅、瞿秋白、郁达夫；有的是在灾难面前为追求自我而脱离现实产生狭隘的孤独，如周作人；有的是在历经了个人的坎坷波折之后感伤悲痛，略显软弱的孤独，如庐隐、石评梅；有的则是在孤独中进行灵魂的倾诉与人生苦难的反思，如巴金、史铁生。

这些孤独汇集起来便是范培松对于作家"自我"的认知和关切：心陷孤独是有意识地对于自由的追寻、对于人生的诘难、对于束缚的抗争，更重要的是对于美的关注。孤独成为对美好的救赎方式。回眸百年中国，时代之道为散文家带来更多的似乎就是束缚和苦难。对他们来说，入道太深，自我将成为代言之工具；离道太远，自我也无安身之地。这种尴尬对于生来敏感的作家来说，无疑就是在加重自我的煎熬。在时代的风吹雨打之下，他们要么于时代大潮中不甘湮没自我而走向独立，要么无奈地选择消极退却而挣扎忏悔。范培松在全书的四编中勾勒出了不同时代的孤独者形象，结合历史演进的脚步，试图一步步地为这些时刻着意于救赎自我的散文家找寻散文的出路乃至灵魂的出路，一种人文关怀的动人情致始终洋溢在笔端。诚如范培松所言，文化环境的改变，激活了散文家被长期封闭压抑的言说"自我"的欲望。自由是他们的散文的出发点，也是始终引领他们不断前行的终极指向。"实现以'文化自我为中心'的主体回归""书写多元化情致""主宰自己的命运"等叙述都是范培松在尊重个性与自由、关注作家人格与命运的情怀下所发出的真诚心声。

用语形象、激情爽朗、话语率真，也是《中国散文史》给予我们的突出印象。范培松几十年来致力于散文研究和散文创作，早已练就了激情洋溢、张扬自我、收放自如的语言功夫。翻开该著目录，我们很快就会发现范培松语言的形象生动，他用"异军突起""裂变分化""消融聚合""和而不同"这样形象化的语言概括风云际会的百年散文。对于作家作品风格的总结，则用冲淡、儒雅、唯美、性灵、书斋、哀祭、诗化、人生诘难、江南斜姿等词语来形容，真可谓摇曳多姿！引人入胜之外别有一番散文情致孕育其中。读其内容，学术的严谨、表达的精确和词汇的丰富更是让人有一种愉快的审美感受，如书中对贾平凹散文的解读，三个部分的标题生动而新鲜：一是"从'静虚村'到'商州'：'我'的心灵回归之旅"；二是"情感的隐秘维度：谜性和野性"；三是"在松坦情绪中用磁性话语营建情感磁场"。① 从贾平凹的创作历程到为文情绪再到语言特征，几个形象的概括已经将其创作的个性特征印入我们的脑海之中。激情话语在该著中也是比比皆是、信手拈来的，譬如在书写"文化大革命"时期散文的状况时，范培松这样写道：这是一个权威主宰一切的时代。人人卷进了权威制造的巨大政治漩涡。在仇恨中发狂、错乱。一方面，处

---

① 范培松：《中国散文史》下，江苏教育出版社2008年版，第627、633、636页。

处在高唱"从来就没有什么救世主";另一方面,"救世主"又不断地鼓动人们。刊物停了,连"'工农兵'代言人"也一批批倒下,文化被摧毁的同时,散文也被摧毁。这是一个制造英雄的时代。权威需要精神奴隶的同时,又需要奴隶式的"英雄"来支撑。因此,在散文被摧毁的同时,出现了精神奴隶大写、特写"英雄"的红色颂歌散文的奇景。散文又再次发威。范培松的笔锋常带感情,它既是其学术激情的表露,也是其人格力量的彰显。另外,范培松在用语上还呈现出某种亲和力,体现了一位学者率真而平易的个性。如对女散文家筱敏,范培松说,"为此我们也实在不忍心来责备筱敏:你的散文有些超负荷,思想承载太沉重"①。范培松用温和的批评和对话的方式显示自己的观点,让人倍感亲切。文中对香港女作家李碧华的评述也同样展现了这种平和的姿态。在形象、激情、率真的话语统摄之下,该著作的语言就获得了内蕴丰厚的张力和活力。

范培松曾经在他多年前出版的《中国散文批评史》中赫然大书"弘扬自我"四个字,以高度的概括力,显示中国散文批评的永恒主题。同样,他在散文史的研究上也关注着这一主题,那就是坚守知识分子独立的学术理性,"不唯上、不唯书、只唯实",以鲜明的观点、独到的见解和严格的批判精神,静观和反思20世纪中国散文的潮起潮落。作家张抗抗曾对范培松有过这样的评价:他不服从于权威,也不服从于大众,而只服从于他自己对这段历史的认识。我们以为,这正是对范培松学术个性的最好注释。在《中国散文史》中,处处可见其独立之判断、反思之精神,譬如对五四散文家"愤"的破坏心态的分析与解剖;对"周作人的冲淡散文"的评价;对京派散文海派散文的文化性格与审美特征的归纳;对"'工农兵'代言人时代散文"等细致的反思和批评;对"散文热"的整体观;等等。在对巴金倡导散文要像"遗嘱一样写"和"说真话"的问题上,范培松丝毫不掩饰自己的反思和批评,他认为:倘若从散文创作的意义上看,并不具有先锋意义,它只是从精神维度上重新表达自我,是在"文化大革命"所造成的文化废墟上面的自我增值。20世纪初,周作人

---

① 范培松:《当代女性社会派散文四人志》,《盐城师范学院学报(人文社会科学版)》2004年第3期,第32页。

在《美文》中对现代散文曾用"记述的,是艺术性的"和"须有自己的文句与思想"两条进行规范。现在,巴金倡导散文"当作我的遗嘱写"及"说真话",也仅是"须有自己的文句与思想"换一种形式来强调,使得散文创作又回到20世纪初的起跑线上,这不能不说是散文的一大悲哀。而且,这种强调还忽视了散文是"艺术性的",尽管巴金也提出了"艺术的最高境界是无技巧",但是对散文而言,建树不大。这样的见解和批判精神不能不让我们叹服!在文学批评变成文学表扬、文学史成为名利场的今天,范培松所坚守的独立的学术理性更显得难能可贵。

《中国散文史》可谓"一个人的文学史",尽管它只是一种文体的叙述史。在当下,"主编制"的文学史风行于世,而个人述史寥寥无几。这在某种程度上映照出当代学术的漂浮化与快餐式症候。著文学史难,著"一个人的文学史"更难,著颇具独立学术与独立人格的文学史难乎其难!值得欣慰的是,范培松以他几十年的积累之功,以他独具个性、独具魅力的超拔学人气派,为学界奉献了这部堪称散文史记的皇皇大著。总结过去,着眼当下,期待未来,《中国散文史》带给我们的启示很多,其中最为重要的一点,可以说正是其对"垃圾化"文学史泛滥的警醒,是其对文学史写作伦理的真正坚守。

[本文载于《渤海大学学报(哲学社会科学版)》2009年第3期,有删改]

构建个性化的述史空间
——读《中国散文批评史》

王 晖

现在,不唯上、不唯书、不唯众的"自说自话"式的述史方式在20世纪中国散文及散文批评研究中得到生动证明。而生动证明的最好实例是范培松先生撰写的《中国现代散文史》和《中国散文批评史》。前者因其独特的个性化阐释被孙玉石誉为"将在整个中国现代散文史的研究中竖立起一个新的里程碑"①;后者,笔者以为也将以其构建个性化述史空间的典范实践屹立于18世纪中国散文批评研究的群峰之中。

笔者以为,范培松在散文研究上有一种超拔地对对象把握的概括力和审视、剖析对象的个性化视角。其原因来自张抗抗所言,"他不服从于权威,也不服从于大众,而只服从于他自己对这段历史的认识"②。这是一种知识分子独立的学术理性精神。也就是从这样的精神出发,像范培松在详尽研究现代散文主潮之后,以一个"愤"字找到了《中国现代散文史》的切入视角、核心词和建构全书体系框架的原动力一样,他在《中国散文批评史》中赫然大书"弘扬自我"四个字,以高度的概括力,显示中国散文批评的永恒主题。笔者想,范培松由此论述的20世纪中国散文批评的变迁与发展,正是一个以"弘扬自我"为核心的正反合题。在这样一个类似黑格尔哲学体系的逻辑公式中,作为散文批评发展起点的"正题"体现于20世纪20—30年代中的"三足鼎立"——一个由言志说散文批评、社会学散文批评和文本说散文批评构成的研究格局,以周作人的言志说散文批评为代表的批评理论成为当时散文批评的主角之一。这种以抒发自我为

---

① 范培松:《中国散文批评史》,江苏教育出版社2000年版,第609页。
② 范培松:《中国散文批评史》,江苏教育出版社2000年版,第613页。

中心,把言志作为散文的最高境界、终极目标和批评的唯一标准,主张散文个人化、闲适化、冲淡平和的批评类型,其实正是"弘扬自我"这一核心概念最紧密的拥趸。与之相对的另一极,是以鲁迅为代表的社会学散文批评,与言志说散文批评侧重把握人的个性与独立性不同的是,鲁迅等人十分强调对散文社会效应及作家家庭背景、社会地位和政治倾向的考察,带有社会历史(政治)批评的浓厚色彩,可以说,它是言志说的反命题——以强调散文批评的社会性、阶级性,而将"自我"逐出,代之以有政治倾向的"大我"。第三种批评具有调和味道,这就是以朱自清等人为代表的学院式文本说散文批评,他们排除倾向性,讲究操作性,注重形式探讨。三足鼎立并非相安无事,而是处于互动之中。尽管后来言志说散文批评与社会学散文批评交上了"恶战",且后者逐渐在政治因素的推波助澜下演变成政治化散文批评,但总的来说,我们仍不妨可以用"构建自我"来总结代表20世纪散文批评发展起点"正题"的内涵。从20世纪30—70年代末,是散文批评发展的"反题",即言志说散文批评与社会学散文批评已由对峙、交战扩展到后者逐渐占据上风,成为这一时间内决定性的批评类型,此时"构建自我"已经变成"泯灭自我"。对这一命题的阐释,笔者以为是《中国散文批评史》中最见个性与知识分子学术理性精神的地方。范培松以"政治同化"来概括和描述近40年的散文批评发展,他以"政治化散文批评"来为其命名,并详细阐述了这一批评的内涵、特征、具有悲喜剧特性的历史演变及试图疏远或对抗这一批评的散文家的挣扎。在范培松看来,政治化散文批评"乃是指批评者按照特有的政治思维方式,从政治需要出发,乃至动用国家机器,以行政措施来运作,借助对散文作家和作品的批评来阐释和解决政治问题,实现政治意图"①。其特征表现在四个方面:思维方式——信仰斗争逻辑,拒绝情感逻辑;批评行为——非个人行为,是组织行为;批评标准——轻审美,重社会功利和政治效应;批评方法——寻章摘句、借题发挥。在这里,实际上范培松已揭示出政治化散文批评走向"弘扬自我"的反面。范培松又通过对瞿秋白、毛泽东等政治领袖人物对鲁迅杂文的政治的而非艺术的褒扬,延安时

---

① 范培松:《中国散文批评史》,江苏教育出版社2000年版,第279页。

期对王实味、丁玲等人的杂文,中华人民共和国成立后对胡风书信、"右派"杂文和"三家村"杂文的"三次没有散文理论的散文批评"的由喜到悲的历史描述,阐述了"个性应当从属于集体"这样一个"泯灭自我"的批评观念的生成及后续对散文批评的负面影响。对政治化散文批评做如此深入、果敢的反思,这无疑显示出范培松不囿陈见、尊重历史、敢于直言的学术风范。20 世纪散文批评发展的"合题",正是《中国散文批评史》第三部分"多元蜕变"的主要内容。20 世纪中国散文批评在历经"构建自我""泯灭自我"的正、反题之后,至 20 世纪 80—90 年代以多元化态势形成"召回自我""升华自我"的合题。这是对命题扬弃的结果。它在更高层次上或者说以螺旋式上升的轨迹使"弘扬自我"这一核心获得了否定之否定后的圆满内涵,这也是全方位的、新的融合——包括中国台湾、香港地区在内的对散文"弘扬自我"的认同。新言志说散文批评、社会学散文批评、文本说散文批评,甚至更为多维视角的批评形成众语喧哗、百花齐放的格局。笔者认为,《中国散文批评史》在周作人研究、散文文体净化之争等方面的叙述是对这种新的融合之合题的生动印证。由此,我们可以看到围绕"自我"的构建、泯灭与召回、升华来审视散文批评的变迁,正体现了范培松以独特视角和个性化话语对散文特性和散文批评流变的深刻把握。《中国散文批评史》构建个性化述史空间还表现在其对体式架构的安排上。在书中,范培松虽然借鉴了经典式文学史概述加个案评析的一般结构,但其对散文批评发展分期的划分打破了传统的以社会政治事件或政权更迭等政治因素为标准的方式,而是以"弘扬自我"为中心的正、反合题的内在逻辑为标准,将其分为上("三足鼎立")、中("政治同化")、下("多元蜕变")三卷,以此分别对应 20 世纪 20—30 年代、30—70 年代、80—90 年代的批评全貌。范培松又以"绪论"的形式阐述了 20 世纪初—20 年代的批评状况。范培松还首次将中国台湾、香港地区散文批评作为与中国大陆(内地)散文批评并列的另一空间,以"余论"的形式置于书中,使全书的叙述空间得以延展,这也是更深层面上不同空间批评品格的对比与认同。

以大散文观显示对散文批评所述对象广泛性的包容也是《中国散文批评史》留给笔者的一个深刻印象。从书中可以看到,范培松其实是赞同"大散文"观念的,他在评价贾平凹于20世纪90年代提出的"大散文"一词时,认为"大散文"观念的提出,文坛和学术界对此众说纷纭。从倡导者来说,面对精神屈从物质的社会现实、为改变散文萎靡之风、想以大境界和大精神来拓宽散文疆域的愿望是美好的。尽管它在理论的规范上建树不多,但人们能辨别出,"大散文"观念不是炒作,不是包装,不是广告,而是在20世纪末的散文"爆炸"中,人们需要的旗帜。① 因此,在主张文体融合,而不是搞体裁纯粹化的理念支持下,《中国散文批评史》也涵盖了20世纪除小品文等散文核心文体以外的,且现在多被人视为已独立门户的杂文与报告文学等文体的批评轨迹。另外,范培松之所以将杂文与报告文学宽容地纳入批评视野,还在于其对散文文体本性的个性化理解。在范培松看来,散文的诸多子体裁(亚文体)都必须以"艺术性"来审视它们,对现代散文定位和解说,首要的一条,现代散文是一种文学模式,是艺术性的一种文学体裁,叙事也罢,抒情也罢,议论也罢,或兼而有之,都是允许的,但必须形成艺术天地。②

构建个性化的述史空间,对于散文这样一种最具个人色彩、以讲究抒发自我的文体来说,其重要性是不言而喻的。而能从具有独立学术理性精神的知识分子的话语重审、新构散文和散文批评进行演变,则显得尤其可贵。在《中国散文批评史》的跋语中,范培松说自己研究散文是"自说自话",这既是他有感于散文理论批评的寥落,也是他以知识分子的立场,不拘俗见、敢于拓荒、勇于立言的形象概括。其实,从《中国散文批评史》构建个性化述史空间的实践中,我们更欣慰于中国当代学者创造力的重新觉醒。也许这才是21世纪中国散文理论研究乃至整个文学批评的希望所在。扬格说,创造性的作品是这个春天最美的花朵。笔者以为,创造性的批评也应该如此。

[本文载于《苏州大学学报(哲学社会科学版)》2001年第2期,有删改]

---

① 范培松:《中国散文批评史》,江苏教育出版社2000年版,第497页。
② 范培松:《中国散文批评史》,江苏教育出版社2000年版,第274页。

弘扬自我的散文批评理论建构

——评范培松的《中国散文批评史》

啸 尘

在整个漫长的中国文学研究史上，散文理论研究历来是一个薄弱的环节，散文批评研究经历了多次兴衰，由中心到边缘，复由边缘到中心，三起三落，学术进步并不是很大。与小说批评理论研究的喧哗与骚动相比，散文批评研究几乎成了一个被人遗忘的"角落"。散文批评史的研究的确是当前文学研究中的一个"堡垒"，令人望而生畏。它的难点不仅在于其理论的零散性，还在于史论角度的选择。范培松的《中国散文批评史》成了攻下这一"堡垒"的"独一份"，它填补了散文研究中的一个空白。

在这部50多万字的皇皇巨著中，范培松回答了一个十分重要的问题。那就是散文的本质是什么。对这一问题的回答，确立了中国散文的本体论，也随之确立了中国散文批评的一个价值体系和评判标准。范培松开宗明义地指出，"弘扬自我"是中国散文批评的永恒主题。纲举目张，正是因为选择了这样一个切入点，这部学术巨著成功地规避了时下史论著作以时间为经、以个人评述为纬，堆砌史料的"作坊式"做法，显示出自身的学术分量和卓尔不群的学术品位。

范培松几十年散文研究的积累，使他在散文批评的流派归类和阶段划分上高屋建瓴、脉络清晰，探到了中国散文批评的要害。这显然是与其开阔的视野、独特的人生体验和虔诚的真与美的感悟分不开的。《中国散文批评史》的体例可以看出范培松对20世纪庞杂繁乱的散文理论的把握是经过了长期深思熟虑的，从中也可以看出其深厚的学术功力。

范培松经过深入细致的爬梳，发现中国现代散文批评（包括杂文批评、报告文学批评、小品文批评）尽管是不系统的，但其中包括了核心的东西那就是对"自我"的张扬。范培松认为，一方面，由于散文体是重在抒情写志的主观性很强的文体，它要求范培松的主体个性意识要非常活跃；另一方面，中国现代散文批评诞生于五四时期。五四时期张扬个性，提倡"人的文学"，对"人"的自我价值充分肯定，为散文创作与散文批评创造了良好的社会环境，但是真正使散文批评家在散文批评中重视和注意散文作家的主体和个性意识的是日本著名文学批评家厨川白村。这位日本的精神分析学说倡导者所提出的"真的生命的表现的创作"在中国现代散文批评的发展期间产生了极大的影响。厨川白村的《出了象牙之塔》提出散文"要件"，"就是作者将自己的个人的人格的色彩，浓厚地表现出来"①。这一论断几乎成为中国散文理论批评家的经典理论依据。

范培松抓住了这一切入点，很自然地将处于无序的、零星状态的现代散文理论理出了一个清晰的脉络，一个中国散文批评的框架体系赫然在目。中国散文批评史的三大板块清晰地勾勒出中国散文批评的发展历程。第一阶段为言志派散文批评、社会学派散文批评、文体派散文批评"三足鼎立"，第二阶段为政治化散文批评，第三阶段为多元嬗变的散文批评。这种概括基本揭示了散文批评的内在规律和轨迹，范培松在宏观的把握中透露着睿智，所做的评价客观、公允。

在《中国散文批评史》中"弘扬自我"被视为散文批评的灵魂，同时也是散文批评的审美尺度。

在对"语丝体"的评论中，范培松特别指出，"语丝体"散文之所以能任意而谈、无所顾忌，能发表自己所要说的话，是因为五四时期提倡张扬个性。范培松指出"语丝体"散文的两种品格：一是作家"大胆与诚意"，二是"不说别人的话"。范培松认为这和周作人在《〈自己的园地〉旧序》中说的"自己觉得要说时，便可以大胆的（地）说出来，因为文艺只是自己的表现"② 是一脉相承的。

散文批评在较长一段时间里处于无序的零星状态，"语丝体"的讨论使得中国现代散文批评家能自觉地从"体"上对散文进行理论思考，

---

① 丁晓原：《精神的表情：现代散文论》，广州人民出版社2017年版，第359页。
② 周作人、张明高、范桥编：《周作人散文（第2集）》，中国广播电视出版社1992年版，第3-4页。

促进了散文批评的发展。因此，也可以说"语丝体"的讨论实际上是对散文创作本体的讨论。《中国散文批评史》认为"语丝体"的讨论标志着中国现代散文批评已进入了自觉时代。由于范培松秉承这样的审美尺度，他对于言志派散文批评难免会在字里行间流露出某种偏爱。如何看待周作人的"极致说"？《中国散文批评史》认为，"极致说"源于周作人作为"士"的自我价值的失落。周作人越珍惜自我价值就越痛感自我无用，也就越急于寻找表现自我价值的方式和空间。周作人从20世纪20年代初种植"自己的园地"开始，把散文小品作为"偶然的避难所"，到后来又把散文小品推崇为"文学发达的极致"。散文小品地位之所以提升，范培松认为根本原因是周作人从"士"到"名士"的自我价值的升值。这一论断是独具眼光的，如果没有对周作人进行深刻研究是不会有如此发现的。范培松并未就此打住，满足于这一发现，而是进行深入的挖掘，对周作人所谓"极致"散文和"极致说"内涵做出深入的剖析，指出"极致"散文所规范的基调，不是古代"士"所奉行的与己无关的清高飘逸，而是异化了的现代"士"的、赤裸裸的、唯我利己的现世主义，而他的"极致说"的主体是"士"，灵魂则是包含了"味"与"风致"两味的"志"。

坚持"弘扬自我"的美学标准，也反映在对林语堂、郁达夫散文的评价上。范培松认为虽然林语堂"以自我为中心，以闲适为格调"的散文个人化主张的产生有其政治、历史和生存方式等方面的原因，但实质在于从一定程度上"反映了散文作家强化散文主体的审美追求"的倾向。《中国散文批评史》对郁达夫的"心体说"也倍加推崇，这是因为郁达夫的散文批评坚持以"自我"为本位：一是批评散文作品和现象时，处处以表现"自我"为标尺；二是以批评者的"自我"感觉主宰散文批评的全过程，以"自我"欣赏为中心。

在对社会学散文批评与文本说散文批评的衡量中，范培松仍坚持"弘扬自我"这一审美尺度。朱自清的崇尚抒写真情实感，反对模仿，主张"意在表现自己"；李素伯的"个性、人格表现"的散文本体观；叶圣陶的"自得说"；石苇的"力避客观的体裁"和"伸展主观的调子"；等等。这些都是在该审美尺度下所反映的价值所在。反过来说，统治散文批评领域40多年的政治化散文批评之所以"臭名昭著"，就在于其对人性的违反，是对自我审美价值的粗暴践踏。所

以,范培松在书中指出对胡风书信的批判、对"右派"杂文的批判和对"三家村"杂文的批判是"三次没有散文理论的散文批评",实际上是远离审美价值标准的散文批评。在《中国散文批评史》一书中,范培松明确地指出,政治化散文批评无论是思维方式、批评行为,还是批评标准、批评方法均不是审美活动,而是一种地地道道的政治行为。这一结论可谓一针见血,恰当而中肯。范培松把几十年来对散文研究的个人体会和独到发现,融汇到对散文批评史的研究中去。范培松对历史的理解和判断、把握,既大胆又心细。散文批评史上五颜六色、多姿多彩的学术观点,形形色色、林林总总的学术流派,范培松都从可以理解的、存在的合理性方面来予以阐释,显示他严谨的治学态度。范培松不是停留于孤立、静止地分析一部具体作品或理论著作,而是把论述对象放到由批评家个人背景、时代环境、创作风尚等构成的大系统中去考察,所论皆从史出。特别是对政治化散文批评的逐步演变历程的细致分析,为《中国散文批评史》的有关观点提供了有说服力的论据。这使得客观、公允的散文批评史呈现出一种大家气派。这种宽容性从文体上讲,范培松虽笔墨较多地阐述小品散文理论,但也对杂文、日记、传记体散文理论给予高度重视;从流派上讲,言志派、文体派固然着墨较多,然而对社会学散文批评也有详尽的描述。即使是政治化的散文批评,范培松也没有做简单的否定了事,而是采取一种历史的辩证态度,细致分析其产生的历史原因、批评的缘起、对象、方式及其所造成的不同后果。范培松指出,这类散文批评是政治动荡的产物,而20世纪80年代散文批评需要启蒙,原因是这种散文批评的流毒影响太深远了。

《中国散文批评史》在评估周作人散文批评的不足时认为,在创作上,可以偏爱一种风格、一种流派,也可以固守一种风格、一种流派,但在批评上必须以开放的姿态、兼收并蓄、善待各种风格和流派,才能科学地创建批评理论体系。这正是这部《中国散文批评史》的学术姿态。毫无疑问,这种新的批评史观有助于读者对散文的本质和散文内在发展规律的认识和把握。笔者相信,这部《中国散文批评史》必将在散文研究领域产生更为深远的影响。

(本文载于《江海学刊》2001年第2期,有删改)

论散文史书写的历史抵达与主体生成

——兼论范培松《中国散文史》

丁晓原

一

从某种角度来说,文学史有着两种不同的存在形态:一是"自然态"的历史存在,以时代的推演为经,自在地生成由各式各类的文学汇聚延展的史程;二是"研究型"的历史存在,治史者基于各自操持的文学史观,对文学的客观存在进行分析、整理、选择和评价等,这样也就形成具有不同主体特征的文学史。这两种不同形态的文学史当然是密切相关的。前者是后者研究的客体,也是后者生成的前提与基础;但后者既不是前者"自然主义"的写真,也不是对前者"博物馆"式的陈列。事实上,二者的关系是相当复杂的,其间既关涉形而上的文学史哲学的本旨,又有大量属于具体的操作层面的问题。自20世纪初东吴大学(苏州大学前身)黄人著有《中国文学史》起,百年来中国已有6 000多部文学史出版,文学史的编写成为一门"显学"。但与此同时,出现了文学史写作"垃圾化"的尖锐批评。对"显学"与"垃圾化"这样的现状,我们不能简单地加以评说。文学史的写作包含的事项很多,而且不同的类别也有着不同的要求,文学通史与断代史,文学综合史与单一的文体史、专题史,国家文学史与地域文学史,等等。这些书写策略及其规程存在诸多差异。本文拟就范培松出版的100万多字的《中国散文史》为例,论述作为文体史的中国散文史写作的若干基本问题。

范培松是国内著名的散文史家,他于20世纪90年代前期完成了《中国现代散文史》,至2000年又完成了50多万字的《中国散文批评史》,在此基础上于2008年又推出了大型的示例丛书"20世纪中

国散文研究系列"。范培松这种比较完整的、成功的散文史写作实践,给我们提供了关于散文史,乃至为各种文学史书写的历史哲学的启示和方法论的借鉴。在笔者看来,文学史的著作是要梳理文学有演进的、有意义的历程,提取其中具有重要历史价值的作家作品、重要的文学现象进行评述,并且揭示文学生成与文学发展的内在规律。但是这样的梳理、提取评述和揭示等,应该是具有主体的独特性的。简而言之,文学史的写作应以差异化的主体个性去求取作为公共资源客体的共同价值。这正是文学史编写的价值与魅力之所在。现在学界颇有微词的文学史写作的"模式化""垃圾化",无不与治史者主体自觉的缺失有关。这当然和我们体制化的以集体生产方式编写文学史的机制有关,文学史的写作很大程度上变成了一种"公共写作"。而范培松的散文史写作是属于"一个人的写作"。从外在角度来看,写作是作者一人为之;而从精神角度视之,作者在从事散文批评和散文史研究时,坚持秉具"弘扬自我"。但是这种"弘扬自我",绝不意味着散文史的著作可以任凭作者随心所欲,治史者的"自我"不能超越文学史本身存在的历史规定性。因此,笔者以为散文史的书写,关键是要解决好"历史抵达"和"主体生成"的关系问题。所谓"历史抵达",不是抵达碎片的、琐屑的自然状态的文学史,而是通过去粗取精、去伪存真、由表及里的筛选和"冶炼",抵达本质化的文学史存在;而"主体生成"是要求作者基于对象的历史规定性,运用自己的理念和智慧、自己的方式,以语言物化为载体,呈现本质化的研究客体。

二

散文史的书写,必然会涉及书写者的散文观,就像文学史的写作一定会关联文学观一样,这是一个绕不开的问题。在文体个别史的书写中,散文史也许是最为复杂的。这是因为散文在很多的时候,它其实是一个文类的范畴。古代有所谓"有韵为文、无韵为笔"之说。举凡诗歌、骈文以外的散体文章,皆统括在散文之内。五四时期,受西方文体分类的影响,我们对文体采用"四分法",即现在通行的小说、戏剧、诗歌、散文。但即便这样,散文所含依然是纷杂的。因此,我们在言说散文时,为了使所指更为明晰,便会给出广义散文与狭义散文的界定。而我们一般不会指称广义小说和狭义小说,诗歌、戏剧也是一样。这就是散文文体的一种特殊性,治散文史不能不理会这样的特殊性。因为它涉及了书写最前提性的问题,即具体的书写对象。我们只有划定了文体的边界,由此确认入史的散文作家和散文作品,才能展开散文史的结撰。这是一个常识性的问题,但是要解决这一问题并不容易。即便在现代语境中,散文文体的内涵与外延也是流动着的。一般而言,晚清至20世纪40年代的散文包括的子类要多一点,这里既有作为文化启蒙问题的杂感,又有周作人所说的"美文":"外国文学里有一种所谓论文,其中大约可以分作两类。一批评的,是学术性的。二记述的,是艺术性的,又称作美文,这里边又可以分出叙事与抒情,但也很多两者夹杂的。"① 而到20世纪80年代后,随着原初包含在散文大类中的杂文、报告文学等文体的独立,并为学术界所认可,我们对散文更多地趋向于狭义的指认了。因此,散文史的写作应根据散文在不同时段的实际存在,调适对广义散文与狭义散文的掌握。正如孙玉石所说:"关于散文观念问题,应该怎样做到散文观念的严格与灵活的统一。什么是散文,既要严格同时要灵活,这是散文本体决定的。"② 我们从范培松的《中国散文史》中可以发现,他对于散文内涵的处理做到了"严格与灵活的统一"。如第一编第二章为"现代散文的萌芽:杂感",第二编第七章为"散文的蜕变和杂文的兴盛",第十一章第二节为"战地速写",第三节为"'孤岛'时期的杂文",而在第三编、第四编中,范培松已把杂文和速写(报告文学)从散文中分离了出去。由此可见,《中国散文史》在现代部分对散文文体的框定是相对从宽的,而到当代则从严掌握。这样的设置,是非常切合20世纪中国散文史的实际的。在现代时段,杂文、速写(报告文学)成为散文文类重要的有机构成部分,而当时在读者和研究者的视域中,它们尚不是独立成体的子类。而在当代时段,杂文、速写(报告文学)已另立门户。杂文的专史多由治史者完成,报告文学在20世纪80年代蔚然而成大观,它的文体自足性十分明显,其自立不以我们的意志为转移。《中国散文史》对于散文

① 周作人:《美文》,《晨报》1921年6月8日。
② 参见范培松:《中国散文批评史》,江苏教育出版社2000年版,第610页。

的处理，显示着范培松清晰的散文文体意识，这为该部史著的写作设定了一个历史的逻辑化的基点和起点。

在给定了散文文类子体的处理这一前提后，散文史书写的关键是要确立科学的散文史观。这里科学的散文史观既是基于散文的历史存在，对其做出整体的、得其本质的总体把握，也是对散文史基本价值的一种总体估价，还是对散文演进规律的一种认知和揭示。因此，确立科学的散文史观，对于史家眼光的造就，对于研究客体的选择提取，对于史著结构的安置，对于作家的具体作品的价值判断和评析，等等，都具有重要的意义。不同的散文史观，面对同样的散文史存在，其所得的散文面貌差异很大。散文史观建构，其核心问题是治史者对于散文历史存在的宏观把握能力。这种宏观把握能力的生成，并不能急功近利地一蹴而就。从表面上看，范培松写《中国散文史》用了8年时间，实际上他准备了20多年。范培松在20世纪80年代末—90年代初，先写了《中国现代散文史》，然后于2000年又写了《中国散文批评史》，最后再完成了《中国散文史》的写作。范培松这样一种史著写作层层递进的过程，为在较高的层次上写好《中国散文史》奠定了坚实的基础。这样系统累进式的史料和史识的交互回环，一方面，使得他能够不断深化对丰富、复杂散文的理解，从而能了然于胸，将外在的客体转化为主体的内在；另一方面，范培松从局部散文史的感性写作出发，经过对《中国散文批评史》的研究，获得散文文体理性的陶冶，再研究一个世纪的散文史，在此基础上就能形成一种较为符合历史本真的散文观和散文史观。由此，范培松才会对20世纪中国散文史具有一种由外而内、由局部而整体的统摄能力。我们读范培松《中国散文批评史》的"代序"，就能充分感受到他对"百年中国散文之命运"有一种超越庸常的把握能力。这样的一种能力正得之于范培松的"厚积"。"代序"其实是范培松所著的《中国散文史》的纲要。这一纲要集中地表达了范培松的世纪散文史观。范培松并没有纠缠于琐屑的、本无大序的散文之种种，而是取精于宏，从纷杂的客体世界中抽出极具概括力的三对语词"载'道'"和"言志"、"激进"和"中庸"、"都市"和"乡村"。这种高屋建瓴的概括反映了范培松对20世纪中国散文史的本质具有整体的、深刻的认识。我们说散文史书写的"历史抵达"，绝不是要摄照历史的原初存在,而是应以具有标志性的客体对象为研究的主要内容,由此体现一种本质化的历史存在。范培松用这样三对语词概括历史,反映了他对 20 世纪中国散文发展大端把握的努力,并且在笔者看来这种把握是成功的。

史识的获得来源于范培松对 20 世纪中国社会存在与散文关系的深刻洞察,来源于范培松对散文文体自身演进图式的敏感认知。散文不是纯然非虚构的文体,它具有显著的纪实性。散文以更为直接的方式反映主体对于对象世界的认识、理解,因此,它与现实的关系也更为紧密。社会的存在是散文写作的客体,同时它又深度地制约了散文的写作。散文作为一种时代的文体,作为文学部类中的"轻骑兵",其时代的烙印极其深刻。同时,中国的散文传统是"文以载道",作为"载'道'"之器的散文,在 20 世纪这种极度政治化的中国语境中,"道"不仅成为散文写作的第一要素,而且规定了其基本的价值取向。五四时期,杂文盛极一时,是因为它迎合了新文化运动的启蒙之需。20 世纪 40 年代—80 年代,知识分子的散文写作被置换成"'工农兵'代言人"和"后'工农兵'代言人"写作,这也体现着特定时代政治指导的意志。政治影响下的"道",在 20 世纪大部分的时间里与散文如影随形。这是一种基本存在,不管治史者本人是否愿意看到这样的史实,但这是不能忽视或遮蔽的。与此同时存在的是,20 世纪是中国融入世界、现代性因素应运而生的世纪,民主、自由与个性在某些时段和某种程度上,得到了接受与肯定。这样的世纪,散文不仅要"载'道'",而且也要"言志",言文人或知识分子的自由、自适、自得之志。正如范培松所说,"回眸百年散文,载'道'与离'道'却始终或明或暗地主宰和影响着散文的命运"①,而所谓"离'道'",意味着"言志"。因此,涉及 20 世纪中国散文史的书写,"载'道'"与"言志"理应是作为第一关键词解读的。如果说"载'道'"与"言志"概括了 20 世纪中国散文两大相对的主旨取向,那么"激进"和"中庸"则是关联着主旨定向的散文趣味与面目。一般而言,"载'道'"之文颇为"激进",而"言志"之作大多趋向"中庸",以杂文为主的五四社会派散文和以美文为主

---

① 范培松:《中国散文史》上,江苏教育出版社 2008 年版,"代序"第 1 页。

的五四人生派散文，正可表征两种不同模式的散文，具有不同类型的主题特征和审美特征。第三对语词"都市"和"乡村"，主要给出了20世纪中国散文的基本话语空间。通过以上简要的论析，我们可以知道范培松的著作对于书写对象从外在形态到内在精神的观照与理解，大体上是得到史学真谛的。具有治史者主体自觉的散文史观，为整部史著的展开起到了立定根本而纲举目张的作用。从史著的内容来看，其安排为范培松所持有的散文史观所决定着。如第一编数章基本格局设计为"怨怒之音"的杂文和"趋美""冲淡"的美文。这种安排对接了范培松关于"载'道'"与"言志"、"激进"和"中庸"的散文史识，并对其史识做了具体的注释。

三

要实现散文史书写的历史抵达与主体化生成的有机统一，我们除了要注意确立正确的散文观、散文史观，还必须处理好散文史书写中的一些重要的"技术"问题。比如史著框架和史著结构的设计，对于对象价值评估尺度的统一运用，对于作家作品的具体评析，等等。只有切实地处理好这些"技术"问题，才有可能使我们理想中的历史抵达与主体化生成统一了的散文史写作落到实处。

文学史著结构的模式化多为人所诟病。结构的问题从表面上来看是一种形式的问题，实际上它反映了设计者的思维品质。文学史著结构的常见问题有：一是将社会史的发展直接等同于文学史的发展，其结构模式只是做了"挪移"。虽然我们可以把文学发展史视为社会发展史的一部分，而且社会的发展从根本上影响了文学的发展，但是文学的发展有着它自身的规律和运行节奏。一个社会阶段终结了，但文学可能还依靠它的某种惯性继续"滑行"着。二是偷懒的"十年制"式铺排。这主要体现在现当代文学史的编写中，有20世纪30年代文学、40年代文学、80年代文学、90年代文学等，以简单的时序展开。在大的框架定下之后，再组成由时代背景（社会思潮和文学思潮等）、文学社团、流派、作家作品等构成的内置模式。这样一些状况，既给读者造成了阅读疲劳，又忽视了研究对象内在的发展经络。对于这样的问题，范培松保持了足够的警惕。范培松的《中国散文史》结构是卓然异众的，100多万字的史著被分成了四编："异军突起"(1918—20世纪20年代末)、"裂变分化"(20世纪20年代末—40年代中期)、"消融聚合"(20世纪40年代中期—80年代中期)、"和而不同"(20世纪80年代中期—90年代末)。结构是研究者思维的外化,但从只言片语或时段的分割中,可以看出范培松文学史的观察能力。如用"异军突起"标识民国初年的散文,就十分符合文学史实。20世纪中国散文开局即见精彩,五四时期的散文既是现代散文的一个标志,也是一个标高。所以,以"异军突起"指称是得大体的。而笔者感到特别有意义的是"消融聚合"一编,范培松把横跨两个不同社会发展时段的文学历史关联起来。这肯定不是人为地标新立异,而是反映着范培松对分属不同社会时期文学的内在属性的一种独到发现。而能将表面看来"异体"的存在加以关联起来的,正是"'工农兵'代言人写作"这一很有意味的命名。尽管一部分人对这一说法可能会有一些异议,但在笔者看来,它符合这一时段散文史的总体真实和内在图式。这里既抵达了本质化的历史,又凸显了主体的个人存在。这样一种结构安排成为《中国散文史》的一大学术看点和亮点。

　　文学史的结构不是一个空壳,它的搭建为文学史实的进入和治史者的评析提供了平台。哪些史实可以进入文学史结构,这需要做出一种有眼光的选择。而选择已经涉及选择者对所选对象的价值评判的问题。文学价值评判的尺度应该是有的,但往往见仁见智。文学史的编写"遗珠之恨"在所难免,而让一些不当入史的进入文学史则是应该避免的。这里关联着一个重要的课题就是对象价值评价尺度的统一化。当然这种统一不是统一在一个低位,而是站在文学史的高度,以对象历史的、文体的价值作为一个基准的尺度。比如写现代部分的散文史,从流派角度来观照,有了京派散文,自然也应该收入海派散文。而叙写海派散文,其代表性人物张爱玲就不能阙如。一般来说,这些显而易见的存在是不会发生问题的,问题发生多的经常是离编史者历史距离和空间距离较近的存在。即使是《中国散文史》也有这样的一些不足。最为明显的是对作家作品的选择上,史的尺度在裁量特定的研究对象时并没有能够进行统一的掌握。也许范培松是江苏学者,所以对江苏散文家的选择就放得宽了。笔者注意到了孙绍振教授的意见,他对《中国散文史》以"带来了突破性的冲击"加以高度评价。但他也认为，作为史家著者"虽然坚持文体艺术一元化的准则，但在涉及具体作品，往往免不了动摇"①。孙绍振以"江南斜姿散文"等为例，说明范培松的著作在局部处置上存在的价值评价尺度不统一的问题。在这里，笔者认同孙绍振的观点。虽然将"江南斜姿散文"纳入散文史在著者想来也未尝不可，但在笔者看来，这样的安排倒是体现了主体性，最终却不能抵达历史的高度。因此，虽然历史抵达与主体化生成在散文史书写中同样重要，但很显然，主体化生成必须以历史抵达为前提。

（本文载于《江苏社会科学》2009年第2期，有删改）

---

① 孙绍振：《百年散文史识：文体建构的曲折和辉煌——评范培松〈中国散文史〉》，《文学评论》2009年第1期，第207页。

范培松与报告文学基本理论研究

丁晓原

在 20 世纪 80 年代的报告文学理论批评格局中,范培松是一个有颇多建树的活跃学者。范培松和朱子南等人合编的《写作知识丛书:报告文学》,是新时期最早以著作的形式研究报告文学的成果之一。1984 年,范培松与晓林、阿明合作撰写了《报告文学随谈》。这是一本形式颇有创意的研究性文艺随笔。他们创造了以游记的形式研究报告文学的新方法。在《报告文学随谈》中,游记不仅成为其外在的一种包装,而且也实现了内在与外在的有机融合。如范培松以苏州园林为背景,以虎丘万景山庄与西园罗汉等作为起兴之物,讨论报告文学题材择取与人物表现等问题,人文景点与话语讨论合二为一,表现了研究者的某种机智。1989 年,范培松撰写了专著《报告文学春秋》。全书由 4 个板块组成,即"报告文学春秋论""报告文学主体论""报告文学艺术论""点将台"。"点将台"对 20 位重要的报告文学作家及其创作进行了点评。这是范培松报告文学理论批评的代表性著作,也是 20 世纪 80 年代报告文学研究的重要收获。

与许多学者一样,范培松对报告文学做了多方面的研究。《危险之路》对报告文学特殊的文体功能做了阐释。《报告文学的昨天、今天和明天》对报告文学的发展历史及其趋势做了比较全面的描述与论析,其中不少观点富有创意。范培松通过对国际报告文学发展史的考察,得出结论,认为:"报告文学的报告和文学的结缘,最初是以报告和游记开始的。"① 这是一个符合史实的结论。但文学游记又不是报告文学。在范培松看来,报告文学"它的批判的特性,使它和文学游记划清了界限"②。这里,研究者攫取了文体最本质的特征。

① 范培松:《范培松文集》第 5 卷,江苏教育出版社 2012 年版,第 47-48 页。
② 范培松:《范培松文集》第 5 卷,江苏教育出版社 2012 年版,第 47-48 页。

《论新时期的报告文学》从总体上对新时期报告文学的繁盛背景、体征、价值等做了论析。范培松对报告文学的艺术研究是颇为细致的，从总体的构思艺术到人物描写艺术、抒情艺术等均有涉及。范培松所做的报告文学作家论是很有个性的。作家论就形制来看，是微型的，但范培松以真诚的批评体现出了批评的价值，往往在三言两语中揭示出作家的真实精神存在与作品客观的优势和劣势。

但在我们看来，范培松的报告文学研究最具批评史价值的，还体现在他对报告文学基本理论的研究中。他对报告文学真实性的探讨，对报告文学主体问题的思考，对报告文学"宣传意识"的辨析都有新意可见，具有相当高的理论价值。

一、"近似值"——关于报告文学真实性的探讨

报告文学，作为一种边缘性的文体，决定其文体特征的主导性因素，毫无疑问是新闻性和真实性。"报告文学之所以叫报告文学，首先就因为它具有新闻的报道性，不是使人信以为真，而确是真实存在的真有其人、真有其事"，"离开了事实，反映的不是真人真事，甚至虚构、捏造事实，就是对报告文学的破坏或毁灭"。① 对此，各家的认识是趋同的。但报告文学的真实性又是一个十分复杂的范畴，它不同于文艺学中源于生活而高于生活的那种艺术真实，它源于生活、尊重生活，而又不能复制生活，它是对生活真实（事实）的选择，是对选择的真实（事实）生活的真实再现。但事实本身是一个多面体，人对事实的观照与理解也具有多维性。这样，把握、理解报告文学的真实性就变得相当困难了。"报告文学贵在真实，也难在真实"，"同一个人，不同作者去写他，可以写成完全不同的人"，"同样一句话，由两个人来说，往往会出现两种不同的'真实'。即使是他昨天说的话，今天再听他重复说一遍，你会惊奇地发现，与昨天相比，已有明显'失实'的地方"。② 这是对报告文学真实性、复杂性的一种客观描述。真实性是报告文学理论中最为重要的范畴之一，所以报告

---

① 陈荒煤：《让事实说话——报告文学漫谈》，《陈荒煤文集5：文学评论（中）1980—1987》，中国电影出版社2013年版，第193页。

② 梁多亮：《中国新时期报告文学论稿》，海南出版社1998年版，第115-116页。

文学界对这方面的研究是颇为重视的,其中也形成了不少有价值的阐释,但也存在不少问题,最突出的问题就是将复杂的真实性问题做简单化、绝对化的处理。由于缺乏辩证的、唯实的研究,因而对真实性的解释往往莫衷一是。

正是在这样一种背景中,范培松的"报告文学的真实性是'近似值'"的观点显示了它独特的意义。"近似值"的观点有它自己的逻辑起点或前提。这个逻辑起点或前提就是日本文艺家川口浩所说的"报告文学最大的力点,是在事实的报告"①。这就是说,报告文学的真实性讨论的是一种关于"事实"与"报告"之间的存在关系,而并不是指客观事实自身。事实作为一种实然的存在,它本身是无所谓真实还是虚假的。只有当它进入反映系统中的时候,即主体对它进行报告的时候,才会出现真实性的问题。真实性研究的误区就在于许多研究者将它作为一个孤立的对象进行静态的分析,没有将它置于一种关系中加以考察。

范培松从这种误区中走出,"近似值"所反映的正是生活的事实与作品报告的事实之间的一种关系。范培松指出:"报告文学必须把艺术真实和新闻真实有机地统一起来。统一在哪里?统一在写真人真事上。它不仅大背景要真实,具体环境、细节、人物语言和人物肖像都要跟现实生活中的人和事八九不离十,大致相同。这个大致相同,并不是说报告文学中的人和事,跟现实生活中的人和事完全相等,它们不能(用)'='号连接,而只能(用)'≈'号连接,是最大的近似值。"②

范培松用"近似值"表示报告文学的真实性,这在绝对论者看来可能会消解报告文学文体属性的基础,而事实恰恰相反。"最大的近似值"观点的提出,其主旨正在于维护报告文学的真实性。

首先,"最大的近似值"反映了报告文学写作的一种客观情形。范培松认为:"从一篇报告文学的诞生过程来看,报告文学是人们的精神产品,它不是现实生活中人和事的机械的(地)复制和翻

---

① [日]川口浩:《报告文学论》,沈端先译,《北斗》1932年第1期,第13页。
② 范培松:《范培松文集》第5卷,江苏教育出版社2012年版,第76页。

版……要融进作者的主观体验,即要显示作者的主观倾向性。"① 报告文学的真实性既关乎作品反映的对象,同时也与主体、受体相连。从报告文学创作的主体和阅读报告文学的接受群体来考察,这个真实性又大大复杂起来了。② 范培松在这里指出的真实性的复杂情形,已是一个不争的事实。

其次,论者对问题研究采用的方法是比较科学的,没有对真实性做简单化的处理。③ 范培松认为:简单地以符合事实来讨论真实,实在靠不住。以往报告文学的真实性之所以引起争论,成为一桩理不清的"笔墨官司",往往和它拒绝简单化有关,范培松以为不能孤立地、割裂地看待一篇报告文学的真实性问题,更不能简单地以作品中写的人和事是否符合现实生活中的人和事来判定一篇报告文学的真实性,必须集合诸因素。④ 在范培松看来,报告文学的真实性是一个包容了诸多相关因素的共构复杂系统,我们必须从诸多因素的关联中,测定真实性的含量与品质。

范培松还运用唯物辩证法的基本原理对"完全真实""绝对真实"进行证伪。范培松认为:报告文学所反映的人、事绝不可能和现实生活中的人、事完全相同,毫发不差,即完全真实、绝对真实。完全真实、绝对真实是不存在的,因为报告文学已经过作者的意志进行了艺术处理,是精神产品。它已经融进了作者的主观体验和艺术倾向,也不可能完全真实和绝对真实了。报告文学的真实性只能是做到大致真实、基本真实。倘若要用"完全真实""绝对真实"来作为报告文学的真实性要求,那是违背了唯物辩证法的。⑤ 唯物辩证法告诉我们,世间万物没有一个终极性的绝对真理,事物的性质,包括报告文学的真实性,它总是相对的。就报告文学而言,客体的真实——第一真实,和作为反映这种真实的本体真实——第二真实之间,至少存在某种"时差",第二真实要绝对地还原第一真实是不可能的。这种还原只能说是相对的,它所求取的是尽量缩小二者的间距。

---

① 范培松:《范培松文集》第5卷,江苏教育出版社2012年版,第74页。
② 范培松:《范培松文集》第5卷,江苏教育出版社2012年版,第72—81页。
③ 范培松:《范培松文集》第5卷,江苏教育出版社2012年版,第72—81页。
④ 范培松:《范培松文集》第5卷,江苏教育出版社2012年版,第72—81页。
⑤ 范培松:《范培松文集》第5卷,江苏教育出版社2012年版,第72—81页。

范培松对报告文学的"绝对真实"观进行证伪,建构相对真实的"近似值"的理念,这对作家创作有一种精神"松绑"的作用。由于"绝对真实"这种观念的误导,致使人们在对一篇报告文学作品进行是否真实的争论时,总喜欢首先扛出这根标尺。有时可以作为棍子,毫不费力地把一篇报告文学以"不真实"的名义打翻在地,而且令对方简直无法争辩①。报告文学当然应当讲究新闻的真实性,但如果以毫发不差去苛求它,那就很不在理了。范培松的"近似值"说,在理论上拆除了报告文学创作中人为设置的藩篱。如果不对此有所曲解,以为报告文学不再求取严格的真实,那么我们以为这是有利于创作的健康发展的。

范培松在提出"近似值"这一理论命题时,大约已经有了某种预见,即或许有人将"近似值"误解为报告文学创作允许"略有虚构"。"略有虚构"是报告文学作家徐迟等人的持论。徐迟曾说报告文学"也允许略有虚构,不离真实的虚构"②。还有人认为,报告文学"它在报道真人真事的同时,还应当对读者产生一种艺术感受力,这就离不开必要的文学加工,而在文学加工过程中,通常说来,虚构确是一个不易回避的环节——报告文学可以而且应当允许在生活真实的基础上进行适当的虚构"③。对这些观点,范培松并不苟同,他明确地指出:我们坚持报告文学的大致真实、基本真实,是否允许个别细节有所出入的,来一个"略有虚构"呢?答案是不允许的,而且坚决排斥"略有虚构"说。④ 因为在范培松看来,"略有虚构"弊病多,它既会因小失大,局部的虚构影响整篇报告文学的真实性,从而使读者对作品产生"不可全信"的信任危机,又难于把握"略有"的分寸,可能使虚构失控。

我们以为"最大的近似值"与"略有虚构"之说,是两个性质相异的范畴。持有"略有虚构"观点的作家,其前期心理是对虚构的接纳,最终导致的结果也就是使非虚构的报告文学增加虚构的成分;而认同"最大的近似值"的作家,其出发点是寻求文本对于生

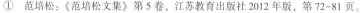

① 范培松:《范培松文集》第 5 卷,江苏教育出版社 2012 年版,第 72-81 页。
② 徐迟:《再谈散文》,《湖北文艺》1978 年第 1 期,第 83 页。
③ 周国华、陈进波编:《报告文学论集》,新华出版社 1985 年版,第 186 页。
④ 范培松:《范培松文集》第 5 卷,江苏教育出版社 2012 年版,第 72-81 页。

活真实的逼近，其旨归在于控制写作中的虚构，其意义显然是积极的。范培松提出报告文学的真实性是一个"最大的近似值"这一理论命题，既是对报告文学真实性存在本相的尊重，也是对报告文学真实性原则的一种积极的维护。因而是同类研究中值得我们重视的、有理论价值的持论。

二、"实现自我"——关于报告文学主体的思考

报告文学作为一种非虚构的边缘性文体，报告社会事实和求取客观真实，这无疑是该文体颇为重要的特征。但报告文学对社会事实的报告，又是作家的一种主体行为。如果排斥主体，则报告文学又可能成为复写现实生活的一种自然主义的制作。因此，主体即"自我"，在报告文学中是一个不可或缺的独特存在。对此，国际报告文学家巴克曾有一段经典性的表述，他说："在小说里，人生是反映在人物意识上。在报告文学里，人生却反映在报告者的意识上。"[①] 在相当长的时期里，由于研究者囿于报告文学客观性、真实性的片面理解，因而虽然也有对报告文学作家论有所研究，但大多未得其精髓。20世纪80年代报告文学创作出现的新变，改变了接受者对报告文学原有的评价尺度，不少人以为在报告文学的审美规范中应当突出思辨美、理性美。这样，研究者开始重新审视报告文学主体在创作中的存在，评估其意义，并对这一话题进行有意义的探讨。在这种探讨中，范培松的报告文学主体论应该说是有分量的。

不像有的研究者所认为的那样——"报告文学作家的'自我'只能在真实地'再现'现实生活的过程中去流露"[②]，范培松对报告文学主体"自我"的张扬是颇为明显的。他指出：报告文学要达到艺术美，首先在报告他人他事中，必须实现"自我"。我们应该理直气壮地说：在报告文学中，"自我"应该是报告的主人。[③] 在这里，范培松对作家的"自我"做了特别的强化。这种强化并不指代以对"自我"的表现去挤占对客体再现的空间，而是特指在报告文学写作

---

① 巴克：《基希及其报告文学》，《报告文学研究资料选编》下册，山东人民出版社1983年版，第1232页。
② 张春宁：《中国报告文学史稿》，群言出版社1993年版，第9页。
③ 范培松：《范培松文集》第5卷，江苏教育出版社2012年版，第90-100页。

中作家主体应有的自觉,是对过去写作中主体严重失落的一种反拨。

范培松对报告文学的主体之所以做此阐述,是因为在他看来,报告文学作为一种艺术的报告,作为主体的一种"艺术创造",它是否具有情思事理的美质,关键是作者是在收集信息,还是在进行艺术创作?是在复制记录,还是在进行艺术创造?范培松认为,尽管报告文学要报告生活的事实,但作家并不应该"仅仅充当一个'记录员'的作用,要他们去'捡蘑菇',对生活进行模拟复制"①。事实上,从题材选择、材料提取到表达形式的设定等,在报告文学创作的全程中,作家主体的主导作用是无处不在的。而且,由于报告文学文体主体的倾向性不像小说那样通过作品情节的叙述能够自然地流露,而是外化为一种论述性的表达机制。这样,作家"自我"的强化就绝不是可有可无之事,而成为这一独特文体之必需了。

在报告文学主体论的研究中,范培松重视强化作家主体的使命意识。使命意识的强化,作家就"不是以'长官意志'为思维起点","不是以'平衡'为思维起点","不是以'单纯唱颂歌',为思维起点"②。范培松认为,使命意识的增强有赖于主体意识的自觉或独立品格的获得,作家必须建立自己"自由的心态"③,以独立地观照社会、思考人生,既不受制于人,又不受制于自己的私欲。因此,范培松呼吁"为报告文学的'思考风'叫好"。在范培松看来,"思考风"是报告文学的使命意识强化的原动力。"当报告文学的思考成为民族命运思考的一部分的时候,它必将大放光明。"④ 思考之于报告文学,之于报告文学作家是不可丢弃的灵魂,思考是主体实现自我的根本性前提,也是报告文学的文体功能得以强化的重要保证。

范培松认为,"反思的报告文学的发展和深入,使命意识的进一步强化,必然使报告文学进入到觉醒的自觉的时代。我之所以把现在的报告文学称之为自觉时代,因为现在的报告文学简直是干涉人生的一切"⑤。分析范培松这一论述,我们可知其中包含两个基本的要点。

① 范培松:《范培松文集》第5卷,江苏教育出版社2012年版,第91页。
② 范培松:《范培松文集》第5卷,江苏教育出版社2012年版,第121—122页。
③ 范培松:《范培松文集》第5卷,江苏教育出版社2012年版,第81页。
④ 范培松:《范培松文集》第5卷,江苏教育出版社2012年版,第125页。
⑤ 范培松:《范培松文集》第5卷,江苏教育出版社2012年版,第125页。

合成了这两个基本要点，也就构成了报告文学进入主体自觉时代的标志。要点之一，从主体而言，作家要能够进行深入的反思，这种反思体现为独立的批判精神。要点之二，从文体功能而言，作品要能够介入现实、干预人生、获取警人醒世的社会效应。我们以为主体自觉与文体对于社会的有效介入，正是报告文学这一文体独特价值实现的两个必备条件。文体价值的实现，从某种意义上说，也就是作家主体"自我"的实现。

范培松还论及作家使命意识与逆向批判思维的关系。范培松认为，强化使命意识，还必须学会逆向批判思维。范培松对这二者之间的关系做了推导，指出："强化报告文学使命意识，必须干预生活；干预生活，必须真正了解生活；真正了解生活，逆向思维就不可缺少。"① 运用逆向思维观察生活、思考生活，这并不是人为的外在增设。生活本身充满了相反的、复杂的矛盾关系，如果我们对生活仅做单面的、顺向的观察与思考，那就不能准确地反映生活真实的全貌。逆向思维的运用，既是生活本身提出的客观要求，也是主体意识强化的必然结果。

在论述报告文学作家主体时，范培松将主体的品格作为一个重点。范培松认为，报告文学作家实现"自我"的"最顽强的对手"正是"自我"本身。② 因此，"在报告文学创作中，又必须战胜'自我'"③，而战胜"自我"的力量来自"自我"，来自主体品格的优化。在范培松看来，报告文学主体常有的劣性主要是奴性、惯性和惰性。这样，优化"自我"，就"必须克服'自我'的三性，即奴性、惯性和惰性"④。而奴性无疑是报告文学作家最应忌讳的，因为奴性的报告文学与刚性的报告文学原本是格格不入的，是不能兼容的。要写出有分量的报告文学，作家必须"坚定地发出自己积极的声音"⑤，而要"发出自己积极的声音"，就必须去奴性而取自主性，要有自己的胆识。范培松认为，报告文学作家应具有"品德、才智、学问、

---

① 范培松：《范培松文集》第5卷，江苏教育出版社2012年版，第126页。
② 范培松：《范培松文集》第5卷，江苏教育出版社2012年版，第95页。
③ 范培松：《范培松文集》第5卷，江苏教育出版社2012年版，第95页。
④ 范培松：《范培松文集》第5卷，江苏教育出版社2012年版，第96页。
⑤ 范培松：《范培松文集》第5卷，江苏教育出版社2012年版，第127页。

胆识和美感",而"胆识"之于报告文学的成功写作,尤为重要。①"报告文学作者所需的'胆识'是在无数的假象中去辨别与确认真理。"② 范培松认为,"对'自我'的奴性做斗争的最有效的方法,就是要讲真话,要有良知"③。与别的文体不同,报告文学作家特别不能丧失的就是作为一个正直的人、一个公民、一个知识分子所应有的道德良心和社会责任。无此,则不足以谈报告文学,更遑论报告文学作家了。

　　惯性、惰性和奴性,在范培松看来是相生的。惯性思维,就是定式的思维,这种思维循着旧路而来,并不需要独立创造。这是由思维主体丧失自主性、求异性品格所致。报告文学作家为惯性思维所限制,"不仅会磨掉报告文学作者'自我'的锐角和锋芒",而且"在艺术上也会使创作定型化、模式化,乃至程式化、公式化"。④ 那种"造神"的报告文学,那种消解人物个性的作品,如果从主体创作心理上寻因,我们就可以发现,他们正是为思维的惯性之网所束缚了。奴性生出惯性,惯性又生出惰性。惰性会使报告文学作家丧失斗志,缺乏进取心,而"报告文学创作需要手勤、脚勤、口勤,而且还要勤思索、苦思索"⑤。这样,自我优化的报告文学主体就必须远离那种恶质的惰性。

　　范培松在 20 世纪 80 年代做报告文学主体论的研究,强调强化作家的主体意识、使命意识,优化主体品格,这在今天就愈见其理论意义了。20 世纪 90 年代是一个全面转型的时代。社会转型中的某些负面因素对报告文学主体的侵蚀相当严重。报告文学告别了昨天的辉煌,创作中出现了如李炳银等人指出的"软化"之态、"平和机巧"之形,报告文学开始出现功能的异化或部分的异化。而这样一种局面出现的根本原因之一,就在于 20 世纪 90 年代不少报告文学作家主体意识淡化了,使命感消解了,报告文学作家作为社会良知的"自我"被淹没在某种媚俗的时尚中了。这告诫我们,必须注意全面优

①　范培松:《范培松文集》第 5 卷,江苏教育出版社 2012 年版,第 353-354 页。
②　范培松:《范培松文集》第 5 卷,江苏教育出版社 2012 年版,第 354 页。
③　范培松:《范培松文集》第 5 卷,江苏教育出版社 2012 年版,第 96 页。
④　范培松:《范培松文集》第 5 卷,江苏教育出版社 2012 年版,第 96 页。
⑤　范培松:《范培松文集》第 5 卷,江苏教育出版社 2012 年版,第 97 页。

化报告文学作家的主体品格。

三、"淡化'宣传意识'"——关于报告文学文体功能的辨析

报告文学作为一种独特的文体,其独特性也体现在它的功能方面。考察中国报告文学的发生史,可见发生期的报告文学,与其说是新闻题材的文学报告,毋宁说是当时的思想者进行政治鼓吹的某种宣言。而从文体自身来看,报告文学的"母体"是新闻,而新闻从某种意义上说就是一种宣传。此外,20世纪30年代,中国左翼作家联盟将报告文学视为无产阶级的集团文学,赋予这一文体阶级的使命。基于这样一些特殊的原因,再加上报告文学与现实的特殊关系,使得这一文体更多地带有政治色彩,具有更强的"宣传意识"。这种情况,在诸多文体中是颇为独特的。带有这样的一种特性,应该说这是报告文学文体的题中应有之义。问题是,如果将报告文学的功能简化为单一的政治功能或宣传功能,那无疑会取消这一文体在当代的存在。报告文学毕竟不是政治论文,也不是新闻报道,它是一种独特的边缘性文体。这种边缘性的特性也就决定了它的功能应当是多样化的。

在报告文学理论批评史上,明确提出要"淡化'宣传意识'",并对此进行具体阐释的范培松,他的思想是超前的。范培松提出这一观点,他所考虑的是强化报告文学的文体意识。而尊重作家写作自由,是保证文体自立自觉的前提条件。在范培松看来,报告文学作家写作自由的充分拥有便是这一文体真正自觉的开始。而自由的写作与作为宣传的写作之间往往会发生矛盾。因此,范培松认为,"淡化'宣传意识',使报告文学作家自由地去报告他们想报告的人和事,去报告他们愿意报告的人和事,这确实是伟大的'松绑'"①。"松绑"之所以"伟大",是因为"淡化'宣传意识'","使报告文学冲破了各种禁锢,从而自由自在地直面人生,干预生活,揭出痛苦,引起疗救"②。这里所说的"直面人生,干预生活,揭出痛苦,引起

---

① 范培松:《范培松文集》第5卷,江苏教育出版社2012年版,第114-115页。
② 范培松:《范培松文集》第5卷,江苏教育出版社2012年版,第117页。

疗救"，正是严肃的报告文学所应肩负的文体使命。只有当这种文体使命能被自由而正确地实现的时候，报告文学才算进入一个真正的文体自觉的时代。如果报告文学只满足于围绕政治中心，进行新闻式的宣传，那就不可能全面地实现它的文体功能。而如果这样的情况依然相当盛行，那就意味着报告文学还没有从根本上取得文体的解放、文体的独立，它还只是从属于新闻的一个类别。

范培松认为，在报告文学中，"淡化'宣传意识'"，它还是对报告文学作家带着宣传任务去寻找题材的习惯的一个最有效的矫正。长期以来，受过于看重作品所谓的"轰动效应"的影响，报告文学作家时常耗费心力去寻找重大新闻题材，强化报告文学对于主流话语阐释与印证的功能。报告文学作家的工作大约也是新闻记者的工作，报告文学的价值也就是实现它的宣传效能。强化报告文学的"宣传意识"，使报告文学处于一个"中心"的位置上。这样的区位，当然可能使创作产生更大的影响。但"中心"也有它的尴尬。"中心"的位置往往也是敏感的位置，是一个政治化的位置。当政治出现某种失误或作家不具备才识时，报告对象的选择及其评价往往会出现偏差，这样报告文学作家也就会陷入某种窘境。

因此，在我们看来，范培松提出"淡化'宣传意识'"，其用意之一就是使报告文学由"中心"转移或部分地转移到"边缘"的位置上。边缘性的报告文学居于"边缘"的场地之上，它的存在与发展就有了较为宽敞的空间。从一定意义上说，报告文学创作超越了通常所谓的歌颂与批判的二维的是非评判，这种评判体现了宣传行为的典型特征，而进入一个多元的更为客观理性的创作状态，这样报告文学也许可以更为自立，更为自觉。进入这样一种创作状态，作家的视点可由主流话语立场转至民间立场，从民间的立场或知识分子的立场来观照和思考社会现实；作品由单纯的政治阐释转变为多元的文化关怀。这些便是"淡化'宣传意识'"后报告文学可能出现的新变化。而这种新变化，已成为新时期报告文学创作中的一种实景。

报告文学的题材泛化、作品内存的学术化倾向等，都是对原有的单一的通讯化报告文学的一种拓展。范培松对此也有例说。他说："报告文学坚持在它的领域里，不断向人们报告、抒写生活中的悲剧意识……这一坚持的本身,就体现了'宣传意识'的淡化。"① 范培松还说:"新时期报告文学写人实现了从'人物先进化',到'人物性格化'的重大转变。"② 而这一"重大转变",实则也是报告文学"淡化'宣传意识'"的一种结果。我们可以这样认为,范培松的"淡化"说,正是对新时期报告文学创作特征变化的一种揭示。

对报告文学"宣传意识"的思考,范培松是相当辩证的。他说:"我们提倡的是淡化'宣传意识',而不是取消'宣传意识'。因为报告文学具有新闻性,这就决定了它必须有一定的'宣传意识',要取消'宣传意识',恐怕是不大可能的,也是不现实的。"③"淡化"是对过去创作过度强化"宣传意识"的一种反证,它包含着对文体创作史的一种反思;而留存(非"取消")"宣传意识",则表明论者对报告文学文体某种特性的认定。问题不在于"宣传意识"本身,而在于我们对它的把握。把握之一,就是要考虑设计一个合理的"量度"。报告文学要有"宣传意识",但不应该只有"宣传意识"。这里也应该是既要唱响"主旋律"(宣传),又要反映多样化。把握之二,就是要尊重作家写作的自主性。这就是说,即使是具有"宣传意识"的作品,它的创作也不应该是任务的分配或是放弃"自我"的迎合,而应该是作家能动的选择。只有这样,具有"宣传意识"的报告文学,才有可能既是宣传的,也是艺术的。而这样的作品,当然还应该是多样化的报告文学应当具备的一种。

综上所述,范培松对报告文学基本理论的研究是有颇多收获的。范培松有一种理论的敏感性。这种敏感性使他往往能抓住一些重要的理论问题进行有意义的思辨。范培松喜欢用脑袋思考,说出自己想说的话。虽然这样的研究或许会存在这样或那样的不周全,但理论创造的特色由此变得鲜明了。而理论研究的意义正在于它的创造。

我们一直以为20世纪的报告文学理论批评在体系化建设方面还

---

① 范培松:《范培松文集》第5卷,江苏教育出版社2012年版,第119页。
② 范培松:《范培松文集》第5卷,江苏教育出版社2012年版,第160页。
③ 范培松:《范培松文集》第5卷,江苏教育出版社2012年版,第116页。

不尽如人意,特别是至今还没有一部完整的报告文学文体论的专著出版。我们想,如果范培松当时乘势而上,对若干颇有深度的理论点加以系统化地、全面地、深入地研究,那么他是有可能写出具有批评史意义的报告文学文体论的专著的。

(本文载于《20世纪中国报告文学理论批评史》,安徽大学出版社1999年版,有删改)

第一辑 众家论史

评范培松著《中国现代散文史》

汤哲声

近年来,一些个人撰写的文体史相继出版,使颇为冷淡的现代文学研究领域出现了一次有力的"反弹"。苏州大学中文系主任范培松于1993年所著的《中国现代散文史》的出版,增强了"反弹"的势头。

这部近50万字的著作分四个部分。它们分别是:绪论,"崛起前的躁动";第一编,"诞生早熟期"(1918—1927);第二编,"裂变分化期"(1928—1937);第三编,"消融聚合期"(1937—1949)。这部专著介绍和评析了近百位现代散文作家和数百部现代散文专集,其规模和容量都是至今为止现代散文研究领域中首屈一指的。

怎样撰写文学史是人们关注的问题,关键在于确立什么文学史观。在客观存在的、人们共同认可的文学宏观背景之下,除对作家作品做出必要的筛选和篇幅安排等技术性处理之外,怎样评价和分析作家作品的升降沉浮、前后变化是文学史家最为重要、最难处理的问题,是从"进化"的角度来看作家,还是从"变化"的角度来看作家,这无疑是当前文学史撰写之中主要的分歧之一。

进化的角度是作家随着时代前进,从初级向高级、从幼稚向成熟进化发展,落实到方法论上是写作家的成长过程。变化的角度是作家在时代变化之中的变迁,它并不强调作家一定是从低向高的发展,也许是从高向低的变迁,落实到方法论上是写作家心态的轨迹。很显然,进化的角度强调的是时代对作家的影响,变化的角度强调的是作家的心态对时代的感应。以进化的角度写的文学史、文体史已经相当多了,人们期盼着以变化的角度写出文学史、文体史。我们欣喜地看到范培松的《中国现代散文史》在这方面所做的努力。这部专著以时代变幻为纬,以情绪为经,写出了现代散文的变化历程。这个情绪从宏观上说是指时代的氛围,从微观上说是指作家的心态。例如,范培松写五四散文,将其界定在"愤"的情绪和现代意识的觉醒上,前者是破坏心态,后者是建设意识,从中表现出时代上的逼迫、观念上的反思,以及求真、自主参与的现代意念。从这样的高度去鸟瞰五四散文,就很自然地找到了五四散文的主潮"怨怒之音"和分流及趋美变异。这样,五四时期的散文作家鲁迅、周作人、冰心、朱自清、徐志摩等作家也就有了各自的地位。从时代的情绪之中写作家的心态,从作家心态的角度去评析作家的作品,这样的评析既有时代的色彩,又有作家的个性。又如,鲁迅早期的杂文和散文研究,这是一个已有大量的研究成果,且研究难度较大的课题,范培松从作家心态的角度出发,写出了新意。范培松认为,鲁迅前期的心态始终处于压抑的状态之下,这是由于他屡遭挫折。范培松从家庭、理想、婚姻和政治等方面分析了鲁迅的压抑心态。"如置身毫无边际的荒原,无可措手的了,这是怎样的悲哀呵,我于是以我所感到者为寂寞,这寂寞又一天一天的(地)长大起来,如大毒蛇,缠住了我的灵魂了。"①范培松对鲁迅这些流露心迹的语言做出了较为令人信服的解释。范培松指出五四前夕的鲁迅既是离群孤居,躲在S会馆里抄古碑,成了一个远离社会,感到"周围的空气太寒冽"的孤独者;也是一个冷眼看透世界、密切关注世界的怀疑论者。这样的心态在五四时期气氛的冲击下复苏过来时就很自然地形成了鲁迅早期散文的破坏性、战斗性和进攻性的特色。我们不可否认这样一个事实,文学作品都是作家心态和情绪的表现。从心态和情绪的角度来分析文学作品,不仅可以描绘出作家的外形,还可以书写出作家的内心世界;不仅可以描绘出时代气氛之中作家的静态位置,还可以描绘出时代氛围之中作家的动态变迁。作家作品分析的困难是怎样把握作家的起点和终点。从心态和情绪的角度来评价作家作品,就能排除那些先验性的、概念化的规定,得到较为合理的解释。例如,范培松评价何其芳的前后期散文时指出,何其芳《画梦录》的书写时期是属于精致的独语时期,这样的散文形态是由于作家青春躁动而形成的变形情绪、出于"人本恶"的观念而对人一概排斥的自我封闭的心态,以及既不想让人理解而又渴望人家来了解他的期盼造成的。《星火集》《星火集续编》的书写

① 鲁迅:《呐喊》,南方出版社2021年版,第4页。

时期是属于大众化的纪实期,这样的散文形态是由于作家渴望投入生活、投入人群之中和力求自己在情感上脱胎换骨的心态和情绪造成的。因此,范培松对何其芳散文前后期的变化下了这样的结论:我们既反对褒前抑后,又反对褒后抑前,何其芳散文创作的变化属于心态转型之中的艺术转型。范培松先生曾说:"在编撰这本《中国现代散文史》时,我坚持以体为本,以变为纲。"① 还说,"它所承担的任务只能是向人们忠实地记录一种特定的文体成长发展的艰难历程,好比是描述一棵树如何从幼苗到栽种到长成参天大树,也好比是描述一条河从哪里发源到哪里曲折到哪里和其他河流汇合成巨川"②。忠实地还原历史、描述历史,准确地还原作家、描述作家,范培松在这部著作中体现出了他的写作宗旨。

我们呼唤个人编撰的文学史、文体史的问世,就是让研究者能有一个发表自己研究成果的机会,而不是人云亦云地用一些所谓认同的"套路"去套作家作品。这对研究者来说也提出了更高的要求:他必须对每一位作家的作品有自己独特的感受和独特的见解,他必须有脚踏实地的精神和"坐冷板凳"的耐心和毅力。范培松的这部《中国现代散文史》正是这样的一项研究成果。从接受国家教委社会科学青年科研基金项目开始,到书稿完成时的最后一个句号,历时整整3年,范培松硬是把这部《中国现代散文史》"读"出来了。这部"读"出来的《中国现代散文史》的确与众不同,到处闪烁着范培松智慧的光芒,出现了众多的独特见解。例如,范培松在分析鲁迅杂文影响时,论述到鲁迅杂文在后世的难堪局面:一方面,政治家对鲁迅的杂文虔诚地脱帽鞠躬;另一方面,文学家以鲁迅为榜样去写杂文常要受到不公正的待遇,从鲁迅以后一直到今天,杂文处于缓慢发展乃至几乎停滞不前的状态之中。这是为什么呢?范培松并没有去做长篇大论的分析,也没有去写些故作精深的警言,而是提出这个问题,因为毛泽东《在延安文艺座谈会上的讲话》之中早已解决了。毛泽东在讲话中早就指出:在根据地,杂文形式就不应该简单地和鲁迅的一样;对待人民,杂文的写法也和对于敌人的完全两样。这些话的内涵

---

① 范培松:《中国现代散文史》,江苏教育出版社1993年版,第61页。
② 范培松:《中国现代散文史》,江苏教育出版社1993年版,第61页。

就是：要正确地、历史地对待鲁迅。这样，一个久存于心又难以说清的问题，经范培松这么简单的一提醒就得到了比较合理的解释，这就是"读"的效果。又如，对20世纪30年代的"闲适"散文的评价，这也是现代文学史上的敏感问题。范培松并没有采取惯常的批判态度，或者干脆避而不谈，而是从现实意义和历史意义两个方面对其展开了论述。范培松认为，从现实的意义上说，闲适散文是不合时宜的，但是从历史的意义上说，它产生了较大影响，这是因为闲适散文合乎文道，有稳定的审美价值；合乎人道，合乎人性，有真情实感，形成了表现手法的多样化。这样的论述在书中随处可见，充分显示出了范培松的研究能力。

范培松先生既是一位散文研究专家，出版了不少散文研究专著，也是一位散文作家，散文创作从未辍笔。这使得他在评价散文作家作品时既有理论高度和缜密思考，又有感性上的体验，知道散文创作的个中滋味。所以，范培松在评价作家时，既能够站在高处冷静地评说，又能进入作家的心中，体味作家的甘苦。例如，范培松分析朱自清散文的多重情致时指出，朱自清散文中的主导性格是传统文化的观念，但是在传统文化观念的压迫下，朱自清前期散文之中还有另外一种"元"，那就是"性"的"意恋"。范培松通过《阿河》《荷塘月色》《绿》《一封信》《桨声灯影里的秦淮河》等作品的分析，指出："他有强烈的性渴望，但在传统的束缚下，尤其是自己家庭破败原因直接和女人有关，因此传统道德所制造的框框和他本人设置的种种障碍，又小心翼翼地把这种性渴望封闭在自我天地之中，形成了'意恋'，成为他心中的一个'鬼'，从而常常要跳出来作祟。"① 这样分析朱自清，朱自清的形象就显得很有层次，很有立体感。在这里充分显示出了一位具有创作经验的研究者的优势。范培松的散文创作经历，也使得这部著作的写作语言独具特色。这是一部理论专著，但绝无枯燥的理论分析或者令人莫名其妙的新造长句。在理论分析中，范培松常常穿插一些内涵丰富、充满张力的描述性语言，竭力地再现作家的心态和作品的意蕴。例如，写五四时期的两位散文作家冰心和庐隐，范培松在进行了理论分析以后，用这样的语言做出总结：冰心是

———————

① 范培松：《中国现代散文史》，江苏教育出版社1993年版，第308页。

翩翩的天使,她怀着一颗纯净的童心去感应世界,整天憧憬在她爱的乐园中,描绘的是天堂式的纯净世界,她的散文洒向人间都是爱。庐隐却是个"魔鬼",她以一颗破碎的心怀着绵绵的悲苦去观察世界,在人类中见到的都是丑恶,描绘的是充满仇恨的地狱,她的散文掷向人间都是怨。又如,范培松在批评徐志摩唯美主义救世药方后,加了这么一段描述:在当时被血与火的现实压抑得透不过气来的人们眼中,这是假洋鬼子闭着眼睛开出的一张不合国情的药方,它的苍白和无力,和它的"美"的呈现同时显示在人们面前,犹如孔雀开屏在展示它美丽羽毛的同时把它的屁股暴露在观众面前一样。这些语言很有形象性,读者读到此处,常常会发出会心的一笑。

  当然,这部文体史在笔者看来也有遗憾的地方。全书三编显得不够均衡。从篇幅上就可以看出来,第一编占全书的二分之一,第二、第三编容量就显得太小了些。从客观上说,中国20世纪三四十年代的文学现象的确没有五四时期那么丰富,但也绝不会浓缩到如此之小。究其原因,大概有二。一是正如范培松所说,写作的艰苦犹如"背上了沉重的十字架,以至不能自拔","情绪出现了波动,进退维谷,犹豫不决"。这种竭力想甩掉包袱的心态,使得范培松在下笔之时,无意识之中就会浓缩了许多内容。二是和范培松的写作宗旨有关。从心态和情绪的角度分析作家作品,对一些流露真情实感的言志散文作家作品来说,分析起源就显得游刃有余、从容不迫,这些作家作品显然集中在五四时期,而到了20世纪三四十年代,散文逐步新闻化、通讯化,时代的气氛越来越强烈,个人的色彩越来越淡化,对这些偏向写新闻化、通讯化散文的作家,去寻求他们的心态轨迹就显得比较吃力。事实上,在这部文体史中,对这些作家作品的分析就显得薄弱了一些,有些地方加入了现时通行的"流行色"。这样的批评,对范培松而言也许是一种苛求,但是对一位努力实现"还历史的本来面目"的研究者来说,苛求还是有必要的。

(本文载于《中国现代文学研究丛刊》1994年第3期,有删改)

散文:高扬"个性"之旗

——兼论《中国散文批评史》

徐国源

郁达夫曾经在《中国新文学大系·散文二集》的"导言"中指出:散文或散文家之深情远旨,在于贴近"散文之心"。作为长期从事散文、散文史研究,同时又兼具散文气质、写一手美文的学者和作家,范培松留给人的印象,便是在散文园地里潜心耕耘,撇除雾障,努力在个人、社会乃至文化的多重视野中,不知疲倦地寻觅"散文之心",从而使自己的个性化研究呈现出卓然一家、建树良多的"大家气象"。

古人说:"诗有别才。"其实一个治学的人,个人的气质才情也至关重要。范培松自云是与散文有缘的人,散文是他唯一可以寄托"文心"乃至安身立命的"寓所"。回溯20多年前,当许多学人一窝蜂地投向诗歌、小说研究,散文还只是素妆淡面的"村姑"的时候,范培松却毫不动摇地认定,散文、随笔这一文体,具有多重意义上的研究潜力和价值。这是一种学术领域内的投资,也因其冷僻而需要付出更多的艰辛,但范培松义无反顾,一点一滴地爬梳、整理、评述,真有"此身饮罢无归处,独立苍茫自咏诗"的孤独之感。

今天看来,当时范培松作为散文研究"领风骚"的学者,提出的诸多不失"前卫""先锋"的命题,并没有因时代的变化而失去意义。例如,关于散文观念的问题,范培松在他的《散文天地》《散文写作教程》中,强力反拨了"形散神不散"的"经典"说法,凸显了散文的精义:一是"散",二是必须是"艺术天地",它是一种最为自由的艺术文本。同时范培松又指出,散文是一种最直接面对读者的文体,它无所依傍,只有凭本色取胜。《中国现代散文史》是为范培松赢得广泛声誉的著作,在这部著作中,除了一以贯之地高扬

"个性"的风旗,范培松还敢于独立地发表意见,用史家眼光、综合性批评的方式对中国现代散文、散文家及其作品予以审视和观照,有些看法可能会引起争议,但读来让人不得不叹服论者的率真和胆识,以及范培松著作所体现出来的学术敏锐和通脱视野。

范培松近著《中国散文批评史》,是一部流淌率真话语的精心之作,处处显示出他"敢于强调,敢于突出,敢于取舍"的学术胆量。他说:"我执拗地认为,一个不忠于自己的人,是很难进行散文创作和研究的。所以撰写的这本论著,我一直把'忠诚于自己'作为自己的最高学术理想。我没有追求完美的嗜好和欲望,我只是想在自说自话中实现对自我的忠诚。"对于一位学人,忠诚来自对学术的纯真理想,同样靠的是本色化的"散文之心"。

翻开《中国散文批评史》,一种全新的批评图景会抓住读者的心。全书分三卷,外加一个余论。上卷以"三足鼎立"作为题目,细述中国现代散文批评史初期卓有理论建树,并有相应创作实绩的"三家",即以周作人、林语堂、郁达夫等为代表的言志说散文批评,鲁迅、茅盾、钱杏邨等为代表的社会学散文批评,以及以朱自清、叶圣陶、李素伯等为代表的文本说散文批评;中卷详论20世纪30年代后期至"文化大革命"时期中国现代散文批评之转型,重点探讨在初期共生多元的散文批评理论中,非常活跃的"个人""自我"因素如何在复杂的社会背景和政治运作中被肢解、泯灭,并历经整合、同化,走向单一的散文批评政治化;下卷叙述散文观念的解冻和觉醒,指出巴金的散文"当作遗作写"不仅是对政治化散文批评的颠覆,也相应地召回了个性化的"自我",实际上标志着中国散文批评对五四时期以来的散文传统的吸纳和接续,而20世纪90年代以后的散文"大爆炸"、散文形式革命和多元蜕变,其主体内核便是弘扬散文的主旋律——"自我"。

《中国散文批评史》是一本"忏悔之作"。范培松痛切地反思:"回顾我20多年散文研究的道路,一直在肯定—否定—再肯定的回旋中求索。求索是反省,求索也是自救。但是从'奴在心者'到'我是我'的蜕变是如此艰难。"他的忏悔是至诚、深刻的,甚至到了苛严的程度。范培松说,回溯他们这一代人的心路历程,大学课堂上便听惯了对周作人、张爱玲、王实味等作家的尖锐批评,自然会在心态上对这类"靠边"人物心存排斥,以至在写《中国现代散文史》的时候,也不免有轻忽的态度。可是,当一个学者真诚地面对自己的研究时,他逐渐从以往的情感圈中挣脱出来。范培松通过大量的阅读,终于认识到像周作人、张爱玲等人,无论是从他们在散文创作方面获得的斐然成就来看,还是从他们不同寻常的散文观念来看,都是需要用较大的篇幅来论述的。我们说,范培松所谓的"忏悔之作",不妨将其认为是一代学者诗心、文心的赤诚和坦白。

(本文载于《中国教育报》2001年5月10日,有删改)

第一辑　众家论史

与"生命"对话的史学叙述
——读范培松的《中国散文史》

张立新

回顾20世纪中国的文学生态环境,不得不承认,社会意识形态对"人"的规约及对文学的强势渗透,使散文主体必须"超越"活生生真实的"自我",而成为观念形态上的"他者",从而使散文赤裸的"心"板结、硬化,形成坚不可摧、难以攻克的"堡垒"。"解冻"或"爆破"这块"堡垒",成了一代又一代对艺术满怀真诚的散文家的一项前赴后继的事业。

自现代散文诞生以来,一直伴随着主体性的危机过程。在发生学上,脱胎于晚清国家政治文学理想的现代散文兴盛于王纲解纽的时代,肩负着救亡图存、建设现代化民族国家的历史重任。在经历了20世纪初对散文身份定位的一系列剑拔弩张的纷争后,因沿袭着传统重负的散文主体就已自觉地把"小我"熔铸在了国家民族的"大我"之中,将对"自我"心灵的诉求纳入了国家政治权力话语的宏大叙事网络之中。可以说,现代散文一出世,就已经"魂"不附"体"了,就踏上了寻找主体的世纪历程。

作为五四文坛的主将,鲁迅的散文和杂文就隐约呈现出了两种截然分裂的主体状态,展现出了两种情感和精神风貌。在面向公众和外部世界的杂文里,鲁迅是金刚怒目的斗士,是锋利的"匕首"和"投枪"。而一旦回到属于自己内心世界的散文天地里,鲁迅就褪掉了革命导师和启蒙者的身份,开始语无伦次、心事重重起来,内心语言杂乱纷扰。散文里的鲁迅是孤独的呓语者,是悲观的存在主义者。在散文诗《影的告别》里,那"彷徨于明暗之间"、无地栖身的"影"对"人"的决绝告别,那是被囚禁在身体里的灵魂挣扎和分裂的声音,是对个体生命真实存在的质疑,而许多散文作家缺少鲁迅这样深刻的自省,任凭真实的自我"彷徨于无地"①,在内心沉寂、消亡。

散文是穿"泳装"的文体,它贵在"真",真实是散文的生命。其实又何止是散文,几乎所有的艺术都是在通过各自的审美形式,穿透生活的迷雾,探究生命形式存在的"真"。散文的这个看似简单的"真",却是一路真真假假,迂回曲折。尤其是在以政治生活为核心、个人生活被严重忽视的"集体主义"年代,主体的人被催眠于各种有形无形的"崇高"和谎言之中,像安徒生童话里那些啧啧赞叹"皇帝的新衣"的臣民,而唯有那双没有被污染的儿童纯真的眼睛,才能发现真实,才能给我们讲述真实。

散文是主体心灵吐故纳新的深呼吸。对个体生命存在的审美思考,对情感心灵的关怀、抚慰,是散文需要讲述的真实。而20世纪基本上是个政治意识形态肆虐的时代,文学与政治历史之间是一种剪不断、理还乱的关系。文学的个体生命意识的生长始终处于被压制的状态,散文的"心"长期被有形无形地包裹起来。哪怕是20世纪80年代末兴起的文化散文,在历经了近一个世纪漫长的"政治流放"后,文学中的"政治人"像是终于回归了"文化人"。然而,令余秋雨津津乐道的"贬官文化",难道说潜意识里不是以文化批判来表达这一个世纪甚至是几千年来知识分子被压抑的政治激情吗?

在"自我"的真实和虚幻之间明暗挣扎的20世纪中国散文史,犹如一条季节性河流,时而湍急险恶,时而舒缓流畅。作家或谨小慎微,或忘乎所以,或师法,或无法,史家、论家却要极力把隐蔽在作家作品背后的蛛丝马迹一一拾掇起来,从无序混乱的表象中尽可能地寻找出内在的线索和脉络。在文学史不断被重写、改写的今天,对20世纪这个动荡了100年散文史做深入肌理的宏大建构,无疑是一项颇具挑战性的工程。融入了范培松一生的学术积累和研究成果的"20世纪中国散文研究系列"的《中国散文史》,在历史与现实、时间与空间的多重纬度上,在激情与思辨的激烈交锋和碰撞中,为我们清晰地凸显出这样一条动态的散文之流的全部丰富和复杂。这部散文史巨著,分上、下两卷,除绪论和附论之外,共四编二十五章,从

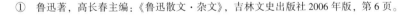

① 鲁迅著,高长春主编:《鲁迅散文·杂文》,吉林文史出版社2006年版,第6页。

20世纪初"极一时之盛"的五四散文开始,经过一系列散文形态的"裂变分化""消融聚合",直至20世纪末的散文"重塑'自我'灵魂的狂欢",范培松以难以想象的艰苦和毅力,在纷繁复杂的散文思潮、现象、流派和作家作品之间深入地挖掘和梳理,史论兼顾地描述了20世纪散文思潮的动态演变过程,介绍和评析了不同历史时期的数百位散文作家及其作品。无论是宏观层面的史实定位与把握,还是微观层面的细读式文本分析,《中国散文史》论述之全面、工程之浩大、血肉之丰满,都不可不说是散文史研究中的一道奇观。

在20世纪中国散文研究的领域里,范培松无疑是最具影响力的学者之一。在小说"一统天下"的今天,散文园地的孤独和寂寞令人望而生畏,后辈学人也不敢轻易涉足。范培松却能以自己全部的心血和才华,坚守在散文这块"自己的园地"里,以知难而进的学术勇气和毅力,赫然书写"散文"二字,那是一种孤独而决绝的生命投入,是非常令人感动的执着。范培松无不自豪地说:"我把自己最美好的岁月献给了散文。"①

谢有顺说,散文的后面站着一个人。散文是最见情见性的文体,与散文这种鲜明的文体特性相应,个人编撰的散文史的后面也应该站着一个人——一个活跃着自身独特的思想情感、学术个性和价值判断的治史者。张新颖在2005年度"第四届华语文学传媒大奖·文学评论家奖"获奖演说中说,批评是把"个人的生命和文学联系起来的一种形式","批评从个人生命、文学传统和生活世界中产生"。② 说到底,学术批评也是一种创作,它不但需要面对文本,而且需要面对现实,面对活生生的人,需要从文本层面拓展到人的层面,需要倾注批评者自身的生命体验和激情,而不是摆出一副"不近人情"的冷漠面孔和架势,以及一副高高在上、"不动声色"的"客观"姿态。散文是心灵的艺术,现代社会的孤独和压抑使不同时代的散文作家都有了各自的生命体验和言说欲望,那纵横百年的散文史,其实就是一个包罗万象的巨大的生命场。因此,散文史家的任务不是条分缕析地分类、打包、命名,然后盖棺、定论、封存,而是应以自己全部生命的感觉,

---

① 范培松:《中国散文批评史》,江苏教育出版社2000年版,第607页。
② 张新颖:《无能文学的力量》,吉林出版集团有限责任公司2009年版,第271-272页。

尽可能地去打开并穷尽这部在生活史自在流程中的"人"的心灵史。

作为一种叙述学文体，《中国散文史》熔学术思想、史料价值、文学趣味和审美欣赏于一炉，在体例、观点、评述等方面均表现出极强的学术个性与创新意识，具有鲜明的个人治史特色。首先，与学术界重知识而轻人生的偏见相对，范培松的《中国散文史》自觉摈除学术界的话语污染，不以理论的艰涩及所涉猎的庞杂、深奥来抬高自身的学术品位，而是以低姿态的大家风范，立足于对个体生命价值的充分体认，以深厚的生命体验和感悟、独到的艺术眼光，以及个性化的叙述"修辞"，在历史与文学、社会批评与审美评判的互动观照中，探索多维时空下重生命体验的另一种史学叙述。我们从中读出的是属于文学的体验和人生，而不是仅仅把文学作为政治经济学、哲学、心理学等的形象例证。孙玉石把范培松这种具有"开放性和独特性"的散文批评法概括为"综合性体验批评"，"即以历史的审美的批评为主干，吸收各种批评方法，再融合自己对于研究对象的感悟，推断出寓于创见的结论来"。① 这是很中肯的，范培松自己也比较认同这一说法。通过几十年来对散文理论的梳理，对散文本性的探索，范培松逐渐形成了自己这种重感悟、重体验，与"生命"时刻处于对话状态的著史风格。在客观再现"史"的同时，还融入了大量的对主观生命的思考，处处将"我"之见投射到论述对象上，从而派生出一种形象生动的阐释效应，产生一种通常学术著作所缺乏的人生意味和阅读快意。

基于这样一种对学术批评的"生命"理解，《中国散文史》不仅真实地记录了散文文体在20世纪的发展轨迹，而且引发了关于文学与人生的许多重大命题。比如在对横贯20世纪百年散文史的都市散文和乡土散文的纵横比较中，范培松认为，并不纯粹以题材来划分散文是都市的或乡村的，重要的是一种生存状态的选择，是一种包蕴着深层心灵景观的精神现象。如海派散文作家张爱玲、苏青等人，以都市"小市民"自诩，坦诚自己对金钱等物质生活的欲望，对都市生活的本质是一种由衷的接纳和认同的态度，进一步表现出了他们的生存哲学和彻底的都市精神。而台湾作家三毛逃离都市，投奔撒哈拉沙

---

① 范培松：《中国散文批评史》，江苏教育出版社2000年版，第611页。

漠，范培松在用"心"去品读、去碰撞后认为，始终以"异乡人"自居的三毛这种"对乡的否定，对根的颠覆"，其实"是对精神完全自由的追求"，因为就艺术而言，偏重纪实的《撒哈拉的故事》并没有多少惊人的创造和发现，人们对三毛散文的热爱是对其选择和生存状态的认同、赞赏，魅力来自她在散文中向人们传递的一种彻底的精神生活和信息，即"自由作家"，范培松进而点题道："自由人将成为散文家的一种主体形象。"像这样从人生的角度，从对个体生命价值、对人的精神追求的充分尊重出发，对作家作品体贴入微而又深刻独到的精辟解析，在《中国散文史》中比比皆是。

在"城里人""乡下人""异乡人"等富有哲理意蕴的主体形象中，也蕴含了"传统"和"现代"这样一组相对的概念，这也是横贯百年文学的一个纠缠不清的问题。范培松对散文中体现出来的"传统"和"现代"有自己独到的理解，并不是说都市散文就一定意味着更具有现代精神，而乡土散文就一定代表传统的情感元素更丰厚一些，在不同的对比组合里，"传统"和"现代"各自的角色和含义都不同。范培松认识到，作为一种文化精神上的价值判断，主体自我的不随流俗，以及敢于在散文观念上推动变革，其实才是一种真正的先锋和现代的做法。作为"百年老店"的乡土散文，从世纪散文变革中的几次转折性作用可以看出，它自身蕴藏的"能量"远远溢出它温情脉脉的外表。乡土散文作家大都有一个都市经历和背景，他们对"乡"的回眸和凝视，其实是一种"精神还乡"。范培松认为，从本质上来讲，他们都在寻根，是在现实人生的突围中寻求别样的风景和人生。在文化选择上，乡土散文作家往往表现出对农业文明自觉或不自觉的依恋，如在都市生活中处处感到压抑、孤独和苦闷的沈从文在20世纪30年代对"湘西"的审美发现，这种依恋本身既不是对五四精神的反抗，也不是对愚昧、落后的猎奇和归顺，相反，这种在现代性焦虑下转而对"传统"的依恋本身也是现代性的另一种表现形式，是要在民间的自在生活中找回生命内在的和谐与欢乐，是要重建一种优美、健康、自然，而又不悖乎人性的人生形式。因此，当20世纪30年代散文还在"斗士"和"名士"之间摇摆时，沈从文以乡土气息浓厚的《湘行散记》，打开了散文创作的新天地，把"妓女"和"水手"作为一种活泼的"魔性生命力的象征"，在文学中给予大肆张扬和表现,这从当时的社会道德规范和体面高雅的文学传统来看,无疑是惊世骇俗的,其对传统的颠覆和破坏也是缓慢而持久的。可以说,《湘行散记》是传统平实的艺术表现和具有超越性的思想意趣的奇妙杂糅,在其过滤了时代的感伤氛围的乡音民谣里,其反传统的现代精神更彻底,对人的主体性和个性的张扬更放纵,乃至被文学史一再证明为文学现代性的一面大旗。同是以"乡下人"自居,20世纪末刘亮程笔下的"黄沙梁"和30年代沈从文笔下的"湘西"一样,都是偏远落后的地方,然而他们又都在各自的"村庄"中找到了自己的生命之"根"。刘亮程以"生活在什么地方都是中心"的现代意识,抱着向生存本身学习的信念,使一切激素催生的、高高在上的知识、思想和文化立刻显现出苍白的虚弱本相。范培松说,"人人从文化传统中撤退,而我坚守,乃成先锋",尽管充斥五四文坛的是一片反传统的呐喊声,但五四时期对农业大文化的猛烈抨击,实质上是把旧文化和农业大文化笼统地等同起来,事实上五四时期的任何一个文学样式也无法把自己从传统中彻底地剥离。范培松敏感地觉察到了这个问题,并从精神实质上对乡土散文和都市散文中的"传统"和"现代"给予了表象和实质之间朴实却深刻的辨析。

《中国散文史》注重各个不同时期的文学流派、思潮和作家之间的融会贯通,在一个彼此纠结牵连的大网络中,纵横比较勾连,只有在这样立体的、全方位的比较和辨析中,所论对象的影像才能更全面、清晰地显现。范培松敏感地觉察到现代散文的几大流派在当代散文中都有不同程度、不同向度的感应和回归,他们或以地下潜流的方式涌动,或浮出地表,对主流形成一次强有力的冲击。因此,在论析汪曾祺提出的散文的功能应是"文化的休息"的场所时,范培松就联想到20世纪30年代林语堂提出的"以自我为中心,以闲适为格调",进而联系到现代散文中以性灵、闲适、恬淡为格调的上接周作人下承沈从文的这一流派,虽然这两个流派对散文审美的社会政治功能都做出了潜在的解构和突围,但他们的对接既不是天衣无缝的,也不是简单的重复和回归,而是保留着各自的时代印迹、知识背景和社会阅历,以及由此形成的不同情感形态。范培松对此做了细致的剖析、比较后认为,周作人、林语堂等人以避世的姿态,强作冲淡或故作幽默地谈天说地、闲话东西,其实是对时代的苦闷压抑的释放和化解,他们的智性思维、智性话语中凝聚着一股子浓郁的"书生的书斋气";汪曾祺及后来的贾平凹等人则重在"乡村的乡野气",他们的文字吸纳了民间社会的质朴和真诚,其散文抒情写意的描述功能加强。汪曾祺以"水"一般清丽柔和的"纯"文学形式,重返生命的本真状态,抵拒主流散文非美学因素的强力污染和侵扰,营造一个和谐、优美的绿色文字生态,在泛政治化的历史语境中成功地实现了散文观念的变革。

  无论是"大家"还是"小家",也无论是"正宗"还是"斜枝",范培松立足在大人格、大境界的精神高度上对散文心性的审美理解,唯优秀作品是举。尤其是对一些在命名上模糊暧昧的边缘型或地域型流派散文的理论界定和审美评判,并不世故保守,而是大胆评判,勇于立言,敢于出位、出格,尽管有些判定还有值得进一步商榷和推敲的地方。令范培松非常激赏的西部散文,在20世纪末以蓬勃的生命元气向精神疲软的文坛"中心"发起了一轮又一轮的强震荡冲击波,而理论界还在对西部散文身份的"合法性"持犹疑态度。范培松认为,对西部散文的界定和描述,"不仅仅是一种地域存在的命名,它更是一种文化、审美的包容着精神祈向和价值取向的命名"①。西部散文极力要弘扬的是以"自我"为中心的主体文化立场,正如西部散文作家刘亮程所说"没有偏远落后的地方,只有偏远落后的思想"②。范培松认为,这是一种自我圆足而能抵拒外界纷扰的强韧主体,正是这种激情张扬"自我"的生命精神的高贵形成了西部散文特有的"境"和"品"。散文中的西部不再是闭塞和落后的代名词,而是一种精神人格的象征,是失去"家园"的现代人的心灵故乡。范培松正是看到了具有"边民"身份的西部散文这种来自生存大地的野性、鲜活的自然生命力对过于"完善"而"虚弱"、缺乏活力的文坛中心所形成的强大边际效应而兴奋异常,不遗余力地为这批西部散文作家摇旗呐喊,并把西部散文和同时期流行的快餐散文、小市民散文类比,从而犀利地指出这些虚浮萎靡的消费性时尚散文在西部散文的大人格、大境界面前,"立刻显示了颓败相"③。从范

---

① 范培松:《西部散文四人志》,《江海学刊》2004年第4期,第181页。
② 刘亮程:《风中的院门》,上海文艺出版社2001年版,第415页。
③ 陈晓明:《表意的焦虑:历史祛魅与当代文学变革》,中央编译出版社2002年版,第10页。

培松对西部散文这样越出革命和建设的时代共鸣之外的新的审美空间的大力挖掘和推介中可以看出，范培松所持的是一个知识分子的民间文化立场，而民间文化的真正价值就在于对个体生命自由的追求。

《中国散文史》是范培松在自己几部具有拓荒性的学术著作《中国现代散文史》《中国散文批评史》等基础上的集大成者，是他在扎扎实实地从事散文研究的几十年里，不断地拓展自己的研究视野和空间，并在一次次刷新自己、推翻成见、否定权威的过程中的学术和生命的结晶。在1994年出版的《中国现代散文史》的基础上，《中国散文史》向后延伸了半个世纪，把按政治时间人为割裂开来的现代散文和当代散文有机地整合起来，从而能够在整个20世纪中国文学发展的总体视域中，充分尊重散文自在的发展脉络，在体例分期和编排格局上更加科学合理。例如，相对于《中国现代散文史》第一编的五四散文部分占全书三编的二分之一强的不均衡现象，《中国散文史》在结构上就明显要合理得多。作为20世纪百年散文史的起点，第一编的五四散文依然是全书的重头戏，但在提法上范培松稍做调整，把"诞生早熟"改为"异军突起"，更能体现出在时代的感召下，现代散文从其他文体中脱颖而出的磅礴气势和实力。其他各个历史时期的散文，在"异军突起"的五四散文这块厚重的基石上，或"裂变分化"，或"消融聚合"；或发展，或倒退；或背离，或在新的起点上回归。第二编的"裂变分化"几乎整合了《中国散文史》里第二编、第三编的内容，时间跨度上从五四落潮后的20世纪20年代末到40年代中期，正是散文急剧分化、流派纷呈的时期。第三编以"消融聚合"概括了从20世纪40年代中期到80年代中期这个在文学史上通常被简化或忽略的时代，在文学史的分期上首次跨越了1949年这个似乎不可逾越的政治时间概念，而纯粹以散文在内外合力下的文本形态特征的变化为其历史分期的依据。第四编则以"和而不同"概括了20世纪末多元蜕变的散文格局。

范培松把同时期的中国台湾、香港散文也正式纳入了散文史的考察范围，并分章分节地给予了专门论述，这样加上了附论部分的澳门散文，不论是在历史时间上，还是在地理空间上，《中国散文史》都是一部较"完整"的20世纪中国散文史。对中国台湾、香港散文，既有在中国文学的大环境下的总体特征描述，也有不同社会文化情态下的个案分析。例如，第十八章的香港散文部分，对"都市文化背景下的港味散文"①，从政治和文化、历史和现实各个方面追根溯源地做了精妙到位的论析后，认为"香港的高度商业化社会对散文的休闲性、趣味性和流行性的要求，同内地的主流文化体制对散文的功利性、倾向性的要求一样地（的）偏执和疯狂"②，那种无"根"的、缺乏个性的殖民文化，那种不断地追赶世界潮流的"高频率的动感世界"，不利于文化个性的形成与稳定，从而导致中国香港散文个性的模糊和总体上的媚俗倾向。范培松把中国香港散文和同时期的大陆（内地）、台湾散文做了比较分析后发现，中国香港散文"在殖民文化和商业都市文化的双重稀释下"，对"'乡情'的淡漠和遗忘"，"香港散文和大陆（内地）、台湾散文相比，最刺眼的一点就是：乡土散文的缺席。在香港散文中，几乎找不到一个具有个性的乡土散文作家"③，即使有部分散文作家也有些怀乡思乡之作，但是他们"所持姿态、情感和大陆以及台湾的散文作家相比，大相径庭"④。如中国香港散文作家叶灵凤对南京、镇江的怀想就近似于"一种观赏文物的心态"，缺少通常乡土散文那样动人心魄的情感力量。而同一时期的中国台湾散文作家林海音凭着一张北京地图，用望梅止渴的办法来回忆北京，以化解那郁结在心中浓郁的乡情。在这种横向比较中，范培松进一步认识到，在这种更大、更复杂的政治、历史和文化背景下，"乡"已经不是与都市相对应狭义的"乡"了，往往与对"自我"的认同、对"中国"的认同合流起来。可见，范培松对中国台湾、香港散文不是蜻蜓点水般的泛泛而谈，而同样是花了大力气的，是在大量占有材料的基础上深入骨髓的透析，体现了范培松深厚的学养和扎实的功力。

范培松还将《中国散文批评史》对散文批评理论的系统思考也融入了《中国散文史》的写作之中，在体例和行文上都显示出了理论和创作研究之间的互相支持和声援的态势，相对于其他同类史著有着更为潜在的理论涵养。《中国散文批评史》在扉页上开宗明义道：

---

① 范培松：《中国散文史》下，江苏教育出版社2008年版，第674页。
② 范培松：《中国散文史》下，江苏教育出版社2008年版，第676页。
③ 范培松：《中国散文史》下，江苏教育出版社2008年版，第678页。
④ 范培松：《中国散文史》下，江苏教育出版社2008年版，第679页。

弘扬"自我"是中国散文批评的永恒主题,把脉切脉准而狠。围绕"自我"这一纲领和内在线索,范培松将零星杂乱的散文批评理论,以"三足鼎立""政治同化""多元蜕变"这上、中、下3卷,建构起20世纪散文批评发展的脉络。"自我"不但是范培松高屋建瓴地建构散文批评理论的灵魂,也是《中国散文史》写作的内在动力。无论是"大写的人",还是"小写的人",作为一种抒写"自我"的特定文体,散文主体的自主精神人格始终是散文发展的关键所在。把"忠诚于自己"作为最高学术理想的范培松意识到,回归真实的"自我"是20世纪百年散文发展的潜在诉求,因此,他在《中国散文史》中抓住"自我"这条主线和关节点,对触及散文灵魂的关于散文主体的身份流变做了鞭辟入里的梳理和辨析,从"史"的构架到体例分期上,全书着眼在一个"变"字,以在具体的历史情境下散文主体的"自我"裂变为经纬,整合了意识形态制约下的社会心理及作家的精神气质和艺术个性,着力把握散文文体演变过程中主体自身的精神蜕变,在广泛联系中构建起散文文体发展的自在历史。

20世纪散文主体的"自我"经历了一个发现、否定和再否定的过程,而"革命"是这一主体身份逆转的一个不容回避的关键词,"革命"的颠覆性决定了"革命人"身份的倒置。经过五四革命风暴洗礼的一代"小资产阶级"散文作家,在"自我"的喧哗中,以"弑父""审父"为基点,确立了各自鲜明的主体形象。然而知识分子作家要超越立场、角色转换的紊乱而投身革命,且和革命合拍是何等的艰难,紧接而来的无产阶级革命和政治意识形态就使刚刚从父权文化专制下释放出来的"自我"横遭了改造和阉割。对那个"自我"泯灭,"小我"服从于"大我"其实就是"无我"的散文政治化的漫长年代,范培松开创性地用了两个关键词:"'工农兵'代言人时代"和"后'工农兵'代言人时代"。这两个关键词高度概括了这个非知识分子写作时代散文的精神特质,一针见血地指出:"工农兵"实质上是一种意识形态和权力的象征、符号。由此体现出范培松在"史"的梳理中高度的理论自觉和建构能力。范培松认为,在"工农兵"这个政治权力话语的胁迫下,"奴在心者"的散文作家舍"己"入"群",写"工农兵",颂"工农兵",为"工农兵"代言,势必要以牺牲散文作家的"自我"为代价,从而使情感心灵化的散文蜕变为

第一辑 众家论史

可复制的观念意识形态的书写符号。而主体的"代言人"身份对要求"说自己的话"的散文来说，无疑是釜底抽薪，也必然导致散文情感的虚假和空洞，以及散文体式的僵硬和模式化。尽管杨朔想通过"当诗一样写"来艺术地强化"代表"的角色，通过增加散文的艺术砝码来软化散文身份政治化造成的硬伤，但"自我"的声音发不出来，散文始终是无根之草，任何形式上的矫饰也只是徒然地损耗着散文自身的艺术生命。在"文化大革命"结束后相当长的一段时间里，散文都落后于整个文学的主潮，依然在"'工农兵'代言人时代"的惯性思维里"爬行"。尽管巴金的《随想录》以审己焚我的方式，喊出"我是我"，给散文还"魂"，然而应者寥寥，经历了几十年阶级斗争的真空清洗后，"心有余悸"的散文要说真话已经变得异常的艰难。根据散文史自身发展的这一特点，范培松旗帜鲜明地提出，"后'工农兵'代言人时代"是散文特有的一个时代，并结合具体的作家作品，对散文主体的"自我"在这一时期的缓慢蜕变过程，给予了辩证的切合历史的叙述、论析和评价，尤以贾平凹的散文创作从前期"师法"的规矩到后期"无法"的放纵，作为这一角色的艰难转换和蜕变的微观缩影，散文也由此从"'工农兵'代言人时代"开始回归到个人生命体验的时代。范培松在《中国散文史》中给了贾平凹一个非常独特的地位，认为他的出现"既标志了'工农兵'代言人时代的终结，又预示了'和而不同'的散文新局面即将出现"①。但范培松认为，真正对"'工农兵'代言人时代"的政治化散文洗"心"革"面"的，还是20世纪80年代末横空出世的文化散文。虽然他们和"后'工农兵'代言人时代"的许多回忆散文一样，都是向后看的，都是在"历史"上做文章，但后者的"自我"基本上还处于被政治收编、改装的半"休眠"状态。而文化散文则是把历史文化作为表达"自我"的掩体，是以现代人文意识审视"历史"，是自我的生命体验在历史文化背景下的转换。"历史"成为激活个体心灵、张扬"自我"的一个全新领地。尽管文化散文发展到后来，又有了泛文化倾向，以至于"文化"泛滥，从而导致"自我"的另一种失语和流失。

在寻找现代生命情感和话语方式的迷途上，散文主体身份的遗

---

① 范培松：《中国散文史》下，江苏教育出版社2008年版，第631页。

失、混乱及戏剧化等，成为20世纪中国散文的主流形态。从现代散文在20世纪初的发轫、主体的破"纲"而出，到20世纪末的喧哗与骚动中散文主体的意乱情迷、自我流放，对"人"的政治"奴役"和经济"奴役"是"你方唱罢我登台"，各显神通，使散文主体面目模糊，也就是说，在散文创作的后面看不到一个真实的"人"。20世纪末的散文在经过了一系列非理性的红色癫狂事件后，好不容易可以说真话、抒真情了，然而遭遇了同样非理性的"市场经济"这个更大的权力中心的摆布和控制，在权力、金钱、身体、心灵等各种欲望交织的网中，散文主体身陷一个个有形或无形的"自我"围困中，无论是戏谑的真实、严肃的虚假，还是"裸露癖"的作秀表演，抑或是自我哄骗，来自文坛的每一次对"自我"的凝视，都带来一场震动和革命。延续一个世纪以来的对现代散文文体本性的定位与探索，其实也是对人自身的探索。究其事实，20世纪散文文体史的发展其实也是人自身精神突围的过程，所负载的社会历史和文化心理内涵往往溢出单纯的文学审美范畴。范培松的《中国散文史》准确地把握住了20世纪中国散文主体的精神裂变这一发展脉络，从社会史和文体史的双重视角出发，以政治、历史、文化、审美的多个维度，出入于散文内外，以丰富而翔实的史料，重返文学历史的话语生成现场。我们从中解读到的不仅有散文文体自身的嬗变，还有20世纪初刚刚浮出历史地表的主体个人，在一系列的改革、革命、经济和文化建设的围困与突围中，在人的社会存在与生命的本然状态之间，"自我"与"他我"富有戏剧性的此消彼长的过程。文学是人学，历史是关于人的历史，正是基于这样一种学术理念和对20世纪中国历史的独到把握，范培松的《中国散文史》才能以其独特的"生命"内涵，在众多的同类著作中显出自身的"厚重"来；不仅为文学与人生提供了生动形象的个性化阐释，也为20世纪散文的"通史"写作提供了新的范例，其学术价值必将难以估量，其影响必将深远。

[本文载于《渤海大学学报（哲学社会科学版）》2009年第3期，有删改]

散文研究的里程碑

张宗刚

范培松的《中国散文批评史》，分上、中、下3卷，凡7编21章，以洋洋50多万字的篇幅，将100年来有关散文的理论批评史料做了系统整理。纵观20世纪散文批评走向，此书理出了一条由"三足鼎立"向"政治同化"，再向"多元蜕变"的发展轨迹，别开生面，发他人所未敢发，但又中规中矩，切中肯綮，对于文学本体有其贴切的把握。

边缘型散文批评被视为中国现代散文批评的萌芽。范培松指出，19世纪末20世初，清朝王纲解纽，文学的经世致用受到关注，许多较有见地的散文批评皆和政治、哲学等混合交杂，呈黏着状，形成一种似政治、似哲学、似文学的边缘型散文批评模式，梁启超的"文界革命"和胡适的"散文界革命"正是其典型代表，它们为现代散文批评空间的创建做了理论准备和实践准备。而日本文学批评家厨川白村的文学理论推动促进了中国散文批评的发展，使得散文批评真正开始重视作家的主体意识。

范培松认为，言志说散文批评由周作人、林语堂、郁达夫领衔，其特征为突出个人经验对于散文批评的意义，坚持以自我为中心，倡导散文风格的絮语化、闲适化，建构起特有的批评话语体系。社会学散文批评由鲁迅、钱杏邨领衔，其特征是以社会为中心，重在考察散文对于社会的依从，把散文的社会效应和功能放在批评首位，求崇高，远浪漫，弃幻想，与政治革命具有共振效应，具有纯净的硬度，在没有和权力结合之前，也是一种民众批评。朱自清、李素伯领衔的文本说散文批评，恪守文本第一，重视客体及形式内部规律的探索，排除倾向色彩，提倡文本的纯粹意义。在"三足鼎立"之外的散文批评，尚有以沈从文、何其芳、朱光潜等为代表的京派散文批评和以张爱玲、苏青、叶灵凤等为代表的海派散文批评。京派散文批评是言志说散文批评异化的结果,海派散文批评则是社会学散文批评异化的产物。对于诸多散文批评流派,《中国散文批评史》一书从文学、美学、社会学、发生学的角度考察和探究,勾勒出鲜活亮丽的批评框架。

范培松对政治化散文批评的阐释可谓发人深省。在20世纪中国散文批评史上,20世纪30—70年代末,中国散文批评沿着政治化的轨道艰难前行,产生了特有的政治化散文批评,它往往屈从于权力意志,成为推行某种政治路线的工具。政治化散文批评在思维方式上信仰斗争逻辑,拒绝情感逻辑,在批评方法上寻章摘句,借题发挥,对于中国文坛造成了莫大危害。20世纪70年代末,散文理论开始逐步摆脱政治化散文批评的束缚,走上多元蜕变的道路。经过20世纪70年代末"召回自我"的散文启蒙、80年代散文界奇怪的平静,终于迎来了90年代散文热的火爆,散文及散文批评界出现了前所未有的无序和放浪,口号林立,众声喧哗。柯灵、林非、范伯群、曾华鹏、舒芜、钱理群、范培松等学者纷纷致力于现代散文批评、现代散文史及散文作家研究,在研究方法上或重审美,或重文本,或重体验,或重效应,破除了政治化散文批评的程式。范培松站在现代视点上解剖杨朔、刘白羽、秦牧三大名家的文本,认为这些文本体现了自我的变形和泯灭、情绪的甜化和腻化、抒情的模式化和雷同化,充分折射出那个时代的流弊,读来酣畅淋漓,意味深长。

全书史中有识,论中有诗,以史、识、诗的三相统一,感性与知性的共济,构筑起多元化的批评手法。范培松下笔为文,往往清新可嘉。如在论及郁达夫时他写道:正由于郁达夫重"心"与"心"的感应,所以他的批评话语和周作人、林语堂等的完全不同,既没有到故纸堆中拣字拾句,也没有用西化的牛油来搽抹,显得非常鲜活动人。堪谓绝妙好辞。范培松把"忠诚于自己"作为最高学术理想,以情缀文,以小见大,为学术插上了灵性的翅膀,使文本体现出强烈的个性化、心灵化特色。

(本文载于《书业导报》2001年10月25日,有删改)

体大思精,根深叶茂
——解读《中国散文批评史》

张宗刚

集苏州大学教授、博士生导师和苏州市作家协会主席身份于一身的范培松,长期从事中国现当代散文研究,勤勉敬业,笔耕不辍,已有《散文天地》《散文写作教程》《中国现代散文史》《中国文学通典:散文通典》等具有深远影响的专著问世。2000年,范培松所著的《中国散文批评史》的出版,更引人注目。

《中国散文批评史》分上、中、下3卷,凡7编21章,以洋洋50多万字篇幅,将100年来有关散文的理论批评史料做了系统整理。范培松把早期梁启超、胡适的评论称为尚不成熟的"边缘型散文批评",而视日本文学批评家厨川白村为中国现代散文批评的启蒙者,其后则出现"三足鼎立"的散文批评流派——以周作人为代表的言志说散文批评、以鲁迅为代表的社会学散文批评、以朱自清为代表的文本说散文批评。纵观20世纪散文批评走向,此书理出了一条由"三足鼎立"向"政治同化",再向"多元蜕变"的发展轨迹,别开生面,发他人所未敢发,但又中规中矩,切中肯綮,对于文学本体有其贴切的把握。

边缘型散文批评被视为中国现代散文批评的萌芽。范培松指出,19世纪末20世初,清朝王纲解纽,文学的经世致用受到关注,遂导致文学批评和政治的联手,许多较有见地的散文批评皆和政治、哲学等混合交杂,呈黏着状,形成一种似政治、似哲学、似文学的边缘型散文批评模式,梁启超的"文界革命"和胡适的"散文界革命"正是其典型代表。其特征是一种灵感爆发式的感悟和一些结论性的断语,其影响在于为现代散文批评空间的创建做了理论准备和实践准备,促进了现代白话散文的诞生。而日本文学批评家厨川白村的文学理论推动并促进了中国散文批评的发展，使得散文批评真正开始重视作家的主体意识。

对于各种散文批评流派，《中国散文批评史》一书做了全面考察和探究，既有社会学的，又有文学、美学、发生学的，论述严谨细腻，富于诗性，勾勒出鲜活亮丽的批评框架。书中认为，言志说散文批评由周作人、林语堂、郁达夫领衔，其特征为突出个人经验对于散文批评的意义，以自我为中心，倡导散文风格的絮语化、闲适化。作为中国现代散文批评的创始者，周作人坚持以作家个人为本位，坚持文本观念、文体观念和散文批评的美文化，建构起特有的批评话语体系；林语堂则经历了一个倡导"幽默"，力主"性灵"，提出"以自我为中心，以闲适为格调"口号的三部曲，形成了一整套散文批评体系；郁达夫的散文批评注重心灵感应和作家精神个性的探秘。社会学散文批评由鲁迅、钱杏邨领衔，其特征是以社会为中心，重在考察散文对于社会的依从，把散文的社会效应和功能放在批评首位。该流派注重了解作家的家庭背景、社会地位、政治倾向，求崇高，远浪漫，弃幻想，与政治革命具有共振效应，具有纯净的硬度，在没有和权力结合之前，也是一种民众批评。朱自清、李素伯领衔的文本说散文批评，恪守文本第一，重视客体及形式内部规律的探索，排除倾向色彩，提倡文本的纯粹意义，讲究技术性、操作性和实践性。书中还指出，在"三足鼎立"之外的散文批评，尚有以沈从文、何其芳、朱光潜等为代表的京派散文批评和以张爱玲、苏青、叶灵凤等为代表的海派散文批评。京派散文批评与言志说散文批评的以自我为中心重合，是言志派散文批评异化的结果；海派散文批评则是社会学散文批评异化的产物，注重散文的商品价值，洋溢着特有的情趣。

范培松对政治化散文批评的阐释可谓发人深省。在20世纪中国散文批评史上，从30年代到70年代末，中国散文批评沿着政治化的轨道艰难前行，产生了特有的政治化散文批评流派，它往往屈从于权力意志，成为推行某种政治路线的工具。中国现代散文批评的政治化是以歌颂鲁迅的喜剧形式开始其历程的。从20世纪40年代延安对王实味杂文的批判，到50年代对胡风书信的批判、对"右派"杂文的批判，以及"文化大革命"中对"三家村"杂文的批判，打破了散文批评"三足鼎立"的局面，使得散文批评真正走向政治化。政治化散文批评在思维方式上信仰斗争逻辑，拒绝情感逻辑，在批评方法上寻章摘句，借题发挥，对于中国文坛造成了莫大危害。

范培松以个案分析的方式，从容不迫地论述，对历史资料予以爬梳、整理，单刀直入，见性见情。20世纪70年代末，散文理论开始逐步摆脱政治化散文批评的束缚，走上多元蜕变的道路。经过20世纪70年代末"召回自我"的散文启蒙、80年代散文界奇怪的平静，终于迎来了90年代散文热的火爆，散文及散文批评界出现了前所未有的无序和放浪，口号林立，众声喧哗。柯灵、林非、范伯群、曾华鹏、舒芜、钱理群、范培松等学者纷纷致力于现代散文批评、现代散文史及散文作家研究，在研究方法上或重审美，或重文本，或重体验，或重效应，破除了政治化散文批评的程式。当代散文经历了缓慢的觉醒和艰难的历程，终于迸发出灿烂火花。范培松站在现代视点上解剖了杨朔的"人间海市"式的极乐散文、刘白羽的"日出"式的壮美散文、秦牧的保险的"知识乐园"式散文，认为这三大名家的文本，均依附于当时虚假成风的大环境，体现出自我的变形和泯灭、情绪的甜化和腻化、抒情的模式化和雷同化，充分折射出那个时代的流弊，读来酣畅淋漓，意味深长。

全书史中有识，论中有诗，以史、识、诗的三相统一，感性与知性的共济，构筑起多元化的批评手法。范培松下笔为文，往往清新可嘉。如在论及郁达夫时他写道：正由于郁达夫重"心"与"心"的感应，所以他的批评话语和周作人、林语堂等的完全不同，既没有到故纸堆中拣字拾句，也没有用西化的牛油来搽抹，显得非常鲜活动人。堪谓绝妙好辞。在论及沈从文时他写道：英国著名思想家伊赛尔·伯林对古希腊残诗"狐狸知道很多的事，但刺猬则知道一件大事"进行发挥，把知识分子分成两种类型，即一种是不谈价值、回避立场的学术型的"狐狸"，另一种是倾心主义价值的思想型的"刺猬"。借用这个比喻，沈从文的散文批评显示了他是一只精明的以狐狸方式行事的刺猬。其评论极富灵气和思辨。范培松文思飞扬，时有惊人之见：在商品和金钱的软硬折磨下，文学批评在软化、甜化和表演化，批评者和被批评者的关系在甜蜜中扭曲。京城召开名目繁多的研讨会，皆把批评对象视作"追悼会上的死者"，一律且颂且捧，把作品小优说成大优，大优夸为特优，再加上众多的批评者本身没有成功的或失败的创作实践的体验在支撑,只能以盲目颂扬成为终身职业。多元的蜕变在甜蜜的包裹中又有被扼杀的危险。于戟刺现实、老辣淋漓中,体现出明朗向上之力。

作为一名具有独创意识的学者,范培松敢于涉足冷门禁区,创榛辟莽,披荆斩棘,从没有路的地方走出一条路来,大胆在白地上搭起戏台,咿咿呀呀,锣鼓齐鸣,演绎出一番红火景象。《中国散文批评史》重在揭示各类散文批评模式的漫长演变和发展历程,既有大框架、大事件的重点阐发,也旁及小品文论争、"鲁迅风"论争等文坛轶事,显示出丰富的史料资源。范培松把"忠诚于自己"作为最高学术理想,以情缀文,以小见大,为学术插上了灵性的翅膀,使文本体现出强烈的个性化、心灵化特色。全书既实事求是、严谨细致,又童言无忌,通俗易懂,遂竖立起了散文研究的里程碑。

(本文载于《太原日报》2001年9月24日,有删改)

弘扬自我，崇尚个性

——关于范培松的散文理论研究

蔡江珍

范培松的散文研究兴起于20世纪80年代，其视界纵贯20世纪。从《中国现代散文史》到"20世纪散文研究系列"著述的《中国散文批评史》和《中国散文史》，范培松倾20年心力，尽一己之功，为中国文学重新确立了个人著史的史传品格。由于几十年持之以恒地在散文研究上用力，范培松对中国白话散文和散文理论发展史上产生了深刻影响的作家、批评家一一做过细密深入的研读、诠释，对他们的创作风格、学术品格及历史贡献均有过系统评述。可以说，对历史经验的细腻品味和个人独具的学术品格与艺术感悟力使他的理论创设具有超拔的意蕴。范培松直接秉承五四散文精神，将散文文体的首要特性定位为"发表自己的声音"和"必须是艺术的"。前者指的是散文家必须以"敞开的自我、赤裸的自我""直接与读者对话"，它强调的是创作主体的个性和本色，由此而生发的作品必然是真诚敞开主体内在世界的"私语""私话"；"个性"是范培松一再高举的散文旗帜，他进而明示个性的质地（真假、美丑、崇高与低劣）离不开作家对社会、人生的态度，文学的"个性"又必须是"艺术的表现"，并指明散文必须是"靠情感的本色、艺术品位感人"的"艺术品"，依存于散文的艺术自律，只有在散文成为文学的依托处，质询散文的文体特性，才能形成有意味、有价值的理论断制。正是倚重这样深刻的认知，范培松的理论生发和文学批评不曾被淹没在日益泛滥的远离文本而不着边际的文化批评之流中。

一、从《中国现代散文史》到《中国散文史》

范培松的散文研究被学界真正重视，是在1993年他的《中国现代散文史》出版之时,北京大学的孙玉石教授评价它"是一部有很强个性和学术性的著作,也可以说是一部作家兼学者写出来的有水平有才华的文体专史。人们对它可以有不同的评论,这本书也有它不容讳言的弱点,但是一个事实将被历史证明:这本著作将在整个中国现代散文史的研究中竖立起一个新的里程碑"①。

这本史著的"新"首先表现在范培松为现代散文史的研究找到一个前所未有的切入点,这就是谢冕说的:"他找到了一个突破口,进而展开了整个文学史,这就是开头他说的'愤'。他用这个字对当时的散文主潮现象进行概括……我认为范教授这个突破口找对了,于是他的成熟的框架和体系也就找到了。"② "愤"是因着不安的乱世而起的弱国民众的悲愤心绪,是特定的时代心态。范培松准确地捕捉到这对社会、时代和个人均产生强烈影响的情感也是文化的特质,以此为路径深入探寻现代散文的内蕴,并将"怨怒之音"视为五四散文的主潮,深入而全面地体察五四散文作家因时代之变和个人心绪不同而呈现出的情感表达方式、题材取舍、价值取向、审美观念等诸多差异,进而展开散文文体流变的多层面分析。这种独特的视角为当时的现代散文研究打开了一个新的空间。

"个性"是这本散文史表现的风格。其绪论是为现代散文史帷幕的揭开所做的背景考察。王纲解纽的时代为传统散文向现代散文嬗变提供了社会的、文化的、思想观念的,以及作家队伍的各种可能,而"近代报刊兴起中的散文躁动"和"中西文化交汇中的散文躁动"催生了五四散文的"大变"。这种把握既强调了特殊历史时期为文学的新变提供的条件,也深入文体自身发展的内部寻求变革的动因。这就是范培松始终能够不为定论所囿、不为非文学标准所牵制,而坚持"说自己的话"的方式。他在跋语中说:"我坚持以体为本,以变为纲。也就是自始至终以义为基础,考察体的变化,理出它的脉络,最后还其历史本来面目。"回到文学本身评定文学,在文学与政治的关系尚未厘清的年代多少有史上的教训,他对周作人、郁达夫、徐志摩等人的散文成就与不足所做出的"个人的评价"尤为文学界所赞赏。

① 范培松:《中国散文批评史》,江苏教育出版社2000年版,第609页。
② 范培松:《中国散文批评史》,江苏教育出版社2000年版,第611页。

虽然其感受式的评析中也有过于虚美和不严密的口语化表述的不足，但范培松以其充分的个性化为史论研究提示了一种真正意义上的积极态度。这在当时习见的以"定论"代替个人的评价、模糊"革命史"与"文学史"之间区别的史著模式中，无疑是一个"异数"。对于特殊的20世纪40年代文学，范培松看到战争的使命使散文家"别无选择"，但他不曾规避散文通讯化使"个人风格削弱，散文流派消融"①，使散文题材与文类趋于单一等的负面影响，并指出"散文家在激动昂扬的同时，也忽视了个性的创作，不注意追求稳定的审美价值，这种影响一直延伸到当代，乃至今天"②。范培松在梳理现代散文文体流变轨迹时，尊重历史，尊重自己对文学的理解，他的价值或许不在于对某一现象和群体特征做出多么发人深省的掘进而赋予他的史著以他人难以企及的深度，而在于对文学精神和自我的真诚恪守使之穿越了人格的壁垒和学术的障碍，得以在被遮蔽的历史隐晦处捕获到一些令人窘迫的征象从而"敞开"了历史的某种真相。因此，孙荪说："在他对历史极大地（的）理解和宽容的同时又敢于发表自己独到的见解。"③

《中国现代散文史》全书近50万字，除绪论之外，分3编展开论述，即"诞生早熟期（1918—1927）""裂变分化期（1928—1937）""消融聚合期（1937—1949）"。这样的分期基本应和一般文学史的分期法，以3个10年划分现代文学，虽无大不妥处，但未必能体现散文文体自身发展的某种独特性。15年之后，经过多年持之以恒地对散文的深入研究，范培松对20世纪中国散文的历史行程做出了更具史家眼光的体认，重新展现了百年散文史的发展面貌，2008年同样由江苏教育出版社推出的100多万字的《中国散文史》，吸收了近年来总体文学研究的最新成就，从文学精神的延续和裂变的史实出发，更基于散文文类历史的独特性，对百年散文史的发展做出了超越自己和超越研究现状的判断，为百年散文史做出了大胆的重新分期。范培松将1918年至20世纪20年代末作为现代白话散文的发生期，基于

---

① 范培松：《中国散文批评史》，江苏教育出版社2000年版，第550页。
② 范培松：《中国散文批评史》，江苏教育出版社2000年版，第551页。
③ 范培松：《中国散文批评史》，江苏教育出版社2000年版，第614页。

社会历史的必然和文化启蒙的必要,白话散文"异军突起","体现着五四时代特定的文化精神的必然选择"①,"新旧转折"的时代也带来了中国散文的新变,五四散文观念奠定了中国20世纪白话散文的基础。而从20世纪20年代末到40年代中期,由于"左翼"文学的发展,阶级意识逐步进入文学,使散文观念出现明显蜕变和多元分化,因此被归整为一个充满了变异和纷争的"裂变分化期"。该史著进而对从20世纪40年代中期到80年代中期近半个世纪的中国大陆散文做出了突破性的理论判断——在一统的文化体制轨道内,散文为意识形态的权威所控制,进入了个性消融、自我矮化的时期;在这个政治标准第一的时代,异端的权力被不断剥夺,散文最终体现出"消融聚合"的明显特征——将这半个世纪的散文写作归纳为一个特征突出的时期,体现了史学家独到的眼光。而20世纪80年代中期到90年代末作为中国散文的再度新变时期,受益于文学环境和文化氛围的剧变,既有文化精英对"文化自我"的追寻为散文带来文化品格的提升,又不可避免地包容了20世纪末商品化的影响所致的世俗化倾向,散文写作因此进入了多元化的"和而不同"时期。

新的分期的应用不只体现著史者推陈出新的研究精神,更彰显着对一种包容了人文情怀的推崇,并且在他的学术生命中不断延伸和强化,这本百年散文史最凸显的就是史家不为政治意识形态所左右的独立学术精神。范培松对20世纪中叶以来的中国散文做出了前所未有的评判,那就是把从20世纪40年代到70年代中期的散文定位为"'工农兵'代言人"的写作,并对延安文艺整风运动展开反思,对政治指导文学的弊端,导致作家主体意识丧失("非自我"化)、散文文体变质(失去批判性、话语"工农兵"化)等问题,都进行了细致而有说服力的理论分析。②而将从20世纪70年代中期到80年代初的散文定位为"后'工农兵'代言人"写作,这是更冒险的,因为人们更习惯将这样一个已经在政治层面改变了的时期定位为对五四文学的回归,人们更愿意把它看作一个具有新意的时期。但范培松

---

① 范培松:《中国散文批评史》,江苏教育出版社2000年版,第128页。
② 范培松:《中国散文批评史》,江苏教育出版社2000年版,第510-511页。

发现从众多散文文本的实际出发,不仅存在明显的审美泛政治化倾向①,而且散文家主体并未完全摆脱代言人的写作自觉,因为"在这一个时代里,散文家的文化心理特征的常态是:心有余悸"。对政治长期控制文学所致的作家文化人格转型的艰难,范培松做了大胆而深刻的把握。他指出,文化精神"欠独立"是散文的一大问题,"精神的独立依赖于人格的独立",人格的独立在这个政治转折时代更"需要时间"。② 这些理论阐析在散文研究史上无疑是一个大胆的突破。

《中国散文史》承续了前一本散文史最为学界所看重的治史方式——"还历史本来面目",并坚持"说自己的话"。"自己的话",就难免存在个人之见的一些局限,但它的价值正在于这"偏见"和"独见"的并存,为散文史论研究提供新变的可能。由于强烈的理论断制,著史者在历史的梳理中十分注重散文文体意识的理论阐释,和散文文类特征的理论界定,这使之与一般罗列历史现象的散文史著保持了遥远的距离,它的创新将打破散文史论研究长期在一个固定框架中停滞不前的沉闷氛围。同时,它还是目前唯一包容了近半个世纪中国台湾、香港地区散文历史的中国散文史著。

二、《中国散文批评史》

范培松说:"我一直把'忠于自己'作为自己的最高学术理想,我没有追求完美的嗜好和欲望,我只是想在自说自话中实现对自我的忠诚。"正是这样的学术理念成全了一个批评家的学术与生命并无二致的意趣。所谓"自说自话",凸显的是一种知识分子独立的学术理性精神,也就是张抗抗曾评述的,"他不服从于权威,也不服从于大众,而只服从于他自己对这段历史的认识"③。范培松在《中国散文批评史》的扉页上题写"弘扬'自我'是中国散文批评的永恒主题",实际上在为20世纪散文理论设定批评旨趣的同时,也使自己的学术生命因注入富有人性的亲切感而具有无限生机。

《中国散文批评史》于2000年4月由江苏教育出版社出版,全

---

① 范培松:《中国散文批评史》,江苏教育出版社2000年版,第557页。
② 范培松:《中国散文批评史》,江苏教育出版社2000年版,第555页。
③ 范培松:《中国散文批评史》,江苏教育出版社2000年版,第613页。

书50多万字,是迄今为止散文理论界第一次对自身约一个世纪的发展过程做出的全面诠释。全书包括上卷"三足鼎立"、中卷"政治同化"、下卷"多元蜕变"和余论"台港散文批评"。丁晓原认为,"这样一个构架以简驭繁,自出心裁。这里,作者并没有只求形式化的外在历史性,将研究对象仅作(做)一个编年体式的排序,也没有机械地将历史学的分期方法平移带入批评史的研究中,而是回到历史现场触摸历史,在还原和凸现(显)历史本真的前提下,设计具有充分的历史概括性的体系框架"①。占全书分量最重的是上卷,范培松非常慎重、缜密地从中国散文批评的萌芽、发展的历史背景、理论方法的生成及社会各方面的接受程度等层面进入中国散文批评的历史语境中,通过对每一种颇有意味的散文观念和理论、具体的散文批评文本的阐释,以及对其他相关的散文批评事件和资料的评估,指出早期的散文批评形成了言志说(以周作人、林语堂为代表),社会学(以鲁迅、茅盾为代表),文本说(以朱自清、李素伯为代表)"三足鼎立"的格局;这一论断不仅匡正了以庸俗社会学为中心的散文批评界的史学偏颇,更显示了范培松一直坚持的严谨而充分个性化的治史态度(批评方式)。学界呼吁"重写文学史",不仅意在重建文学文本与历史语境的关系,更意欲重获多年的特殊境遇中失却的文学的"本己的意味和真理"。也就是说,一部文学史必须具备的"批评的真实",首先是由其凸显的文学的自主性构成的。范培松深刻体认了这一点,他在对文本深度释读时将其置入相关历史文本所重建的历史语境中进行检视,然后发出"自己的声音",他的方式是:对散文批评史上代表性人物的散文批评观念或体系的形成过程及其批评话语的细致释读,对每个批评家及其流派的个性特征及在整个散文批评理论建构中的意义、价值和局限——做出个人的评骘,尤其对各种批评观在其后的散文理论发展中的历史教训真诚而坦率地提出个人的论见。

史著的中卷"政治同化"是范培松也可以说是散文理论界对政治左右散文批评近半个世纪的境况做出的最彻底的批判性反思。他本着史学批评的严谨性,深入政治化散文批评形成的历史背景、主要历

---

① 丁晓原:《飞扬学术的精彩:读范培松〈中国散文批评史〉》,《文艺报》2000年第29期,第19页。

史事件与文本中，反思了意识形态对文学渗透乃至主宰所造成的历史悲剧。他通过"对鲁迅杂文的政治评判和褒扬""延安时期对王实味、丁玲等杂文的批判""三次没有散文理论的散文批评（对胡风书信、'右派'杂文和'三家村'杂文的批判）"等事件的回顾，描述了从20世纪30年代到70年代末散文批评政治化的过程，并揭示了政治化散文批评是政治动荡的产物，是对文学与作家的粗暴践踏，其特点是："批评者按照特有的政治思维方式，从政治需要出发，乃至动用国家机器，以行政措施来运作，借助对散文作家和作品的批评来阐释和解决政治问题，实现政治意图和目的，从宽泛的意义上说，也就是从政治出发，借助散文批评，来实现政治目的。"① 范培松严正指出，这一完全无视文学批评对象的艺术价值的彻底功利化的散文批评，"不仅违背文学本身的客观规律，并且也不利于文学问题的解决。这是一种野蛮和专制"②。其恶性影响之深广不容忽视，它以一代散文家的悲剧为代价，又"影响了一代和几代人的散文风气"③：以"文艺从属于政治""个性应当从属于集体"为旨归，必然导致散文创作与批评中"自我"的泯灭。范培松的批判发人所未发，敢于独立建言，做出自己的评定。这种尊重历史、不粉饰、不隐恶的治学方式真正"体现出了一个具有史识的批评家所秉持的独立不倚的学术精神与风范"④。

范培松在第3卷"多元蜕变"中以"召回自我"的启蒙到"多元蜕变"的缓慢对20世纪80年代和90年代散文批评的发展做出爬梳。范培松对20世纪80年代文学复苏中散文批评的"依然沉寂"和"无所作为"提出尖锐的批评："八十年代散文批评没有产生过倾向，也没有形成过热点，关键是散文批评家自己没有倾向，没有发烧。"⑤ 范培松认为是20世纪90年代散文的"大爆炸"和形式革命才"加速了散文批评的多元蜕变的进程"⑥，这就意味着批评滞后于

---

① 范培松：《中国现代散文史》，江苏教育出版社2000年版，第279页。
② 范培松：《中国现代散文史》，江苏教育出版社2000年版，第287页。
③ 范培松：《中国现代散文史》，江苏教育出版社2000年版，第324页。
④ 丁晓原：《飞扬学术的精彩：读范培松〈中国散文批评史〉》，《文艺报》2000年第29期，第20页。
⑤ 范培松：《中国现代散文史》，江苏教育出版社2000年版，第412页。
⑥ 范培松：《中国现代散文史》，江苏教育出版社2000年版，第413页。

创作,他毫不讳言这一点,更不隐瞒自己对这一时期散文批评家的散文理念的态度。值得一提的是,范培松对巴金的把散文"当作我的遗嘱写"和贾平凹的"大散文"观做出了独特的评述。同时,范培松将中国台港散文批评作为"余论"另列,既在与中国大陆散文批评的比较中拓展散文的理论空间,又为中国大陆散文批评的进一步发展提供了一种颇有意味的参照,这也是范培松开阔的史学视界使然。

虽然谁也不能虚美地说这本史著完全公允、不偏不倚和完美,比如第3卷中对更具有冲击力的散文批评(新生代散文批评)的忽视就是一种遗憾和不足。既然是范培松的"自说自话"也就难免有不被认同之处;但可以说,他的那种充分个性化的、力求回到文学本身评定文学的批评方式,赋予了这本史著充分的个性魅力。

三、作为理论底板的基础研究

范培松的散文理论早在20世纪80年代初就已具雏形,1984年8月由花城出版社出版的《散文天地》和1985年4月由语文出版社出版的《散文写作教程》,是范培松散文理论主张、散文美学观的最初展示。范培松的研究以多年的散文写作教学为基础,这使得他一开始就不曾偏废散文艺术气质:他对散文美学和艺术方法的力尽全面、细腻的探究,基于的是长期对作家作品微观的深入析读。对散文的语言、想象、构思、意境、描写等艺术问题的探讨在这两本书中占据了较多的篇幅,这是他一直强调的"散文必须是艺术的"、要散文须臾不离文学自主性的理论底板。

两书并不以严密精谨的系统化理性表述见长,而以感悟式阐述为特色,文字生动,精彩飞扬。范培松说:"散文,是喷出来的,是从作者胸膛里喷出来的,是从作者血管里喷出来的。"① 这非常形象地表达了他对散文情致的内在真实的推崇。在范培松看来,"散文贵有情""散文又可称为情文"②,同时,散文情感的真实只有落实于主体个性的真诚上才别具价值。因此,范培松说"愤怒出散文家"③,

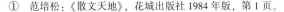

① 范培松:《散文天地》,花城出版社1984年版,第1页。
② 范培松:《散文写作教程》,语文出版社1985年版,第19页。
③ 范培松:《散文天地》,花城出版社1984年版,第2页。

"散文中的真情实感，必须有个性，必须是独特的"①。所谓"有个性的真情实感"，这是范培松有感于散文写作历史和现状而阐发的，他在两书中多处批评了散文的矫情和伪饰，极力主张文学主体的自我真诚及作家人格在作品中的建构。范培松反复谈到的散文家的"心热"和情感的"自然倾泻"而不是"硬做文章"，要诚实、忌矫情，要尊重历史、实事求是，要有勇气，都是对个性与真实性严重流失的散文历史的反拨。范培松以鲁迅的"一篇散文的幻灭，'多不在假中见真，而在真中见假'"和巴金的"把心交给读者"② 警示散文界，以期唤醒作家的主体意识和文学观念的回归。这对20世纪80年代初尚未觉醒的散文理论界具有不容低估的价值。

范培松另一个颇有意味的理论是针对散文模式化而提出的"大可以随便的"。范培松借鲁迅的话表达自己的思索，既显示出他对鲁迅的"散文的体裁，其实是大可以随便的，有破绽也不妨"的服膺，这在他后来的批评史中有更全面的解读，又是他对散文文体特性的透彻领悟。散文模式化必使散文失"魂"、失"情"、失"势"，否定散文文体的无限自由就是抹杀和否定散文的个性，"无疑取消了这一文体的存在"③。范培松呼吁散文家"要做到随便一些，松动一些，把散文写得散些"④。范培松依然引用鲁迅的"与其防破绽，不如忘破绽"之观点，规劝作家"自由一点，散漫一点，别让破绽束缚住我们的手足"⑤。范培松这时的理论言说是以比较感性的方式展开的，但这些颇具意味的理论阐述为他日后理论的进一步生发定下了基调。范培松在批评史中对散文文体的"净化说"加以针砭，大力认同和提倡"大散文"观，同样是为避免散文的作茧自缚，力主散文的创造性和开放性的无限自由。

范培松在冷清的散文研究上持之以恒地用力，关注着散文写作与理论的每一步进展。1989年，范培松担任由贵州人民出版社出版的《散文的春天》一书的主编，他不满于散文江河日下的现状，而对新

---

① 范培松：《散文天地》，花城出版社1984年版，第20页。
② 范培松：《散文天地》，花城出版社1984年版，第17页。
③ 范培松：《散文天地》，花城出版社1984年版，第40页。
④ 范培松：《散文天地》，花城出版社1984年版，第44页。
⑤ 范培松：《散文天地》，花城出版社1984年版，第42页。

时期散文重获"忧患、批判和探索的活力"做出了肯定。这肯定是批评与发现的"双色旗":灰色的一面是对散文历史与现状痼疾的批判;色泽浓郁饱满的另一面则闪烁着散文"二次革命"的荣光。范培松在书中执笔了《十年散文漫步》《散文的困惑和出路》《从狭窄的胡同中走出》《关于新时期报告文学真实性问题的论争》《正在转向、蜕变中的游记》《哀祭散文的春天》《新时期散文理论研究综述》等文。范培松指出,"十年散文的历史,就是一部散文家的心灵解放史"①。如果说五四散文是散文的第一次革命,这次的心灵解放则可称为散文的"第二次革命",它实现了散文主体"由原来'自我'失落向'自我'回归的转变",并"促使和加快了散文文体的裂变和转化"②。它以"哀祭散文"为序幕,标志着散文突破旧模式,回归真情实感,具有强烈的批判意识,并实现了散文眷注人生、干预生活的文体特性;而游记散文的发达,也起因于作者主体个性和客观对象个性的同时复苏。范培松再次强调表现自我和艺术创造个性的重要性,他认为作品所体现的"它们的个性最终还是在作家'自我'上区分开来的"③。与此同时,范培松对新时期散文发展得相对缓慢(落后于时代和其他文体)和散文理论的迟滞都做出了批评,他提倡散文要勇于"变格",即"解放思想,敢于标新立异,打破框框"④;要强化富于创新精神的当代意识,以恢复散文体式的多元性、包容性和丰富性,充分实现散文文体的自由品质。从这可以看出,自进入散文研究领域起,范培松的关注点始终未曾离弃主体自我和文体变革两个方面,他的所有理论创设都尽可能"双管齐下",对散文变革的无限可能做出多向度的思索。

范培松的散文理论范式的成立还与他对散文历史的不断回视息息相关;历史或许不那么亲近甚至偏离当下,但史识给予关注它的人丰厚的经验和学养,历史特具的鉴照力是从过去引申至当下的全部价值所在。多年来,范培松汲汲于史论研究,在历史的纵深处为散文创作与理论发展寻找颇具教诲意义的参照,也使自己的理论架构更趋厚

---

① 范培松:《中国现代散文史》,江苏教育出版社2000年版,第1页。
② 范培松:《中国现代散文史》,江苏教育出版社2000年版,第6页。
③ 范培松:《中国现代散文史》,江苏教育出版社2000年版,第145页。
④ 范培松:《中国现代散文史》,江苏教育出版社2000年版,第74页。

重。在范培松的 3 本史著之外,他又主编了《散文通典》,对中国散文自古至今的发展与沿革脉络做了梳理。"通典"意在贯通古今,上起先秦,下迄 20 世纪 90 年代,横贯海峡两岸暨香港、澳门地区,包容了散文、报告文学和杂文,词条包括作家和主要作品、研究家和主要论著、总集与选集、社团流派、文学事件现象、一般理论(学说)、文体、报刊等,依时间排序,力求史实准确和翔实地呈现散文发展史的脉络。

四、附记

范培松几十年来在散文研究领域几乎倾注了全部心力,但也由于报告文学与散文的不解之缘,他的研究触角亦不时伸向报告文学理论,并得到不少收获。1989 年,他的学术专著《报告文学春秋》出版,他对报告文学的发展历史、文体特性、艺术特质做过较系统而细致的论析,书中设有"点将台"一章,对 20 位颇有代表性的作家及其作品展开论评;他的《中国散文批评史》也有专章探讨报告文学理论的形成、发展;而他于 2002 年发表的论文《论九十年代报告文学的批判退位》更明确提出了他的报告文学理论预设。范培松以捷克作家基希的"一种危险的文学样式"作为报告文学的理论断制,为他的报告文学理论研究设定了基调。受基希的报告文学理论的启发,范培松将新闻性、批判性和文学性定为报告文学的本体特性,强烈冲击了历来以新闻性、真实性和文学性为根本的报告文学理论。范培松在回视 20 世纪八九十年代报告文学的变迁时,发现了"批判退位"是报告文学衰落的根本症结所在。因为报告文学的"不妥协"和激烈的"批判"("伸张正义")的特质关乎作家的精神高度,"它和批判者的主体紧密相关,关乎到批判者的精神向度和灵魂的纯度"[①]。可以说,"批判"是范培松理论的支点,由此引出的另一端就是对"自我"的张扬;而"批判退位"其实表明作家主体精神的逐渐蜕化和软化,他认为大量作家缺乏自我拷问的体验和勇气,对报告文学的"批判性"认知不足,这使得他对报告文学日益严重的批

---

① 范培松:《论九十年代报告文学的批判退位》,《当代作家评论》2002 年第 2 期,第 134 页。

判泛化深表担忧。范培松明确说过，当下的文学环境加剧了报告文学的"批判退位"，不仅创作前景堪忧，理论研究的停步不前同样值得深思。范培松说，表面的热闹掩盖不了理论的苍白，其主要原因在于研究者缺少真正理论上的创设，更缺少对于写作现状大胆深刻的批判精神，使理论失去引导写作的基本力量，这一严重问题亟待研究界深刻反省。范培松坚持认为，报告文学作家只有确认"草根"立场，才能获得主体自我的全然伸展，才能以深刻的批判性重塑和清晰的报告文学形象示人，并使之获得新生。

（本文载于《当代作家评论》2009年第2期，有删改）

第一辑　众家论史

范培松散文理论观论要

滕永文

一、引言

长期致力于中国现当代散文研究的著名学者、苏州大学教授范培松，从20世纪70年代末开始研究散文，并出版了《散文天地》《散文写作教程》《中国现代散文史》《中国散文批评史》《中国散文史》《重塑"自我"灵魂的狂欢——范培松散文论集》《散文脉络的玄机》等著作，还发表了数量不菲的散文研究及批评文章，为学术界所瞩目。其散文个性化研究颇有卓然一家、建树良多的"大家气象"。

范培松自称与散文有缘，散文是他唯一可以寄托"文心"乃至安身立命的"寓所"，他说，"我与散文的情感，如同我父亲与土地的情感，这是我的'自留地'，也是我需要坚守并努力发出自己声音的地方"①。正是由于他在散文园地里潜心耕耘，不惧冷僻，用自己敏锐、通脱的研究视野和艰辛付出在散文领域开拓出一片新的疆土。范培松敢于独立地发表意见，用史家的眼光、综合性批评的方式来对中国现当代散文、散文家及其作品加以审视和观照，其率真、赤诚的个性化风格在散文研究界独树一帜。在评价范培松时，江苏省作家协会主席范小青曾这样说过："范培松的身上，有知识分子的可爱品质。他时刻保持清醒的头脑、严谨的治学态度，并保有一份正直和担当、温和而不失锋芒、讲真话——这些都是文学批评家应有的品格。"②

主要从事散文理论研究和写作的学者古耜认为，"对于一个优秀

---

① 张滢莹：《范培松：这是我的声音》，《文学报》2012年9月6日。
② 张滢莹：《范培松：这是我的声音》，《文学报》2012年9月6日。

的散文理论和评论家来说,其突出的贡献和鲜明的个性,常常并非仅仅表现在他建构了如何完整宏大的散文理论体系,而且同时表现为在构建此理论体系的过程中所挥洒出的独特的精神原色与学术风范,后者同样有着不容忽视的价值"①。也就是说,要评价一位散文理论和评论家的理论贡献及其个性,应当从两个方面入手,这两个方面都不应当被忽视和偏废。下面,笔者主要从两个方面来考察范培松在散文理论方面所做出的重要贡献。

二、范培松的散文理论及散文批评观

笔者先来考察一下范培松的散文研究体系,看其有怎样的基本理论框架及独到的内容,进而思考其对不断发展变化的散文创作实践和理论研究有着怎样的启示。

我国著名学者林非曾经在《关于当前散文研究的理论建设问题》一文中强调指出,"在散文研究领域中进行系统性的理论建设,无疑会涉及许多方面的问题,其中尤为重要的是应该解决散文的范畴论、本体论、创作论、鉴赏论和批评论这些问题"②。那么只要明白范培松是如何在散文研究的过程中对待和解决这些问题的,弄清楚这些问题,其散文研究的体系框架及主要观点就不难理解了。

(一) 关于范培松的散文范畴论

散文的范畴长期以来一直缺乏明确的规范和划分,这无疑制约了散文文体的发展,也进一步影响到散文创作的美学品质。要研究散文,就不能不正视这一现状,因为它是一个绕不开的问题。对于散文文体的这一特殊性、复杂性,范培松是有清醒认识的,并且提出了自己的解决方法。范培松能根据散文在不同时段的实际存在,调适对广义散文与狭义散文的掌握,力求做到散文观念的严格与灵活的统一。从范培松所著的《中国现代散文史》《中国散文批评史》《中国散文史》等著作来看,他对散文范畴的理解和处理就体现了严格与灵活的统一。拿学术界评价很高的《中国散文史》来说,该书是这样安排的:第一编设有"现代散文的萌芽:杂感";第二编设有"散文的

① 古耜:《林非散文研究的体系与个性》,《河北学刊》2002年第1期,第101页。
② 林非:《林非论散文》,江西高校出版社2000年版,第79页。

蜕变和杂文的兴盛",第十一章设有"战地速写""'孤岛'时期的杂文"等;而范培松在第三编、第四编的安排中,又把杂文和速写从散文之中分离了出去。由此可以看出,范培松在该书的现代部分对散文文体的界定相对从宽,而到了当代部分又相对从严。在《中国散文批评史》中,范培松也一再提到杂文批评、报告文学批评等样式。这样的设置,是非常切合20世纪中国散文史的实际的。《中国散文史》对于散文的处理,显示着范培松清晰的散文文体意识。从该著作中,我们可以看出范培松对散文的范畴是有自己的认知的,他基本认同建立在"四分法"基础之上的现代散文概念,并认可现代散文的广义与狭义的分法。当然,范培松对这两类散文的理解也不是机械死板且不知变通的。范培松一再重申,不能笼统地把散文的子文体如杂文、序跋、书信、回忆录、随笔等笼统地称为散文。要重申原则,那就是它们中的能称为文学和艺术的那部分作品方能进入散文。散文不管如何革命,如何复兴,"文学散文"的旗帜不能放弃。散文是文学的,要有这个限制,理论体系的建设才有共同话题。①

(二) 关于范培松的散文文体论

林非认为散文的本体论,其实质就在于要确认散文究竟是什么的问题,也就是说要科学地阐明散文的特征。②

关于散文的文体特征等问题,范培松也曾逐步明确地提出了自己的看法,早在其《散文天地》《散文写作教程》等著作及研究文章当中,他就旗帜鲜明地反驳了当下散文界流行甚广的"形散神不散"的"经典"说法,认为散文的精义一是"散",散文可以"散",应该"散",必须"散"。这不是一个纯学术、纯技巧的问题,它还是一个作者自我思想敢不敢解放的问题。③ 二是必须是"艺术天地",它是一种颇为自由的艺术文本。同时,范培松进一步指出散文是最直接面对读者的文体,它无所依傍,只有凭本色取胜。在随后的研究过程中,他的这一理念越来越清晰,他把散文文体的特性定位在"发

---

① 范培松:《20世纪中国散文批评概观》,《厦门大学学报(哲学社会科学版)》2003年第1期,第82页。
② 林非:《林非论散文》,江西高校出版社2000年版,第265页。
③ 范培松:《解放散文》,《文学评论》1986年第4期,第129页。

表自己的声音"和"必须是艺术的"之上。"发表自己的声音"是指散文家必须以"敞开的自我、赤裸的自我"直接与读者对话,这其实是在着重强调创作主体在创作中要做到真诚和坦率,充分保有自己的个性和本色。范培松多次强调指出,散文必须弘扬"自我","散文是作者性情的艺术呈现,在散文中最能看到作者的'自我'"①。"散文,是自我的一种艺术阐释。自我的艺术阐释,来源于心灵的自由。"② 范培松特别指出,"自我"是散文审美的第一要义。"这个'自我',包括姿态、精神、气质、心志和情感等,如果当今的散文大部分能自由地艺术地说自己的话,抒写自己的情怀,就应该肯定、鼓掌。从某种意义上说,在文体中,散文最能体现社会的进步,因为自我的独立、自由,尤其心灵的独立、自由,实在决定着散文的命运,而这正是衡量社会进步与否的标志之一。"③ 范培松还进一步指出,散文是和人的"性情"相联结的,散文就是作者"性情"的呈现。确切地说,"性情"前还应该用"文化"来限制,散文是作者自我的"文化性情"的艺术再现,也就是"文化人性"。④ 从这些论述来看,"个性"(或称"自我")可以说是范培松一再高举的散文旗帜。当然,这个"个性"的内涵是相当丰富的,也是有要求的。范培松特别强调散文中的"自我"应该是"文化自我"。所谓"文化自我",应当是一种身份的标识,散文家是众多知识分子中的一分子,他的"自我"应当以文化为中心,承担着一定的文化使命与文化责任,应当是具有独立思考能力的知识个体,在人格上是独立的,不为任何的外在势力所左右和规定。换句话说,散文家的"自我"不应被外在势力所"矮化"和"异化"。⑤ 这样的限定可以说很有见地。

在看重散文的"自我""个性"的同时,范培松也强调指出,散文作为文学样式,是最讲究艺术性的文体之一,要"靠情感的本色、艺术的品位感人"。但仅仅有情感的"品"与思想的"品"是远远不

---

① 高琪:《范培松:写的是苦难,展示的都是爱》,《苏州日报》2012年6月1日。
② 范培松:《散文,"自我"的一种艺术阐释》,《文艺争鸣》2006年第2期,第112页。
③ 范培松:《当今散文的审美及评估》,《当代作家评论》2011年第4期,第120页。
④ 范培松:《文化人性:散文的变革及可能》,《当代作家评论》2012年第2期,第125页。
⑤ 范培松、张颖:《论散文的三重境界》,《江苏社会科学》2012年第1期,第155页。

够的，散文的"品"最终应表现为一种审美品格的诉求。一个有着好的情感品质与思想品质的作者还未必能做出有"品"的散文。关键在于，如何将情感与思想的"品"加以审美的表现①，忽视散文的艺术品格、审美品性，是不能称其为有"品格"的好散文的。

范培松在强调散文创作主体的本真与个性的同时，也对散文艺术质的规定性做了进一步的明确。在《论散文的三重境界》这篇长文中，范培松较为深入、系统地阐述了他对散文本体的理解。范培松在论文中指出，散文有三重境界：一重境界为"形不散神不散"；二重境界为"形散神不散"；三重境界为"形散神散"。范培松还进一步分析了这三种境界的差异，而"形散神散"是他最为欣赏的一种境界，他认为"形散神散"的散文，就是"无所顾忌""天马行空"的散文，这一类散文才能真正发挥出散文的文类优长，而达于散文审美的自由之境。该文章对"大境界"散文的特征进行了深入探讨，认为"形散神散"的散文是以"形""神"的相洽与和合无间为标志、以充满自我色彩的"气"灌注其中从而凝成艺术的整体的。它追求的是"品格"，而以"文化自我"为"品格"的灵魂，它的"品格"蕴含了作家个体诸多方面的经验与积淀，是一种以自由、自我的审美姿态观照烟火人间的艺术作品。② 这样的梳理、归纳，可以说既体现了范培松对散文本体的一贯认知，又体现了他坚守学理的品格。

（三）关于范培松的散文创作论

范培松在进行散文研究及批评的同时，也着手进行散文创作，发表了长篇散文《南溪水》等作品，出版了《从姑苏到台北》等散文集。可以说，范培松对散文创作有着切身的体会。关于散文创作，范培松发表过许多精辟的见解，其中有以下几点很值得关注。

1. 散文必须弘扬"自我"

范培松曾多次强调指出：散文是裸露自我的文体，用余光中的话来说，散文是穿着"三点式泳装"的文体，它没有依傍，靠的是以

---

① 范培松、张颖：《论散文的三重境界》，《江苏社会科学》2012年第1期，第156页。
② 范培松、张颖：《论散文的三重境界》，《江苏社会科学》2012年第1期，第151-157页。

情感本色取胜。① 散文是作者的灵魂出窍，是作者的真情告白，也是作者的心灵冒险，反映了作者自己的人生。这个"自我"是把自己的心赤裸裸地掏给作为读者的"我"，而这个"我"是坦率赤诚的真"我"，并不是戴着面具的装腔作势、涂脂抹粉、矫揉造作的"伪我""假我"。要想写好散文，首先要敬畏散文，不要轻佻，必须撵走"超我"，恢复"自我"。② 范培松始终坚持认为散文作家在作品中敢于发表自己的意见，敢于说心里话，这是社会开放和文明的体现，因为散文是时代的风向标。

2. 散文写作不要"太规矩"

范培松认为，散文写作可以"散漫""随便"一些，必须给散文"松绑"，只有这样，"才能破除加到散文身上的各种清规戒律，使它恢复活跃、奔流的特性，从而能真正自如地表达作者的情感和意识"③。范培松认为，要想真正摆脱散文创作中的种种病态规矩的束缚，还必须大力提倡散文创作的破格和变格。散文创作，绝不能守"格"，守"格"就要僵化，就要窒息，就要腐败。④ 要想增强散文的魅力，使散文真正活跃起来，必须用全力来破除散文创作中的种种病态的规矩，努力探索新的形式，这样才能使散文重现生机，焕发活力。

3. 散文作为文学作品必须要有文学特征

范培松非常认可周作人对散文所做出的判断，一是要"记述的，是艺术性的"，二是"须用自己的文句与思想"，认为其实质就是一条，即艺术地用自己的文句记述自己思想，或用自己的文句记述自己思想的艺术品才能称为散文。⑤ 范培松认为，散文作为最讲究艺术的文体，其审美的三大关键词是"精""气""味"，"'精'是神，是骨子里的东西。它显示了一个人的品。散文是情的艺术，追求品、

---

① 江苏省作家协会散文工作委员会、江苏省报纸副刊编辑协会编：《江苏散文双年鉴（2000—2001）》，南京大学出版社2003年版，第408页。
② 范培松：《解放散文》，《文学评论》1986年第4期，第125页。
③ 范培松：《解放散文》，《文学评论》1986年第4期，第129页。
④ 范培松：《反差·动真格·乱步》，《散文世界》1987年第12期，第5页。
⑤ 江苏省作家协会散文工作委员会、江苏省报纸副刊编辑协会编：《江苏散文双年鉴（2000—2001）》，南京大学出版社2003年版，第409页。

神,理所当然和价值观念、意义紧密相关……神决定一篇散文的面目和命运"①。"气"要有韵,以"和"为境界;"味"是滋味,要耐人寻味。范培松在梳理和总结大量的散文创作经验和创作现象的基础上,在《论散文的三重境界》一文中,很有创见地提出了散文的"三重境界"说,并且明确地阐述了最为理想的散文的"大境界"("形散神散")的文学性特征是"和"("形""神"的相洽与和合无间),目标是"品"(这里的"品"不仅仅包括情感的"品"、思想的"品",还包括对审美品格的诉求)。这可以说是范培松为理想的散文作品制定的大致标准,这其中既兼顾了情感与思想,又兼顾到形式与内容,更兼顾到散文的创作实际,可谓切中肯綮,颇有见地。

(四) 关于范培松的散文鉴赏、批评论

作为散文史家、散文批评家,范培松在从事具体的散文鉴赏与批评实践时,是有自己明确的价值取向的。他非常清醒地意识到"散文理论批评的价值取向,实在是散文理论批评的根本问题"②。如果这个根本问题处理不好,会严重影响散文理论批评的发展。范培松认为,我们不能再像20世纪30年代那样把文化、文学与政治混同,以"敌我两极对抗"的狭隘价值观来判断和研究散文,而应当根据变化的社会现实及时地做出调整,如果还习惯在"敌我两极对抗"的思维怪圈里打转,那么,处于价值多元时代的散文理论批评要想有所作为,是根本不可能的。范培松非常欣赏作家沈从文那种"我是我"的精神,"我需要的就是绝对的皈依,从皈依中见到神。我是个乡下人,走到任何一处照例都带了一把尺,一把秤,和普通社会总是不合。一切来到我命运中的事事物物,我有我自己的尺寸和分量,来证实生命的价值和意义。我用不着你们名叫'社会'制定的那个东西,我讨厌一般标准"③。范培松认为,散文理论批评界急需这种"我是我"的精神,如果每个散文批评家都能有自己的"一把尺,一把秤",散文理论批评是可以兴旺起来的。

范培松在长期的散文理论研究及批评过程中逐渐找到了自己的那

---

① 范培松:《当今散文的审美及评估》,《当代作家评论》2011年第4期,第121页。
② 范培松:《散文理论批评发展畅想》,《学术研究》2005年第2期,第127页。
③ 沈从文著,刘洪涛编:《沈从文批评文集》,珠海出版社1998年版,第282-283页。

把"尺"和那把"秤",即确立了一个中国散文批评的价值体系和评判标准,那就是他在充满个性化色彩的著作《中国散文批评史》中所极力倡导的"弘扬'自我'是中国散文批评的永恒主题"。正因为范培松选择了这样一个切入点,这部学术巨著成功地规避了时下史论著作以时间为经、以个人评述为纬、堆砌史料的作坊式做法,显示出自身的学术分量和卓尔不群的学术品位。①

在这部个性和学术性很强、体现出作者的学术敏锐和通脱视野的著作中,范培松凭借着自己多年积累的散文研究经验,用史家的眼光、综合性体验批评的方式对20世纪中国散文批评的历史流变进行了细致的梳理和审视,其"不唯上、不唯书、不唯众的'自说自话'式的述史方式"充分体现了一个知识分子独立的学术理性精神,这种"构建个性化述史空间的典范实践"必将"屹立于20世纪中国散文批评研究的群峰之中"。②

这部"迄今为止散文理论界第一次对自身约一个世纪的发展过程作(做)出的全面诠释"③的著作,颇能体现范培松高屋建瓴的研究视野和真诚坦率的批评风格。范培松经过深思熟虑对20世纪繁乱庞杂的散文理论进行了深入细致的梳理,理出了一个清晰的脉络,构建了一个以简驭繁、自出心裁的体系框架。全书分为三卷(三大板块):上卷中言志说散文批评、社会学散文批评、文本说散文批评"三足鼎立",细述中国现代散文批评史初期卓有理论建树并有相应的创作实绩的三大批评流派,即以周作人、林语堂、郁达夫等为代表的言志说散文批评,以鲁迅、茅盾、钱杏邨等为代表的社会学散文批评,以及以朱自清、李素伯、叶圣陶等为代表的文本说散文批评;中卷("政治同化")则详细论述了自20世纪30年代后期至70年代末中国现代散文批评的转型,重点探讨了在初期共生多元的散文批评理论中,非常活跃的"个人""自我"因素是如何在复杂的社会背景

第一辑 众家论史

① 啸尘:《弘扬自我的散文批评理论建构——评范培松的〈中国散文批评史(20世纪卷)〉》,《江海学刊》2001年第2期,第188页。
② 王晖:《构建个性化的述史空间——读〈中国散文批评史〉》,《苏州大学学报(哲学社会科学版)》2001年第2期,第139页。
③ 蔡江珍:《弘扬自我,崇尚个性——关于范培松的散文理论研究》,《当代作家评论》2009年第2期,第57页。

和政治运作中逐渐被肢解、被泯灭,并历经整合、同化,走向单一的散文批评政治化的;下卷("多元蜕变")阐述了散文观念的缓慢地"解冻"和"觉醒",指出巴金的散文"当作我的遗嘱写"不仅是对政治化散文批评的颠覆,而且相应地召回了个性化的"自我",实际上更标志着中国散文批评对五四以来的散文传统的恢复与接续;而20世纪90年代以后的散文"爆炸"、散文的形式革命和多元蜕变,其内在实质是弘扬散文的主旋律——"自我"。这种围绕"自我"的构建、泯灭与召回、升华来审视散文批评的变迁,正体现了范培松以独特视角和个性化话语对散文特性和散文批评流变的深刻把握。①

范培松始终把弘扬"自我"视为散文批评的灵魂和主要审美尺度。在散文批评史上,范培松"对代表性人物的散文批评观念或体系的形成过程及其批评话语细致释读,对每个批评家及其流派的个性特征及其在整个散文批评理论建构中的意义、价值和局限一一作(做)出个人的评骘,尤其对各种批评观在其后的散文理论发展中的史的教训真诚而坦率地提出个人的论见"②。在这一过程中,我们可以发现范培松对弘扬"自我"这一审美原则和尺度的坚守。

范培松在对周作人的"美文"主张及其散文批评体系中的核心观点"极致说"进行深入剖析和解读时,主要依据的评判尺度就是"自我"。范培松认为,周作人之所以提出"极致说",并非一时的冲动和鲁莽,而是源于他"自我价值的失落和沦丧","周作人越珍惜自我价值就越痛感自我无用,也就越急于寻找表现自我价值的方式和空间"。③ 范培松还认为,周作人自20世纪20年代初把散文小品作为"偶然的避难所",到后来把散文小品推为"个人言志"的文学的"尖端""极致""潮头",这种地位的变动与升值,其根本原因是周作人从"士"到"名士"的自我升值。当然,周作人为"极致"散文所规范的基调,还不是古代"士"所奉行的与己无关的清高飘逸,

---

① 王晖:《构建个性化的述史空间——读〈中国散文批评史〉》,《苏州大学学报(哲学社会科学版)》2001年第2期,第140页。

② 蔡江珍:《弘扬自我,崇尚个性——关于范培松的散文理论研究》,《当代作家评论》2009年第2期,第57页。

③ 范培松:《中国散文批评史》,江苏教育出版社2000年版,第39页。

而是异化了的现代的"士"的赤裸的唯我利己的现世主义。① 这种解读颇有独到之处,发人所未发。

范培松在对林语堂、郁达夫等人的散文创作及散文批评观进行评价时,也坚持了这一标准。范培松认为,林语堂倡导"幽默""性灵",打着"以自我为中心,以闲适为格调"的旗号,是有其历史、生存方式等背景因素的,但也"从一定程度上反映了散文作家强化散文主体的审美追求,也是对'散文个人化'的第一次尝试"。② 尽管这个尝试"带有几分天真几分浪漫",但"林语堂对散文抒写自我的探索之执着,以及对文体的尊重,在散文批评史上还是有它的独特地位的,因而直到今天仍有它的积极意义"。③《中国散文批评史》对郁达夫的散文批评观点"心体说"也给予了很高的评价,认为郁达夫的散文批评"尽管属于言志派散文批评,但由于他欣赏散文偏爱'自我'又非常倔强,而且能和社会相联(连),从而独具一姿"④。范培松指出,郁达夫的散文批评非常推崇"个性",坚持"个人"本位。在具体批评散文作品和现象时,郁达夫能客观地从美学意义上以表现"个性""个人"来论定其是非优劣。另外,这种推崇"个性",坚持"个人"本位的散文批评又比较注意吸收社会学散文批评的成果,认为个性与社会性必须调和,力主"智""情"合致。也就是说,在具体进行散文批评时,郁达夫不是孤立地就个性论个性,而是以"智""情"合致作为审美标准,对散文的个性加以批评。⑤ 这种带有"相知式"的真诚批评显得较为客观,的确有其动人的风姿。

在对社会学散文批评和文本说散文批评进行评判的过程中,范培松依然没有放松对这一审美尺度的坚守。例如,范培松认为,"求真"和"求用"是支撑鲁迅散文批评的两大坚强支柱,指出鲁迅的散文批评经典之作《怎么写》明确地提出了散文中的自我情感的"真"与"假"的问题,并提出散文"幻灭之来,多不在假中见真,而在真中见假"和散文创作"大可以随便的""与其防破绽,不如忘

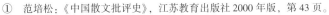

① 范培松:《中国散文批评史》,江苏教育出版社2000年版,第43页。
② 范培松:《中国散文批评史》,江苏教育出版社2000年版,第71页。
③ 范培松:《中国散文批评史》,江苏教育出版社2000年版,第71—72页。
④ 范培松:《中国散文批评史》,江苏教育出版社2000年版,第87页。
⑤ 范培松:《中国散文批评史》,江苏教育出版社2000年版,第86页。

破绽"等一系列重要命题和论断,都是应该引起重视的、具有永恒意义的理论建设。① 同时,范培松还指出,鲁迅的杂文批评在强调杂文致用的同时,也必然对杂文作者的主体人格提出要求,"投枪"的杂文必须由"战斗者"来使用。

在评价文本说散文批评的领衔人、奠基者朱自清时,范培松认为其散文创作观念的核心是崇尚抒写真情实感,旗帜鲜明地反对模仿,力主"意在表现自己"②;在评价李素伯的"作者个性与人格的表现是小品文的必要条件"③ 和石苇的小品文应该"力避客观的体裁","应该伸展主观的调子"④ 等观点时,也是秉持这一审美原则的。

范培松在《中国散文批评史》中卷"政治同化"部分对政治化散文批评的阐述非常发人深省,这是"著者也可以说是散文理论界对政治左右散文批评近半个世纪的历史作(做)出的最彻底的批判性反思"⑤,也是"最见个性与知识分子学术理性精神的地方"⑥。范培松本着严谨的学术精神,大胆而独到地指出,在20世纪中国散文批评史上,从30年代到70年代末,有近半个世纪,中国散文批评为政治所同化,从而沿着政治化的轨道艰难地前行,产生了中国特有的那种政治化散文批评。范培松对政治化散文批评的具体内涵和特征,以及这一批评所形成的历史背景等进行了深入、细致的阐述,他通过自己所精心安排的章节(如第十三章"对鲁迅杂文的政治评判和褒扬"、第十四章"延安时期对王实味、丁玲等杂文的批判"、第十五章"三次没有散文理论的散文批评")来追溯和梳理中国散文批评政治化所经历的漫长历程,他明确地指出,政治化散文批评无论是思维方式、批评行为,还是批评标准、批评方法都不是文学行为,而是一种政治行为。⑦ 这种批评有其特定的含义,"严格来说,乃是指批

---

① 范培松:《中国散文批评史》,江苏教育出版社2000年版,第143页。
② 范培松:《中国散文批评史》,江苏教育出版社2000年版,第231-232页。
③ 范培松:《中国散文批评史》,江苏教育出版社2000年版,第243页。
④ 范培松:《中国散文批评史》,江苏教育出版社2000年版,第164页。
⑤ 蔡江珍:《弘扬自我,崇尚个性——关于范培松的散文理论研究》,《当代作家评论》2009年第2期,第57页。
⑥ 王晖:《构建个性化的述史空间——读〈中国散文批评史〉》,《苏州大学学报(哲学社会科学版)》2001年第2期,第139页。
⑦ 范培松:《中国散文批评史》,江苏教育出版社2000年版,第284-285页。

评者按照特有的政治思维方式，从政治需要出发，乃至动用国家机器，以行政措施来运作，借助对散文作家和作品的批评来阐释和解决政治问题，实现政治意图和目的。从宽泛意义上说，也就是从政治出发，借助散文批评，来实现政治目的。它是散文批评和政治的联姻，属于一种边缘性批评，形式上是批评散文作家及散文，实质却是政治批评"①。这种批评是政治动荡的产物。它轻审美，重社会功利和政治效应；它"不仅违背文学本身的客观规律，并且也不利于文学问题的解决。这是一种野蛮和专制"②，更是对人性的违反，对自我审美价值的粗暴践踏。这种以"文艺从属于政治""个性应当从属于集体"为旨归的批评观念如果任其泛滥，势必会使这种散文批评走向弘扬"自我"的反面（或称"异化"），对散文批评界造成非常不好的影响。范培松的这种反思、批判和警醒，的确很有胆识，他敢于不拘俗见，敢于坚持说自己的话，做出自己的论断。范培松这种"尊重历史、不粉饰、不隐恶的治学方式真正'体现出一个具有史识的批评家所秉持的独立不倚的学术精神与风范'"③。这样的评价可谓非常中肯，并没有溢美之嫌。

（五）范培松的散文史论研究

范培松的散文研究为学界所重视，更因为其拥有十分个性的散文史观，近50万字的《中国现代散文史》和100多万字的《中国散文史》可以充分体现其史家的眼光及浓厚的个人审美理念。范培松秉持自己的研究原则，在梳理中国现当代散文的历史流变轨迹时，既尊重历史，又尊重自己对文学的理解，坚持"说自己的话"。这种把"个性和学术性"视为高于一切外在标准的态度，也正是范培松治学方式与追求真实的体现。

文学批评家丁晓原教授认为，散文史书写中非常关键的因素是书写者要有科学的散文史观。这里科学的散文史观既是基于散文的历史存在，对其做出整体的、得其本质的总体把握，也是对散文史基本价

---

① 范培松：《中国散文批评史》，江苏教育出版社2000年版，第279页。
② 范培松：《中国散文批评史》，江苏教育出版社2000年版，第287页。
③ 蔡江珍：《弘扬自我，崇尚个性——关于范培松的散文理论研究》，《当代作家评论》2009年第2期，第58页。

值一种总体的估价,还是对散文演进规律的一种认知和揭示。因此,确立科学的散文史观,对于史家眼光的造就,对于研究客体的选择和提取,对于史著结构的安置,对于作家的具体作品的价值判断和评析,等等,都具有重要的意义。不同的散文史观,面对同样的散文史存在,其所得的散文史面貌差异很大。散文史观的建构,其核心问题是治史者对于散文历史存在的宏观把握能力。① 范培松经过长期的积累和艰苦的思索,逐步确立了自己的散文史观,那就是从"自我"和"性情"出发,坚持"以体为本,以变为纲""还历史的本来面目"。著名学者孙绍振在评价范培松的散文史研究时,认为范培松拒绝把散文当成社会历史的"附件",非常明确地把散文历史发展作为本体,认为散文史就是散文本体建构的历史,"对于散文史最为重要的,并不是社会历史的,甚至也不是散文的文化内容,而是散文作为一个特殊文体的发生、发展、危机、曲折和辉煌的内在逻辑"②。"以变为纲",就是深入探究20世纪散文史的流变轨迹,追问其变化的内因及外因,探究其可供后世借鉴的教训、规律。正是本着这种散文史观,范培松通过一种超越庸常的把握能力,梳理出了百年散文史的整体性线索——"载'道'与离'道'却始终或明或暗地主宰和影响着散文的命运"③,并由此安排其百年散文史的整体结构框架。范培松别出心裁地把百年中国散文史划分为4个时期(即从五四时期到20世纪20年代末的"异军突起";从20世纪20年代末到40年代中期的"裂变分化";从20世纪40年代中期到80年代中期的"消融聚合";从20世纪80年代中期到90年代末的"和而不同")。这种安排依据的完全是百年来散文发展的内在文脉和律动,而非传统文学以政治事件为经的做法,体现出范培松建立于文学理念基础之上的独立的文学史观。④ 这种独特的宏观建构的确打破了惯常的文学史分期的学术体例,给人耳目一新的感觉。

---

① 丁晓原:《论散文史书写的历史抵达与主体生成——兼论范培松〈中国散文史(20世纪)〉》,《江苏社会科学》2009年第2期,第152页。

② 孙绍振:《百年散文史识:文体建构的曲折和辉煌——评范培松〈中国散文史〉》,《文学评论》2009年第1期,第204页。

③ 范培松:《中国散文史》上,江苏教育出版社2008年版,"代序"第1页。

④ 王晖、周稳:《独具风采的散文史——读范培松〈中国散文史〉》,《渤海大学学报(哲学社会科学版)》2009年第3期,第18页。

范培松在注重散文史的宏观审视、整体观照的同时，也同样注意从微观的角度来体察和认知中国现当代散文史。他非常注重结合散文作家独特的审美风格和艺术成就（从其所研究的散文作家就可以看出这一点）来透视散文史。把大处着眼与微观具体的颇具独到眼光的艺术分析、学术阐释紧密结合起来，这就使其散文史显示出较强的逻辑性和说服力，与以往的散文史有很大的不同。

由此不难看出，范培松的散文研究有着严谨的理论体系，他在散文史、散文批评等方面均体现出不同程度的开放性、综合性、创新性和前瞻性等特点。另外，范培松那种在切实坚守散文理论研究的学术品格的同时，更勇于把"'忠诚于自己'作为自己的最高学术理想"①，敢于独立地表达自己的意见，做出自己的判断，注重灵魂的思索和精神的高度的研究个性，使其在20世纪乃至21世纪的散文领域成为一个新的标高。这种独特的精神原色与学术风范，对考察一个散文理论和批评家来说，也是不容忽视的。

三、范培松散文研究的学术个性

范培松在构建自己的散文史和散文批评史的理论体系时所体现出来的资料翔实、实证性强、论述有理有据等特点固然引人注目，但是贯穿和渗透于这些体系中的那种精神与学术追求，更值得关注。范培松散文研究的个性风采有这么几点值得一提。

第一，范培松"以童心体认历史"的态度和视角有其合理的价值。曾任江苏教育出版社副总编辑的徐宗文先后担任《中国散文批评史》和《中国散文史》等著作的责任编辑，因而对范培松的学术理念有着非常深入的了解。徐宗文认为，范培松在梳理中国散文批评的历史时，"以童心体认历史"的态度非常有价值，值得肯定，并深刻阐述了这种研究视角的独到之处。徐宗文指出：所谓"以童心体认历史"，就是在客观上要求既不对历史抱着一种自然主义的无所用心的态度，也不随心所欲地或有用意地加以诠释与解读。②徐宗文紧

① 范培松：《中国散文批评史》，江苏教育出版社2000年版，第608页。
② 徐宗文：《以童心体认历史——读范培松著〈中国散文批评史〉》，《中华读书报》2000年12月20日。

密结合《中国散文批评史》中范培松所涉及的观点及内容（如范培松对中国现代散文批评史源头的追溯与确认，把中国现当代散文批评归纳为言志说散文批评、社会学散文批评和文本说散文批评，并就形成"三足鼎立"格局的原因进行深入阐述的开创性举措，散文批评逐渐为政治所同化，从而导致中国特有的政治化散文批评随之产生及产生深远影响，等等），由此认定，范培松之所以能以一种前人从未有过的胆识来诠释和解读散文批评史，是因为他有一颗非常难得的童心，也正因为如此，他才没有任何顾虑、没有任何私欲地加以感悟、体认，单刀直入，见血见肉，酣畅淋漓。①

当然，也许有人会认为以这种视角来体认历史，会出现种种弊端，导致偏见产生，但是这种态度或视角能别开生面，在一定程度上也能接近事实的真相，而且还不乏深刻与科学。因为"以童心体认历史"，需要驱除杂念，舍弃私心，丢掉偏见和嗜好，使人保持在一种虚静的状态，纯之又纯，真而又真，最终达到对研究对象中正而公允的把握。②

范培松在对中国现当代散文史及批评史精心独到的发掘、梳理的艰辛历程中，之所以能言别人未能言、未敢言，就是因为他在从事研究时能始终如一地用自己的那颗"童心"来体认历史，不人云亦云，不拾人牙慧，坚持说"自己的话"。其实这也是范培松一直把"忠诚于自我"作为最高学术理想的真实写照。

第二，范培松细致深入的文本解读带有浓郁的生命个体化（或称"心灵化"）色彩。范培松在对散文史及散文批评进行整体观照的同时，也用颇具独到眼光的艺术分析来细致地解读著作中所涉及的具体的散文作家、作品、流派及各种现象，充分显示出学术的严谨和诚恳。范培松能以本色的"自我"进入散文这一本色的文体，将自身的感觉通道全部打开，用纯真的生命感觉去阅读散文，去聆听散文作家笔下真我的声音。③范培松以带有个人特点的感受式评析（关注

---

① 徐宗文：《以童心体认历史——读范培松著〈中国散文批评史〉》，《中华读书报》2000年12月20日。
② 徐宗文：《以童心体认历史——读范培松著〈中国散文批评史〉》，《中华读书报》2000年12月20日。
③ 谢有顺、石崎：《二十世纪中国散文的变道与常道——评范培松的〈中国散文史〉》，《当代作家评论》2009年第2期，第52页。

作家内心、进行感性把握、充分体现人文关怀等）来代替史著中那种常见的刻板单调的介绍，文字中洋溢着充沛的个人感情色彩。如范培松对鲁迅、周作人、郁达夫、朱自清等现代散文作家，对周涛、刘亮程、车前子、庞培、黑陶等当代散文作家的散文创作成就及不足的分析和解读，对政治化散文批评的大胆阐释，对"散文热"的深度解读，等等，都能让人体会到一种激情洋溢、张扬自我的审美愉悦。这其实既是范培松学术激情的表露，也是其人格力量的彰显。正如我国学者谢有顺所说的那样，"生命、自我、性情、本色，这终归是学术的精神根底。离了这个底子，研究和论述就容易成为知识的附庸。正因为范培松不愿被知识所奴役，他才在史观里贯注着自己对生命和世界的理解"①。这其实也正是范培松学术个性的真正价值所在。

四、结语

范培松以甘于坐冷板凳的精神在中国现当代散文研究领域勤奋耕耘，他努力秉持自己所认定的学术原则，坚守自己所确立的学术理想，用自己的赤诚和胆识在这一领域开拓出一片新的疆土，其学术地位、学术价值均不容忽视。

（本文载于《三江高教》2016年第4期，有删改）

---

① 谢有顺、石崚：《二十世纪中国散文的变道与常道——评范培松的〈中国散文史〉》，《当代作家评论》2009年第2期，第52页。

创造独特的散文研究气场

朱红梅

《中国散文史》纵观20世纪的100年间中国散文文体的流变,将中国海峡两岸暨香港、澳门地区的散文创作一并纳入了散文史的考察范畴和研究视野。既将纷繁复杂的散文思潮、流派予以梳理、归纳,又悉数评介了百年中国散文史上数百位散文作家及其作品。一直以来,小说是"当家花旦",吸引着众多的目光,也成为文论研究着重用力的地方,散文很多时候则是作家们"搂草打兔子——捎带脚"的产物;行进中的当代文学史对学术界来说,还是个巨大的悬而未决的课题,这让更多的研究者倾向于将精力投向具体而细致的个案研究里。因此,对于散文的研究,尤其是散文史的撰写,就成了一件令人望而生畏的事情。范培松十分热心肠且坐得住冷板凳,他的学术理想的实现经过了一次次艰难的跋涉。

散文史文体意识上的独树一帜是范培松的"撒手锏"之一。整部论著立足于散文本体的演变来勾勒20世纪散文史的轮廓,从五四散文的"异军突起",经历了散文20世纪20年代末到40年代中期的"裂变分化",再经过了20世纪40—80年代的"消融聚合",直到20世纪末散文的"和而不同",全书四个部分的编排划分较他以前的《中国现代散文史》更科学、更合理,展现了范培松不俗的架构能力和趋于成熟圆融的文体史观。与同类研究对文体淡漠甚至忽略的取向不同,范培松对各编的归纳、命名突出了强烈的文体感,同时留足了唤起阅读者政治想象的空间,激起了一种"心有戚戚焉"的内在共鸣。以对现代与当代散文的界定为例,范培松突破了1949年这个貌似不可撼动的"分水岭",首次将20世纪三四十年代之交的学者散文视作现代散文的落幕,把王实味的《野百合花》及其批判视为当代散文的开端,散文文本形态及主体精神的变化成为文学分期最可靠的标准之一。作为一种艺术地阐释自我心灵的文体,散文在战争动乱年代成为学者们自由精神狂欢的载体。学者散文在追求自我独立、精神独立和文学独立上所做的艺术探索,虽然在战争的特殊环境下未成气候,却蛰伏成了20世纪散文史的一道潜流,经历了诸多贬斥和磨难,终于在20世纪末兴起的文化散文中得以伸张。

范培松对散文文体的突出表现也体现在他对部分作家作品的评价和定位上。对于瞿秋白这个"把散文当通讯一样写的开拓者",范培松对他的《饿乡纪程》和《赤都心史》给予了足够的重视,并认为在它们身上可以看到中国报告文学的萌芽。两本散文集的成功预示着报章化和通讯化散文在中国现代散文史上的光明前途,它们的纪实笔法为后来者提供了借鉴的范本,而自我参与和开放的思维体系也对之后的报告文学及散文影响深远——这正是基于独特的文体史视角观照下的散文解读方式。

在范培松的心目中,散文始终与人的性情相联结。范培松正是用自己独特而近情的散文解读方式,在对这二者不离不弃的微妙关系做一次梳理,希冀在艰深、傲慢颇有蔚然成风之势的学术界,形成自己独特的气场。以一种亲切、随和又有切肤之痛的批评修辞,来开创散文批评的一番新局面。

在写到五四时期哀祭散文的部分时,范培松这样评价萧红回忆鲁迅的系列散文,萧红的这些散文的成功就在于生动地把一个可亲的富有人情味的鲁迅交给了读者,在回忆和纪念鲁迅的散文中,萧红就凭这一点独占鳌头,为人们所推崇。她的成功是因为她写的鲁迅,是她眼中的鲁迅、心中的鲁迅、活生生的鲁迅,这是萧红式的鲁迅。反过来,她也写活了鲁迅眼中的萧红,鲁迅心中的萧红。她既是写鲁迅也是写自我,她既是在哭鲁迅也是在哭自我。她和鲁迅心心相印,说到底,这些系列散文又是萧红擅长自我回忆的杰出表现,萧红用它作为敬献给鲁迅的一个永恒悼念的花圈。我们见多了逻辑清晰、论断犀利的学术文章,有思想,有创新,却唯独没有情感。范培松让我们在文字后面看到了一个真性情的人。一部散文史,充满了对研究对象的同情和理解,充满了鲜活的生命体验。深厚的理论功底和学术修养,赤子之心和绵绵情怀,范培松兼而有之。

(本文载于《文学报》2009年2月5日,有删改)

散文研究的重要收获

——读范培松新著《中国散文史》

丁佳蒙

与20世纪中国的小说、诗歌和戏剧等相比，散文研究取得的成绩是相对薄弱的。究其原因，在诸多文体中散文研究的难度较大，因为散文数量多且极其庞杂，归类和梳理起来较为艰难。范培松新著《中国散文史》的出版是国内百年散文史研究的重要收获，该著作提供了翔实、完备的资料，并且厘清了百年散文史的发展脉络。范培松以几十年的心血和光阴，为散文研究奉上了这部体现了自己的学术思想和文体观念的散文史，为中国文学史的书写提供了一个有个性特色的范本。

《中国散文史》洋洋两大卷，足足百万余字。除绪论之外，著作主体共分为四个部分。它们分别是：第一编，"异军突起"（1918年—20世纪20年代末）；第二编，"裂变分化"（20世纪20年代末—40年代中期）；第三编，"消融聚合"（20世纪40年代中期—80年代中期）；第四编，"和而不同"（20世纪80年代中期—90年代末）。这部著作悉数介绍和评析了数百位散文作家及其作品，归纳和梳理了纷繁复杂的散文思潮、流派，并将海峡两岸暨香港、澳门地区的散文创作一并纳入了散文史的考察范畴和研究视野，为我们清晰地呈现出了20世纪百年间中国散文文体的发展流变，其规模和容量可谓迄今为止20世纪散文研究领域中涵盖颇为完整的"20世纪中国散文史"。

在文学史的写作中，如何撰写文学史，不仅仅是章节安排等技术性问题，也不单靠排比繁复的史料，而是能在史料的精细甄别及事件的精彩叙述中，很好地凸显史家特有的见地，以至"通古今之变，成一家之言"。《中国散文史》的第一个特点是注重文学史前后关系的梳理及内在逻辑的发展，从散文本体的演变来勾勒20世纪中国散文史的框架。以往文学史的著者，往往按照重大的政治事件来划分历史，范培松则秉着尊重史实的宗旨，遵循文学史的发展规律，确立以文本形态本身的发展作为散文史分期的依据。最为显著的例子是，中国现当代文学史以1949年为分界线，而范培松突破了这一惯例，把1942年王实味在《解放日报》发表的杂文《野百合花》及其批判作为一个新的散文时代到来的标志，将其与现当代散文联系起来，依据散文本体的形式和思想内容的变化来划分散文史的分期，具有新意和深度，突破了以往文学史的分期框架。在范培松看来，"载'道'"与"离'道'"始终或明或暗地主宰和影响着散文的命运，以"载'道'"与"离'道'"来区分文学史，表明了他对散文史的整体理解，与他所阐述的中国散文史的观念是相联系的。同时，范培松充分认识到了散文文体的独特性和散文在历史发展过程中的特殊呈现形态，从而形成了与一般文学史不同的分期观念，体现出了独有的文学史思想。

　　《中国散文史》的第二个特点是细致的文本分析。范培松除具备挑选、分析作家代表作品的独到眼光和功力之外，还力求准确地还原作家、描述作家，深入解构作家写作的心态与时代因素。例如，关于鲁迅早期的杂文和散文早已有了大量的研究成果，而范培松从研究心理的角度，写出了新意。范培松认为，是挫折使鲁迅在前期的心态始终处于压抑状态之中，并从家庭、理想、婚姻和政治四个方面具体分析了鲁迅前期的受挫经历和压抑心态。对于鲁迅表露心迹的语言，范培松指出：五四前夕的鲁迅离群孤居，躲在S会馆里抄古碑，成了一个远离社会的孤独者，他冷眼透视世界，把世界看透了，他感到自己置身于"重围"之中。这些消沉又苦闷的情绪促使鲁迅早期的心态具有破坏性、攻击性的特点。由此，从心理的角度来分析作家作品就容易真正把握作家的出发点和写作目的。诚如江苏教育出版社原副总编辑徐宗文所言："范培松抱定散文不放松。"范培松不仅是散文的研究家，也是散文作家，这使得他在评价作家作品时既有理论高度，又有感性上的体验，深知散文创作的个中滋味。在理论分析中，范培松常常穿插一些内涵丰富、充满张力的描述性语言，来解构作家的心态和作品的意蕴，这就展现了该著作特有的文笔叙述魅力。

　　《中国散文史》体现了范培松自身独到的审美眼光，融贯了长期修炼而成的理论功底，是他数十载的心血与理想、激情和才华的结晶。

（本文载于《文汇读书报》2009年1月9日，有删改）

凭借"散文心",破解散文脉络的玄机

——评范培松的《散文脉络的玄机》

何庆华

范培松几十年来一直和散文"相依为命",他读散文,写散文,研究散文,从散文写作研究开始,到散文作家、散文史的研究,每一阶段都有令人瞩目的成果面世,成为当今学术界研究散文的大家。正是在长期研究散文之中,铸造了他的一颗"散文心"。所谓"散文心",是能用散文审美的独特视角,研究散文,观察散文现象,考察散文作家的创作,能真正揭示散文创作内在发展的规律。一言以蔽之,要能真正对散文有感应。北京大学的孙玉石教授对范培松的以"散文心"批评散文做了一个学术化的概括,并将其称为"综合体验批评法"。

范培松散文研究的成功,贵在他用"散文心"去感应散文。范培松认为,散文是作者心灵的冒险,是情绪的释放,也是生命的一次呈现。因此,范培松特别重视对散文经典作品,要用他的"散文心"来感应,为作家和作品"号脉"。这是一个生命对另一个生命的对接,力求做到心心相通。因此,范培松的散文研究没有迂腐气,不看他人脸色,不随波逐流,不呆不板,以他个人独特的发现作为他散文理论的学术支撑,使他的散文研究永远是那样灵动,富有朝气和活力,并成为他散文研究的鲜明个性。《散文脉络的玄机》一书无论从体系到局部的章节安排,都突出了一个"变"字,把一百多年来散文脉络的奥妙生动地展示出来,可以说是他散文研究的精华版,是他"散文心"的又一次生动呈现。

"散文心"使范培松痴迷散文,几十年如一日,他持之以恒地研读散文,长期的积累使他终于找到了散文脉络的"密码"。论著的第一章是总纲,范培松从"志"与"道","激进"与"中庸","乡与"城"的三组对立的元素中,揭示了影响百年中国散文的玄机。这一发现,使他的散文发展史的研究与以往各类文学史文本区别开来。自中华人民共和国成立以来,特别是改革开放以来,各种文学史文本都把文学史的发展和阶级斗争史融合在一起,将社会史的分期套到文学史上。范培松在研究散文史时,没有被这种分期法所束缚,他发现了散文文体发展的独特轨迹,这个轨迹就是以"志"与"道"、"激进"与"中庸"、"乡"与"城"的三组对立的元素来统领,所以论著中从第三章五四散文到第七章中华人民共和国成立以前散文的发展脉络,就显得非常清晰,还原了历史的真实面貌。

　　范培松的"散文心",以坚持创造来永葆他的散文研究"青春"。范培松敢于创新,不为旧说所束缚。论著中第二章"'桐城谬种'之说的谬误和谬传",是他和何亦聪的合作之作,发表在《中国现代文学研究丛刊》2015年第10期。在范培松古稀之年,他一直在思考影响百余年的五四时期轰动一时的口号"桐城谬种"的问题,他犀利地从五四新文化运动排斥桐城派的策略里,提出这个口号是当年新文化运动政治斗争的策略,而不是学术研究的成果,从而把百余年来的谜案予以揭示。该论文被《中国现代文学研究丛刊》评为"2015年度优秀论文",正如颁奖词指出的那样:《论"桐城谬种"之说的谬误和谬传》为翻案文章,钩沉"桐城谬种"一说的来龙去脉,力图正本清源。文章以逆俗之笔,指点文学史里的迷津,大有迷门顿开之感。文章从五四新文化运动排斥桐城派的策略里,看到被历史遮蔽的一隅。作者在文章学层面系统论证桐城派的内在价值,显示其文学观、文章观的丰富性,提出桐城派之文乃"教育家之文",并从新文学家的写作中看到桐城派的余音。新文学掩盖的旧文章的妙处得以精准地彰显。文章学识深厚,一新旧说,文字从容老到,显示出打通古典与现代的努力,为难得的佳作。范培松的论文另一个非凡的创造,是在百年散文史的分期上,把从20世纪40年代中期到80年代中期的近半个世纪,定位为"'工农兵'代言人时代",非常准确地揭示了散文文体的独特规律,也为其他文学史的分期划定,提供了一个有益的参考文本。

　　"散文心"使范培松的散文研究充满自信,他尤其是在散文的欣赏和考察上,有独特的标准和体验,他认为,优秀的散文应该具有境

界,特征是"和",在情感上追求"品"。因此,范培松认为,散文的境界应该是"形散神散",摒弃了深入人心的"形散神不散",并提出散文的革命应该"以文化自我为中心的回顾与确立"作为终极目标,所以论著中对各个时期的散文,如京派散文、论语派散文、海派散文和学者散文都有精彩的独特论述,在学术界产生了广泛的影响。

"散文心"使范培松的"散文研究之树"永葆常绿的生命,我们也可预见,他的"散文心"会使他在散文的研究道路上勇往直前,会有更多的精彩呈现,必将会丰富和拓展当今的散文学术研究园地。

散文研究始终是一个不为人们所重视的天地。广东人民出版社以非凡的气概出版了"百年散文探索丛书",囊括了当今有影响力的散文研究专家的成果,证明了他们也有一颗难得的"散文心"。我们真诚地向他们表达最崇高的敬意。

(本文载于《羊城晚报》2016年9月25日,有删改)

第二辑 / 灵气飞舞

孤绝的声音如何穿透历史的幽暗

——读范培松的《南溪水》

蔡江珍

"大历史"叙述是近年长卷体散文的主要趋势,也不乏佳作,那些悲壮的、正义的、伟大的历史事件的再现,总能把某种波谲云诡的时代风云和知识分子强烈的忧患意识呈现出来。但范培松的《南溪水》与这样的大时代历史叙述背道而驰,他只是从自身成长经历出发,搜寻记忆中家族成员微不足道的一个个生命细节,这样一个普通农民家庭的历史中,没有可以改变世界的惊心动魄的大事件,更没有令世人瞩目的名人轶事,有的只是无数个伴随着苦难、疾病的日子,以及面对种种突如其来的变故却无力对抗的颓唐。这样的记忆是个人的、平面的、细碎的甚至不完整的,但再现了中国最底层人民的生存真相。正因为此,在那渺如蝼蚁的生存真相背后,历史获得了另一种诠释。

一、作为终极原乡的"南溪水"

《南溪水》开篇就是"南溪水,范家的生命水",这九个字传达出范培松对故乡的无限孺慕之情,这种情怀笼罩了全文,一直到篇末,"南溪水昼夜流着,我还活着"。其中包容着双重经验的乡土记忆,是生动而丰富的,这种生动性有着记忆之河本身的流动韵致。水的滋养,于人往往使心灵越发柔软易感,于乡村却能使之风光无限、平添妩媚,依靠父亲送饭的八年上学途中,那田野、太阳、花草和名为"叫天子"的小鸟,乃至喜欢追着人跑的乌梢蛇,都有着苦难遮蔽不了的美丽。"最开心的是春天,一眼望去,那是花的世界,绿的世界。我在花中穿行,被香味裹着,人变得醉乎乎的。"① 哪怕一株

---

① 范培松:《范培松文集》第8卷,江苏教育出版社2012年版,第44页。

黄豆苗的精美也逃不出记忆的捕手:"天哪,绿油油的黄豆,棵棵粗壮,咄咄逼人地挺立着,片片绿叶绿得发亮,散发着青春的气息,呈现着旺盛的生机。"① 但这里绝不是一块梦幻的乡土,它是乡村少年对生活的热爱和感受,这轻快的愉悦总是和时光中不绝如缕的伤痛记忆交织着,童养媳秀珍在落水后死去、父亲在劳作中离世,还有姐姐和嫂嫂的相继病逝,那份苍凉的忧伤挥之不去,宛如前人的诗句"落日苍凉草树低"的优美和伤感的交织,这就是那方水土孕育着的人生。时光之流冲刷着记忆,同时加剧着乡愁,应该也是激发范培松书写个人家史的力量。不论承载的是优美还是苦难,"南溪水"始终是范培松的终极原乡。

二、三个质疑:乡土记忆的孤绝重述

乡土记忆的重述常常和寻根意愿有着不可分割的同构性,但范培松寻获的则是家族的"痛史"。"南溪水"也记录了范家的悲惨历史,范氏十八房曾被"长毛"统统杀光,只留下翻到隔墙里侥幸逃生的爷爷,那美丽的"南溪水"不曾涌动时代的巨流,却曾流淌范氏族人生命的血水,而这杀戮成性的"长毛",在爷爷和母亲眼里"是杀人不眨眼的畜生",但在教科书中、在现行的史书中,竟是"推动历史前进的革命者"。这是家族的记忆扭曲了历史,还是书写历史的大叙述损害了真相?这是《南溪水》发出的第一个疑问,范家十八房人的性命,在历史的长河里无迹可寻,只有源源不绝的"南溪水"曾经承载过、见证过,一个微不足道的弱势族群如何对抗权威的大叙述?

范培松对历史大叙述的质疑,势必将其个人史记忆的脉络引向"孤绝"之境。"孤绝"是一种心灵真正摆脱各种外在羁绊的独立自由的境界,"孤绝"也是这一代原本在大叙述教育中成长的学人无法想象的状态,充满认同与共识的主流话语空间是他们大多数倾心和习惯了的场域,而范培松通过《南溪水》终于挣脱了长期捆绑着自身的心灵枷锁,寻根赋予他不可思议的力量,混合过范氏族人鲜血的"南溪水"洗涤着记忆的幽暗,它如银河般的璀璨照亮了它滋养过的

---

① 范培松:《范培松文集》第 8 卷,江苏教育出版社 2012 年版,第 60 页。

子民的心灵，使之获得了不只是面对更是大声讲述历史真相的勇气。在家族的记忆未被时光之流冲刷而完全湮灭之前，范培松用书写对抗遗忘，用一己的声音对抗群体的漠视。

时间之河将范氏族人带进了1949年之后的历史中，艳阳终于高照，一贫如洗的农民分到了梦寐以求的土地，范家父亲流下赤诚的泪水。生活有了些许的改变，但农民的苦难并未结束。很快，"统购统销"的政策让得到了土地而加倍努力劳作的农民，再次陷入绝境。这在范培松小小的心里充满了郁怨，并深深地形成了一个情结：苦难难道就是农民特有的财产？这是范培松在文中发出的第二个疑问，社会的不公、人与人之间的不平等、任人宰割的无助，这难道是弱小的农民被注定的命运？

还有更多的打击在等着，学习苏联农庄模式的农业生产合作化运动的开展，要求人人加入互助组，走集体合作的"康庄大道"，工作组入驻农村，以进步和落后的要求使得人人自危，但范家父亲认为土地是糟蹋不得的，那是生活的全部意义，是他的命。这是农民对土地、对劳作的真切认知，但这样的声音从农家的院落传送不出去。为了儿子的将来打算只好"入社"，母亲也只得哭诉失去土地的痛苦，并发出"谁能来听听失地农民的哀哀哭泣声"的疑问。这第三个疑问直指当时国内农民生活的现状。在人民当家作主的时代里，底层农民被遮蔽的生存真相如何得以揭示？这只是生活在最底层的一个普通农民家庭的遭遇，饥饿、恐惧、无所适从，外加疾病的压迫，苦难似乎没有止境。范培松在追忆家族命运的过程中低声发出的三个质疑，虽然这些不是振聋发聩的呐喊，但每一声都是揪心的低吟，那么无奈悲凉而牵动人心。历史的现场已不可重回，个人记忆的孤绝书写是否有力量撼动主流的大叙述，已不是书写者能预期的了；或许并不曾期冀什么，只是书写，"我"书写，"我"存在，这更是孤绝的声音要传导的力量。

三、献给父母的祭悼书

范培松的乡村历史记述，主角其实不是他本人，而是生养了他的父母。"南溪水"因为父母的存在而成为范培松的地理故乡和精神原乡，长卷散文以母亲的纺纱和讲故事开始，家族的历史记忆从母亲那里获得，人生励志故事也从母亲反复讲述的田螺姑娘开始，而文末则是他对母亲离去的悲鸣。《南溪水》在很大程度上是范培松对父母一生的追忆，以及他精神上的告解。

范培松的父母是中国农村最普通的底层农民——曾经失去八个孩子充满苦难的父母。父亲"满身伤痕，睡梦中不断发着呻吟"，苦难使他沉默寡言，整天不说一句话，"苦难封闭了他的嘴巴，日月榨干了他的情感，永远是呆呆地想，默默地看世界，村人称他为'富呆子'"。① 而母亲"四十二岁生下我时，就没有一颗牙齿了，本来瘪瘪的嘴，更是凹陷下去"，三寸金莲支撑着又高又瘦的身躯，人称"仙人"。② 这一对无知无识的文盲父母，他们对人生和人性的理解、对善恶的判断都来自亲历的生活，而不是书籍和各种教育宣导。他们心中没有语录，没有格言，没有各种政治教条，有的只是生存的本能、代代相传必得尊奉的为人准则，无穷的苦难使他们往往胆小谨慎，生存的过度艰辛养成了他们敬天畏神的虔诚，长年累月的劳作更培养了他们执着和执拗的个性。

生活教育了范培松的父母，他们的人生学识全部来自切身的经历，这使他们对自己坚信的真理毫不动摇，比如他们知道土地是他们的命根子，父亲一生中仅有的一次流泪就是因为做梦都没想到有了自己的土地，父亲蹲下来，双手捧起一把泥土，痴痴地望着竹签上的名字，胡子翘啊抖啊，一颗泪珠挂在上面。对土地的爱使他们更加虔诚地劳作，也使他们执拗地认为合作化不是一个好方式。所以，他们执拗地不愿加入互助社，但为了即将高考的儿子的前途，他们只得放弃自己的坚持，而放弃时那份痛彻肺腑的强烈程度或许不亚于得到时的狂喜。同样，他们对"统购统销"政策的抵触，也是出于生存的本能。

过多的苦难加深了范培松的父母对后代的期望，母亲对终于能存活下来的为数不多的孩子也更加溺爱，爱到蛮不讲理、不顾他人非议的地步。他们总是坚定地维护孩子、夸奖孩子，用爱和鼓励把阳光洒满孩子心中。而范培松读书的八年，因为家贫而没有钱到学校食堂吃

---

① 范培松：《范培松文集》第 8 卷，江苏教育出版社 2012 年版，第 8 页。
② 范培松：《范培松文集》第 8 卷，江苏教育出版社 2012 年版，第 4 页。

饭,双脚浮肿的父亲也为他坚持八年送饭到两千米以外的学校。和所有饱受饥饿之苦的无知识的农民一样,相信读书才是获救的唯一出路,在城乡差别巨大的时代,他们更确信这一点。母亲用她自己对世人的了解规划了儿子未来的人生,她认定"师范"是孩子应该选择的未来方向,对儿子高考的志愿给出了清晰和坚定的指引。当儿子收到江苏师范学院(今苏州大学)的录取通知书即将成为大学生时,母亲哭了,接着又笑了,逢人就说:"祖宗显灵了!中状元了!我儿子有救了!"① 父亲的八字胡激烈地一翘一抖,蹦出一句话:"我富呆子也有这么一天!"② 上大学意味着可以脱离苦海无边的农村,所以母亲说"儿子啊,你有救了,跳出苦海了,飞到白米囤了"③。这份欣喜背后透露的辛酸岂不正是广大底层民众的共感。

　　父母的爱和期冀是范培松一生的指引,即使在最困难的时代,也是母亲的笑容在背后支撑了他,使他一度迷失的心智不致继续深陷集体的疯狂之中,母亲是他心中最后的天,而母亲的意外离世更激发了他的斗志,使他不再畏惧,也不再怯懦,并让他这样的一个农家子弟真正站起来。范培松的父母长眠的那片乡土是他永远的心灵皈依处,即使绝望,即使没有出路,但只要"南溪水"昼夜流着,人活着,就还有希望。40年后,范培松早已如父母所愿成为知名的教师、学者,但那份沉潜的伤痛仿佛历久弥新,唯有用书写来抚平,也唯有用书写才能告慰长眠"南溪水"之畔的父母。可以说,范培松这份乡村历史记忆的重述,更是他献给父母的祭悼书。

四、知识者"自我"的历史重塑

　　《南溪水》前半部的乡村历史记忆,以范培松少年成长经历和父母苦难人生为经纬,是对无知识的底层农民平实的叙写;后半部展开的是范培松作为知识分子的人生,从乡村到城市,结束了穷愁的生活,却陷入了历史的"疯狂"之中,大学教师的文化人生,是一段布满着累累伤痕的历史经历,因此其中包含了强烈的文化反思,体现

① 范培松:《范培松文集》第8卷,江苏教育出版社2012年版,第55页。
② 范培松:《范培松文集》第8卷,江苏教育出版社2012年版,第55页。
③ 范培松:《范培松文集》第8卷,江苏教育出版社2012年版,第55页。

出明显的知识分子言说的方式,这也使得这篇散文形成明显的前后两部分。但后来的人生是父母不曾真正参与的,其中的伤痛不为父母所知。范培松的历史追忆,既是给父母的祭悼书,也是对父母做一次迟到的"交代",他不无伤痛的心灵告解也因为父母的隐性在场而使读者得以"倾听"。有了倾听者,告解才得以完成,心中的垒石才能落下。这或许是范培松执拗地要将两段风格相异的叙写并置成文的原因。

"文化大革命"对中国无数知识者而言都是另一种难言的伤痛。在历史的幽暗空间里,个人和集体、自我和他者是那样难分彼此地交缠着,巴金老人一句"全民族共忏悔"曾经那样令人心惊,因为揭开历史的伤痕,拷问的不只是历史,更是自我。巴金"从解剖自己、批判自己做起",他用写作挖掘自己的灵魂,范培松在评述《随想录》时说过,对于巴金来说,他以忏悔恢复历史的记忆,更以忏悔来抗争和战斗,砸碎历史捆绑在作家身上的种种绳索,实现从"奴在心者""我不是我"到"我是我"的真正蜕变。①

但乱世中还有普通人的慈悲给范培松一些安慰,人性的些许温暖足以软化他渐渐变得坚硬起来的心,让他更加意识到和平、生命和真诚的可贵。另一场灾难于1971年爆发,范培松不仅受到了持久的审讯和整整一年半的囚禁,恐惧、孤独、绝望充斥在他的心间,但他也有了更多冷静思考的时间,失去了人生的自由而获得了一些心灵的自由,自我解剖和反思本来就是知识分子的常态。在囚室中,范培松开始思考、怀疑这时代的病态,并最终获得抗争的勇气。而在被禁闭的一年半中,那位叶师傅的关照和"要挺住"的叮咛,是另一道人性的亮光,还有对母亲的牵挂,都是使范培松的心灵变得柔软的因素。自我的思考和普通人的慈悲照亮了范培松一度迷失的心性,使范培松最终站立起来。

带着巴金式"审己""弑己"的勇气,范培松回到历史现场,探看历史和个人的幽暗,他看清楚了不论一己的懦弱、顺从或自我保护的反击,都是"奴在心者",使"我不是我",都是加剧时代悲剧的或隐或显的助力;而对一个时代知识者集体行为的反思与批判,如果

---

① 范培松:《中国散文史》下,江苏教育出版社2008年版,第562-563页。

不以"审己"为前提，也依然是"奴在心者"的"我不是我"。对个人应负的历史责任的正视，对人性问题的反思，使范培松得以实现"我是我"的历史重塑。范培松曾强调："散文，是喷出来的，是从作者胸膛里喷出来的，是从作者血管里喷出来的。"① 这赤诚的"审己"之作就是从血管里喷出来的书写，虽然它只是一些历史的片段，个人的经历在大历史中只能是片段的、零碎的、自说自话的，范培松在他的《中国散文批评史》"跋语"中的自况用在《南溪水》中同样合适，他说："我一直把'忠于自己'作为自己的最高学术理想，我没有追求完美的嗜好和欲望，我只是想在自说自话中实现对自我的忠诚。"②

（本文载于《小说评论》2012年第3期，有删改）

---

① 范培松：《散文天地》，花城出版社1984年版，第1页。
② 范培松：《中国散文批评史》，江苏教育出版社2000年版，608页。

史传传统与现代主体意识的弘扬

——评范培松的《南溪水》

程桂婷

中国是重史的国度，史官文化源远流长，且不说"六经皆史"的说法其来有自，单是从史传文学的繁盛及其对后世文学深刻而长远的影响就可见一斑。中国文人心中是有一个"史"结的，这表现为他们奋笔疾书的目的和姿态总是成为"考其真伪"①"彰善瘅恶"②"引古筹今"③等修史规则的生动注脚。虽然在官修正史与私撰野史长期公然或隐秘的对抗当中，中国文人私撰野史最初的雄心与抱负的实现程度难以考量，但也正是在这样的对抗之下，历史的面貌才会凸显得更加真实。当某段历史的天空变幻得尤其诡秘而阴暗，亲历者的不同于官修正史的个人回忆与审视则更有价值：不仅在于他们拥有穿透黑暗的勇气，还在于他们所发出的追求人格独立和精神自由的声音。

如果说20世纪80年代巴金的《随想录》对"文化大革命"历史的回忆与反思开"说真话"的风气之先，让人为之凛然，那么20世纪90年代韦君宜的《思痛录》对20世纪中叶中共领导的历次政治运动中一些知识分子言行及遭遇的回忆与反思所达到的广度与深度，让人为之动容。但也毋庸讳言，与其中的史料价值和思想意义相比，这两部震撼人心的回忆性散文作品在艺术上是有些逊色的。而从这一点来说，2012年第2期《钟山》杂志刊载的范培松的长篇回忆散文《南溪水》则堪称思想与艺术相得益彰的典范。

---

① 《春秋左传正义·卷一·序》，《春秋左传正义》，上海古籍出版社1990年版，第13页。
② 语出北朝史官柳虬，参见《北史》卷六十四，中华书局1974年版，第2278页。
③ 语出清初顾炎武，参见《顾亭林文集》卷四，中华书局1983年版，第93页。

范培松在这篇近10万字的回忆散文中,不仅发扬了秉笔直书、记人行事的史传传统,而且融入了现代知识分子强烈的主体意识和批判精神。因年龄和身份的差异,与巴金、韦君宜等以知识分子遭遇为主体的回忆不同,范培松对那段历史的反思首先是以一个极度贫困的农民家庭的儿子身份对家族命运及个人成长的乡土记忆展开的。在散文的前半部,土改分田、公审地主、抗美援朝、"统购统销"、互助合作等我们在官修正史及"十七年文学"中早已熟知的事件又以一种全然陌生的生动细节和鲜活经验被呈现出来;即便是在散文后半部对"文化大革命"种种荒诞行径的反思与批判中,也不时闪现出令人失笑的细节和温馨的民俗风情,这无不展现出范培松在令人绝望的苦难中依然保持着强大的内心力量、迷人的幽默情怀与不屈的生命意志。

一、质疑与批判中的秉笔直书

司马迁的《史记》因"其文直、其事核,不虚美、不隐恶"①,一再被后世广为称道。秉笔直书原本应是治史的基本准则,但受政治环境、利益冲突、个人素养等因素的左右,在卷帙浩繁的历史书籍中,真正的信史并不多见。范培松对个人史的书写就是在对现行史书的质疑中开始的。太平天国的滥杀无辜曾经是范培松祖先亲身经历的恐怖事实,是母亲讲述中骇人的血腥故事,是范培松童年记忆里毛骨悚然的难眠之夜。然而,太平天国的发起者也是中学历史教师与权威们反复称颂的"英雄",是现行史书上记载的推动历史前进的革命者。然而,面对家族记忆与史书记载的截然不同,范培松得出了令人悲怆的结论:"史书里没有曾经。"

在现行史书中,抗美援朝可以算是颇为光辉的一页,它既是中国共产党英明领导的、广大群众一致拥护的保家卫国的神圣战斗,也是千百万青年热烈响应的光荣使命。抗美援朝的中国人民志愿军曾是家喻户晓的"最可爱的人"。然而,在范培松的记忆里,抗美援朝是家人想方设法要哥哥"逃避"的兵役。

在现行史书中,互助合作是中共中央对农业和农村进行社会主义改造的重要措施,是引导农民"按照自愿和互利的原则"组织起来

---

① 班固:《汉书》卷六十二,中华书局1962年版,第2738页。

的运动,其目的及意义是,"克服很多农民在分散经营中所发生的困难,使广大贫困的农民能够迅速地增加生产而走上丰衣足食的道路,使国家能够得到比现在多得多的商品粮食及其他工业原料,同时也提高农民的购买力,使国家的工业品得到广大的销路"①,其发展前景是"农业集体化或社会主义化"。然而,在范培松的记忆里,虽然单干户"不能贷款""没有化肥",单干户的待遇"和地主富农一样",但父亲是宁死也不肯"入社"的,可父亲因为担心自己不"入社"会影响儿子考高中,最后也不得不屈服了。1950年分到土地的父亲捧着一把泥土流下热泪;而1957年失去土地的父亲浑身酒气,两手仍紧紧地抓着一把泥土。在国家政策的不断变化中,有谁能理解并顾及农民对土地的强烈情感?

在现行史书中,"统购统销"是中共中央在过渡时期做出的英明决策。"总起来说,我们要在农村中采取征购粮食的办法,在城镇中采取配售粮食的办法,名称可以叫作'计划收购''计划供应',简称'统购统销'。"②"统购统销""不仅可以解决当前的粮食供求矛盾、稳定物价和有利于节约粮食,而且是把分散的小农经济纳入国家计划建设的轨道,引导农民走互助合作道路,对农业实行社会主义改造的一项重要措施"③。"通过统购统销,国家将主要农产品的大部分纳入计划管理,保证了国家建设与人民生活的基本需求。"④ 然而,在范培松的记忆里,"统购统销"是城里每人每月的定量供应与农民吃糠咽菜都难以为继的天壤之别;在范培松的记忆里,"统购统销"是"四清运动"中苦大仇深的农民在忆苦思甜时情不自禁控诉的苦难。范培松的秉笔直书既让我们看到了现行史书与历史真相之间的巨大裂缝与潜在对抗,也让我们听到了他的批判之声:真实的历史不该是当权者的决策史,而应是百姓的生活史。

---

① 张树军主编:《图文共和国年轮(1)1949—1959》,河北人民出版社2009年版,第125、259页。

② 张树军主编:《图文共和国年轮(1)1949—1959》,河北人民出版社2009年版,第125、259页。

③ 陈云:《实行粮食统购统销》(1953年10月10日),《建国以来重要文献选编》第4册,中央文献出版社1993年版,第461页。

④ 董志凯、武力主编:《中华人民共和国经济史(1953—1957)》上册,社会科学文献出版社2011年版,第177页。

二、弘扬"自我"的记人行事

梁启超评价《史记》,"其最异于前史者一事,曰以人物为本位"①。如果把当代个人回忆性散文也当作某种意义上的史书来看的话,与此前的《随想录》《思痛录》等作品相比,《南溪水》的最大特色也在于"以人物为本位",摆脱了回忆性散文流水记事的窠臼,而在塑造人物形象方面更显自觉,也更为出色。尤其是在前半部的乡土记忆中,虽然从土改分田到合作化运动等一系列事件发生的线索也清晰可见,但范培松对这些历史事件的勾勒是通过对父母、哥嫂、秀珍、九哥等人言行的生动描绘来完成的。与此同时,范培松也秉承了司马迁所开创的以记人行事来议论人生、评判社会、抒发"自我"的史传精神。

范培松在《南溪水》中着笔最多、用情最深,也是最为悲苦的人物形象当属母亲。在医疗条件与生活水平都有极大提高的今天,我们几乎无法想象八个孩子的夭折对于一个母亲来说,是多么残酷的现实。面对一次又一次悲剧的重演,母亲是怎么熬过来的?但范培松没有用任何笔墨去描写母亲曾经的伤痛,也没有用任何笔墨去称赞母亲一贯的坚强,而是回忆了母亲对四十二岁才生下的儿子种种蛮不讲理的溺爱。而当母亲溺爱儿子成名,面对因儿子闯了祸前来告状的邻居还公然袒护时,村里人都说"娇儿必是败家子",母亲则毫无理由地坚信儿子以后一定会有出息、会善待她的。其实母亲对范培松的爱是叠加了对其他孩子的爱的,对范培松的赞赏与期望也是累积了对其他孩子的赞赏与期望。范培松用母亲对儿子的溺爱反衬出母亲曾经的伤痛——母亲对儿子的爱有多深,曾经的伤就有多深!然而现实是无情的——母亲最终无法承受的巨大伤痛竟然还是她最疼爱的儿子给她带来的。1971年,范培松被关押而与母亲失去了联系,学校派人去村里调查范培松的情况,母亲在不明真相的担惊受怕中病倒了,一个月后就带着对他牵肠挂肚的思念离开了人世。没能亲眼见到儿子的平安,母亲死不瞑目。

散文中最让人心酸的情景,是父亲送饭跌跤的那一幕。因为家里没有钱让范培松到学校食堂搭伙,父亲为儿子送了八年的饭。不管风

---

① 梁启超:《中国历史研究法》,华东师范大学出版社1995年版,第20页。

吹雨打，不管天寒地冻，中午，就会看到在镇上的小桥边，立着一位留着八字胡的矮小的老人，拿着一个用棉絮包得结结实实的竹篮，伫立着。终于熬到毕业，范培松去学校参加毕业典礼，临出门时叮嘱母亲不要送饭了。可典礼结束，与同学话别不免耽搁了一点时间，待范培松走到小桥边，看到父亲颓然地立着，腿上还有血迹，手里拿着沾满了饭粒、菜、汤和泥土的用棉絮包着的竹篮。因为长期的饥饿和营养不良，父亲的浮肿病已经很严重了。范培松心疼父亲腿上的伤，父亲却连连说："让你饿肚子了，让你饿肚子了。"

散文中最让人叹息的，是在范培松生命中一如流星般闪过的秀珍的命运。秀珍是范培松的"童养媳"。在这里，"童养媳"并不意味着罪恶，两个贫困家庭的联姻更具解决现实问题的积极意义。秀珍乖巧伶俐，很得范家人的喜爱。散文中对范培松与秀珍童年记忆的描写是最具诗意的部分：

> 我们的家乡一到春天，处处是花，特别是那红花郎（紫云英），厚厚地密密地铺在田野上，它并不华丽，却隐隐地香。我们对红花郎有特别的感情，青黄不接的时候，就靠吃它救命。我和秀珍，常常手拉手，并排躺在软软的红花郎上，太阳暖暖地照在我们身上，对着天空，闻着花香草香，和那铺天盖地的红花郎窃窃私语。她眼明手捷，能寻找又粗又壮又嫩的红花郎，拔起后，掐去花和根，让我吃。她拔一根，我吃一根，她拔得快，我吃得快。
>
> ……秀珍喜欢水。南溪河水清澈透明，她常常和我赤脚平排站在河埠的没在水里的石阶上，弯着腰，把水当镜子，照我们的脸。天上的蓝天白云映在河里，白云在蓝天上看着我们发呆，我们的脸映在蓝天白云上，朝发呆的白云挤眉弄眼，笑了，那甜甜的笑容灿烂地悬挂在白云边。脚一搅动，白云乱了，蓝天糊了，我们尽兴而归。只要家中有什么东西要到河里去洗，秀珍总是抢着去。夏天来了，她更喜欢往河埠头洗这洗那。①

---

① 范培松：《范培松文集》第8卷，江苏教育出版社2012年版，第16—17页。

然而，这样两小无猜、趣味盎然的美好时光，范培松仅享受了不到半年。秀珍在一次去河埠头洗碗之后再也没有回来。喜欢水的秀珍被南溪河带走了年幼的生命。秀珍成了范培松心底"像水一样的未成形的新娘"，也如水草一般在读者心头划下了一道柔软的伤口。

散文中最让人悲痛的莫过于姐姐的死。姐姐勤劳能干，而且非常疼爱弟弟，对弟弟总是一口一个"小祖宗"。姐姐就要出嫁了，一有空就绣花，似乎是在绣她的理想、心愿、幸福和未来。可是姐姐终没能等到出嫁，就突然被急性阑尾炎夺去了生命。农民不问医。他们不知道医院的门朝什么方向开。在母亲为姐姐"招魂"失败后，父亲借来一条船送姐姐去镇上求医。然而已经晚了。姐姐是在撕心裂肺的疼痛中昏迷，而后离开人世的。范培松愤然说道：农民最怕病。历史、政治课上常说，农民头上压着三座大山，其实是四座，那最后一座就是疾病！

散文中还有一个十分鲜明的人物形象是九哥。九哥是从苏北流浪过来的光棍，在地主纪爷家做长工，吃住都在东家，不知何时起对"东家娘子"暗生情愫。散文对九哥着墨不多，但对九哥言行的描写最具《史记》的神韵，寥寥数笔便勾勒出一个十分生动的形象：

> 纪爷被枪毙后，村人见到九哥，都拍拍他的肩，说："你的桃花运到了！"
>
> 九哥胆怯地"嗯"着，脸上似有一片喜气。
>
> 当村上一些泼皮传闻"东家娘子"是克夫的白虎星时……
>
> 九哥脸上像下了霜似的，蔫头蔫脑，在祠堂石狮子旁，村人问九哥："东家娘的屁股白不白？"
>
> 九哥脸涨得通红，叫起来："我们是清白的，别嚼舌根！"
>
> 村人警告他："你再不吃这块肉，当心被野狗叼走了。"
>
> "我怕。"九哥似乎也很着急，咻咻地不知所云。①

但这样胆小老实的九哥在合作化运动中敢于为范培松的升学

---

① 范培松：《范培松文集》第 8 卷，江苏教育出版社 2012 年版，第 35—36 页。

"弄虚作假"。范培松考取了镇上唯一的初中,交不起学费,如申请减免学费,则要合作社盖章签字,当然前提条件是其家里已经"入社"。可偏偏范家是村里唯一的单干户,范培松为父母的死脑筋都要赌气不读书了,但当母亲找到当队长的九哥说明原委后,九哥竟一口应允:"来,培松,你就填你们家入社了,他们即使来调查,我们也这样说。"并立刻嘱咐会计签字盖章。九哥原来是个有担当的真汉子。

三、现代知识分子的幽默与情怀

可以说"苦难"是范培松长篇回忆散文《南溪水》中的关键词,但散文中最难能可贵的并不是对苦难的真实再现,而是字里行间闪现出的范培松在种种苦难的磨砺下依然保持的对生命的热爱。这首先表现为一些本应令人尴尬的往事却在范培松的描述下变得十分有趣。例如,对五十岁得子的父亲面对村里人开玩笑时的描写:

> 好事者对爸爸说:"这胖小子不像你,是你的种吗!你已经是老丝瓜筋了,还能生吗?"
>
> 爸爸居然大笑,说:"呸!你们知道个屁,他是我吃老虎肉生的!"
>
> 从此,这成了我们村上的一个典故。我学习成绩优秀,有些同学的家长就以我为榜样教育孩子,孩子不服,说:"我怎么能和他相比,他是他爸吃了老虎肉生的,你又没有吃老虎肉?"[①]

读来令人忍俊不禁。又如,对村里痞子们戏弄年幼的范培松和秀珍时的描写:

> 有时,碰到村上喜欢恶作剧的痞子,见到我俩,就揪住我的辫子问:"大眼,她是谁?"
>
> "老婆。"我头也不抬。
>
> "哈哈,"他们邪笑着,"来,亲一口。"
>
> 他们捉住我俩的辫子,让我们面对面,强迫我们嘴对嘴

---

① 范培松:《范培松文集》第8卷,江苏教育出版社2012年版,第8页。

亲。亲完后,他们都笑得牙齿要掉下来。

闹剧还没有结束,他们把我俩推到红花郎上面,一个痞子抱起我,把我面朝地放到秀珍身上,压着她。这下就不得了啦,这些痞子兴奋得简直要上天了。

我俩不懂他们为什么要发狂,神经病!①

痞子们的兴奋与孩童们的茫然形成鲜明对比,孩童们没有感到难堪,痞子们的恶作剧也就没有达到目的。而最后一句"神经病"更凸显出这种游戏的错位,让人不禁哑然失笑。

范培松对生命的热爱还表现为即便在荒诞的"文化大革命"时期,他依然葆有一颗敏感的审美之心。散文后半部对"文化大革命"时期记忆的讲述中竟然有"踏月寻访碧螺春"这样充满闲情雅致的一节。那是1970年春,范培松又被赶出学校,到吴县(今属苏州)东山的一所学校任教。东山盛产碧螺春,散文中描述了范培松与几位教师一同跟随一位本地学生去看炒制碧螺春的情景:

他的家不远。我们跟着他,走上一个小山坡,一脚踏在月光上,一脚踩进春色里,时时有花香袭来,夹着青草以及各种树木的清香味,人感到特别柔软。同去的段本洛突然诗兴大发,引吭高歌了。我们几个受他的感染,唱起样板戏来了。②

如果不是"样板戏"的出现,大概不会有读者将这段充满诗情画意的描写与"文化大革命"联系起来。

范培松对生命的热爱也表现为将生死置之度外的乐观精神。1972年2月,范培松遭到囚禁,在只有一条被褥、一只粪桶的囚室里,生死未卜,他却倒头大睡。

范培松对生命的热爱更表现为对他人生命的珍视。"逻辑先生"可以说是范培松在"文化大革命"时期遭遇的直接制造者之一,在范培松被囚禁的日子里,他饱受摧残。但当"逻辑先生"生命危急时,范培松仍果断出手相救。那是1975年,范培松到西山分校任书

---

① 范培松:《范培松文集》第8卷,江苏教育出版社2012年版,第16—17页。
② 范培松:《范培松文集》第8卷,江苏教育出版社2012年版,第95—96页。

记，学校派"逻辑先生"来监督，报到那天，"逻辑先生"突然腹痛剧烈，校医又尚未报到，范培松担心他是阑尾炎，当机立断，派人到村里借来一条农船，冒着狂风暴雨，与六位同学一起仅靠着手电的照明，摇船将他送到煤矿医院做手术。范培松虽然在散文中描述了他打算与"逻辑先生"共赴黄泉，但恐怕在当时他也不是没有考虑到一条农船在狂风暴雨的暗夜中飘摇的危险性。范培松这种不顾个人安危、不计个人恩怨、救人于危难中的行为，是对生命的最高礼遇。

王国维曾评价哲学之说"大都可爱者不可信，可信者不可爱"①，这句话用来评价史传文学也是很恰当的。胡适曾遗憾自己的《胡适　四十自述》"回到了谨言的历史叙述的老路上去了"，自言"究竟是一个受史学训练深于文学训练的人"。② 而范培松作为当代著名的散文研究者，在文学的专业训练中也积蓄了深厚的史学功底与严谨的治史态度。范培松的《南溪水》是"可读而又可信的"，也实现了胡适对传记文学的期望，"给史家做材料，给文学开生路"。③

(本文载于《东吴学术》2014年第5期，有删改)

---

① 王国维：《静安文集续编·自序二》，《王国维遗书》第5册，上海古籍出版社1983年版，第21页。
② 胡适：《胡适　四十自述》，吉林出版集团股份有限公司2017年版，第4-5页。
③ 胡适：《胡适　四十自述》，吉林出版集团股份有限公司2017年版，第5页。

通向历史的一种路径

——读范培松的《南溪水》

冯仰操

"新史学"的口号从梁启超开始，到现在还盛行着，但当下流布最广的史书依旧是高头讲章式的，充满了标签和陷阱。为了打捞历史的细节，个体总偏向于选择口述史或传记文学。面对众多亲历者叙述的历史记忆，其可信度自然是一个问题，但他们重返历史的动机与路径更值得关注。

历史的遗漏以"文化大革命"前后为最，个人往往有意忽略，如何兆武的《上学记》谈至 1949 年便戛然而止。范培松发表在《钟山》2012 年第 2 期的《南溪水》指向的恰是这段历史，既注目父母、亲友的温情，又时时不忘对权威历史的审视。全文警惕并疏远精英化叙述，将焦点对准时代潮流下普通的农民夫妇和他们的儿子，这表明了范培松清醒的历史感，即质疑被归化的"大历史"，而依靠一群默默无闻者的生活经验。

一、历史的疑与信

郭沫若写自传的动机是"通过自己看出一个时代"①，对时代与个人的关系保持一种乐观的认识。范培松却没有这份信心，文章一开始便发出了疑问："曾经"在哪里？作为一个农家子弟，他接触到的一个"曾经"是现行的史书上记载的，是权威们、领导们反复讲的，是各色各样的教师教的，是从小学到大学的教科书上写的，这一由社会所生产的知识却时时受到日常生活经验的"威胁"。范培松在知识与经验断裂的惶恐中开始他的记忆，当他发出疑问的时候，他已经获得了一种坚实的立场。

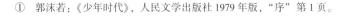

① 郭沫若：《少年时代》，人民文学出版社 1979 年版，"序"第 1 页。

范培松在开篇讲了一个关于太平天国滥杀无辜的故事，这个故事是从母亲那里听来的，母亲又是从爷爷那里听来的。一个口耳相传的故事，代表着一个家族的集体记忆，但在范培松上学后，这个故事的可信性受到了冲击。民间传闻的太平天国是血腥恐怖的，史书上的太平天国却是光明正义的，范培松必须在二者之间做出选择。成年后的范培松开始了历史的"祛魅化"实践，专门引用鲁迅的《阿长与〈山海经〉》作为母亲故事的佐证。这段历史并非一直如此晦暗不明，胡适在《四十自述》中曾谈及他外祖父的身世，"金灶十三四岁的时候，长毛贼到了徽州，中屯是绩溪北乡的大路，整个村子被长毛烧成平地。金灶的一家老幼都被杀了，只剩他一人，被长毛掳去"①，迥异于鲁迅的戏谑式叙述，其平实的态度恰恰说明这一历史的习见。但历史到了范培松这里，是变形涂饰的，原因如何兆武所讲，"所有的历史都是由胜利者写的，不是由失败者写的"，"历史都是高雅的上层阶级写的，真正下层群众写的历史几乎没有，也不可能流传"。② 太平天国的传说只是一个"引子"而已，范培松所亲历的是中华人民共和国的历史，他要替那群沉默的下层群众诉说。

范培松接下来为我们指引的历史之路，既熟悉又陌生。之所以熟悉，是因为土改分田、抗美援朝、"统购统销"、农业的社会主义改造、"文化大革命"等常常出现在我们的史书里；但它们又是那么陌生，史书上只有简明的提纲与介绍，我们看不到细节，看不到具体的生活。在范培松的记忆中，有太多的生死哀乐，原本枯燥而扭曲的历史纲目变得生动起来。

乡村生活给范培松提供了朴素的信念，城市生活却教会他如何来看待历史。范培松到了苏州上学、工作后，开始面临的是时代与个人之间更大的裂缝，他早年酝酿的信与疑到此时开始生根发芽。范培松所接受的史书经过了层层的"编码"，而现在是他自己对历史进行"编码"。与《七十年代》一书的浪漫叙述不同，范培松翔实地讲述了一个普通人的信仰与怀疑。处于"文化大革命"时期的中国是一

---

① 胡适：《四十自述》，远流出版事业股份有限公司1986年版，第5页。
② 何兆武口述，文靖撰写：《上学记》（修订版），生活·读书·新知三联书店2008年，第59-60页。

个巨大的行驶中的"过山车",所有的人都必须经受这一动荡与离奇的考验。范培松出身贫民,这成了他的优势,即便如此,到1971年他也被关入囚室。在囚室中,黑白的颠倒使他怀疑母亲传授的朴素信念,但他最终还是选择了相信。因为在荒诞的岁月中,还有一群正义的人如仗义行善的九哥、冒着危险勇于做证的老徐、为瞿光熙平反的尹洪生。范培松在长达整整一年半的囚禁生活中学会了怀疑,他所怀疑的不是底层的生活经验,而是一切与日常经验逆流的大时代、大历史。

二、个人记忆的另一种路径

范培松以个人重返历史,述说的却是一群默默无闻者的集体记忆,这一记忆与已成型的权威历史可谓格格不入。在史料的层面,《南溪水》可以给史家的底层研究提供借鉴。给史家做材料,是一般知识分子传记的共性,如钱穆认为《师友杂忆》对于读者而言"苟以研寻中国现代社会史之目光视之,亦未尝不足添一客观之旁证",且自信其书为"有心世道之君子,其或有所考镜"。① 作为现代传记的鼓吹者,胡适在《四十自述》中指出传记的文学应该"给史家做材料,给文学开生路"②,要求传记不仅追求史的特性,还追求文学的个性。

民众的公共生活,无论是迷信还是信仰,自民国以来不断衰落,而至中华人民共和国成立后则被扫荡一空。《南溪水》恰留下了这一生活失陷的痕迹,如范培松的母亲虔诚信仰佛教,但中华人民共和国成立后,村中的太平庵被村农会主席带头破坏了。此外,范培松还捕捉到了旧社会遗留的民俗,为我们呈现了乡间民俗活动的场景,神秘而美丽。

总的来看,这类去政治化的民风民俗在范培松笔下的占比小得很。传记文学通过民风民俗可以进入一个更为深广的历史,并获得一种独特的美感,这一倾向在现代是普遍的。现代文学与民俗学向来是密切联系着的,以民俗学为视野,书写或研究民俗,是胡适、周作人、顾颉刚等现代作家的共同特征,甚至渗透为一般作家的知识背

① 钱穆:《八十忆双亲·师友杂忆》,岳麓书社1986年版,第32页。
② 胡适:《四十自述》,远流出版事业股份有限公司1986年版,"自序"第6页。

景。现代作家自传有意地记录民风民俗，这正与当代"新史学"对社会史、底层史的观照相一致，是通向历史的一种途径，而且是一种别致的文学书写样式。

范培松所记述的各种现象早有先例。如炒茶，沈从文的《从文自传》则对湘西的各种店铺，如针铺、伞铺、皮鞋店、剃头铺等有细致的观察。此外，胡适的《四十自述》、郭沫若的《沫若自传》的一开头，或是写安徽的"太子会"，或是写四川的土匪，莫不关注对民俗的书写。活到了中华人民共和国成立的周作人，晚年写作的《知堂回想录》可谓为清末到民国的各种社会现象提供了最个性化的观察，末了还惋惜"倒是家乡的岁时风俗，我是觉得很有意思，颇想记一点下来，可是这终于没有机会插到里边去"[①]。鲁迅的《朝花夕拾》、顾颉刚的《古史辨自序》、沈从文的《从文自传》等都是以民俗切入历史的代表作。与范培松对权威历史的不安不同，现代作家有另一种不安，以沈从文为例，他谈到家乡时说"这地方到今日，已因为变成另外一种军事中心，一切皆用一种迅速的姿势，在改变，在进步，同时，这种进步，也就正消灭到过去一切"[②]，正是这一珍重，才有了如此美丽的个人记忆："各处去看，各处去听，还各处去嗅闻：死蛇的气味，腐草的气味，屠户身上的气味，烧碗处土窑被雨以后放出的气味，要我说来虽当时无法用言语去形容，要我辨别却十分容易。蝙蝠的声音，一只黄牛当屠户把刀剚进它喉中时叹息的声音，藏在田塍土穴中大黄喉蛇的鸣声，黑暗中鱼在水面泼剌的微声，全因到耳边时分量不同，我也记得那么清清楚楚。"[③] 历史如此复杂，个人记忆只能触摸到部分历史，以一己之力对抗权威历史或向幽暗的大地寻求更为深广的记忆，都不失为拒绝遗忘的努力。

（本文载于《小说评论》2012年第5期，有删改）

[①] 周作人：《知堂回想录·后记》，《周作人散文全集》第13卷，钟叔和编订，广西师范大学出版社2009年版，第849页。

[②] 沈从文：《从文自传》，《沈从文全集》第13卷，北岳文艺出版社2002年版，第244页。

[③] 沈从文：《从文自传》，《沈从文全集》第13卷，北岳文艺出版社2002年版，第261页。

一条"南溪水"满怀赤子情

——读范培松先生长篇散文《南溪水》

程庆昌

长篇散文《南溪水》乃《范培松文集》第8卷的开篇巨制,是范培松"对家族和亲人的倾诉"。亲情既是贯穿全篇的主线,也是悼念一段历史的主题。

这是一曲沉郁的生命弦歌,起伏曲折,或潜入地心深处,或高亢如激昂的"叫天子",深沉不失冷峻,恣肆不遗微细,入心入骨。

范培松引领读者来到南溪河边,两岸风情,尽在眼底,"落日苍茫草树低",开篇第一句:"南溪水,范家的生命水。"温暖,温润,这就是"源",是根本。

《南溪水》里,范培松书写家事,也谈国事,记述最令人怀念又印象深刻的水乡风情,揭示最具时代印记的各式人物,更铺呈出南溪河水流淌不息、孕育出的无与伦比的情与爱,以优美浪漫的笔调喊出至真至纯的天理人道。

祖先迁徙,落地生根,有了"中范村",族长在跪下的地方,建造了范家祠堂,在祠堂的栋梁上画满了白鹤,河水与村庄,滋养了一代又一代。

一个家族,就是一本史书,迁徙与繁衍契合时代的变迁与发展。位于南溪河的范家,在朝代更迭中,付出了极为惨重的代价,这就是母亲讲的故事:"长毛"屠村,血流成河,范家十八房半,能逃过魔掌者寥寥。尽管这早已成为历史,凝结的血与泪,多少年后,依然深深撞击着后人。

历史太过厚重,掩盖住很多真相。范培松的诘问,没有人能够作答。因为对这片乡土爱得深沉,因为忘不了根,乡土或者家族已经浸入血脉,难舍难分。

从字里行间一往情深的书写里,能深深领略到范培松浓厚的家园情结,或者说故土情结、乡土情怀深入骨髓,不管离开多远,也不管过去多久,这种情结根深蒂固。

土地,历来是农民的命根子,写在竹片上的"范富林之田"这五个墨字,任凭雨去风来,始终不会褪色。

人生如同南溪河边的一根根芦芽,只要冒出了尖尖,一定会不顾一切生长。这是生命的本能,也是生命所赋予的意义。

岁月,就这样在范培松笔下流淌,一如不声不响、日夜奔流的"南溪水"。

一个"差不多年龄,圆圆的脸,扎一对羊角辫,很喜欢说话,叽叽喳喳,像飞来只麻雀"的小女孩,突然出现在"我"面前。如此甜美的小天使,为了一顶被风吹到河里的草帽,再也见不到了,一朵蓓蕾夭折了……

冷峻文字的背后,隐藏着范培松滚烫的、汪洋恣肆的情感。世间数不清的变化,内心的这一泓清澈,始终都不会改变。

"妈妈常常说,没有姐姐,就没有我",像小蝴蝶一样的姐姐,因为一场病,去了天堂……

"南溪水"无声流淌,《南溪水》倾情演绎。

"糯米团子"一样的哥哥,性情刚烈的嫂子;嫂子病重托孤,年迈的母亲接过养育侄女的重担。那些家长里短、清官难断的家务事,说的正是这种微妙与复杂。长大后,范培松耳闻目睹许多家庭的矛盾和变故,不由得叹曰:"家中无是非,家中无真理!"

这种体悟,该警醒多少人!

"能发现孩子的优点,是伟大。""发现孩子的优点是美德,整天挑孩子的毛病是蠢蛋。"优秀的孩子,都是父母的骄傲。父母的教育,更为重要。旧时代出生的父母心如明镜,值得时下的父母借鉴。

范培松在镇上求学八年,年迈多病的父亲足足送了八年饭。深沉的父爱,蕴藏其中。"我读了八年的书,爸爸送了八年的饭,想不到,最后是以爸爸跌跤结束的",这看似简单的叙述,实际上饱含范培松滚烫的赤子之情。

天高任鸟飞。范培松要离开南溪河,离开家,离开父母的怀抱,他是村子里的第一个大学生,脚下是一条漫漫长路。

为了筹措去苏州的费用,哥哥天天半夜起来捉鱼卖钱,交给母亲的一沓钞票,还有着鱼腥味。范培松没有刻意表述兄弟情深,光哥哥"湿漉漉的(地)回来了"这一句,就足以令人潸然泪下!

一向沉默寡言的父亲,一向体弱多病的父亲,一向被人戏谑的父亲,终于挺直了脊梁骨!父亲逢人就说"我送儿子上大学去了",因为儿子是他的骄傲、他的自豪、他的尊严!

父子一场,终究生离死别,不堪大悲大痛。范培松硬是把没顶的悲恸、锥心的痛楚隐在骨子里,伴着凝固的笑容,伴着累了的父亲,他是那样实在地陪着父亲睡了最后一夜。

一座山,就这样定格在心上!

只是前路未必是母亲当初说的那样,"金鸡跳到白米囤"。

范培松没有回避,直面这一段岁月,文字如刀,细细剖析,刀刀见血。真实的社会环境、真实的人性、真实的思想、真实的情感,喜怒哀乐,善恶美丑,一一呈现。这既需要勇气,又需要胸怀。范培松没有躲闪,没有搪塞,更没有妄言,而是蓄满真情,冷峻还原时光里的真实,那些在混沌之中昙花一现的人性美好、世间真情,还能让人看得见世间尚存的一丝光亮,还会叫人看到生活的希望。

悲悯,世间大德之一。范培松的悲悯情怀,在汩汩滔滔的叙述里,始终相伴左右。面对当时种种社会现象、基层民众的生存状态,范培松忧思满腹。世事缠杂,依然保持这种清醒的认知和反思,能有几人!

爱情是人生的催化剂,范培松也写他的爱情,尤其是非常时期的彼此扶持。相知、相惜、抚慰、疗伤,心中有爱,自有天地,不能遁世,共同呵护一片心灵的桃花源。

在那段艰难的岁月中,范培松经历了被关押的痛楚。当他被释放后回到家,妻女不敢与之相认。一年半的时间,该有多么漫长!其间的担惊受怕,又岂是三言两语能说得清楚的?

"我前面没有路,没有路的路,就是绝望,但是绝望的背后,还有我自己。南溪水昼夜流着,我还活着,我就是希望。"① 有希望,就一定有未来。这部史诗般的散文,是范培松倾注心血之作,至真、

---

① 范培松:《南溪水》,《钟山》2012年第2期,第207页。

至情、至性，完全从心底流淌而出，有反思，有诘问，有控诉，更有悲悯。世间的美善，都浸透在朴实无华的文字里。面对社会滋生的丑恶与伪劣，范培松也做了有力的揭露和批判，尊重事实，还原事实，让年轻的读者感同身受。

《南溪水》是时代缩影。感谢范培松，用文字呈现出一段历史，无论是在乡村，还是在城市；无论是在"九天之上"，还是在"九地之下"，包括生活在中间的群体，让读者得以了解真实。《南溪水》也是一面镜子，对真实了解当时的社会变化，是非常有用的参照。

一条"南溪水"满怀赤子情。《南溪水》引领一河清波，缓缓淌过无数读者的心坎。

（本文载于《苏州日报》2021年3月20日，有删改）

"非虚构"的现实应答

——读21世纪以来《钟山》"长篇散文"专栏

朱红梅

自21世纪以来的"长篇散文"专栏,是《钟山》的"非虚构"重镇,陆续刊发了南帆的《关于我父母的一切》、韩少功的《山居笔记(下)》《革命后记》、范培松的《南溪水》、夏坚勇的《绍兴十二年》、夏立君的《时间的压力》等一系列长篇"非虚构"作品。作者里有作家、学者、教师,这些涉及历史和当下的人物、事件或社会风潮的篇目,可以视作知识分子群体不同类型的表达,囊括了他们对时代的思考、历史的清算及当下的回应。这些作品的表现风格或慷慨沉郁,或忧思愤懑,但在体现知识分子介入现实的勇气及理性探索的锋芒方面是一致的。

我们有时习惯将"历史"和"现实"作为一对相互参照的概念来加以引用,视作等同于"过去"与"现在"的关系——这或许是一种误解。因为"过去的"并不都能成为"历史"。南帆在《关于我父母的一切》的"自序"中就提出,"父亲和母亲肯定是属于默默地生、默默地死的那一批草民"①。换言之,如果不是"我"的发现和叙述,那么"父亲和母亲"的经历可能就此湮灭,不是被"历史"铭记,而是被"历史"覆盖。同理,"现在进行的"也不一定就能成为"现实"。那些不被记录的、不能发声的芸芸众生,包括我们自己,我们的生活正肉眼可见地如碎片一般随风而逝,活在当下,却又像从没活过一样。所以,上述作者都充当了时代取景器的角色,而他们对记忆的选择、对生活的过滤,无一不是头脑和心灵共同作用的结果,并且不约而同地指向了某一个方向。

---

① 南帆:《关于我父母的一切》,东方出版中心2016年版,"自序"第1页。

一、个人史：在场与亲历

同样是涉及父母辈的生活史，南帆的《关于我父母的一切》和范培松的《南溪水》呈现出两种完全不同气质的文本表达。

南帆在动笔之前，对于这个作品有着反复的思量，随后将其归结为一种"历史的急迫性"。面对父母漫长岁月里的经历，南帆有种急于分担的迫切感。年轻时向往革命、憧憬理想生活的父亲，经历了一系列的重大社会事件，被生活碾压过无数遍以后，终于忘却了一切雄心壮志，只想"请组织上承认他是个好人"，并以"入党"来力证自己的政治清白。年轻的"我"对此无法认同。进入20世纪80年代以后，两代人进入了不同的生活轨道："我忽然感到，似乎有两套生活……我的这一套生活喧闹、动荡、拥挤，父亲和母亲的那一套生活，冷冷清清，门可罗雀。"① 迥异的社会境遇和生活经验造成两代人之间产生巨大的思想、情感和认知裂痕，表现为具象的生活差异与脱节。试问，作为知识分子的作者，对于父辈的思想和生活尚不能轻易体察和体谅，更何况是他人？而这种裂痕在母亲离世以后，在"我"认真审视、理解和叙述出父母"过去的"生活之后才得到了修补；"我"至此才理解了他们追求"平安"而丝毫不在乎"平庸"的生活逻辑。从对父亲"意气风发"形象的想象，到对"两种父亲形象"落差的失望，最终抵达对父母人生的理解，成为整部作品的内在线索。南帆说，写这样一部作品，"记忆和思想被重新犁过一遍"，"叹息和沉重的感慨洒满了纸面"。"这辈子肯定会有这么一本书，也只会有一本。"②

关于父母的一切既激起南帆心痛、怜悯、歉疚、愤怒等各种情绪，也带给他更多关于父辈生活和历史的思考。如果将个人的厄运和灾难归结为历史，那么谁该为历史负责？南帆在文末提到，父亲熟知近代史的演变，对于那些大人物的历史作用了然于胸，"父亲感到迷惘的是他自己……父亲想不清楚的是，自己的几十年究竟填到了历史

---

① 南帆：《关于我父母的一切》，东方出版中心2016年版，第159页。
② 南帆：《记忆之渊》，福建教育出版社2020年版，第3页。

的哪一个缝隙里去了"①。所有这些消失的踪迹,如果就让它消失,那历史是否可称为"信史"?为此承受苦难的民族是否会重蹈覆辙,会不会有更多的父母成为历史的"失踪者"?只有回答了这些问题,才能更好地理解南帆这份回忆录的价值。

总的说来,南帆的笔触是冷静和理性的。《南溪水》则是另一番面貌。与前者着力于父母经历的叙述不同,《南溪水》更像是一部个人的成长史。范培松自始至终沉浸其间,言辞恳切,感情炽热。有别于南帆拼图式、徐徐逼近的书写方式,《南溪水》像一座蠢蠢欲动的火山,随时在预备着喷发出炙热的岩浆来。"我"长大成人的过程,既有亲人的爱伴随,也不断经历着失去亲人的痛。童养媳秀珍的死、姐姐的死、父亲的死、母亲的死……每一次亲人的死亡都是"我"心上的一把刀。作为乡村之子,"我"对生长于斯的土地有多少爱,就伴随着多少血泪。往事总是伴随着贫穷、疾病和死亡,城乡差别的社会痼疾让《南溪水》中的故事多了一重别样的悲情。通过考学取得城市居民待遇后,母亲对"我"说,"儿子啊,你有救了,跳出苦海了……"② 年轻的"我"跳出"农门"后,有感于今昔对比,"城市和农村的差别,有谁知?我可以断言,最苦的城市居民还要比农民幸福十倍"③。从一个贫困农村家庭的孩子转变为大学生,"我"完成了最初的身份蜕变,也结束了前半部分的乡村叙事;毕业留校任教,真正在城市扎根,成为知识分子之后,生活的大戏才刚拉开序幕:城市并非理想中的乐土,对于个体更深的剥夺,恰恰来自居于时代前沿的城市。此时,城市之中革命"飓风"对于"我"自由、思想、情感、良知的禁锢与戕害,庞大而深刻,个体左冲右突,却无所遁形。

南帆写父母,是外观、体察式的;范培松写个人经历,是内省、反刍式的。前者有着抽丝剥茧的耐性,迂回而克制地拨开历史的迷雾,去探索和接近真相;后者则是义无反顾的裸心之举,彻底地交出自己,剖析自己。

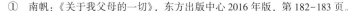

① 南帆:《关于我父母的一切》,东方出版中心2016年版,第182-183页。
② 范培松:《南溪水》,《钟山》2012年第2期,第183页。
③ 范培松:《南溪水》,《钟山》2012年第2期,第184页。

两部作品都有无法回避的典型环境：20世纪的中国被"革命"的风暴裹挟，时代的波谲云诡造就了个人生活的断裂和疼痛。这种断裂和疼痛重创了他们的肉身，并且不可遏制地重塑了个人的历史选择和价值取向。无论是父辈，还是"我"，人物在巨大的时代挤压和历史缝隙中，早已"变形"或"移位"，变得面目模糊，或是脱胎换骨。两位作者其实是以写实的笔触，表达了魔幻现实的内容。这样的作品在今天看来无疑是"不合时宜"的，因为他们没有选择大事件，没有塑造典型人物，而只是选取了家庭生活的日常，将目光落在自己最熟悉和最了解的亲人身上——这些人无法主宰历史，甚至不曾在历史上留下一点痕迹。"历史如同排球一样在伟人的手里面传来传去，他们身后成千上万的普通人默不作声地消失了——这些普通人好像从未踏上历史的舞台。"①

正因为如此，这些个体化的写实之作，与正统历史之间形成了对峙，显得那么"非主流"和"反传统"。两位作者是以在场和亲历的姿态，对于已经"凝固的"历史提出了疑问和反抗，产生了还原真实历史的冲动，或者说，要再造一部真实的人的历史。李洁非曾在《万岁，陛下》一文中指出，"有的时候，小说（或别的艺术）比历史更真实，原因就在于，历史家目光只及于外部行为所构成的外部事件，而失诸对人的心路历程的探究……历史从来如此，但显然是荒唐的。历史的主体是人，作为主体，只有部分的真实性和表面的真实性被描述，而另一些虽然隐秘却无疑同样真实的内容任其缺失，这是一个可怕的黑洞，它会吞噬掉许多东西，将真相弭于无形"②。竭尽所能地还原和留存历史真相，代入作者的价值观与生存体验，并融进对于当下时代的关怀，这大概才是"非虚构"文本应有的理想面貌。

二、社会史："镜像"的现实

与上述"个人史"的写作相比较，社会历史题材作品显得更为宏阔、浑厚与恣肆。与前者更多地倾向于为正史"补白"不同，这一类作品则近似于揭开历史的疮疤，用笔墨戳破那层干瘪苍白的旧窗

---

① 南帆：《关于我父母的一切》，东方出版中心2016年版，第14页。
② 李洁非：《万岁，陛下》，《钟山》2007年第1期，第147-148页。

户纸，尝试将人性的温暖、情感的光亮引进来。

《时间的压力》在开篇的"按语"中说，言说历史、言说古人，就像在讲一个漫长的、一直在生长的故事，以至于演说者自身也成了故事的一部分。① 从屈原、司马迁、陶渊明、李白，到李斯、曹操、商鞅，以及文本中涉及的荀子、韩非、嬴政、赵高、刘彻等一系列历史风云人物，这些角色都被官史和坊间戏说过滤了无数遍。夏立君仍然从细读中生发出独一份的体悟，从而建立了自身重述的情绪和基调。夏立君坦诚自己的结论不是从学理、学术角度而言的，只是"通情理"，在有意或无意间承续了中国文学"有情"的传统，实现了个人至遥远时空的位移。所以对于笔下的每一个角色，夏立君不仅报以"同情的理解"，甚至还召唤出人物内心潜藏的光芒与青春：

> 解说不尽的屈原，就像一面镜子，每个文人或非文人都可以拿来照一照自己。有人照见面具，有人照见肝胆，还有人照见的不知是什么。②

> 司马迁为中国史学、文学确立了一脉反阉割、反柔懦的阳刚之气，他是反阉割的典型。③

> 曹操就是一条有逸气有宇宙悲怀的正宗中华汉子，一条容纳了最多复杂性的雄伟的中华汉子，曹操的灵魂是汉末乱世里一颗最深邃最有趣的灵魂。④

> 喜欢李白，就是喜欢一个活生生的人，就是喜欢你自己……世界看到了李白。千年李白却仍是当代新星。⑤

这样富有创见和活力的断语比比皆是，虽然不能让人完全认同，但是联系上下文，并不显突兀。夏立君自谦"勉强算是个读书人"，他在50岁以后开始对感兴趣的历史人物进行系统研读，原计划是在"半年左右读写一位"。但这个计划在夏立君研读李白时遇阻，预计的半年时间延长到一年多时间。由此看来，人与史之间的关系并不全

① 夏立君：《时间的压力》，《钟山》2016年第3期，第5页。
② 夏立君：《时间的压力》，《钟山》2016年第3期，第11页。
③ 夏立君：《时间的压力》，《钟山》2016年第3期，第29页。
④ 夏立君：《时间的压力》，《钟山》2016年第3期，第39页。
⑤ 夏立君：《时间的压力（续篇）》，《钟山》2017年第5期，第47页。

然是单向的：选材和修辞，写什么和怎么写，对于沉浸其中的作者来说，既是主观的，也是"不由自主"的——历史往往会反客为主。

正如贾梦玮在《时间在检视》中重申的：古人就在我们的对面。他们不再掩饰自己，不会回避我们的眼神，我们却常常对他们视而不见或者是不敢正视。没有人能够不承受历史的风霜。观察历史，思量古人，擦亮时间这面镜子，还是为了反观自身……在时间单元的转换里，若有能力将古人作为审美对象，亦应能将自己置于那个时间单元。《时间的压力》给了我们生动的在场感。① 历史是对于当下现实的一面镜子，人物也是人性的一面镜子。时间的流逝不舍昼夜，人性却自有其恒常的部分，所以作者笔下的人物，实则是主体充沛情感和深邃思想的投射。正是通过对于这些形象的重塑与臧否，作者完成了对于"镜像"的现实与人性的观照。

当作家钟情于历史题材成为一种"文学潮流"与"文学现实"时，对于同类题材的关注和研究似乎存在这样一个隐含的前提：较之于现实题材，对于历史的反刍与新见可能是一种更为稳妥地抒发现实忧思、考察现实问题的可行路径。作为具备现代意识的知识分子，正是在个体与现实的某种紧张关系中，转向求诸于历史。通过心理角色的穿越和移位，将现实中的情绪与思想，代入不同的"时间单元"及历史情境之中。在此，个人与现实之间、个人与历史之间、历史与现实之间，达成了某种和解。

夏坚勇的《绍兴十二年》延续了他一贯的历史文化散文的路子。有论者说，"他一直是一名普通文化工作者，没有什么权力是非的漩涡折磨他，但他有文化、有学养、有智慧，也有良心和胆魄，更重要的是他生活在现实之中……历史和现实的互动激活了他张狂地臧否古今历史的欲望"②。应该说，现实的触发是第一位的，长期的隐忍和压抑导致夏坚勇郁积的忧患意识与不平之气，当种种现实的困境在历史上也有迹可循，这便点燃了他心中批判的怒火。胸中这股"火"与"气"使得夏坚勇在字里行间充满激情与张力，嬉笑怒骂游走于

---

① 贾梦玮：《时间在检视》，《新华书目报》2019年4月11日。
② 范培松：《在文化批判中熔铸新的文化精神——夏坚勇散文艺术论》，《常州大学学报（社会科学版）》2015年第5期，第83页。

克制与放纵的边界。与《时间的压力》相比,《绍兴十二年》借古讽今的意愿更直白、更强烈。南宋偏安的历史背景总也遮不住夏坚勇金刚怒目的表情,主体的呼吸和脉搏都是属于现代的,只是经由古今之间的对照与穿越,主体的所思所感笼罩上了历史的悲情与纵深感。

同样是历史题材,韩少功的《革命后记》略显"异端",在文坛和思想界都产生了不小的冲击。作为重大历史反思题材的作品,"作者对'文革'的反思做出了自己的判断,这种判断,尤其是在近几年来的文化语境中发出来,这本身来说就是非常有必要的,作为一个作家,能有这样思想穿透力是令人敬佩的,因为他提出的问题是每一个知识分子都关心的历史问题,尽管我不同意作者那扑朔迷离、自相矛盾的观点,但是这种哈姆莱特式的诘问是一个大作家必须考虑的素材,可惜中国这样能够反思历史的作家不是很多"①。作为一个在文体创新上颇有建树的当代重要作家,韩少功的创作版图是常变常新的,他的另一部长篇"非虚构"专栏作品《山居笔记(下)》即以个人隐居史的面貌示人,正如陶渊明与《归园田居》、梭罗与《瓦尔登湖》一样,越过世俗的熙熙攘攘,径直来了个横空出世。综观"长篇散文"专栏的系列作品,要么是直截了当地反映生活,要么是迂回地反射和影射生活,从介入现实的广度和深度来看,很难单纯地区分其高下优劣。

自21世纪以来,文学的现实质地和思想状况既备受关注,又饱受争议。当下的"非虚构"写作难免遭遇同样的审视和责难。诸如批判和介入现实的勇气和力度不够,创作主体不关注时代命运,不愿意投入现实生存的焦点,回避价值追索和意义询问,等等。文中涉及的多种长篇散文的问世,或可作为对于以上种种诘责的回应和抗辩。

三、"非虚构"的现实应答

《钟山》中自21世纪以来开设的"长篇散文"专栏,无论是历史还是现实题材,都体现出一种"溢出性"的文本特点。"现在'非虚构'很热,《钟山》最早开设'非虚构'这个栏目并将其发扬光大,通过文学、知识分子和思想史的融合将'非虚构'的力量发挥

---

① 丁帆:《韩少功的创作何以入史》,《小说评论》2017年第3期,第5页。

得很充分。"① 这里提及的"融合",其实体现了一种"跨界"的倾向。洪治纲曾在《论非虚构写作》中强调了"非虚构"作者的"问题意识",这种带着明确主观意图的叙事,使得创作主体的介入姿态呈现出强烈的目的性,也让"非虚构写作"带着鲜明的问题意识——无论是现实,还是历史,作家在选择叙事目标时,都有着某种"跨界"探索的冲动,即希望通过自己的实证性叙述,传达文学在审美之外的某些社会学或历史学价值。"融合"也好,"跨界"也罢,作为文学的历史叙事,需要思考和处理好一系列关系与问题,如文与史、求知与趋美、真实与虚构、知识分子与民间立场等,"长篇散文"专栏为此做出了有益的试验。

第一,文史合流。作品的叙述对象溢出了文学史范畴,包含了复杂的社会史、思想史内容。无论是因为中国文学中强大的史传传统,还是当代"新历史主义文学思潮"的影响,在某种程度上,文学中关于历史的叙述,是当代知识界人文思想的一个重要来源,是当代知识分子人文主义精神实践的一部分。② 从个人的家族史到趋向宏大的帝王史,以及近现代社会发展史,长篇散文在扩张版图的同时,兼及向"人性深度"和"哲理境界"掘进,因此"非虚构"的历史叙事,不仅是对于历史真相的追溯与还原,文本中更需体现知识分子的当代意识和人文关怀。历史主题、人文立场、知识分子情怀,构成了"非虚构"长篇散文的三个维度,亦体现了"非虚构"书写的新变及与时代思潮同频共振的契合度。当然,作为一种文学形式,不管如何追求思想的深度和对于现实的穿透力,都不能把写作的内容变为"粗糙的社会学文献";批判也"不是再度以牺牲文学形式或者人物内心的丰富性为代价"。对话历史,抑或反映现实,文学都应该诉诸"深刻的文学形式"。③

第二,无论是述史或忆旧,"长篇散文"专栏体现出强烈的知识分子写作倾向。首先,体现在作者的忧患意识和批判锋芒上。历史的

---

① 吴义勤:《〈钟山〉:新时期文学的风向标》,《钟山》创刊四十周年(1978—2018),第36页。
② 张清华:《莫言与新历史主义文学思潮——以〈红高粱家族〉、〈丰乳肥臀〉、〈檀香刑〉为例》,《海南师范学院学报(社会科学版)》2005年第2期,第35-36页。
③ 南帆:《理论的紧张》,上海三联书店2003年版,第242页。

不平总能引发知识分子的现实危机感,"历史深处那些遥远的罪恶,仍会来到我们中间"①。现实的触发更让他们如鲠在喉,不得不"背靠历史,直面现实,站在民间立场上建造'文化法庭',进行文化批判"②。其次,作为精英的知识分子并没有在文本中流露出其阶层和知识上的优越感;相反,他们将叙事视角放得很低,以民间的、平民的立场来观察和叙述,正如莫言所说,一个真正的作家并不是"为老百姓写作",而是应该"作为老百姓写作"③,只有将自己当作老百姓,才能真正实现自己的"民间立场"。这样的姿态也体现在叙事风格上,作者力避"掉书袋"的沉闷枯燥,赋予了故事与人物鲜活的血肉肌理,叙述对象可能是遥远的古人,但主体的观念和情怀是当下的,是有着人性观照和情感热度的。

　　此外,专栏作者在关注"写什么"之外,对于"怎么写"也颇费思量,并且在某些问题上存在不同观念的交锋。仅以"虚构"还是"不虚构"为例。夏坚勇的历史散文,笔下如挟风雷,而在文本细部的描述中,亦不回避利用想象加以合理虚构;夏立君亦是如此,在提及"司马迁以文学笔法入史""以情感入史"时,他肯定了司马迁追求的是"另一个层面上的真实,更本质的真实","他在记录历史,同时实现了艺术真实"。④ 持不同论者,《钟山》的另一位重要专栏作者李洁非就坚持自己的历史叙事作品"绝不虚构",他认为,因史料"不足""不到"而造成的虚构是不足取的,以此来增强所谓的文学性也是个"错觉",毕竟文学性不等于虚构,文学性的缺乏很多时候源于语言的粗鄙,而不在于"不虚构"。当然,众人的作品有一个共同的预设前提,那就是对于历史真实性的悬置:在那些史实和定论之外,在史册的缝隙和时间的褶皱中,还有着被忽略的日常和人性的种子。文学不是万能的容器,无法为世界提供固若金汤的现实、万无一失的真实性,但是避免造成种种关系的缺失和抵牾,实现文学

① 夏立君:《时间的压力》,《钟山》2016年第3期,第39页。
② 范培松:《在文化批判中熔铸新的文化精神——夏坚勇散文艺术论》,《常州大学学报(社会科学版)》2015年第5期,第85页。
③ 莫言:《文学创作的民间资源——在苏州大学"小说家讲坛"上的演讲》,《当代作家评论》2002年第1期,第5页。
④ 夏立君:《时间的压力》,《钟山》2016年第3期,第128页。

意义上的在场，并非没有可能。因此，"长篇散文"专栏提供的不同文本样式，有助于最大限度地开掘作为主体的人的内在丰富性，补齐社会学文献的短板和缺失，拓展对于非虚构写作的探索路径。与当下倾向于重塑或重仿经典现实主义的小说或报告文学相比，"非虚构"的现实主义文本面貌迥异。贾平凹有句话说得很生动，"现实主义是文学的长河，在这条长河上有上游中游下游，以及湾、滩、潭、峡谷和渡口"①。简而言之，现实主义不应该只有一种面貌。文学经历了经典现实主义的上游，后续呈现出来的方向、形态与质感是丰富并流动的。事实也许正如南帆在《现实主义、结构的转换和历史寓言》中指出的那样："现实主义仅仅是一个相对的区域而不存在固定的终极形态，作家的思想以及艺术禀赋决定每一种现实主义可以走多远。"②

（本文载于《东吴学术》2021年第4期，有删改）

---

① 贾平凹：《〈暂坐〉后记》，《西北大学学报（哲学社会科学版）》2020年第5期，第6页。

② 南帆：《现实主义、结构的转换和历史寓言》，《中国现代文学论丛》2009年第2期，第3页。

"小历史",真笔墨

——从《南溪水》到"文学小史记"

朱红梅

一

长篇散文《南溪水》刊于《钟山》2012年第2期,属于范培松的激情之作。在这部关于父母家人的回忆录中,范培松运用了学术之外的另一副笔墨。主体的炙热情感几乎要撑破语言的"外套",喷涌而出。文本推进不倚重思辨与推理,而更多地依赖经验和直觉。题材具有的天然的情感亲和力,以及叙事方式的质朴无华,使得《南溪水》的人物与故事更容易引起读者的共情。人物与故事背后的历史和常识,也更容易被体会和习得。

在具有自传性质的非虚构作品《南溪水》中,范培松感情炙热,言辞恳切。前半部分主要为乡村叙事,主体通过自我奋斗,完成了从乡村之子到城市知识阶层一分子的身份蜕变。而"我"长大成人的过程,既有亲人的爱伴随,又不断经历着失去亲人的痛:童养媳秀珍的死、姐姐的死、父亲的死、母亲的死……每一次亲人的死亡都是"我"心上的一把刀。作为乡村之子,"我"对生长于斯的土地有多少爱,就伴随着多少血泪。城与乡的坚固壁垒,"九天之上"与"九地之下"的巨大差异,成为命运默认的初始设置。通过考学取得城市居民待遇后,母亲对"我"说,"儿子啊,你有救了,跳出苦海了……"① 年轻的"我"跳出"农门"后,有感于今昔对比,"城市和农村的差别,有谁知?我可以断言,最苦的城市居民还要比农民幸福十倍"②。往事总是伴随着贫穷、疾病和死亡,城乡差别的社会痼

---

① 范培松:《南溪水》,《钟山》2012年第2期,第183页。
② 范培松:《南溪水》,《钟山》2012年第2期,第184页。

疾在少年心里盘根错节，成为个体的心理隐疾。这样的隐疾可以通过社会身份的转换而得以隐蔽，却无法治愈。

一般来说，能将城乡差别写得细腻而别具痛感的人，多半都是乡村出身的知识分子。背井离乡之人的内心往往会有所"召唤"，面对乡土与乡情，总感觉若有所失；那种真实的愧疚，盘桓于不愿"再回首"和终于"回不去"之间。他们不同于那些乡村生活的短暂"介入者"，比如回城知青，"下乡"作为一种荒诞经历被强加于自身，体验了城乡际遇的巨大落差，离开于他们而言是"拨乱反正"。而出身乡村的知识分子，逃离土地和宗亲社会，走进城市，也开始驰骋于更广阔的天地，关注更宏大的人生和社会命题。乡村现状不再是他们切肤的疼痛，而成为"平行世界"的问题和矛盾，在更为现代和富足的城市背景下，乡村作为另一种逐渐远去的现实变得隔膜化、影子化了。换言之，"进城"既是知识分子通过奋斗改变个人命运的自救之路，又何尝不是这一群体无力改变乡村困境的"落荒而逃"？

城与乡的悬殊与对立，形成了前半段乡村叙事的内在张力，但这并不是范培松叙事的落脚点。范培松更想要揭示的，是人与时代、人与环境的关联与互动，是对于人心与人性的探究与反思。

从一个贫困农村家庭的孩子转变为大学生，范培松完成了最初的身份蜕变，也结束了上半部的乡村叙事；毕业留校任教，真正在城市扎根，跃升为知识分子之后，生活的大戏才开启序幕：城市并非理想中的乐土，对于个体更深的剥夺，恰恰来自居于时代前沿的城市。后半部分，范培松着墨于剧变和动荡年代，革命与政治飓风对于自我的裹挟、禁锢与扭曲，个人的自由、思想、情感乃至良知，都被置于极端荒诞与分裂之中，"颠来倒去"，被反复撕扯。

一方面，"文化大革命"中的遭遇让"我"产生了自我否定和价值紊乱的倾向，"囚禁在斗室里的我，内心整天莫名其妙地混乱。我开始了怀疑，从根本上怀疑在我心目中至高无上的妈妈教我的相信"①。"相信是什么？相信太阳就是太阳，月亮就是月亮，有就是有，没有就是没有……"② 不平、愤怒、焦灼，范培松在一部分"原

---

① 范培松：《南溪水》，《钟山》2012年第2期，第204页。
② 范培松：《南溪水》，《钟山》2012年第2期，第204页。

生的我"化为灰烬的过程中,领会了人性的复杂、畸变和现实的荒谬。《南溪水》是裸心之作,范培松在文本中交出了自己。对自我的反省,对人性暗与恶的揭露,"我"在对于历史动乱和非常事件的一次次"思维反刍"中直面与承担了时代与人性之殇。

另一方面,灵魂的挣扎带来剧痛,在剧痛中孕育成长,动乱年代遭受"灵与肉"的磨难,反而激发出"我"潜在的"英雄主义",主体对于生命价值的尊重和坚守结成了自我保护之痂,避免堕入虚无及迷失的悬崖。"南溪水昼夜流着,我还活着,我就是希望。"① 这样的亲身经历不同于从书本中获得或别人转述的二手经验,范培松是在对自我的试炼和拷问中,在克服虚荣与耻感的拉扯中,直面源自内心的对于真相与正义的渴求。所有真挚的心灵都会被这样在自我拷打、挣扎中得出的结论击中。

如果说,乡村成长史集中体现了落后生产力和农耕文明对于个人躯体和生命力的禁锢和侵蚀;城市生活史则凸显了时代、政治风暴对于个体生存方式和精神世界的席卷与剥夺。乡村赋予"我"的人格以土性——敦厚、正直、懂得爱;城市生活的历练却压榨出"小我"中潜在的动摇、愤怒和暴戾来。"我"以个人的方式,对一段特殊的历史做出了自我的反省,这样的反省是私人化的、非主流的,与书本里的历史遥遥相望,却给历史的坐标系提供了一个有价值的参照点。

二

"文学小史记"专栏刊发于2020年的《钟山》杂志,包括《林语堂》《朱自清》《沈从文》《丰子恺》《陆文夫》《汪曾祺》6篇文章,涉及6位中国现当代著名作家。关于撰写这一系列文章的初衷,范培松说,"仅想让人们看看那些颠来倒去的人的灵魂,或许他们正是我要寻找的历史真实,我要为他们招魂"②。作为同样有着"颠来倒去"经历、阅尽人间沧桑的人,范培松有着历劫的恐惧,但仍未丢失拥抱"真实的灵魂"的天性。对于巴金将散文"当遗嘱写"的呼吁,范培松亦心有戚戚焉。尽管范培松将自己的书写称作"偷窥"

---

① 范培松:《南溪水》,《钟山》2012年第2期,第207页。
② 范培松:《林语堂》,《钟山》2020年第1期,第161页。

记录,以"小史记"来自比,但这丝毫不能掩饰其"重估一切价值"的写作野心。

重估的路径就是对于这些名家名篇重新解读和阐释。"养生专家"林语堂总也藏不住的"政治"尾巴;朱自清散文世界的隐秘"意恋";"殉美者"沈从文身上"美的洁癖""美的蛮";丰子恺从"本性纯真如孩童"到"冷血的审美意象错乱",从"空山道人"到"金刚"的转变;陆文夫在小说里记录时代,在散文中体现"文化自我"的创作取向;汪曾祺的文化休息论,以及求自然、自由而不得后的"随遇而安"……纯粹的一家之言,由衷地发自肺腑;但也充满"偏见",甚至是主观独断的。但范培松的"独断"又不是空穴来风,"小史记"写人始终楔牢作品,从文本出发,这是他浸淫散文研究多年的本色当行。林语堂和《生活的艺术》《苏东坡传》,朱自清和《荷塘月色》《背影》,沈从文和《边城》《湘行散记》,丰子恺和《缘缘堂随笔》《缘缘堂续笔》,陆文夫和《美食家》《梦中的天地》,汪曾祺和《受戒》《葡萄月令》《沙家浜》……

"小史记"里呈现的仍然是富有学人气质的文章。原文段落和字句的引用、学理性的辨析和论断,在文中随处可见;但又兼具了学术文章没有的活泼与自由:范培松时常会将话题引渡到当下日常,抑或针砭时弊,如《林语堂》一文文末,谈及"以自我为中心,以闲适为格调"时,范培松引入"我在当系主任时"一段叙述,诙谐兼辛辣,很有杂文的机锋;《沈从文》一文结尾处,范培松从沈从文书信求爱宕开一笔,叙述了现实中一段令人唏嘘的梦幻爱情,颇有警示之意。这样的写作不是居高临下的训谕,没有满口柴胡气,而是在谈话、商量,甚至时有争辩。作为操持着批评法器的散文理论家,范培松在解读具体作家作品时,毫无学院派头和专家包袱,不讲究四平八稳,也不惮于力排众议,坚持从"立其诚"出发,任性尽情,发出一己之"偏见"——这"偏见"固然是文本细读的思考结晶,更是来自一个活泼泼灵魂的共情。

"小史记"在对相关人、事、文本展开剖析时,始终伴以主体人生经验的观照。文中时时刻刻凸显着一个"我":如对于朱自清散文理解的转向,正是与范培松自身学术研究的转向同步;丰子恺绝望而作《缘缘堂续笔》之时,也正是范培松"被幽囚斗室煎熬绝望的时刻";正在谈着《沙家浜》里阿庆嫂的有情有义,转瞬就跳转到"我"在"那疯狂的颠倒年代里"成了"公敌",被囚禁,被折磨……总之,出于身世之慨,范培松对于笔下人物"有一种同命相连的理解"。这也正是范培松筛选写作对象的一个参照标尺,"巧得很,我所关注的那些灵魂出窍的散文家,也被颠来倒去翻滚过,或许是因为自己被颠来倒去过。他们成为历史了,我依然活着,应该为他们的灵魂留下一点什么,管它有没有结论。面对出窍的散文家灵魂,我也莫名地想和他们一起心灵冒险"①。

在笔者看来,这里提及的"心灵冒险"颇有意味:一方面,"文学小史记"是范培松苦心营造出来的相对独立的"小历史",让处于受限的大环境之中的叙述对象有了精神的"大本营",作为文学主体,作家的审美个性和艺术创造力都得到了阐发与释放;但正如文学史研究不会局限于文学本身,作家创作活动亦无法脱离"大历史"而独立存在,他们相对隐秘和跳脱的精神"自我"也必然受到来自外部世界的围堵、圈禁,甚至是放逐。所谓"冒险",其实是主体精神与创造力经受压抑后反抗或妥协的应对过程。另一方面,记录和阐释这些故人旧事,也是范培松重新思考和命名的过程。范培松将在《钟山》杂志开设的专栏冠名为"文学小史记",一个"小"字,显出他自命为"非主流"的姿态,以"为历史玩笑存档"为名,揭示出自己心中的历史真相及与浩浩正史间的分岔和剥离。每一次分歧与间隙,都相当于在过往文学认知和观念版图中楔入一颗钉子;笔下人物,是旧友,更似新朋……范培松的"心灵冒险",更多地表现为对于自我否定、自我认知更新的无所顾忌和无所畏惧。

三

《南溪水》文本和"文学小史记"专栏的开设都具有叛逆性,虽然题材迥异:前者是"我"——一个普通知识分子的家族传记,后者则是对一众文坛名宿的另类重读;但无论是"忆旧",还是"撰史",范培松都在自觉地回避宏大与崇高,写个人的生活和记忆,写正史之外的"小史"和"别史",在更难引起广泛关注、形成普遍共

---

① 范培松:《林语堂》,《钟山》2020年第1期,第161页。

识的地方，他倾注了巨大的心力，刻下了个人的印迹。

《南溪水》写的是家族"小历史"，却涉及整个20世纪以来，尤其是中华人民共和国成立前后的重要社会事件："长毛"造反、日寇袭村、土改分田、"统购统销"、合作社、"文化大革命"……在非常态的历史潮涌中，范培松叙述了"我"的一家人，尤其是父母的生活境遇和对"我"的教养。在漫长的劳作和贫困、疾病、死亡的考验之下，这一户家庭的经历又几乎是当时广袤农村多数农民生活的常态。这部作品的第一章节名为"曾经"。范培松却通过对范氏一族历史的追溯表达了这样的观点："史书里没有曾经。"在母亲讲述的故事里，屠杀范氏一族的"长毛"是"畜生"；而历史教科书提供给"我"的标准答案是，"太平天国的发起者"是"英雄"。最耐人寻味之处在于，在少年的"我"的成长历程中，面对"畜生"与"英雄"两种截然不同的评判，"我"一直"政治正确"地选择后者——这也喻示了历史书写对于"小史"和"别史"的遮蔽与忽略。作为曾经在特殊历史中翻滚过来的人，范培松清醒地意识到，"我"的"在场"是确凿却又不足为道的——"具体"而"微"。在巨大的历史幕布下，普通人的境遇如此渺小。范培松坚持用这样一种书写来表明自己的态度：在"大时代"和雄浑历史中，一滴泪、一声悲鸣，自有其来处，那些沉没于历史地表的大多数，沉默却始终存在，他们如基石一般托举起一切，包括历史和文学。

"文学小史记"亦是如此。前文提到过，"小"与"非主流"并非文本的"短板"，而是范培松刻意为之。众所周知，中国的现当代文学史从来就不是单纯的专门史学，"在长期奉行辩证唯物史观的中国学者们看来，文学史处理的'史'是在其他学科更大更确凿的'史'的框架内发生的精神现象，它始终是从属性衍生性的，是'上层建筑'的一部分"[1]。也正因为如此，现当代文学史研究往往离史近了，离文学反而远了；作家主体被意识形态裹挟，决定的情形多了，自我绽放光彩和独创力迸发的时刻便少了……"文学小史记"的面世，有种"逆风飞扬"的冒险精神，也充满"堂吉诃德"式的

---

[1] 郜元宝：《"中国现当代文学研究"的"史学化"趋势》，《中国现代文学研究丛刊》2017年第2期，第10页。

文学骑士风度。这样的文本,直面人性与人心,充满情感、温度与活力。

《南溪水》与"文学小史记"的叠加,强调了历史书写的局限与尴尬:一方面,只有部分的宏大历史事件和人物被记录和流传,千千万万的"我们"和"我们的父母",从未发声,亦无法参与"历史"。这些被遮蔽和忽略的小人物的奋斗史、生存史和思想史,就像海平面以下的冰山,沉没于视野之外,作为静默的大多数,于幽暗中耸峙。另一方面,那些被历史青睐的人物在进入历史时,往往出于某种特定原因或需要,被脸谱化或扭曲变形,工具理性由此替代了人类精神与情感的价值。鉴于此,范培松试图通过另一种书写形式来打破以上局限,以反主流和反传统的姿态,一步步趋近自己心目中的"理想文本"。

首先,这是"现实主义"的个人风格化。"20世纪80年代的文学骨干往往来自乡村或者工厂,拥有不同凡响的生活经验,带有底层气息的痛苦与快乐烙印在他们的文学观念之中。文学不知不觉地成为这些生活经验的回忆,'现实主义'是他们不可放弃的基本气质。"①《南溪水》和"文学小史记"无疑都具有"现实主义"气质,尽管它们的"现实"可能并不雄浑、辽阔,"主义"也不那么权威和牢不可破。范培松秉持的"现实主义"无意致敬传统,而是自然生长,自成一格。《南溪水》旧事重提,有着深层的心理驱动,就像一次故疾发作。个人与家庭、个人与乡村交织的情感和伦理关系,使得主体在时空的往还中积蓄了过度饱满的情感,部分地弱化了记忆的客观性。于是,非典型的人物、环境于文本里四处出没。而在"文学小史记"中,对于历史事件和人物的回忆与追溯,都是个人精神的"反刍"。通过文本表达,人类的"思维反刍"特性被运用于解决个体与外部世界的关系。

其次,这是知识分子的"民间化"立场。范培松在文本中示范了观察和记录外部世界的"平凡",努力将文学的目光投向更为深邃的人心、更为广阔的阶层。《南溪水》正是如此,"我"既是文本的叙述者,也是故事的主人公,"我"不是为故土家园而写,而是作为

---

① 南帆:《当代文化结构:美学、技术与经济》,《文艺报》2021年4月21日。

"故土家园"的一部分在记录自身;"文学小史记"亦是如此,对于那些文坛的昨日星辰,范培松并未取仰视的角度,而是从人性、人情处出发,推己及人,对其人、其文做出了恰如其分的评价与推论。此外,其率真、活泼、自由的行文风格,完全跳脱出学术表达的限制,透露出一种源自民间的"土味"和"野趣"。

  一直以来,作为一名象牙塔里的文学布道者,范培松更倾向于以文学形象和审美形象代替枯燥的常识与理论,以真挚、善意和美好来感染、召唤、打动人,力图实现文学内部的精神与审美、感性与知性的微妙平衡。范培松强调在用眼睛和大脑来审视和甄别主体、文本与现象时,不能少了心灵的参与;文学需要突破政治、道德等其他意识形态的围猎,插上性灵的翅膀;文学史应该回归文学本体,发现人性的光辉与暖意,重建趋真趋善的审美伦理。用一句话来说,就是让文学回到文学本身。

(本文载于《东吴学术》2022 年第 4 期,有删改)

我要我了
——读范培松《南溪水》

陈国安

"古之学者为己,今之学者为人。"学者的时代也许在那时候就"坏"了,或许也就没有好过。因而从孔子开始,我们似乎一直在慨叹追问"读书为谁""为谁而做学问",大多时候,似乎又总是在问来问去中把自己弄丢了。这如同一张好字妙画,技法、构图、色彩、笔墨都没问题,极为精到娴熟,但是看来看去,作书绘画的"人"竟不在其中。这既是书画或学问的悲剧,也是读书人和创作者的悲剧。范培松的《南溪水》有范培松在里面。在心底里迸出的——"我要我了!"① ——那一声中,范培松在那儿了!

那一声喊出时,深爱着范培松的母亲即将永远离他远行了。在那个至暗的时刻,在范培松离开他深爱的母亲前夕,他似乎看到了自己,他似乎唤醒了自己。也许只有在绝望的时候,我们才能看到人性本身。如同安徒生笔下的被同种的鸭、同类的鸡、高其一等的保姆(人类)和冬天(自然)逼迫,低下了头准备受死的"丑小鸭",看到了自己竟然是一只天鹅!"丑小鸭"在绝望中发现了自己。在囚室中,在范培松受到迫害时,他发现了自己!

发现自己才会坚守自己,坚守着自己的人生也许才是丰盈的、有意义的。2009 年,坚守了 40 年的范培松年近古稀,在自己熟悉的现当代散文长河中跋涉往返之后,用自己熟悉的散文写了自己 30 年成长的"小史记"——《南溪水》。长篇散文《南溪水》发表在《钟山》2012 年第 2 期。这篇散文是对范培松的家族和亲人的倾诉,写的是范培松的家及其 30 年的"小历史"。② 这篇近 10 万字的散文

---

① 范培松:《范培松文集》第 8 卷,江苏教育出版社 2012 年版,第 105 页。
② 范培松:《范培松文集》第 8 卷,江苏教育出版社 2012 年版,"总序"第 2 页。

"《南溪水》则是一种别致的江南乡土史、家庭的苦难史和一个人的'文革'史"①。历史应该没有大小，只有多少。官修正史为一个时代做记录，并被奉为唯一的年代也许早已过去，或许从未有过。历史中有很多丰富的侧面，于是像黄仁宇那样"大历史"的《万历十五年》才会一时风靡，但是我们在妙笔生花处不禁会问：是这样吗？因为黄仁宇不在明万历十五年（1587）的真实时空，他没活在那一年。那一年他不在场，被"质疑"就无可避免了。但是不管怎么说，"大历史"为我们补足了"历史"严肃、板正面孔之外的另一种神态。历史的丰富性才能使它无限逼近人、事、物、象的真实，除"大"的讲述之外，"小"的叙写同样是历史丰富性中的重要部分，从"一个人"的角度续写自己在场的历史，发现伟大的历史事件背后的个体"小历史"，找到并保持这些内容的具体性，实行对历史情感成本多点的不间断的有效复盘，"力图实现历史之'思'与文学之'诗'的统一"②。长篇散文无疑是这样的"小历史"展现的最好形式，散文能保住作为历史的真实底线，长篇幅能让叙述者有足够的回忆天地，在回忆中往往能写出自己于过往在场的种种真性情，因为已经有了时间作为有效的隔离，叙述者方能够更为真实而冷静地审视自己，更为理性地思考现实人生与自己体验和理解的历史。《南溪水》便是这样一部现代长篇历史散文：范培松用真感情、长散文讲述自己的"小历史"，字里行间记录了他30岁以前的心路历程和而立之后40年的再思考。

一、"小历史"

在《南溪水》的"小历史"中，范培松所写到的都是那30年生活中伴随着他成长的人：母亲、父亲、哥哥、嫂子、童养媳……那些最亲近的人又大多已经离开了他，而那些笔下的普通人都是历史上没有留下名字的小人物，但"他们每一个人是一个历史时段的标识。我写这篇散文是当做（作）历史来写的。对他们的悼念，也是对这

---

① 丁晓原：《〈娘〉，抵达生命本真的复义书写》，《当代作家评论》2012年第6期，第111页。

② 贾梦玮：《历史的情感成本——〈钟山〉的"个人史"叙事》，《小说评论》2009年第2期，第84页。

段历史的悼念"①。文中所写的人物都是无法进入官修正史的,他们都是普通人,相对于王侯将相、英雄豪杰来说都是小人物,为他们在"我"的记忆里留下"历史性"的痕迹,这便是"小历史"了。但是所有的小人物都生活在正史里的大事件、大背景下的"一个历史时段",一个个小人物的命运汇聚起来,成了正史中的一两句断语,他们都被隐藏在历史书里的"人民"之中了。历史总是有着鲜活、丰富的面容,在人民的记忆中被不断地刻录、诠释与思考。

中国历史撰写传统悠久,散文出现的重要原动力之一便是这样一种历史撰写的意识、欲望和诉求。无论是记言,还是记事,历史在言与事背后,重在写人,如《尚书》《春秋》背后便是一个个影响着历史进程的人。历史书上有名字的人毕竟很少,来这个世界上活过的人却很多,历史书之外还应该有"个人化"的散文去记录那些曾经来这个世界走过一趟的人。正史文本之外围上一圈这样的"小历史"文本,后来的人必然能够知道更加有质感的"历史"及其所承载的民族。散文的历史中这样"小历史"撰写传统从未断裂过,或隐或显都在那里。奉旨官修正史与个人别撰野史一直是并行而来的,那些有那么一点历史影子便撰写的文本后来成了历史演义小说,而更多的是守住了历史叙述者亲历的历史真实,成了文学和史学研究者都极为关注的历史散文。白话散文发展至今,这一类作品(无论长篇或短篇)便是现代历史散文了。它们以作者个人的视角记录真实的历史事实,抒发真实的自我情感,引发真实的社会思考,它们的事与言有着清晰、鲜明的历史发展的大背景、大事件的底色,这一类散文有其独特的品格。在内容上,尤其是自21世纪以来不断出现的带有自传性质或亲历体验的长篇散文,更是现代历史散文新的样态。它们是"短"散文的扩容,又与小说保持着理性的界限,恪守着亲历的真实,还有着作为文学艺术作品的散文特有魅力而闪亮登场的绰约风姿。如果说数以十万字计的官修文本为"历史",那么这些十万字左右或数十万字的长篇散文便是一个人的"小历史",似乎也可以称为"现代长篇历史散文"。我们相信将来官修20世纪历史时一定会有"小历史"的贡献,而将来的人读20世纪历史时也一定会在"大历

---

① 范培松:《范培松文集》第8卷,江苏教育出版社2012年版,"总序"第8页。

史""历史""小历史"的不同文本共读中使获得感更为真切、视野更为开阔。"大历史"告诉读史者大人物的小事情,"历史"告诉未来的是大事件中的大人物,"小历史"告诉读者的是大事件中或其背景里面没被记下来的小人物。《南溪水》说给我们听的就是江南——20世纪50年代宜兴的乡村和从20世纪60年代到70年代初苏州——在各个大事件里的"历史"中没有的城乡小人物"曾经"的命运,这些小人物都与作者关系密切。他们普通而平凡,却又与作者有着无法分割的喜怒哀乐。《南溪水》是范培松自己关于江南的最初记忆,也是他人生"立"起来中一声呐喊"我要我了"之前的"小历史"。

"曾经"的江南在正式的"历史"中是所有文人的梦里水乡。有水的地方才会有人,有了人的地方才有可能被称为"故乡"。历史典籍里有范培松故乡的那条叫南溪河的河水的记载,但是翻遍了历史典籍没有范培松笔下的小历史中的"曾经"。

范培松"曾经"的第一堂历史课是母亲上的,内容是:"长毛"屠杀了范家十八房,几十条人命。① 笔者曾经整理过近代一位苏州人贝青乔(著名的建筑大师贝聿铭的祖上)的"小历史":《爬疥漫录》这个笔记里面也记录了清咸丰五年(1855)太平天国杨秀清在安徽的腐化堕落和奢靡荒唐的大量亲历事实。贝青乔的史料笔记(文言散文)与范培松母亲在历史课堂所讲的内容可以互证,这都是个人叙述的"小历史"。若说"历史"和"大历史"文本是笛卡儿坐标中的横、纵两条坐标轴,那么"小历史"文本就是坐标系中四个象限上的所有不在坐标轴上的任意一点。大事件或被大多数人发现的事实在横坐标轴的上方,个人所经历的小事情或只被少数人知道的事实则在横坐标轴的下方;让人读来产生正向力量的事实叙述的"小历史"文本在纵坐标轴的右方,所述事实使读者有悲观情绪的"小历史"文本在纵坐标轴的左方。"大历史"和"历史"是史学文本,是线性的;"小历史"是文学文本,是点状的。"小历史"文本是具体历史背景中小人物、小事情的记录,既可以写小人物在大事件中的悲情小事,又可以写小人物在大事件中小事情的正能量,当然也可以写小人物不为多数人所知道的悲剧小事情,还可以写普通人不为

---

① 范培松:《范培松文集》第8卷,江苏教育出版社2012年版,第5页。

人所知的小事情中的人性光辉,但这些小事情都有一个历史大背景作为"定义域"。这四类"小历史"文本分布在坐标系的四个象限,没有质的高下,只有艺术表达旨趣的不同。每个"点"只有拥有令人感动而惊叹的艺术力量才能被称为现代历史散文。范培松的"小历史""点"上的"长毛"是"杀人不眨眼的畜生"①,他们杀了一个村的人。这是一件让人听得毛骨悚然,紧张得喘不过气来的事情,这件事情里死了人。因为"长毛"的疯狂屠杀,"小历史"的纸上有了死亡的记载;因为愚昧的疯狂和残酷的饥荒,被杀死、饿死或病死的人的史实成为《南溪水》这部"小历史"最为凸显的特征。

范培松的《南溪水》里记下了20多次死亡,每一次死亡的记录都不一样,每一个死亡的原因都不相同。对于普通人来说,死了人,那是天大的事儿了,任何一个人的死亡在其亲近的人那里都是一样的重大、敬肃而悲痛。其实每一个人都不该被遗忘,但历史必然会残酷地将绝大多数人遗忘。长篇散文"小历史"的可贵之处正是在复杂而残酷的历史轴线之外力所能及地记录下一个个差点被遗忘的人,"历史如此复杂,个人记忆只能触摸部分的历史,一己之力以对抗权威历史或向幽暗的大地寻求更为深广的记忆,都不失为拒绝遗忘的努力"②。《南溪水》是范培松对被正史遗忘的普通人的一种个人对抗式的叙述,是拒绝历史遗忘普通人(小人物)的个体努力。

普通人因为没有惊天动地的大作为,所以必然被历史遗忘,但是越来越丰富的现代历史散文所记录的"中国最底层人民的生存真相,正因此,在那渺如蝼蚁的生存相背后,历史获得了另一种诠释"③。普通人最需要诠释的便是"死亡",范培松"小历史"的笔触直接将大量的文字聚焦到了小人物死亡的"点"上来,这些写普通人死亡的文字,每一处读来都令人为之震撼。

像写被"长毛"所杀的范家族人的死亡,是一种群体性死亡。透过这样的死亡我们看到了历史的另一面,它并不构成历史的断语,

---

① 范培松:《范培松文集》第8卷,江苏教育出版社2012年版,第6页。
② 冯仰操:《通向历史的一种路径——读范培松〈南溪水〉》,《钟山》2012年第5期,第110页。
③ 蔡江珍:《孤绝的声音如何穿透历史的幽暗——读范培松〈南溪水〉》,《钟山》2012年第3期,第102页。

也不符合历史断语的描述,但这是范培松亲历的一个历史的真实记录。这种群体性死亡的叙述在《南溪水》中还有一处,也是母亲说的:"在这条公路上,两个日本士兵进行过骇人听闻的杀人比赛,他们沿着这条公路,一直杀到南京。全村的房屋被他们烧毁了。我的伯母被日本人活活枪杀。"① 这两处记载中的这些士兵在历史教材中无论是正义的还是侵略的,如恶魔似的他们虐杀普通老百姓时竟然是如此相像,这也是历史断语所猝不及防的。"兴,百姓苦;亡,百姓苦"。

作为个体百姓的死亡不会在历史中留下名字,但是他们的死亡让我们在其身边共同经历的人所记录的文字中看到了历史的另一个具象。《南溪水》中这样的死亡氛围颇耐人寻味:"苏州笼罩在一片恐怖气氛中。南京不断传来消息……"这是疯狂时代下的城市里因为一个"莫名其妙"的罪名而死亡的群体。范培松身边的人的确有因此而死亡了的,他自己也曾陷入囚室一年半,但他很克制,没有去回忆具体事情,为任何一人作传,而是用"恐怖气氛"的历史大背景中的"不断传来消息"来为他们做标识。可能,那个疯狂时代死去的那么多的人也只是一段历史的一个标点。当然,在这样一个群体中,范培松还是写了一个人——师姐。范培松很克制地在最后一节仅写了一句话,却单独成为一个段落:"妻子告诉我,和我同时关进去的师姐已经自杀了,再也不能回来了。"② 就这一句话,一行独立段落的文字,无论是在范培松写来,还是在读者读来,都有一种历史的沉重感和悲怆感。"在散文写作中,作者常常用不多的笔墨,以浓重的感情写'我',去冲击读者的心房。"③ "小历史"也不能任由情感的"野马"肆意奔窜笔墨。"小历史"是散文,写散文要节制,要"留几缕青丝,令人回想"。"节制,应该渗透到散文创作的各个环节之中,时时处处要考虑用最低限度的笔墨去展现最丰富的内容,从而做到言简意浓,为读者提供最广阔的想象余地。"④

《南溪水》在描写特定时代中"异端分子"的死亡时更为克制。那个民族的败类——汉奸和尚被抓到了,"当夜决定处决","几个人

---

① 范培松:《范培松文集》第8卷,江苏教育出版社2012年版,第13页。
② 范培松:《范培松文集》第8卷,江苏教育出版社2012年版,第107页。
③ 范培松:《范培松文集》第4卷,江苏教育出版社2012年版,第80页。
④ 范培松:《范培松文集》第4卷,江苏教育出版社2012年版,第87页。

按住和尚,可是那把刀,很钝,锯了半天,才把他的头锯下来"。听故事的小毛猴们"吓得直哆嗦"。① 这是一个儿童视角的记忆。同样,保长吴怀义被公审宣判,"判处吴怀义死刑,立即执行","我拖着哥哥,要到刑场上去看。哥哥坚决不同意,因为人太多,我又小,他怕见血腥的场面,就回家了"。② 而写到了纪爷的死亡,范培松便放开笔墨了。"纪爷被政府枪毙了",这次的死亡记录中有了曲折的情节,"月亮头"的"惊天动地","尸体是从南溪河里运回"后的一片哭声,母亲居然也去哭了,哭的人没有被"扣上一顶立场不稳的帽子",这一哭却让母亲从女儿死亡的悲痛中挣扎出来了,"这是什么逻辑"③?原来死亡是没有逻辑的,历史是不是也没有逻辑呢?现代历史散文在具体事情上可能置于历史大事件背景中是讲不来逻辑的。

二、长散文

现代历史散文因为是独特的个体叙述,事情的主体又是小人物,所以普通人的具体事情未必是可供逻辑解释的历史。但是"小历史"叙述是范培松在沉淀之后对一个时代的回忆性记录,这是一种文学创作,那就需要他把回忆的很多事情做散文式的安排。因此,"小历史"叙述的长篇散文是要有逻辑的,也是要有文学文本的结构安排的。《南溪水》是以(范培松的)童养媳、姐姐、嫂嫂、父亲和母亲之死,作为贯穿全文的主线的。亲人的死亡是《南溪水》这长篇散文的明线,其中还有一条暗线:从中华人民共和国成立到"文化大革命"后期1972年的历次大事件。以时间为序,以宜兴农村和苏州城里为域铺开叙写。

像《南溪水》这样的"小历史"散文又被称为"非虚构长篇散文","历史主题、人文立场、知识分子情怀,构成了非虚构长篇散文的三个维度,亦体现了非虚构书写的新变及与时代思潮同频共振的契合度"④。这类散文的真实性要求"'在场'不仅是作家创作的一

① 范培松:《范培松文集》第8卷,江苏教育出版社2012年版,第9页。
② 范培松:《范培松文集》第8卷,江苏教育出版社2012年版,第11页。
③ 范培松:《范培松文集》第8卷,江苏教育出版社2012年版,第25页。
④ 朱红梅:《"非虚构的现实应答"——读新世纪以来〈钟山〉"长篇散文"专栏》,《东吴学术》2021年第4期,第88页。

种态度，更带有着非常明确的目的，即他们往往具有较强的问题意识。他们是带着明确的主观意愿介入社会现实生活，去对某一重要问题进行分析和思考的"①。可见，提出"非虚构长篇散文"的概念，其实无非要强调散文的真实性，不要写成现代历史演义小说，而要有时代性的文化立场和批判精神的独立思想，不能无病呻吟。然而，我们是否忽视了在范培松的散文研究中有一个非常鲜明的主调，那便是他提出的"弘扬'自我'是中国散文批评的永恒主题"。"自我"，就应该是真我。因此，这似乎已经表明了既然称其为散文，那就必须得"非虚构"。"散文的幻灭在于'真中见假'"，这是现代散文开创的传统，范培松在论鲁迅的散文批评理论时引述鲁迅的话加以佐证：散文"幻灭之来，多不在假中见真，而在真中见假"②。这也就是后来范培松一再坚持的巴金的那句忠告："说真话！"而这个"自我"除不虚构事情之外，还应有真诚的感情、真实的思想、独立的精神及自己的文化立场。"我要我了！"这是范培松一直在为当代散文进行的呐喊。

  美国作家杜鲁门·卡波特于20世纪60年代提出"非虚构"一词。到了20世纪80年代，"非虚构"被引入国内。2010年，在《人民文学》推出"非虚构"专栏，"发表了韩石山的《既贱且辱此一生》，梁鸿的《中国在梁庄》……非虚构作品，'非虚构写作'作为一股新的文学潮流，不仅迅速升温且受到学界广泛关注，不少学者就这一文学新潮发表了意见"③。"作为一种狭义上的文体，它是散文文体里的一种文学样式，其概念要小于散文。非虚构写作与报告文学最为接近，但不是报告文学，它是报告文学在新时代的替代文体，它的概念范畴比报告文学要大些，涵括的写作对象更广泛多样，也更贴近社会人生。正是因此，用非虚构写作取代报告文学，也就成为历史与时代的必然。"④ 2015年10月，随着白俄罗斯的"非虚构"作家斯

---

① 彭恬静：《"非虚构"的兴起与当代散文的新变》，《中国当代文学研究》2020年第6期，第78页。
② 范培松：《范培松文集》第3卷，江苏教育出版社2012年版，第103、105页。
③ 陈剑晖：《"非虚构写作"概念之辨及相关问题》，《中国当代文学研究》2021年第5期，第20页。
④ 陈剑晖：《"非虚构写作"概念之辨及相关问题》，《中国当代文学研究》2021年第5期，第25页。

韦特兰娜·阿列克谢耶维奇获得诺贝尔文学奖，2016年春节，黄灯的《大地上的亲人：一个农村儿媳眼中的乡村图景》通过新媒体引发网络现象级关注。"非虚构写作"被当代文学理论界热烈讨论。引入域外理论来重新审视我们的文学创作和丰富我们的文学批评，这无疑有他山之石的作用，但若以此来生硬地将我们的文学创作重新整序以证明这些理论的"优越性"或"合理性"则大可不必。"非虚构"的提出对于文学作品来说是超出其承载的，虚构与否不构成文学作品"质的"批评，换句话来说，文学作品的好坏高下不以是否有虚构或有多少虚构来论证。但是，"非虚构"的提出对文学作品来说有"赋值"发现之功。"非虚构"作为史学的要求是：真的像说的那样。作为文学的要求则是：说得像真的一样。比如别人代写的历代很多皇帝的"日记"——"起居注"，是非虚构作品，也是极为重要的历史文本，但不是文学作品。文学与历史，是两股道上跑的车。但是车道不是不可以互换的，如同《史记》《资治通鉴》便是文、史两条道路上"通跑"的车。

中国古代历史纪传散文的"非虚构"传统十分明显，也从未断裂，现代散文从鲁迅开始便有着对内容"真实"创作传统的继承，且被视为散文的生死标准（幻灭与否）。用白话文写散文经过了一百年的历史，"当代散文就成了平静的梦"！"人们在期待着，散文家的灵魂何时才能躁动起来？"① "非虚构"讨论中的批评家的"热望"大概在此吧。散文无论怎么分类，其内容的真实性作为底线是大家有所共识的，内容虚构写成了文学作品，那就是普通意义上的小说；虚构的内容写得不艺术，也就不能称其为文学作品，也不能称其为普通意义上的散文，最多是一篇拙劣的文章。"非虚构写作并不等于非虚构文学，但是非虚构文学绝对属于非虚构写作……非虚构是凭着事实说话，它是历史的本身，也是现实的本身。"② 一般实用性文章以真实的现实为标准，艺术性是其次的；文学作品的散文以艺术性为标准，历史或现实的真实又是必须的。而艺术标准之下的、必不可少的

---

① 范培松：《范培松文集》第6卷，江苏教育出版社2012年版，第59页。
② 冯骥才：《非虚构写作：现实有着不可辩驳的力量》，《写作》2018年第7期，第7页。

历史或现实的真实便是散文的艺术真实,这一真实的底线是在时间、地点、人物、事件的整体性上不能虚构;小说的艺术真实是在时间、地点、人物、事件的整体性上没有设限,可以在一方面虚构或多方面虚构,甚至全部虚构。若小说的艺术真实性也达到了散文的标准,若同时我们全然不顾散文与小说的边界是在时间、地点、人物、事件的整体性上真实,不愿意将其改划入散文中来的话,那当然可以重新命名这一类也称作小说的作品为"非虚构小说"。散文中的人可以化妆、美容,这不影响其卸妆之后的人脸辨识,因为身份证必须是真实的;小说中的人可以整容到无法进行人脸辨识,且身份证还可以是虚假的,甚至可以出现人畜合体的孙猴子;散文中的猪八戒只能出现在人的梦里,不能出现在人的真实生活中。散文在时间、地点、人物、事件整体性上真实的前提下可以虚构,否则艺术性审美感从哪里来?其实成了文学作品的纯粹"非虚构"文本是不存在的。小说是把假的当作真的来说,艺术性使得读者当真了;散文是把真的说得更真切,艺术性甚至有时使得读者产生假的幻觉。文学作品创作中,虚与不虚是相对的,甚至是动态变化的。因此,我们认为可以用"非虚构"来研究散文,为散文创作提供另一种思考,但是不必用"非虚构"来再定义或重分类散文。若把叙事从散文中分离出来并列为一类,那么叙述已经发生的过去时代事情的散文不妨可被称为"历史散文",叙述正在发生的当下时代事情的散文可相对被称为"生活散文",报告文学是特殊的一类社会生活散文。因为篇幅长到远远超出普遍意义上的散文而接近于长篇小说了,所以《南溪水》似乎可以称为"现代长篇历史散文"。

  现代长篇历史散文在 21 世纪之初大量出现,标志着现代白话散文的文体突围,这一文体的大量出现既有散文发展内部的必然,又有散文作家文体自觉的追求,还有世纪更新之后社会生活的时代呼唤。现代长篇历史散文是 21 世纪的"时代文体"。范培松创作《南溪水》有着时代使命感和文体创造的自觉意识。

  每一种文体在成熟之后,熟悉这一种文体的作者必然会在"固化"的语言体制形式上"挣扎"起来。如汉魏五言古诗成熟了,阮籍的《咏怀》和陶渊明的《饮酒》便以组诗来进行文体上的"挣扎"与"突破"。虽然这些五言古诗非一时一地所作,但有这么一个

"咏怀"和"饮酒"为主旨来统领,这就不同于单独一篇题为"咏怀"或"饮酒"的五言古诗了。读者可以将其当作一个整体来读了,研究者可以将其当作一个整体来研究了。七言律诗到了杜甫手上成熟了,杜甫也就开始在这一文体上"挣扎"起来了,写了著名的"秋兴八首",以"秋兴"为主旨,一口气写了八首七言律诗,并放在一起,取了个篇名"秋兴"。在文体上,这不同于七言律诗单独的一首呈现,而成为一个整体,但不是一首诗,而是一组诗。陶渊明和杜甫都是在用自己熟悉的文体以单篇数量扩容的方式,创造出以满足自己更为丰富而复杂的情感表达。

一般意义上的散文是不长的,散文短小,没有很大篇幅充分展开,也没有充分的回旋余地。同时,一般意义上的散文被大家讨论而说不清楚时往往会用一句话来概括:"形散神不散"的文章。"神不'散',中心明确,紧凑集中,不赘述。形'散'是什么意思呢?我们以为实质散文的运笔如风、不拘成法,尤贵清淡自然、平易近人而言。"① 在这一理论的影响下,现代散文在相当长的时期内"神不散":"在内容与意蕴上,也只围绕一个中心,一个主题,将该中心主题向深处挖掘,展现出清晰、单纯的情感、思维脉络。"② 这样的散文也就不需要上万字的大篇幅了。就在范培松写完《南溪水》之后,他和张颖合作的论文《论散文的三重境界》③ 明确提出:"我是主张'形散神散'的散文,正是看到了散文本是自由表述的文体。"④ 所谓"神散",范培松引证波德莱尔的《头发中的世界》和普鲁斯特的《追忆似水年华》后说:"从我们身处的这个现代生活的情境来说,散文的'形散神散'就更成为必然了。随着社会的发展,社会生活愈趋复杂多样,人们的心灵世界也愈趋复杂、多层次。因此,散文不仅可以思维发散表达多主题,也可以自由表现现代人心灵善变、跳跃、恍惚、纠结的感觉世界。"⑤ 散文文体发展内部有变革

---

① 肖云儒:《形散神不散》,《人民日报》1961年5月12日。参见范培松:《范培松文集》第6卷,江苏教育出版社2012年版,第215页。
② 范培松:《范培松文集》第6卷,江苏教育出版社2012年版,第216页。
③ 范培松、张颖:《论散文的三重境界》,《江苏社会科学》2012年第1期,第157页。
④ 范培松:《范培松文集》第6卷,江苏教育出版社2012年版,第227页。
⑤ 范培松:《范培松文集》第6卷,江苏教育出版社2012年版,第218页。

的必然道路,散文创作者自身在新时代、新生活面前有变革的内心需求。范培松以自己熟悉的散文文体来创作的内容是其30年生活的回忆,其间五味杂陈是必然的,心路历程中成长的思想也是有变化的,而创作要为一个时代做记录,又必然会有自己独立的多向思考,这一切都需要范培松重新定义散文。文体形式的突破已无可避免。

  在现代散文的早期时代,1921年,瞿秋白将在莫斯科一年中的采访杂记汇集而成《赤都心史》,这本散文集表现形式更多样,有杂记、散文诗、特写、读书心得、参观游记等。这样众多的纷繁形式集于一体,使得这两本散文集(还有一本散文集《饿乡纪程》)有些四不像:既像报告,又似游记,还可以看作通信。正是这种四不像,给中国现代散文传来一个信号,传统散文已在更有朝气、更有活力地蜕变。这种蜕变的原动力是时效。这里的时效是指"满怀救亡情绪的革命者,更是以新思想、新社会气象的及时传达为己任"①。而在世纪转换之后有社会责任感和时代使命感的作者把自己在20世纪中国千年以来所未遇之大变局的亲身经历记录下来,留给后世,为远去的20世纪的背影立此存照,这便是"时效"的原动力。当年,瞿秋白记录一时一地亲历生活的散文集告诉范培松可以这么写自己前30年的亲历生活,可以与传统散文"不像",但不能各部分"四不像"。

  瞿秋白的《赤都心史》出版之后,范培松在《朝花夕拾》中似乎又找到了作为散文文体突破的另一个参照:要有纪实视野、纪实心态,要用纪实笔法。"鲁迅自称'我是散文式的人',但他的小说颇有成就,《呐喊》《彷徨》是他的代表作。不过,《呐喊》《彷徨》中间有很多篇章与其说是小说,不如说是散文,可以把它们当做(作)散文来读。事实上,这两本小说集若用正宗小说观念来衡量,合'小说'之名者少,多数既是小说,又是散文,这是中国现代文学史上出现散文小说合流的奇观。"② 那么,小说既然可以像散文,借鉴了散文的写法,散文是否也可以像小说呢?散文或许可在坚守"纪实"的基础上,借鉴小说的写法。《朝花夕拾》是个散文集,里面10篇散文各自独立成篇,除"朝花夕拾"的情感统摄之外,内容上并

---

① 范培松:《范培松文集》第1卷,江苏教育出版社2012年版,第137页。
② 范培松:《范培松文集》第1卷,江苏教育出版社2012年版,第117页。

没有联系，无法构成一篇散文。除借鉴小说的写法——统整材料之外，是否也可把这样一个长长的回忆写成自传体小说的模样呢？如同《呼兰河传》与《城南旧事》一样。"散文文体独守贞操的时代已经过去，（文学作品）文体之间相互渗透、相互越界已是艺术发展的大趋势。散文必须从各种文体（乃至各类艺术）中去吸取营养来丰富自己，发展自己。"①像小说那样来写，篇幅可以长，才能满足范培松对自己所回忆的历史书写的要求。

　　章回小说的体制是我们很重要的叙事传统，每一个部分之间的情节时序前后都有关联，是一部小说，而不是一部小说集。《南溪水》不是一部散文集，而是一篇散文，范培松说："我写这篇散文是当做（作）历史来写的。"这是一篇长篇散文。从贾平凹的《山地笔记》《商州初录》等，到黄永玉的《这些忧郁的碎屑》、史铁生的《我与地坛》，再到"20世纪90年代，长篇散文的创作逐渐成为一种流行。散文的长度作为散文文体最外在的表现……它必然影响到作家的思维方式与写作方式，散文的结构也必然会随之而调整，从而进一步影响到散文内容上的纵深。也就是说，长度上的变化带来的影响是一系列的，不单单是字数变化的问题，而是散文文本的一个革命性的变化，扩大了散文的容量，使散文有了更多发展的可能"②。显然长篇散文成为精熟于现当代散文的范培松"小历史"书写的最佳文体选择了。写那些和自己一起生活过的、在历史书上找不到的小人物的事情，《南溪水》又打破了（普遍意义上短小的散文）小打小闹、风花雪月的规制，从头到尾，一以贯之，形成完整连贯且具备时间和情节逻辑的长篇散文。③《南溪水》是范培松带着明显的文体自觉的创造意识所写的现代长篇历史散文。这种文体自觉的创造意识在于范培松借鉴了古代史传散文的手法，也采用了中国小说的结构之法写了这篇"长散文"。范培松用《史记》秉笔直书地将人物合于一篇之中的方

---

　　①　淡墨：《散"文化大革命"新断想》，《学者谈散文》，百花文艺出版社2004年版，第36页。

　　②　冯建敏：《20世纪90年代散文文体变革研究》，河北师范大学硕士论文2008年，第14页。

　　③　梁晓阳：《我所理解的长篇散文文体特征》，《福建文学》2019年第8期，第140-142页。

法，以严谨的结构，在《飘逝的草帽》《"小蝴蝶"飞了》中书写童养媳、姐姐，而且与童养媳、姐姐相关的童养媳的父亲、准姐夫也出现在了《"糯米团子"》《爸爸的吆喝》等中，像这种人物"互见"之法使得这近10万字的文章从整体上血脉贯通于一体。这种"互见"之法也同样出现在范培松处理金光头的死亡问题之中。

贯通整体的"大动脉"是亲人的死亡，主要是母亲在"我"的生活中走向天堂。母亲将整篇散文的所有人都串到一股绳上来了，苏州城里出现的所有人也都在母亲的关心中与作者相遇了。《凝固的笑容》《坚硬的军装》《妈妈的忏悔》是"双城记"，没有到过苏州城的母亲其实也"在场"。最后，在"双城记"中进行了合流。范培松在《而立》中提到，跪在父母墓前的儿子宣告自己："我站起来了！"母亲使得整篇散文的所有人形成了一个整体，在中范村（今宜兴市徐舍镇佘圩村）的人是母亲密切接触的人，苏州城里的人是母亲关注的人，因为他们是与她关心着的儿子密切接触者。贯通整体的"大静脉"是从1950年到1970年的大事件，这是一条历史的线索，这条线索将整篇散文整塑得不可分割。

现代长篇历史散文《南溪水》共有28个小节，每个小节均有题目，都能独立成篇，都是普遍意义上的短小散文的结构。每一篇"小散文"既有一个独特的情感主色，又有一个散文的内在线索，而这28篇"小散文"整合之后又浑然一体，成为一篇"长散文"，这样的结构形式有些类似小说《姑妄言》①那样的体式。而贯穿整篇散文的便是一个知识分子的成长与觉醒的心路历程，一个从农村走向城市的读书人在历史大背景中的苦难生活与冷峻思考，这种记叙与思考又是以散文所擅长的抒情而显得倍加真诚。

三、真感情

书写自己的家史在情感把握上其实十分艰难，"之前，我曾经多次提笔想写自己的家史，但是一拿起笔，就感情不能自制，写不下

---

① 在《金瓶梅》与《红楼梦》之间的《姑妄言》分24回，即24个相对独立的中短篇小说，在情节和时序上有着逻辑联系，构成一部完整的长篇小说。但与《史记》一样，哪怕是纪传部分也都是相对独立的篇章，虽然有一些篇章之间有时序或事情发展逻辑的关联，但是从总体上讲不能以长篇历史散文视之。

去。这时我的女儿在一篇文章中,写了她的奶奶,即我的母亲,触发了我的强烈创作冲动,开始了对自己的前 30 年的历史叙写。历史记忆一直尘封着,一旦打开,我时时被感情的漩涡吞没,为我的家族和我的苦难而伏案痛哭,写不下去,断断续续整整写了一年"①。写散文一定要有深情,而且要在情浓时去写,也就是在"思念最深的时刻"② 去写。

　　长篇散文所表达的感情往往很复杂,甚至有时是矛盾的,这种多"神"的散文是"复调"的。《南溪水》是一篇复调散文,"复调"其实是"多"情。这篇散文中复杂的情感在"死亡"主题的轨迹上集中展开,在死亡面前,叙述主体范培松真挚而强烈的感情也是极为复杂而有变化的,其变化与复杂是因为散文中有三个"范培松":一个是小孩子,一个是青少年,一个是古稀老人。

　　《南溪水》是范培松前 30 年的自传,郁达夫认为传记文学"是一种艺术的作品",须"传述一个活泼而且整个的人",这个人不求"详尽",更不必成为"道德的教条"的人,应该是丰富有质感且有变化的具体的人。③ 20 岁以前在宜兴农村的范培松和而立之前的 10 年在苏州城里的范培松是不同的"两个人":一个是"饥饿"的范培松;另一个是"疯狂"的范培松。2009 年拿着笔在写《南溪水》的古稀老人则是第三个"思考"的范培松。这三个处于"苦难"时期的范培松在《南溪水》里不停出现,时而清晰,时而含混。

　　人的深重苦难所引发的痛苦情感有一个很大的原因便是面对的死亡过多,哪怕生于太平盛世的宰相晏殊也不能幸免,何况生于乱世的范培松呢?《南溪水》中范培松的情感是痛苦的,虽然每一个情感爆发点的痛苦之状各有不同,但古稀时来写这一个个死亡的场面,其内心所受的煎熬又多么地有撕裂之感啊!范培松以赤裸裸的真诚来写《南溪水》,所以才写得伏案痛哭。这也是叶圣陶所提供的答案的印证:"如果你把引起你感情的原(缘)由和经过写出来,无论外界的

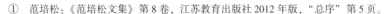

　　① 范培松:《范培松文集》第 8 卷,江苏教育出版社 2012 年版,"总序"第 5 页。
　　② 范培松:《范培松文集》第 4 卷,江苏教育出版社 2012 年版,第 24 页。
　　③ 范培松:《范培松文集》第 3 卷,江苏教育出版社 2012 年版,第 68 页。

事物或是内心的变化,都照当时所感受到的写出来,这就是抒写了感情了。"① 记事也许是为了抒情的,说30年前的那些事,是要把郁结在自己胸中40年的感情"喷泻"出来。

30年间发生了那么多事情,范培松要统加收拾才会在笔下变得生动而动人,朱自清认为"写散文对材料要善于收拾,特别是对于一些写平凡事物的散文,更要能不凡地收拾"②。《南溪水》的很多素材被范培松都集中到"死亡"的事情上来了,整篇散文中有"名字的"有16人在《南溪水》中"死"去了。

当范培松还是小孩子时,他说:"我不懂死亡的含义。吃早饭时,不见姐姐,我还会到她的床边去喊姐姐。姐姐没有了,再也没有人喊我小祖宗了,我不知道她到哪里去了,难道,她去找秀珍了吗?"③《南溪水》第一次集中笔墨写死亡在《飘逝的草帽》和《"小蝴蝶"飞了》之中。在童养媳秀珍和姐姐顺华的死亡语境中,还是小孩子的范培松并不知道痛苦,只知道哭,而古稀老人下笔写时的痛苦之情,读者是能够感同身受的。

以缝了红绸带的柔美麦秸编成的草帽是童养媳秀珍的象征,这是一个不幸的苦难女孩子头顶上的一抹亮色,然而也许正是这一顶精致的草帽使她失去了幼小的生命。《飘逝的草帽》中自然纯美与孩子眼中的童真静好一直与隐隐潜在的"不祥之兆"纠缠在一起。秀珍与姐姐死亡的悲剧震撼力很强烈,是纯洁美好之人的毁灭,范培松用"童年视角"来叙写这两个悲剧。在对鲁迅《朝花夕拾》的论述中,他揭示了这一纪实笔法的概念,"童真情绪使《朝花夕拾》的纪实视角灵活多变。在每一篇散文中,作者从不专心致志地把视角拘泥于某一点的狭窄地盘上,而是采取全方位的散点透视,以达到准确地最大限度地展示童真情绪的最高目的。这种纪实视角可以称之为童年视角"④。南溪河是童养媳草帽飘逝的地方,南溪河在范培松笔下美极了,兼葭苍苍,艳艳红菱,闪闪波光,然而,河水之下有一个"淹

---

① 范培松:《范培松文集》第3卷,江苏教育出版社2012年版,第192页。参见叶圣陶:《叶圣陶全集》第10卷,江苏教育出版社1992年版,第370页。
② 范培松:《范培松文集》第3卷,江苏教育出版社2012年版,第174页。
③ 范培松:《范培松文集》第8卷,江苏教育出版社2012年版,第23页。
④ 范培松:《范培松文集》第1卷,江苏教育出版社2012年版,第115页。

死鬼"——一个姑娘为了抗婚成了"鬼",显然这是封建社会的悲剧。聪明的村民扔出了草帽,没有成为"替死鬼"。秀珍也许为了抢落水的草帽而成了"替死鬼"。她还是个六七岁的孩子,与"我"相处了近半年,所有的日子都是那么美好,对村上痞子的恶作剧也充满了喜剧色彩:"我俩不懂他们为什么要发狂,神经病!"① 一派天然的童真像!秀珍因为苦人家出身,才到"我"这苦人家来做童养媳。范培松以一腔真诚之情诉之于率真的笔墨,这里有《朝花夕拾》的"影子","童真情趣的至善至诚,也决定了《朝花夕拾》在记人叙事上的率真,具有一种纯情的童稚气的不确定性和复杂性"②。秀珍溺水死亡前的"秀珍喜欢水"一节文字唯美地将死亡的恐怖做了纯真的修饰,在秀珍的尸体面前,还是小孩子的范培松只是呆呆地望着,诡异地想"难道真的是这个女鬼来抓秀珍做替死鬼"。接着,范培松又在想:"她是那么喜欢水,或许她就是水做的,她成了我的命中的像水一样的未成形的新娘……南溪水就把她带到了遥远的地方,从此,我再也找不到她了。她再也不会和我平排躺在红花郎上了,掐着那一根又一根的红花郎了。她走后的漫长岁月里,每当我看见圆圆的脸的姑娘,就会想起她来,是不是秀珍转世了呢?"③ 从童年到少年,在南溪河边,范培松一直有个深情的执念在。"苦命,苦命!"已入古稀之年的范培松用温情的笔调写了自己在新婚回乡后与妻子到秀珍家,对着盲人继母和给地主家放鸭子的继父喊道:"爸爸妈妈。"这是妻子的深明大义,也是范培松的重情重义。那位朴实而木讷的继父也出现在《爸爸的吆喝》中,范培松离开南溪河的码头,继父和父亲、哥哥一起送"我"离开故乡。《南溪水》写死亡面前的真情是多视角的,文字的感人源于作者的真诚,这种真诚是一位古稀老人用以消解苦难的温善理解。这样的温善之情还体现在范培松用很多的文字去写秀珍的乖巧伶俐。第一次秀珍与"我"见面时的活泼可爱,春天拔红花郎,掏鸡蛋,河埠头洗这洗那,这一切都是这个苦难女孩坟头之上一朵朵绽放的鲜花,是那个苦难悲剧

---

① 范培松:《范培松文集》第8卷,江苏教育出版社2012年版,第17页。
② 范培松:《范培松文集》第1卷,江苏教育出版社2012年版,第116页。
③ 范培松:《范培松文集》第8卷,江苏教育出版社2012年版,第18页。

里的一丝光亮，更是范培松进入老年时光从回忆里找出来的一些温暖。

童养媳的溺亡是水乡农村小孩子童年常见的意外，这种意外甚至到现在也在所难免；姐姐顺华的死亡则是20世纪中期农村愚昧贫穷的苦难印迹。因此，范培松愤然说道：农民最怕病。历史、政治课上常说，农民头上压着三座大山，其实是四座，那最后一座就是疾病！已入古稀之年的范培松清楚地知道自己是读了书进了城的农民，他对农民问题一直关切不已，并一直在思考着这"四座大山"论中包含着的痛楚深情。

姐姐比"我"要大15岁左右，她是哥哥的姐姐，哥哥比"我"大了13岁，姐姐是作者童年时光中最为青春的回忆之一，生命却未能让她走进婚姻的殿堂，这一切都定格在花季少女彩丝带的蝴蝶结上了。姐姐没有得绝症，只是患上急症阑尾炎，因为处于贫穷饥饿的时代，这样的病在农村也逼得全家人手足无措。农民不问医。因此，当姐姐求医时已经太晚了。在姐姐的新坟前，母亲哭得昏天黑地，"我"则哭着喊母亲，要她回家，而家里从此没有了姐姐。这是20世纪50年代的江南农村！这一悲剧发生时，范培松还不知道死亡的悲痛，虽然他也跟着大人一起哭。在这里，回忆不仅是唯美的浪漫，"散文是文学品类中最直截了当的一种文体，如果不去直视人间疾苦和社会进程，其文学意义势必会丢失"①。《嫂子的死亡》一节中也有更长一段篇幅详细地叙写了张莲英"跳大神"。今天我们的农村还有这样的迷信活动吗？这样的苦难有没有跨世纪还在延续着呢？范培松用了凄苦的文字来写姐姐的遗体从南溪水上被船运回来之后全家人的悔恨与各自的痛责。父亲恐怖地沉默，叔叔反复地说，母亲挥泪诉说，这便是农村在疾病死亡事上的前前后后。范培松的情感是复杂而无奈的，童年时不懂的苦痛现在深刻懂了，他在写的时候就深陷在了感情的漩涡中。这一场面的悲怆，似乎不像诗那样写便无法达到抒情的效果，我们将这段文字以"姐姐船归"命名，并用诗的形式来分行看看效果：

---

① 穆涛：《散文观察》，西安出版社2009年版，第148页。

姐姐船归
中午，
船回来了，
还没看到船，
哭声却远远地传来。
船缓缓地驶近了，
姐姐躺在船上。
爸爸恐怖地沉默着，
沉默着，
叔叔只是反复地说：
范家就只有一女啊，
范家就只有一女啊。
妈妈眼泪流干了，
只是诉说着：
我应该砸锅卖房为你看病啊，
是我害了你，
我就跟你走吧。①

  这是一首凄情哀婉的叙事诗，这是范培松一贯坚持的"当诗一样写"的散文。"通过散文'当诗一样写'的口号，召回'自我'"："不要从狭义方面来理解诗意两个字，杏花春雨，固然有诗……你在斗争中，劳动中，生活中，时常会有东西触动你的心，使你激昂，使你快乐，使你忧愁，使你深思，这不是诗又是什么？凡是遇到这样动情的事，我就要反复思索，到后来往往形成我文章里的思想意境。"② 似乎要在散文中抒发这样"浓得化不开"的浓郁情感，范培松一贯的"诗行"便"喷涌"而出了。《南溪水》中这样的文字段落还有很多，这里不赘举。姐姐是范培松童年记忆中最柔软的一处，所以写《南溪水》时忍不住在《"小蝴蝶"飞了》末尾深情地呼问："姐姐，你在天堂里好吗？那该死的阑尾炎治好了没有？"③ 想

---

① 范培松：《范培松文集》第 8 卷，江苏教育出版社 2012 年版，第 23 页。
② 范培松：《范培松文集》第 2 卷，江苏教育出版社 2012 年版，第 30-31 页。
③ 范培松：《范培松文集》第 8 卷，江苏教育出版社 2012 年版，第 24 页。

必已入古稀之年的范培松收笔时定是泪流满面的。

姐姐的婚事没办成，她病逝的那年年底，哥哥结婚了。《"糯米团子"》中写了范培松第一次看到了家庭矛盾的恐怖，这一小节中的嫂子在父母眼里不是一个好媳妇。婆媳矛盾，这在农村十分常见。这里把嫂子耍泼写得颇为"刚烈"，《托孤》中的母亲代替嫂子抚养侄女就越发地透出悲情来，本该被叫为"奶奶"的母亲在侄女牙牙学语时被喊成了"妈妈"，"妈妈也不纠正她，开心地应着，有时，会背过身子，偷偷地抹泪"①。面对嫂子死亡时，少年时期的范培松已经懂事了，快要成为一个青年了，也快要进城了。"三年困难时期"嫂子死于肺痨。一个病人尤其是一个与死神趋近的病人，她的无助与可怜"转换"了她的蛮不讲理与得理不让人的"俗"。这是一个复杂女人的死亡。在《"糯米团子"》里，嫂子身上有农村的"俗"，但那是因其处于一个生活物资匮乏的时代。在《托孤》中，从嫂子"闭上了眼，算默许了"、母亲抱走孙女，代替嫂子带孩子，到嫂子就向母亲跪下来托孤，又是那么质朴悲苦而令人动容。范培松在1989年11月给贾平凹的论散文的信中说："大概由于我也是农民的儿子的缘故，我对你这农民式的'俗'，是忧喜参半。你在散文里所显现的农民的质朴和真诚，在现当代散文中可以说并不多见。"②嫂子在"我"家生活了五六年，因为与母亲的婆媳矛盾而分家，几年互不来往。在饥荒时节，嫂子病重5个月后被南溪河的河神带走了，范培松从门前桃树上摘下的那颗"好吃"的桃子把嫂子的生命定格住了。范培松用满腹的悲痛转头来写母亲抚养刚满6个月的侄女。对嫂子的死亡，范培松写得很含蓄，也很沉重，若放在"三年困难时期"的大背景中来细想就显得更加沉重而复杂了。

整篇散文的情感脉络随着一个个身边人的死亡越来越清晰而深刻，最后在母亲去世时，在而立之年时，范培松的情感达到了最强烈的高峰，喊出了："我要我了！""一个人的情和感不是从天上掉下来的。一篇散文中的情和感常常和一定的具体的景、事、物紧密相连，这叫有感而发，有情则抒。要在散文中写好真情实感，就必须花力气

---

① 范培松：《范培松文集》第8卷，江苏教育出版社2012年版，第51页。
② 范培松：《范培松文集》第6卷，江苏教育出版社2012年版，第56页。

写好具体的景、事、物。孤立地抽象地抒情写感常常是写不好的。"①范培松灌注了几十年的真情来写《南溪水》，所以常常写得双颊含泪，文字里面所有的人都在他所织的相互关联的网中以饱满的情感而鲜活着，在思考着。正是这一些令人酸楚的死亡既给了范培松不一样的成长经历，又给了他不一样的不断思考的心路历程。

四、再思考

散文既有了真感情，又像诗一样来写了，是否就有品位了呢？显然不够，散文还要脱"俗"。尤其写普通人的普通事，只有脱了"俗"才是有品位的散文。"散文写俗人俗事，其实仅是解决散文创作问题的一半，而且是很不重要的一半，如果仅仅以重复诉说一点俗人俗事为满足……写俗人俗事最后表达的感情还是'俗'，那就一俗到底，成了庸俗。""脱'俗'的关键是自己在现实中要不'俗'。"②"我始终认为，散文是自我的写照，而品味是真正的自我。"③ 杨朔开始倡导"像诗一样写"散文，唤回了散文的"自我"，但是后来还因这一立场而失去了"自我"，那是因为"杨朔的悲剧就在于他的散文离开了历史，离开了大地，而升天了"④。可见，散文既需要真诚的感情和"诗一样的"体貌，又需要生长在现实土地上，有着历史和文化"根"的基本立场，更要有着作者独立的精神和自由的思想。这样的散文，即使写的是普通人的悲欢离合，也是有品位的。《南溪水》是一个有着范培松几十年思考结晶的、有品位的现代长篇历史散文，文字中最为闪烁的光芒便是其思想的魅力。

范培松是农民的儿子，20岁时，他从农村走出来，在城里的"象牙塔"中生活了50年，但他始终没有忘记农村的一切，一直在思考农村问题。《南溪水》与其说是范培松苦难的家史，不如说是江南农村20世纪五六十年代的农村变革史。

农村的改变不是因为解放了就一夜之间"从地上到了天上"的，

① 范培松：《范培松文集》第4卷，江苏教育出版社2012年版，第14页。
② 范培松：《范培松文集》第6卷，江苏教育出版社2012年版，第46页。
③ 范培松：《范培松文集》第6卷，江苏教育出版社2012年版，第147页。
④ 范培松：《范培松文集》第6卷，江苏教育出版社2012年版，第63页。

中华人民共和国成立初期的20年,是伟大的中国共产党领导中国农民改变农村最艰难的岁月,跨过21世纪的农村不应该忘记这段历史。在《南溪水》《九地之下》中,范培松用纪实的笔法直书了从"统购统销"到"四清"等政策之下与运动之中,农民又回到了"九地之下"的农村实况的侧面。

对农村的再思考让范培松把笔端最主要的深情指向了他的父母,这是一对从旧社会走过来的普通农民夫妻,没有一部正史文本中会有他们的名字,但是他们是《南溪水》中在中华人民共和国成立后农村转型期的农民"标本"。

父亲对土地的爱在《艳阳天》里,1950年,"解放军如潮水般地过了之后的第二年","要分田啦!分田啦!""天确实变了!""接下来,全村去田里插竹签。""范富林之田""这是爸爸一生中唯一一次的流泪。""土地是他们的命根子。""翻天覆地的1950年啊,是个丰收年!""全村喜气洋洋!""爸爸说,要实实在在庆祝一番!"这些句子都是单独成为一个段落的,这样短句成段的写法往往是范培松思考之后直接说出来的结论,更多的是思考后把理性的判断用感性的描述呈现给读者。独立成段的一句话,是暗示读者不可轻易读过,话里有"话"。"翻天覆地的1950年啊,是个丰收年!"[①] 农民真的有了土地,当家作主了,"丰收"是一种弥散在全国的情绪,中华人民共和国成立后的幸福在《艳阳天》里被渲染得激情昂扬。农民的要求真的很低,他们有了土地,便有了生活,就能满足了,因为他们不缺少勤劳勇敢,也不缺少聪明智慧和团结合作,于是他们就会"庆祝一番"。100年,伟大的中国共产党真正地改变了农村,改变了农民的生活!

母亲是一个农民,却是"我"精神发育成长的支柱。范培松很多对农民的思考在《南溪水》中是通过对母亲的回忆达成的。母亲是文学作品中最容易写好的题材,谁写都好,而那些回忆去世了的母亲的散文写得则更为动人。一如范培松所说,母亲是《南溪水》打开回忆的闸门,也是全文的线索。她从旧社会走来,没有离开过农村,既不识字,又没有出过门,对她的描写就是对那个时代农村的

---

① 范培松:《范培松文集》第8卷,江苏教育出版社2012年版,第8-11页。

写照。

母亲是"小脚"农民,会纺纱、养蚕,干各种农活,像所有的母亲一样会讲故事。母亲出身穷苦人家,既虔诚又迷信。母亲爱"我"是到了蛮不讲理的地步的,唯一一次严厉对"我"是因为"我"去看太平庵砸神像。母亲有一套无法动摇的理论来自"苦难"!但是到了儿子受到伤害的时候,母亲心理上改变过这一立场:"我一直在怪我自己啊,当时我应该让你保送去部队,当了兵,谁敢欺负你?你孝顺听了我这个老糊涂的话,放弃了去部队,我害了你啊!"①母亲的原则是现实的,无法以理性与否来判别,一切为了儿子。这就是中国式的母亲。母亲生活时代的农村在《南溪水》中是有判词的:"再见了,饥饿的家乡!再见了,饥饿的爸爸妈妈!""我飞了,留下了饥饿的乡村,饥饿的父母,饥饿的童年、少年……"② 那个"饥饿"的时代!

进了城6年的范培松逃回农村时,那个"饥饿"的农村成了相对宁静的避世桃源,因为有母亲在。母亲说:"你没做坏事,我放心了。"这就是饥饿时代善良农民的底气和主张。但是范培松回不去农村了。

范培松进了一个什么样的城呢?"疯狂"的城市!20世纪60年代的人是"疯狂"的,城是"疯狂"的。"疯狂的人们是如此的执拗,虔诚,而且是持续的疯狂。"③ 范培松写下这些是让我们后来的所有的人不要忘记我们这个民族走过的"疯狂"道路。范培松在《南溪水》中直接以独白组织文字,激情宣泄:"斗争的哲学,是仇恨的哲学,不得不承认,人们的仇恨是那样的纯真。"④ 《南溪水》写这个"疯狂"年代这样的反思随处可见,这是一位已入古稀之年的老人拿起笔时回忆时刻的再思考,是痛定思痛后赤裸裸的真心,是自己对自己报告的文字。这是自传体散文。"自传:应该'当作我的遗嘱写'"!⑤ 把对这个国家、这个民族那苦难岁月的思考毫无保留

---

① 范培松:《范培松文集》第8卷,江苏教育出版社2012年版,第83页。
② 范培松:《范培松文集》第8卷,江苏教育出版社2012年版,第57页。
③ 范培松:《范培松文集》第8卷,江苏教育出版社2012年版,第71页。
④ 范培松:《范培松文集》第8卷,江苏教育出版社2012年版,第71页。
⑤ 范培松:《范培松文集》第6卷,江苏教育出版社2012年版,第148页。

地付诸文字，即使在今天读来，读者也能感受到范培松写作时的无尽勇气。

范培松这样思考的勇气不仅表现在对整个历史大事件、大背景的独立精神的评述上，还表现在对大事件、大背景中弱小个体的悲悯情怀之中。散文中的思考既要能对得住历史，又要能经得起现实，"背靠历史，直面现实，站在民间立场上建造'文化法庭'，进行文化批判"①。散文的批判是文化的批判。《南溪水》中的弱小个体分为两类：其一在农村，其二在城里。这是两种不同的苦难人，但范培松对他们都给予了极大的善意和同情。

《南溪水》中一系列非重要的小人物是范培松极为精心留下的历史记录，他们也许卑微到无足轻重，但他们中的有些人很是温暖，如《妈妈喊我回家》里的叶师傅。在对小人物这样的叙写中体现了范培松的一种再思考，对人性本身的探求。例如，纪爷遗孀东家娘是一个地主婆，纪爷被枪毙了，九哥的软弱让她成了金光头的妻子，显然是被迫的！《九哥》中她的悲剧是谁造成的？最后，当地主婆的旧身份影响到金光头的新出路时，她被离婚了。这是不是一个在新社会遭到了侮辱的苦难人？其实金光头是一个似无恶行的无赖泼皮，而东家娘则是一个读过书的女人。"女的戴上了地主婆帽子，怎敢和响当当的赤贫金光头对抗？"② 所以，此时她的命运是悲惨的。这些小人物的叙事都是放在一个"宏大叙事"中来体现范培松的思考。"宏大叙事一方面是指以长篇巨制的宏大规模来展示重大的历史事件或剖析重大的社会问题，另一方面也是指在特定的某种先验意思的规约下以某种一贯的主题来统摄的对某一重大题材的主流叙事。"③ 在20世纪五六十年代的重大历史事件背景中，《南溪水》中这样死去的"小人物"有十几个，他们每一个人的死亡，都给范培松带来了思考。

在这些小人物的事情中总有一个温暖的人在，东家娘身边有九哥，他还是和地主婆结婚了，这是两个彼此喜欢的人。虽然九哥被撤了生产队队长的职务，但他是一个带着阳光的人！百步街上的街坊邻

---

① 范培松：《在文化批判中熔铸新的文化精神——夏坚勇散文艺术论》，《常州大学学报（社会科学版）》2015年第5期，第83页。
② 范培松：《范培松文集》第8卷，江苏教育出版社2012年版，第37页。
③ 范培松：《范培松文集》第5卷，江苏教育出版社2012年版，第30页。

居帮"我"脱险,尤其那位卖耗子药的憨憨男人,"我"特地向他鞠躬。在这一切小人物的事情中,"我"一点点地改变着自己。

促使范培松以最大的勇气反思自己的是三个人:邵玉彬、"逻辑先生"和母亲。邵玉彬是范培松留校时候的系党总支书记,是范培松生命中的一个重要人物,也是一位打过日本士兵的武工队队长,在昆山"四清"时,以极度的人性温情处理了一桩悲剧,保护了一个女孩。但后来,"我"和一位老师揭发了邵玉彬的"问题",与他划清界限。这成了后来范培松自我反思的一个焦点:"我迷糊了,自己也不知道,此刻的我是真正的我,还是此刻的我是真正的不是我?我心烦意乱……巨浪冲击下,我的灵魂深处的魔鬼冲出来了!"① 事情过了40多年后,古稀老人写下这段反思自己灵魂的话语时,多么沉痛,又多么沉重!陈徒手说"荒诞的时代没有干净的人",但是有多少人会公开真诚而赤裸地说出自己的不干净呢?"带着巴金式'审己''弑己'的勇气,范培松回到历史现场,探看历史和个人的幽暗,范培松看清楚了不论一己的懦弱、顺从或自我保护的反击,都是'奴在心者',使'我不是我',都是加剧时代悲剧的或隐或显的助力;而对一个时代知识者集体行为的反思批判,如果不以'审己'为前提,也依然是'奴在心者'的'我不是我'。"② 这样的大勇气还表现在"逻辑先生"的叙述中。"逻辑先生"是一个被时代扭曲了的人,和老处女合称"黑白无常"。《挡不住的春风》里的"逻辑先生"相貌堂堂,有点像《平原游击队》中的李向阳;《角色》中因为"逻辑先生"对"我"惨无人道的迫害,"我"在暗无天日的囚室中开始了怀疑;《妈妈喊我回家》中描写了一段,后来"我"救了"逻辑先生"的命之后,"我"开始反思,"我有时也在解剖自己,逻辑先生恨我也有因果啊……我发誓,今后绝不无缘无故伤害人"③。这是一个经过苦难岁月的正直知识分子的再思考。

囚室带给了"我"怀疑的火花,母亲的相信也引起了"我"的怀疑。关于母亲的不祥预感和幻觉让"我"不安,在那一刻,"我"

---

① 范培松:《范培松文集》第8卷,江苏教育出版社2012年版,第81页。
② 蔡江珍:《孤绝的声音如何穿透历史的幽暗——读范培松的〈南溪水〉》,《钟山》2012年第3期,第106页。
③ 范培松:《范培松文集》第8卷,江苏教育出版社2012年版,第105页。

的精神站起来了:"我要我了!"这是30年的苦难中挣扎思考出来的真话。这是范培松遗嘱式自传体散文的题目。如同"巴金倡导散文当'遗嘱一样写'以及'说真话',倘若从散文创作意义上看,并不具有先锋意义,它只是回复到精神维度上重新表达自我,是在'文化大革命'所造成的文化废墟上面的自我增值"①。

《南溪水》是范培松30年苦难生活的记录,他如诗一样地写了近10万字。生活是圆的,散文是方的,散文生活的方圆里有一个真实真诚真情的范培松的"自我"在。《南溪水》是范培松用散文创作回应他的散文研究,而他正在不断连载发表在《钟山》上的"文学小史记"系列则是用散文创作来进行散文研究,都是他从散文"代言人"时代中挣扎出来的"真我"写作。

(本文载于《东吴学术》2022年第6期,有删改)

---

① 范培松:《范培松文集》第2卷,江苏教育出版社2012年版,第67页。

生机勃勃的"散文树"

——评《范培松文集》

张 颖

范培松一生痴迷散文，他把散文视为生命。范培松执着研究散文，其研究成果《中国散文史》《中国散文批评史》在这个领域里独领风骚；但他又坚持散文创作，新作长篇散文《南溪水》的发表，引起强烈的反响，这在学术界也实属罕见。范培松把研究散文的理论，运用到散文创作实践中，反过来又通过创作实践，滋润丰富他的理论。《范培松文集》于2012年出版，该书出版发布时恰逢范培松七十大寿，因此该书是他对自己过去几十年生命的书写，也是对其几十年散文研究生涯的一个总结。该书共分八卷，前三卷的《中国散文史》《中国散文批评史》，集著者几十年学术研究之大成，其中有范培松著作独特的文学史观、批评姿态与方式，对百年散文史、批评史有着全面的把握与诠释。① 后面几卷则较为丰富、错落，包括了报告文学研究、散文创作研究、文学论稿和鉴赏，还有相当一部分是他的散文创作。各部分之间自成一体，既体现了一个散文批评家的多维视角，又有始终如一的视角贯穿始终，使得该书不仅是一个研究、创作的简单收录，而且具有一种有机性，自成"世界"，可以作为一个整体进行讨论。

一

《中国散文史》《中国散文批评史》凝集了范培松几十年的散文研究心得，最能看出其研究方法与研究功力。使人印象深刻的是其中涉及的大量第一手资料。以《中国散文史》为例，从作品部分来说，范培松的阅读量可谓惊人。除周作人、鲁迅、林语堂等名作家之外，

---

① 范培松：《范培松文集》第1卷，江苏教育出版社2012年版，第3-4页。

范培松也将一些并不太有名气，但对散文史有所贡献，在风格上有所建树的作家囊括其中，并加以分析点评。尤其写到散文的"裂变分化"时期，散文的意识形态承载功能被大大加强，散文的艺术美被漠视和忽略，这一时期的许多作家被遗忘是历史的必然，但范培松依然将这些名字挖掘出来，作为他的散文史观的佐证，建构出一个时期的散文史情境，乃是十分可贵的。一些较为生疏的名字如范长江、贾祖璋、东平、曹白、秦似、宋云彬等都在范培松"史"的视野下经受检验与评价。点评这些作家时，不仅是一个粗略的描述，也包含了对每一位作家的全面考量，即不加区别地统统细读，然后择其要者评论之。的确做到了范培松自己所说的"在审美面前，散文作家人人平等；在审美面前，任何散文作家和作品没有豁免权"①。

　　对第一手资料的重视，对作家作品宽泛而不失侧重的遴选，在散文史写作过程中体现为阅读的量，在构建散文批评史的过程中，除阅读范围的确保之外，更要有一种理论的眼光。众所周知，鉴于各种原因，散文作为一大文类的确立毋庸置疑，批评话语、批评理论体系的欠缺则是一个至今尚未解决的问题。《中国散文批评史》不能说确立了此种理论体系，但无疑在很大程度上填补了一个空缺——以史的眼光梳理了散文批评话语的脉络，以包容的姿态纳各家之言，其中多批评话语并非见之于专著，而是散见于作家文集、报刊、日记，这个整理起来难度就比较大。虽然有些较为著名的观点不断被众多研究者提及，但某一个具体的论断又需要被放到一个阶段性或延续性的批评情境中去考察，情境的再现则需要通过大量的文本阅读以深入历史。

　　从现代部分来看，在划分得很清晰的三种散文批评话语中，言志说散文批评、社会学散文批评的参考空间较大，文本说散文批评则融入了范培松自己更多的洞见。对李素伯、叶圣陶、石苇、冯三昧等散文批评的论述，显示了范培松对文本说的重视和强烈的文体意识，体现了他几十年散文研究对审美性的一贯强调。范培松各自拈出这几位批评家最突出的几点散文观，如李素伯的创作论、史论和作家论的"三合一"，博采众长，中外合一。范培松先大致勾勒出该批评家的特点，再以举要的方式，点出其主要的批评观点，有点有面，给人留

---

① 范培松：《范培松文集》第1卷，江苏教育出版社2012年版，第3-4页。

下了深刻印象。

尤为值得注意的是,这部批评史的"余论",中国台港散文批评部分,说是余论,不可能照顾到细枝末节,也不可能将散见的中国台港散文批评都归拢起来,但点出了其中非常重要的几位批评家。例如,范培松对余光中、杨牧、郑明娳、陈信元的论述,是基于对中国台湾散文批评的一定认知的,材料占有的优势使论述有理有据,给中国大陆散文批评界提供了一个难得的参考。又如,范培松对余光中《剪掉散文的辫子》中以诗论文、重知性与感性相济、对游记批评的论述,非常周到、全面。尤为值得关注的是,这里面还有一处,针对余光中"对朱自清散文的批评"的重点论述,显示范培松在一些有争议性学术问题上的坚持己见与决不妥协。再如,范培松对郑明娳的散文理论体系的了解更是建立在仔细的材料研究基础之上的,在肯定其建构的体系性的同时也指出,"对散文的文学性有所忽视,尤其是把一些非文学的文章如'原始性日记'也归入散文,就使类型体系有滥的倾向"某些作品有"崇拜意识渗透在内"①,如果不是对郑明娳的散文研究考察得彻底,就很难得出这样的结论。总之,诚如陈晓明所言,这部散文史的确是迄今为止论述中国台港散文最充分的史论著作。②

报告文学研究是《范培松文集》中举足轻重的一部分。这部分研究又包括了《报告文学论稿》《报告文学春秋》《报告文学随谈》三个组成部分。从大体上看,该书既没有形成像《中国散文史》那样完备的体系,又不像《中国散文批评史》那样形成了清晰、纵向的脉络。书中多是论稿,但也倾注了范培松不少热情与心血。众所周知,报告文学的产生有其特定的时代背景,曾经风靡一时,也曾有引起轰动的作品。范培松对这一文体有种特别的情愫。《报告文学春秋》中,收集的论文专注于这一文体本身的独特性,并做了全面的解读。对报告文学的特性、产生和发展的历史、本体论、艺术手法等都以充实的资料作为旁证做了说明。在"点将台"一章中,范培松

---

① 范培松:《范培松文集》第 5 卷,江苏教育出版社 2012 年版,第 421 页。
② 陈晓明:《历史与审美双重视野下的散文史:试评范培松〈中国散文史〉》,《当代作家评论》2009 年第 2 期,第 65 页。

列举了20位报告文学作家,做了"范式"经典解读。范培松称"战争造就了刘白羽",称黄钢的《亚洲大陆的新崛起》完全可以和徐迟的《地质之光》并肩比美,肯定徐迟报告文学的艺术化成就,对其"感情泛滥"的"缺点"不失欣赏的指点,显示了范培松对报告文学研究的激情,几乎是将自己全部的感情投入阅读研究中,与作家笔下的人物同呼吸、共命运。而范培松对黄宗英弃文从商的惋惜,对理由的肯定——"理由是不会使我们失望的",显示了范培松对报告文学作家带有很深的期望。非常有特点的是,在"点将台"一章中,不仅有对作品的评价,又有对作家气质、经历的描述,比如说祖蔚知识丰富,因而作品有时"太肥了点,略显得臃肿";说鲁光是一个"交了好运的人",很机灵,"把体育社会化了"。范培松对材料的把握不仅限于文本,而是深入作家的个性,再将个性与作品做一交融的理解与阐述。

在所有报告文学研究中,《报告文学论稿》可谓比较特殊的一部分。例如,范培松自己说这是一个"转折",从对材料文本的解读,延展到对文本背后现实的探究,得出报告文学"批判退位"的结论。但结论的给出不是一时印象或人云亦云,而是经过了充分的比较。如"批判变异"部分,通过对20世纪90年代一些较有分量的报告文学的分析,如《共和国告急》《生死一瞬间》《忧患千百万》等,范培松指出,批判泛化失去了具体所指,钝化的批判是批判的异化,更是一种真批判的"缺席"和"退位"。这些表述显示了范培松在充分占有资料的同时,也十分注重抽丝剥茧,从大量的现象看到其背后一个不容辩驳的本质,这就完成了对于研究资料的创造性利用。

总之,宽泛而不失侧重、丰富而有所倾斜的文本分析显示了范培松研究过程中的文本意识和细读功夫,对文本特性的梳理、比较,也显示了他建立在资料占有基础上的创新意识。"占有资源当然是一种难度,更大的难度,却是驾驭资源。"[①] 面对浩瀚的散文研究资料,范培松的研究无疑做到了既能沉浸其中,又能跳脱出来,始终将每一个细节置于"史"的大格局中去考察,在局部与整体之间做到了某种兼顾与平衡。

---

① 孙绍振:《百年散文史识:文体建构的曲折和辉煌——评范培松〈中国散文史〉》,《文学评论》2009年第1期,第203页。

二

读过范培松著作的人大多会得出这样的结论：这是一种何等生机勃勃的学术研究。"生机勃勃"表现在语言、思维方式上面，归根结底在于其中闪烁的强烈精神指向。

范培松的研究语言堪称独特。这一般表现为一种情感化、形象化乃至口语化的倾向。情感化是不用说的，这与范培松自己的个性有很大的关系，对于生活的热情、对于散文研究的热情处处可见，用他自己的话来说，他几十年来与散文"相依为命"，散文流淌在他的血液中，散文是他的灵魂。如果我们将《范培松文集》比作一棵大树，则主干是散文研究、散文批评史研究、报告文学研究，旁枝逸出的是他自己的散文创作、他的一些文学评论和创作鉴赏，但是这棵树的的确确叫作"散文树"。对散文的热爱扎根于他的兴趣土壤，又将营养输送到枝枝叶叶，涉猎面往往自成风景，却又相互关联。基于这样的执着与热情，我们就不难理解他独特的表述方式了。

在该书的研究文字中，我们常常见到范培松特有的言说方式，如"贴标签"。这不是概念化的意思，而是用一种"点睛"的方式，点出一个时代散文创作的风潮、一个作家散文的风格，乃至一个作家的内在个性，等等。如他用一个"愤"字概括散文家的破坏心态，用"怨怒之音"形容五四散文的主潮。尤为值得注意的是，范培松所谓的"怨怒之音"不只是一种社会情绪，也是在时代大背景下十分个人化的哀怨悲歌，这种提纲挈领似的"点睛术"，使得散文史的行文有种流动的气韵，散文史从故纸堆中鲜活了起来，成为一种立体的、丰满的存在。在分析散文家的作品时，范培松也给每位作家找出了特有的"标签"。如鲁迅的《两地书》里复杂恋爱观的基础是"憎"，并指出"憎"也是鲁迅从五四时期的杂感到后期杂文之间的中间色彩；川岛是"纯净的爱和激烈的抗争"；郁达夫是拥有"开放心态和性错觉"；庐隐是"怨"；周作人是"冷"……这些都为这些散文家的作品摄下了经典的肖像，表情各异，令人过目不忘。"贴标签"看似轻易，对于文学研究来说，实则有风险，因为这种体验式批评若把不好脉则会陷入概念化窠臼。无疑，范培松对此有充分的自信，因为体验与艺术分析正是他的强项。从散文批评的特殊性来说，批评家也

应该有这样的感性触角与自信,因为散文终究不可能如小说一样,可以做零度情感的结构分析。散文批评既离不开散文家的"自我",又依赖于散文批评家独特的情感体验和审美品位。

感性充盈是范培松著作的一个特点,这在其早期的许多著作,如《散文天地》《散文瞭望角》中可能要表现得更为明显一些。这些充满才情的积累无疑为后来的升华埋下了伏笔。经过大量的文本阅读和思想的大浪淘沙之后,一些理性的思索浮出了水面。在笔者看来,尽管如一些论者所述,范培松著作常常有着语言上的口语化和研究方法相对保守的问题,但丝毫不影响这些文字的学术性。这大概跟范培松开放的心态、高度的概括能力与对文学史的宏观把握能力有关。

就以《中国散文史》来说,全书分为四编,"异军突起""裂变分化""消融聚合""和而不同"。百年中国散文史的抒写是一个难题,它既不像小说那样有着各种鲜明的流派,有着清晰可辨的新思潮踪迹,又没有具体文本上的脉络特点可循。百年中国散文史的命运,在很大程度上取决于散文家自我命运的沉浮,它所呈现出的整体风貌因而也与外部历史环境有着密切关系。在这样的语境下,范培松的著作从社会思潮乃至意识形态的影响入手,同时兼顾散文审美性的强弱变化,做出了这样的划分是合乎情理的。尤其是在第三编部分,范培松并没有以1949年作为一个分界线,而是截取20世纪40年代中期作为一个界点,这无疑考虑到了散文的现实创作环境。在大的框架之下,范培松对一些枝干的处理也很巧妙合理。除了上文提到的对五四散文主潮"怨怒之音"的细分与把握,对杂文审美性的关注,对杂文作为一种独立文体的关注,也很有见地。在第二编"裂变分化"中,一些看似风格各异的作家,如丰子恺、陈源、鲁彦等的文章被归入第十章"表现自我,艰难的挣扎"之中,又并非仅是循着社会格局的变化,而是强化范培松一向的批评立场:对散文家"自我"的关注。可以说,在"明"的层面上,散文史对应着现代中国的大历史;在"暗"的层面上,则是延续着范培松对散文家"自我"的持续关注。这一明一暗的两条线索,实则是范培松构建散文史的两座重要骨架。

同样的考虑也见于《中国散文批评史》。在该书的三编当中,上卷无疑分量最重。将现代部分散文批评区分为言志说散文批评、社会学散文批评、文本说散文批评三种,囊括了散文创作的主体、客体和文本,应当没什么争议。在中卷中,范培松对一些里程碑式散文批评事件的论述则显得很有张力。在20世纪40年代中期以后,阶级意识逐渐占据批评的园地,有一些偏离了文学批评本义的"批评",如对胡风书信的批判、对"三次没有散文理论的散文批评"等,要不要写入批评史?范培松认为,这是无法回避的历史,不仅不应该一笔带过,还应该详述。因为散文批评史的建构离不开批评家的批评意识,而今天的学者无疑有责任去还原一个时代批评家的批评心态和批评生态。《中国散文批评史》无疑对此有深刻认知,并做到了某种程度上的"还原"。

综上所述,范培松的散文研究就有着这样的特殊性,它热烈地与研究对象发生各种情感共鸣,以赏析的方式、直觉体验的方式去评述作品的细节得失,但在散文史、批评史的脉络上,丝毫不含糊地以一种高屋建瓴的宏观把握能力,去深入历史,再现散文史的发生情境,给予作品、观点以一种符合其批评标准的审美检验,在感性与理性的张弛之间呈现了他独特的散文审美理想。

三

正如范培松在《中国散文史》扉页上所题:"弘扬'自我'是中国散文批评的永恒主题。"对散文家"自我"的强调,成为范培松散文研究当中的一个强音和贯穿始终的线索。如现代散文萌芽之初,范培松认为有一个怪圈:"'道'使散文家的'自我'独立,独立的散文家的'自我'却又弃'道'。"一部20世纪中国散文史,实则是一段寻寻觅觅、不断寻找散文家"文化自我"的历程。从对五四散文家"自我"发现的惊喜,到革命落潮期,对散文家宣泄"自我"的肯定,以及从鲁迅杂文中寻找那饱含个性色彩的杂文艺术性,再到对学者散文高扬"文化自我"的肯定,后来对阶级意识主宰散文话语、散文家"伪我"盛行的叹惋,最后是对散文"文化自我"复苏的欣喜若狂……范培松的散文批评标准中,"自我"是首要的一条,也是最为重要的一条。散文的艺术性固然重要,可是失去了真"自我"的支撑,再艺术的散文,它的美丽犹如海市蜃楼,终究是没有根基的。

但散文个体的"自我"表现方式,以及抒发动机,又要被放到具体的客观环境中去看。范培松肯定周作人的散文成就与自我,却看到了其反对"载'道'"背后对于现实的有意疏离乃至躲避——文艺观的问题,始终对应着作家与现实的关系。范培松在评述完周作人的散文艺术特色之后不由得感慨:"不可想象,面对日本帝国主义和国民党的炮火,如果人们都像周作人那样安卧着、耐心地倾听着苦雨声中的蛤蟆鸣叫……那中国将会是怎样一幅情景。"艺术之幸,有时却是现实之殇。范培松强调散文要弘扬"自我",本不应该回避"自我"与现实的矛盾。

现代散文史部分"压轴登场"的是以梁实秋、钱锺书、王了一为代表的学者散文。学者散文在整个20世纪都是一个非常特殊的存在。按说,在抗日战争时期,谈天说地、援引古今的散文受众应当很少,影响也应是如此,但范培松看到了这批学者散文的独特意义。不论是对于当时的现实,还是今后散文的发展,20世纪40年代的学者散文都是一座里程碑式的存在。从20世纪40年代开始,"载'道'"散文大为盛行,散文的意识形态宣传功用开始彰显,对于这种偏离,范培松以"颂歌"之名冠之,显然是持批判态度的。范培松认为,在现实的夹缝里,在战争的环境下,梁实秋、钱锺书、王了一的散文成就堪称奇迹。他认为,这些散文对于散文创作来说,是一次自由精神的展示。为什么同样是面临内忧外患,周作人的自由主义选择显现出闪躲姿态,钱锺书等人就显现出一种自由、自是、自适?从血缘上来说,后者甚至是前者推崇个性解放的产物。范培松认为,前者文艺观的转变实则是人生观的彻底变革,毋庸置疑的是,其选择了"自我"之"轻";后者却并非要避开现实,这只是乱世中的一种精神避难、一次短暂的"自我"狂欢,其中不乏对战争时局的针砭,含有迂回的策略、清醒的智慧。此外,学者散文与当时的"去文艺化"的散文潮流形成了鲜明对比,这也许不能用"自觉的审美反抗"来形容,却无意中承接了五四散文大写"我"字的风潮。更具有散文史意义的是,自此以后,散文的"自我"一蹶不振,要到20世纪90年代才又回归、迎接这样的"文化自我"复苏……将学者散文作为一个里程碑式的散文事件加以论述,这本身就暗含了范培松对现代散文发展命运的叹息与期待。

对弘扬"自我"的强调,并不意味着范培松只关注散文创作的主体,相反,其中往往同时暗含了多重批判的意识。这在范培松的散文研究中主要表现在以下两个方面。

第一,这是对散文创作艺术性的强调。一方面,"艺术性"当然指散文的艺术手法、艺术风格与呈现在其中的作家的创造性,以及防止散文文类泛化,警惕散文文体污染与变质的意识,如范培松始终带着他的审美标尺衡量作品得失;另一方面,也体现为对创作环境干扰创作主体的警惕。这种警惕,作为强调"自我"的反面,贯穿于范培松的散文史、散文批评史的书写过程中,如他认为鲁迅的杂文是一种"布道"的文学,但不失讽刺的艺术,这种讽刺的艺术使得杂文最终得以在文学殿堂中占有一席之地。范培松同时遗憾地表示,后人往往忽略了这一点,有意无意削弱了杂感的文学性,这一历史教训应该引起反思。在论述到鲁迅后期杂文时,范培松再一次提到这一点:鲁迅的杂文虽然给许多作家带来了憧憬,似乎政治和文学史可以和谐地统一在一起,其实,这仅是一种幻觉,历史将无情地证实这一点。从后面的论述可看出,范培松的担忧正是出于对散文家"自我"弱化、软化的担忧。如果说战争促使散文愈加重视和强调宣传功能尚是时事使然,那么20世纪40年代以后,散文创作开启的"颂歌模式",则是散文艺术性没落的开端。范培松肯定其中一些稍有成就者,却不讳言散文五四传统的中断。及至20世纪60年代至80年代前期,散文家的"自我"要么表现为"伪我",一味唱"颂歌"、表忠心,要么依旧沦陷在阶级话语的思维里,艰难挣扎。以至于到了20世纪80年代中后期,散文家终于寻回了"文化自我",范培松认为这是一次重塑"自我"灵魂的狂欢,有多少欣喜包含其中。

第二,这是对报告文学中作家坚硬的批判精神的强调。批判是报告文学的根本。范培松亦在相关的报告文学研究中引述捷克批评家基希的观点:报告文学是一种危险的文学样式,也是一种艺术地揭发罪恶的文告。可以说,对问题乃至罪恶的揭露是报告文学存在的价值所在。《范培松全集》第4卷收录了范培松20世纪80年代以来的一些报告文学论稿,尤为引人注意的是,这里面的文章不是按照时序排列的,而是将2002—2010年的4篇报告文学论文收录在最前面。可见,范培松对之十分珍爱。通读第4卷,其中4篇也确实可以算得上压卷

之作,范培松对20世纪90年代以来报告文学的"批判退位"痛心疾首,饱含无奈。在形势一片大好之中,发出这样的声音,不仅需要一点清醒的意识,更需要一点批评的胆识与勇气。

在《范培松文集》中,对散文写作"自我"的强调,和对与之相悖的种种问题的批判,是二而一之的。如范培松在评价20世纪60年代散文的"颂歌模式"时,既是对散文家"自我"缺席的揭弊,也是对散文家缺乏自省和他省、缺乏批判意识的批判。总之,在范培松看来,"自我"一旦缺席,无论是赞美的声音或是批判的声音都是缺乏个性的,而缺乏省思精神与批判意识的写作个体,其"自我"也失去了完整性和独立性。对这两个方面的强调,显示了范培松对散文研究中主体与客体、艺术与功利的辩证思考。

四

《范培松文集》中散文研究是其主要内容,但收录的散文创作,无论是数量还是质量都很可观。我们通读文集不难发现,在20世纪中国散文史和散文批评史的写作过程里,无疑已经渗透进了范培松对整个20世纪历史的理解。如果说对散文史、散文批评史的写作是一种"大历史"的建构——以散文审美为目的,而常常交织着对散文家的创作个性与时代背景之间关联的理解,那么范培松自己的散文创作则无疑是对他自己个人的生命史("小历史")的追忆。

该书中的散文创作可以分为两个部分。一部分是《从姑苏到台北》《行行重行行》等集子,里面包含有亲情、乡土、游记、人生感悟、名人轶事、客座岁月等。这些大多带有一种幽默轻灵的笔调,显示出对人生的智性思考,很有学者散文的特点,从中也不难见钱锺书、王了一、梁实秋等人给予他的影响,可谓"学者本色散文"。另一部分则是他的近作——长篇散文《南溪水》,以一种诗化的、不失沉痛的笔触,回顾了人生路,带有很强的自传色彩,借用台湾学者郑明娳的一本书名来说,可算得上是"教授的底牌"。

若将这样一些散文放置到《范培松文集》中,作为整体之一部分来看的话,则这些散文创作又与他的散文研究存在若隐若现的关联。

首先,通过"我"的创作经验去透析诸多散文家的创作体验。这不仅指用自己的生活体验去领悟散文世界的真、善、美,也是用自己的创作体验去理解散文艺术的得失。许多事实证明,对散文研究者来说,若自己同时也写散文,也许会更有批评心得。"散文易写而难工",散文创作的苦、甘要在创作中才能更加深有体会。范培松比较有特色的散文有一类,即小品文,尤其是《从姑苏到台北》一集。例如,《大丈夫》《家中无真理》《称呼》等文章,将寻常事娓娓道来,又暗含了深刻的道理。又如,《宠物》一文,描写家里豢养的宠物犬,因其"媚功"深得人的欢心,"这么一来,再去读读鲁迅的打狗篇章,才发现它的价值却是永恒的",结尾出人意料,耐人回味。此外,范培松在台湾任客座教授期间所写的《男桥女桥》《乖弟子》《胖耶稣》等文章,其诙谐笔调中往往对两岸文化加以比较与反思。再如,《胖耶稣》一文,范培松以看似散漫的笔调最后落笔到对"畅销书"的全新理解上。范培松的这些小品文文字泼辣、机智,以自由、自适的方式言说着知识分子特有的襟怀与情怀,从某种程度上讲,这是对20世纪40年代学者散文血脉与风度的延续。可以说,正是经由这些创作体验,范培松的散文研究开始显示出某种独特性:他不是用一种通常可见的科学分析的方式去解剖散文,而的确可以算得上是散文家的"知心人",了解他们的创作得失,分享他们的创作喜忧,他的散文批评带着切身体会,因而是有情感温度的。

其次,通过对自我生命历程的回顾与倾诉,重叠与映照不同年代的历史。《南溪水》是范培松对亲人、对自我生命的一种倾诉。《南溪水》中渗透着多样的情怀,有的是对亲人的怀念,有的是记述乡土变迁,还有的是透视个人命运在时代中的沉浮。因为饱含一种强烈的乡土情怀、思亲情感与历史参与意识,这些文字读来都分外生机盎然,使人动容。从艺术手法上看,《南溪水》有着自觉或不自觉对乡土情怀的渲染。在某些章节中,可以看出范培松受到沈从文、贾平凹,乃至中国台湾地区的乡土作家黄春明等的影响,间或有小说的手法,却不影响记忆真实的分量。其文字有时活泼轻灵,有时泼辣机智,有时诗意横生,勾勒出一幅独特的乡土画卷,自成风格是不用多言的。从结构上看,这里面以20世纪60年代的政治运动为界,前后构成了既相互割裂,又相互联系的两个部分。前半部分苦难而不乏温情诗意,后半部分则是时代的狂风骤雨对个人命运的打击。而将这两个部分联系起来的,则是始终激励"我"、支撑"我"的乡情与亲情。但即使是前半部分，其中也时时不忘书写对时代的观感，如写父亲对土地的深情，对九哥命运的沉浮，对乡间迷信的痛诉，这些既有对时代印记的思考，又有对乡土文化的反思。后半部分描写校园政治运动，对知识分子、对自我造成的冲击，则不仅是个人的悲剧，也是时代的悲剧。记忆细节的充分舒展、个人亲身经历的沉痛性，使得这部散文著作有着惊心动魄的苦难色彩。一个颇有意味的阅读方式是从这些文字出发，再回过头去看范培松对散文创作中"自我"的呼吁，如对20世纪60年代"颂歌散文"的批评，对80年代后期散文家"文化自我"复苏的欣喜，都显现出了新的温度与意义。这大概就是范培松作为一个散文批评家，以个人生命经验熔铸历史反思、衬托审美思考的独特性所在。因此，从《南溪水》这部感人至深的长篇散文，我们看出的不仅仅是故事本身，还将它作为一个散文研究者的心灵注脚，我们也必然可以看出，个人历史与他所理解的过去作为文学发生背景的"大历史"之间的关联性。而文学史的写作要回到历史的情境，再现历史的情境，无疑不仅依赖于大量的文本阅读，而且自身的生命厚度与思考的广度，也是至关重要的一部分。

总之，《范培松文集》不仅是范培松个人学者生涯的一次重要总结，也是几十年来散文研究界的重要成果。它"为中国文学重新确立了个人著史的史传品格"[①]，以高屋建瓴的视野描绘了20世纪波澜壮阔的散文画卷，此外也涉及散文批评、报告文学、散文写作等领域，用极具个性色彩的研究笔触为散文创作、散文研究提供了许多颇具建树的意见与参考。而范培松的散文创作则体现了一个学者在著书立说之余的别样才情的挥洒，与其散文研究共同构成了一个丰富错落而互为关联的"散文世界"。笔者相信这样一部著作不仅"将在整个中国现代散文史的研究中竖立起一个新的里程碑"[②]，它所传递出的学术热情与生命热情，会照耀更多有志于散文创作与研究的后来者。

（本文载于《东吴学术》2014年第5期，有删改）

[①] 蔡江珍：《弘扬自我，崇尚个性——关于范培松的散文理论研究》，《当代作家评论》2009年第2期，第5页。

[②] 范培松：《中国散文批评史》，江苏教育出版社2000年版，第609页。

非典型学院派的散文叙事
——评范培松的《南溪水》、"文学小史记"

张 颖

范培松的长篇自传散文《南溪水》在2012年第2期的《钟山》上刊出,散文所记是他从童年到担任苏州大学中文系主任期间的往事,属于典型的回忆散文(个人史);而自2020年以来,《钟山》以专栏形式,陆续刊载了他的6篇"文学小史记",所评分别是朱自清、林语堂、丰子恺、汪曾祺、沈从文、陆文夫6位作家的创作与思想。读完这几篇评论,联想起《南溪水》,笔者发现其间有一些值得勾连的特点:从个人史到充满个人风格的文学史,不仅彰显出一位长期致力散文研究的学者的学术理念,也能够看到他的生命与学术互证的有机性。

一

《南溪水》和"文学小史记"看起来是截然不同的两种写作文本,前者是散文创作,后者是评论,但是这两种写作文本的确又有相同之处,即都与散文有关。范培松是散文家、批评家,"文学小史记"所讨论的虽未必尽是几位作家的散文作品,但几位作家都可被归入自现代以来杰出散文家之列。而如沈从文、汪曾祺等更是公认的文体家。"散文"是理解范培松学术世界的关键词,也是他与世界独特的联结方式。

长篇散文《南溪水》依照时间可以分成两个不同的部分。前一部分是与故乡、亲人有关的记忆书写,后半部分则是范培松到苏州之后的求学、工作经历。笔者读该作,感受最为强烈的,是贯穿在作品中的那股生动的、作为散文家的创作激情。

前半部分,"情"的成分格外突出而鲜明。第一个层面是亲人之间感人至深的情。这里面既写了母亲对"我"的无条件、宠溺的爱，父亲风雨无阻为"我"送饭的执着的爱，读之都使人动容；又写到了"我"对父母、哥哥、姐姐等家人的爱与眷恋。姐姐的死、秀珍的死、嫂子的死，给予"我"的既是生命教育，也是苦难教育。战乱、贫穷、社会动荡……都给乡村蒙上一层又一层黑暗的色调，但也因此反衬出人与人之间情感的质朴、珍贵与隽永。第二个层面是以民间质朴、自然之情反拨历史的无情。这里面所忆，包括自己的亲人，都是乡间的普通人，而往往从这些普通人身上，可以看到一种有别于"大历史"叙事的鲜活存在。范培松写母亲对"兵"的恐惧，以至于不愿意让自己的儿子去参军——这份恐惧是乡间代代相传的集体记忆，也是历史书上不会记载的残酷；写特殊年代，父亲得到土地的喜悦、种地的苦乐、失去土地的哀哀哭泣，而这些也都被历史之手无情拨弄，如砂砾沉没在历史的河底；还写九哥一类乡间小人物的喜怒哀乐、浮浮沉沉，也都充满偶然，身不由己。这些属于个人的记忆向来不为历史书所记载，宏大的历史叙事线条简明，删繁就简，遵从强者逻辑，无情掩埋普通人的喜怒哀乐。但在《南溪水》中，我们看到范培松以一种精神还乡的姿态写这写那，试图复活记忆中的一寸寸鲜活，或说是"用书写对抗遗忘，用一己的声音对抗群体的漠视"①。也正如有研究者所言，是"质疑被归化的大历史，而信靠一群默默无闻者的生活经验"②。除以记忆中家乡亲人、村民质朴的生活重构历史之外，《南溪水》中也有乡土作品里常见的乡土风情画的描写。例如，作品开头以白鹤飞翔啼鸣的传说奠定全文的情感基调，引用文徵明的诗句"阳羡西来溪水长""落日苍凉草树低"来揭示风景的文化意蕴；此外，还以南溪河中芦苇、红菱、"叫天子"、紫云英等，勾勒出一幅幅充满诗意的乡土风景画与风情画，建构出乡土世界的生动图景。而这些富有抒情意味的笔触，与上述"大历史"叙事的无情构成鲜明对照，事实上构成了一种反拨，这种写法类似于沈从文的写法，即具有一种朴素的民间性，建构的是民间的"有情"世界。

---

① 蔡江珍：《孤绝的声音如何穿透历史的幽暗——读范培松的〈南溪水〉》，《小说评论》2002 年第 3 期，第 103 页。

② 冯仰操：《通向历史的一种路径——读范培松的〈南溪水〉》，《小说评论》2012 年第 5 期，第 108 页。

后半部分，范培松偏重叙述，人物、时间、场景变得复杂起来，尤其涉及政治运动，原先抒情舒缓的笔调也被转变为疾风骤雨式的紧张。"我"的表现与行为，身边的同学、同事的表现与行为，都如着了魔一般。在那个是非颠倒、昏蒙怪异的年代，情与理常常呈现错位，人所应当具有的常识、常情乃至良知都被卷入一个疯狂的漩涡，被模糊和异化。而范培松在事后回忆这一切，于忏悔、痛苦之外，更多一些批判与自我批判的理性。当然，批判也需要激情，需要一种如灯焰般的道德激情。如范培松写面对瞿光熙的自杀所产生的内疚感，写对尹光洪遵循事实的敬佩与赞扬，写被困斗室得知母亲去世消息时不顾一切的痛苦与呐喊，都是此种道德激情、爱憎情绪的体现。至于之后对举出"相信"与"怀疑"，从"相信"转变为"怀疑"，又毫不含糊地指出了那个年代一切悲剧的根源。

从写法上来看，《南溪水》和"文学小史记"构成了一种"互文"。一方面，这是语境的互文。所谓"语境的互文"，是指这两种写作文本涉及的年代背景存在重合之处。尤其是涉及1950—1980年，在抒情与批评的两种话语体系里，我们可以看到范培松抒情背后的理性思索，批评背后交织的个体情感、经验的印记。例如，农民与土地关系的变化，知识分子的命运起伏，就是在同样的语境中生发出来的。农民得地欢喜，失地哭泣；文人得意时是"龙"，失意时是"虫"，背后起作用的是相同的历史逻辑。另一方面，这是散文理论与实践的互文。范培松对现代以来的散文名家、名作可以说是烂熟于胸，因此，在他的散文创作中，不时也可以看到受某些散文家影响的痕迹。如写父亲为"我"送饭摔跤的感人场景，则使人想起朱自清笔下父亲的"背影"；在政治运动中受到不熟识的好心人冒险相助，感叹"乱世见人心"，则会使人想起杨绛散文中的"乌云的金边"①；而《踏月寻访碧螺春》一篇所记杀青、揉捻、搓团、烘干的场景，意境则同于艾煊的《碧螺春汛》……因此，《南溪水》虽是散文创作，自然率性的抒情背后，却有一种理论的自觉，但种种影响被化于无痕，其间的熔铸、冶炼的功夫是显而易见的。

而在"文学小史记"中，则又并不是通常面面俱到的文学史写

---

① 杨绛：《杨绛全集》第2卷，人民文学出版社2014年版，第83页。

法。"小史记"之"小"在于以小见大,也在于切入点的独特、刁钻,觉他人之所未觉。印象深的,如写陆文夫"忽而'虫',忽而'龙'"①,写沈从文是"以不死殉美"②,写特殊年代里丰子恺"金刚"③的一面都使人印象深刻。还有写汪曾祺的"狂":"他一反温文尔雅,字个个铆足了劲,甚至有些张牙舞爪,潇洒豪放,力透纸背。虽是即兴,却是有童子功垫底的以经典为故国的还乡式的狂欢,气势十足。他站在桌边,默默地注视着他的字,露出了微笑,似乎很满足,掏出印章,认真盖上了章,捧给了我。"④ 种种笔触,或出语惊人,或一针见血,或简笔写意,都一反四平八稳的学院派论文路数,张扬的是一己的批评风格与个性。在张扬"自我"这一点上,范培松的散文写作和散文批评实则是殊途同归。

二

　　无论是在《南溪水》,还是在"文学小史记"里,都始终贯穿着一种强烈的批评意识。这种批评意识又生发于范培松对历史、社会、人性的综合理解。一切文学活动归根结底都生发于一定的历史语境,牵连着特定的社会背景,最后归之于对人的关怀。而《南溪水》、"文学小史记"这两种散文叙事之所以可并置而观,除因为其间有重合的历史背景、言说语境之外,也是由于上面述及的"散文的心",即强烈灌注的"自我"意识、追问历史真实的心态,都决定了一种绝不含糊的批评态度。

　　《南溪水》一开头就以史书上所记的太平天国的历史和乡民记忆中的太平天国的有关记忆形成对照,引出"史书里没有曾经"的惊叹,这是可以囊括《南溪水》乡土叙事部分要旨的一句话,指向的是"大历史"叙事与普通人生活经验之间的鸿沟;《"小蝴蝶"飞了》一文中,写姐姐得了阑尾炎,家人却以迷信的方式为其"治病",导致姐姐不治身亡,范培松长叹"农民不问医",与一般知识分子写到此类题材时居高临下的启蒙姿态形成颇有意味的反差;父亲

---

① 范培松:《陆文夫》,《钟山》2020年第5期,第186页。
② 范培松:《沈从文》,《钟山》2020年第3期,第189页。
③ 范培松:《丰子恺》,《钟山》2020年第4期,第176页。
④ 范培松:《汪曾祺》,《钟山》2020年第6期,第127页。

得地、失地的经历,又使范培松发出这样的质问:"偌大的世界,有谁能来听听这失地农民的哀哀哭泣声?"他深所悲叹的并不只是父亲的失地,而是所有那些于历史的狂暴中无法自主的弱者命运……《南溪水》后半部分针对政治运动中的世态乱象,写自己由"天之骄子"沦为斗室囚犯的经历,由凡事"相信"转变为"怀疑"的信念变化,就更能看出范培松批判的痛切与深度。

然而,在这一切批评指向中,又自有一种尺度。如"斗争的哲学,是仇恨的哲学""历史改变了人们的话语方式""在口号面前,人人自危""巨浪冲击下,我的灵魂深处的魔鬼冲出来了"① 等表述,范培松采取的是文化批判的方式,除就事论事之外,他不忘从历史、文化、人性的深层去寻找原因,故而不流于大张旗鼓的控诉,显出了批评的张力与厚度。

值得关注的,还有"文学小史记"里解读作品的独特方式。"文学小史记"所评都是名家。一般而言,文学史对这类名家早有定论。如丰子恺的赤子之心、林语堂的中庸幽默、沈从文的唯美主义、朱自清的中规中矩、汪曾祺的随遇而安等,都是读者所熟悉的评价。范培松则别具慧眼,专写"赤子之心"的难保、"中庸"之不可得、"纯美"之须殉、"中规中矩"背后的欲望、"随遇而安"底下的悲与狂……着意且擅长发现作家的"另一面"是范培松散文批评的一个很大特点,这显示了他对人性的好奇与敏锐的把握,推衍至人性以外的部分,便是一种穿透现象看到本质的能力。

很难想象有一种文学批评可以取消立场,"文学小史记"正可以说是一种有立场的文学史书写。但范培松有时也能暂且悬置立场,"自我"而不"唯我"。使人印象深的是,范培松写朱自清和林语堂的两篇。范培松写朱自清时,提及余光中在《论朱自清的散文》一文中对朱自清的批评,顺带提到了香港学者梁锡华对鲁迅作品的"挑刺"。中国大陆(内地)、台港学者对朱自清评价的两极,固然一部分由于文化背景、生存环境的差异,如未曾经历贫困、苦难,自然无法理解从苦难中生长出来的朴实、真挚的情感;其间抑或有思维方

---

① 范培松:《范培松文集》第 8 卷,江苏教育出版社 2012 年版,第 71、73、81、131 页。

式的差异,如余光中的批评思维显然较为西化,他认为,朱自清的散文"阴柔"即是明证(钱锺书曾就这一问题进行过说明,认为中国的文学批评不含价值判断,而在相近的西方文论中,往往本身就是价值判断,如认为"阳刚"比"阴柔"高级。①)梁锡华对鲁迅"挑刺"则几乎可以说是"点金成铁",令人啼笑皆非,作家作品的风格跟个人遣词造句的习惯有极大关系,鲁迅并非不讲文法,只不过受文言的影响较大,加之有独特的语言习惯,才显得佶屈聱牙。处处以"文法"的标尺去读鲁迅作品,无疑会闹出笑话。但这些或许都属于其次,范培松敏锐地注意到了"立场"问题:"余光中的这段话语,让我联想到梁锡华对鲁迅作品的挑刺,可能都有一股情绪在作怪。什么情绪?应该是非文学情绪魔鬼。他们厌恶非文学情绪魔鬼,自己却不知不觉地被这个魔鬼附了身,世间纯粹的研究实在难得。"② 所谓"非文学情绪魔鬼",是指先预设了批评立场,下笔自然难以客观,对此范培松难以认同。不过,在分析具体问题时,他又能悬置分歧,以"异"为突破口,发现个性,进而找到启示。例如,对余光中,范培松不赞同其批评朱自清的立场,却能够看到他分析的敏锐,看到他能够凭借智慧和学养窥见《荷塘月色》宣泄的隐秘情欲,进而看到其间足资借鉴的理论自觉;此外,他对林语堂的散文理论持保留意见,也不满他凭容貌、生活习惯评价王安石的肤浅,不过却能够欣赏林语堂偏激论调背后不可动摇的文化信念。③

但悬置立场之后,仍然要落到地面。可以说,在范培松所有文学批评背后都有着现实这一参照面。范培松是生于20世纪40年代的学者,他的文章中或有一些印象式批评的痕迹,但从不教条,他不是一个依赖概念进行论述的学者;他对文本有着敏锐的感应,但又不拘泥于文本。范培松的文学批评往往熔文本分析、自我感悟、现实经验于一炉,既有审美建构,又有生活的实感。应当说,散文的本质就是生活。典型的如谈论沈从文的唯美主义,认为其"追梦"的执着是其作品艺术魅力的重要来源,但这种执着的构成是复杂的,不能仅仅看

---

① 钱锺书:《写在人生边上·人生边上的边上·石语》,生活·读书·新知三联书店2002年版,第126-127页。
② 范培松:《朱自清》,《钟山》2020年第2期,第185页。
③ 范培松:《林语堂》,《钟山》2020年第1期,第163页。

作一种美学态度。这种执着里取消了对立,更多的是情感危机的补偿,且不乏矛盾和动摇。从某种意义上讲,这是对沈从文作品中乡土浪漫主义的解构,因这种浪漫不是出于天然与自然,而是作为一种对现代文明的反拨与批判而存在的。然而,范培松认为,沈从文最不可及的地方在于纯粹:"沈从文纯粹。那时倘若流行评奖、排行榜,不塞红包,不拉关系,息交绝游的沈从文恐怕连奖和榜的边也挨不上。"① 这直指当下文坛的功利主义乱象,犀利的言辞背后是对现实的忧心。在《沈从文》一篇结尾,有一段关于爱情的看似突兀的联想与议论,但跳出具体人事,这涉及的是沈从文作品中的审美追求与现实伦理之关系的问题。这不禁使人想起在沈从文的《虎雏再遇记》《三个男子和一个女人》那样的作品中,极致、纯粹之美是通过"越轨"的笔传递出来的。"越轨"是文学创作的特权。然而此种"极境",既无法又不该复制进生活。范培松想要提醒读者的是,文艺审美与现实伦理两种尺度不妨并存于各自疆土,却不能彼此侵入,混为一谈。或许可以这样理解,在范培松的批评标尺上,作家与作品既有属于自身的现实,又有超越其自身的现实。前一种现实帮助我们在横坐标上理解作家的创作观念、文学表现的复杂,后一种现实则在纵坐标上凸显其史的价值与意义。这也同样适用于"文学小史记"所评的其余几位作家。

三

自现代以来的散文理论,在谈论到散文本体时,表述不一,但基本一致地指向散文与创作主体之间的关联,如周作人的言志说、林语堂的性灵说、郁达夫的心体说,都将散文与作家内在人格、性情、个性直接联系起来。而范培松干脆地说过这样一句话:"散文赤裸裸的,是穿泳装的文体。"② 固然,我们从一篇文章中未必能看到一位作者清晰的道德观、价值观,但钱锺书认为,文如其人,文与人的联系在于格调的相通。散文的"裸"从两个方面看都颇有意味:一是从创作的角度来看,散文这一文类对作家的内在人格提出了较高要

---

① 范培松:《沈从文》,《钟山》2020 年第 3 期,第 189 页。
② 范培松:《范培松文集》第 2 卷,江苏教育出版社 2012 年版,第 318 页。

求，因其人格的方方面面在散文中都无所遁身；二是从批评的角度来看，关键就在于穿透散文日常叙事的外衣，去叩问作家最真实的情感与态度。范培松在散文创作与研究过程中，始终将真率、纯粹作为散文审美的最高品格。正如范培松自己所说："我喜欢散文，因为散文不会欺骗我，它的真性情容易使人亲近。"①《南溪水》完全是一派真率。在《南溪水》之前，范培松已出版过一部散文集《从姑苏到台北》。学者兼而写散文、随笔的有不少，不过大多数写的是"学问的边角料"，非专业人士难以卒读。而范培松的散文始终极具可读性。如《从姑苏到台北》中的《屋里屋外》写的是与家庭、亲情有关的事情，也记述女儿们的趣事；《洋相》是词条式的哲理散文，从生活出发，而能从中提炼出哲思与诗意；《走近林语堂》所记多为范培松在台北当客座教授的种种经历，不一样的文化背景碰撞出不一样的灵思妙想……《从姑苏到台北》写得形象灵动而风趣幽默，但这部散文集学者气质甚浓，是典型的学者散文，往往着眼于文化的联结与差异，不时使人想到钱锺书、梁实秋、王了一等学者在20世纪40年代写出的一批散文作品。而范培松的《南溪水》完完全全是"底牌"，他将沉积心底多年的伤痛、苦难、真相一一和盘托出，其间笔触不无激烈之处。如范培松后来回忆《南溪水》的写作过程："历史记忆一直尘封着，一旦打开，我时时被感情的漩涡吞没，为我的家族和我的苦难而伏案痛哭，写不下去，断断续续整整写了一年……"②

仅举两例，在《价值》一篇中，范培松提出：对价值产生怀疑，还是在那个颠倒的年代里。这一段的前因后果，在《南溪水》里有更为详细的记述。《价值》是抽象的，《南溪水》则是具体的；《尾巴》一文用"尾巴"这一意象，聚焦范培松自己曾被关斗室的一段苦难往事。在《南溪水》里，范培松对这段经历的表达则更为具体，其中不仅有叙述、议论，还带有心理分析意味，再现了彼时范培松心灵创伤的一个侧影，幽默背后是无尽的痛苦、愤懑。可以说，《南溪水》是范培松对他自己提出的"裸心"这一主张的最好实践。散文入门容易，写好却难，大概难就难在"裸心"二字吧。

---

① 范培松：《范培松文集》第1卷，江苏教育出版社2012年版，第1页。
② 范培松：《范培松文集》第1卷，江苏教育出版社2012年版，第5页。

就"文学小史记"来说,前文已述及这几篇系列评论的共性。概括来说,即不是以总结风格为目的,而是以风格为起点,揭示出"定论"背后的东西,以一己"偏见"探寻隐藏的"真实",这一点不再赘述。需要补充的是,在范培松的文学批评中有一种以人为中心的把握方式,他的阅读与批评始终指向人。范培松对作品、作者之关系的把握十分"散文化"。散文之"真"排斥虚伪矫饰,对作家的创作人格提出了至高要求。故而,我们可以说,范培松既以自我的真实表达为一切散文创作的基本旨归,又时时注意从作家庞杂的创作中披沙拣金,选取典型,再进行提炼,锻造审美与人格的罕有品质。如写林语堂,范培松着重写《苏东坡传》的"'气'盛且有骨",写其闲适背后的坚守与格调;朱自清散文里的"意恋"情结也是一种真,它破除了中学语文教育"塑造"出来的中规中矩的朱自清形象,但反而使之显得更有人味,更立体,因欲望本就是人之为人的一部分。范培松对沈从文和汪曾祺的批评,一个共同点是看到了这师徒二人身上的非功利的人生态度。范培松从沈从文的作品中读出了其人的"愚直""纯粹";汪曾祺没有其师的极端和蛮劲,却也有一种"自然"与"自由",但范培松重点要指出的是,在汪曾祺式的"文化的休息"的背后有无奈、苦涩、孤独与沉重,只是浮躁功利的时代,人们已经忽略乃至遗忘了背后的种种沉重。范培松写陆文夫,在人人争走大道的年代,他却执着于走"林间小道",又在"理论热"的20世纪80年代对形式革命报以倦怠态度,一生只做两个梦("文学梦"和"苏州文化梦"),在范培松看来,这无意识地实现了尼采那句"在自己的身上,克服这个时代",因而也成就了其人的诗意与纯粹;写丰子恺坚持"真正意义上的写作",以及特殊年代的"斗士"形象,范培松写出了居士丰子恺十分"金刚"的一面。总之,范培松读散文实则是读人,他围绕在这些作家的纷纷扰扰之中,既记纷杂,又记那永恒的纯粹。

在阅读《南溪水》、"文学小史记"系列及范培松的其他一些文章的过程中,笔者感兴趣的是那种非典型学院派的散文叙事方式,无论是创作还是批评,都逾出一般学院派学者的叙事方式。散文创作自不必多说,《南溪水》有学者的理论自觉而无学者的话语惯性,始终灌注着一种充沛的激情;关于散文批评,范培松曾如此说过:"回顾自己的治学历程……我撰写的散文研究论文，不像现在那样讲究学术规范，是凭着自己对作品的心灵感应，向前摸索，就像'瞎子摸大象'那样，把自己摸到'大象'的局部显现出来。"范培松又说："散文是穿泳装的文体，它无所依傍，只有凭自己的本色取胜。我研究散文，穿的也是泳装，我没有什么依凭，靠的也就是本色！"① 这两段话在笔者看来是充满启示意义的。治学方法是个见仁见智的问题，但典型学院派的确较为讲究种种"理论""规范"，久之容易产生套路与模式。然而，对于人文学科而言，在千篇一律的理论填塞、习焉不察的话语惯性之外，也仍然需要温度和风格。正如哈罗德·布鲁姆所说："在我的实践中，文学批评首先是具有文学性的，也就是说是个人化而富有激情的。它不是哲学、政治或制度化的宗教。最好的批评文字……是对生活的参悟。"② 对于散文研究来说，何以能够做到这一点呢？范培松的散文叙事或提供了一种借鉴：一个优秀的散文批评者，首先也得是一个奉真实、真情、纯粹为至高境界的写作者。换言之，正是在《南溪水》那样的作品中，我们看到了"文学小史记"中批评眼光与标准的真正来源，而范培松作为学人的一面，又反过来提炼、升华了他生命中的那些感性经验。

（本文载于《扬子江文学评论》2021年第4期，有删改）

---

① 范培松：《范培松文集》第3卷，江苏教育出版社2012年版，第447页。
② ［美］哈罗德·布鲁姆：《影响的剖析：文学作为生活方式》，金雯译，译林出版社2016年版，第5-6页。

第三辑／文系姑苏

串起散落的文学珍宝

——《插图本苏州文学通史》广受热评

徐 宁

自苏州大学中文系博士生导师范培松教授和苏州教育学院（今属苏州市职业大学）中文系金学智教授历时4年携手主编的一部中国市级地方文学史——《插图本苏州文学通史》面世以来，受到国内外专家、学者和各界人士的高度评价，认为这部被教育部和江苏省、苏州市立为重点项目的150多万字的巨著，拾掇起散落在历史长河和古巷深处的文学珍宝，选题新、资料丰、考据精、内容广，翔实记录了苏州文坛千年之盛，开创了中国市级地方编纂文学史的先河，具有很高的学术价值和史料价值，是一部不可多得的地方文化著作。

《人民日报》海外版等多家媒体均对《插图本苏州文学通史》一书的出版做了报道。《文学报》在书评中提到，该书从先秦苏州文学一直"通"到现代苏州文学，是1932年郑振铎的《插图本中国文学史》面世以后的一部标明"插图本"而又凸显地方性文学史的皇皇巨著。

范培松教授和金学智教授曾做过一个粗略的计算：自古以来，苏州作家有14次在全国文坛上领衔，孙武的《孙子兵法》是国内第一部军事散文；王鏊的台阁体影响文坛几百年；包天笑、周瘦鹃的"鸳鸯蝴蝶派"享誉海内外；陆文夫在20世纪80年代开创小巷文学；东吴大学（苏州大学前身）教授黄人在20世纪初著述国内第一部中国文学史；冯梦龙小说、金圣叹的评论都曾在那段历史上独领风骚。具有2 500多年历史的苏州，文人才子辈出，文化积淀深厚，在这块文化的沃土上，苏州籍作家不断走向全国，非苏州籍作家又不断流向苏州。哈佛大学李欧梵教授重临苏州时说，面对苏州文学这个群星璀璨的文学长河，如果没有一部文学史对其加以梳理，不能不说是一种遗憾。

为了更好地反映"苏州作家"和"苏州作品"频繁的双向流动，范培松教授和金学智教授集思广益，科学厘定了"苏州作家"和"苏州作品"这两个重要概念。他们将唐代在苏州宦游时写了不少"苏州作品"的三位太守——非苏州籍的韦应物、白居易、刘禹锡列为苏州作家；而对非苏州籍作家所写，且对苏州颇有影响力的名篇佳作也广为采掇，按朝代有序地编为"苏州作品"系列。这种作家、作品双线交叉而以作家系列为主的逻辑结构，这种立足史实、尊重史实、敢于打破文学史既定模式的创意与整合，对于同类文学史书的编写具有启发意义。

《插图本苏州文学通史》的又一创新是因地制宜地在苏州多姿多彩的传统文化的基础上，对边缘文学"处女地"加以开拓。历史上的苏州文坛、艺坛极为繁荣，自宋明以来，苏州文学、园林、绘画、戏曲等的创作均领先于全国。与此相应，苏州出现了文士云蒸、名家辈出的文化现象，如明代的"吴中四杰""吴中四才子""吴门画派"及戏曲的"吴江派"等，或共时相交，或此伏彼起。不少戏曲家博综众艺，一些艺术家又是造园家。《插图本苏州文学通史》将园记、咏园诗、题画诗、楹联等微型文学样式引进文学史的学术框架，将边缘文学纳入文学史的视野，点面结合，体现了文学与戏曲、园林、绘画、书法、评弹等艺术的共时性交叉，开创了国内交叉文学史的先例。通过这种创新的交叉，读者可以了解以往为书画之名所掩的沈周、唐伯虎、文徵明、祝允明是如何集书画于一身而开辟文学心境的。

不少专家、学者认为，《插图本苏州文学通史》不但在文学与多门艺术的横向交叉上大胆突破，在对苏州文学进行历史性的纵向开掘、梳理时也有创新，将对张继、白居易、冯梦龙等名家名篇来龙去脉的研究提到接受史、生成史的高度，不少论述都有发人之所未发的独见之明。书中还有一绝妙处，即对于那些走进苏州文学史的主要人物曾居何处，范培松和金学智也做了详细的考证。

"史论结合""史评（赏）结合"是《插图本苏州文学通史》的又一大特色。范培松和金学智为文学理论（家）和文学批评（家）专门设立章节，对卓尔不群的文学批评大家金圣叹、国学泰斗章炳麟、写第一部中国文学史的黄人、国学大师钱仲联等给予合理评价。范培松教授和金学智教授站在历史的高度，客观肯定了"鸳鸯蝴蝶派"的主流地位，指出"鸳鸯蝴蝶派"显示了一种对现代性的追求，他们是五四新文学的同路人，"鸳鸯蝴蝶派"的一些小说特别是言情小说，已经深深触动了封建婚姻问题。

学术界认为，《插图本苏州文学通史》的编撰，使文化学和历史学通过文学而交叉渗透，构成一部既有文化广度，又有新意和深度的地方性大文学史。

（本文载于《苏州日报》2005年2月18日，有删改）

第三辑 文系姑苏

文学史方法论的有益尝试

——评《插图本苏州文学通史》

吴 辉

顺着学术界一再提出的重写文学史、更新文学史方法论的要求，范培松、金学智历时4年之久，潜心主编的《插图本苏州文学通史》（以下简称《通史》）面世了。该书共4卷，从先秦苏州文学一直延续到现代苏州文学，凡150多万字。书中还精选了各类具有很高文献价值、文物价值的插图100张。此书可以说是继1932年郑振铎《插图本中国文学史》面世以后，一部标明"插图本"而又凸显地方性文学史的皇皇巨著。

自春秋时期吴国建城以来，苏州已有2 500多年的历史，文人才子辈出，文化积淀深厚，要比较全面、深入、系统地反映这一历史悠久而又丰富多彩的文学历程，是很有难度的。《通史》直面难题，能高屋建瓴，从文学史方法论的开拓、更新入手，从宏观和微观两个方面成功地实现了这一目标，这种尝试是有益的。仅从文学史方法论的角度来看，这部专著的创新意义和价值取向，已远远跨越了苏州的地域、文学的范围……

首先，该书首创了"苏州作家"和"苏州作品"两个系列双线交叉、互补共进的史学结构。从历史上看，苏州籍作家不断走向全国，非苏州籍作家又不断涌向苏州，情况错综复杂。为了很好地反映这种频繁的双向流动，该书比较科学地厘定了"苏州作家"和"苏州作品"这两个重要概念。从这一逻辑起点出发，范培松和金学智将唐代在苏州宦游时写了不少苏州作品的三位太守——非苏州籍的韦应物、白居易、刘禹锡列为"苏州作家"；而对非苏州籍作家所写，但对苏州颇有影响力的名篇佳作也广为采撷，按朝代有序地编为"苏州作品"系列。这种不见于一般文学史的作品系列，其中，除每个历史时段均辟有

"名篇佳作,情满姑苏"专节之外,还有"唐代诗人咏虎丘""《枫桥夜泊》及其接受史""唐代诗文聚焦下的'草圣'张旭""吴会风流:宋词与苏州"等很有特色的专节。《通史》这种作家、作品双线交叉而以作家系列为主的逻辑结构,这种立足史实、尊重史实、敢于打破文学史既定模式的创意与整合有方法论的启发意义。

其次,该书又致力开拓边缘文学"处女地"。这更应该说是一大创新。在历史上,苏州的文坛艺苑极为欣荣。自宋明以来,苏州文学、园林、绘画、戏曲等的创作先后在全国领先。与此相应,苏州出现了文士云蒸、名家辈出的文化现象。如在明代,"吴中四杰""吴中四才子""吴门画派"及戏曲的"吴江派"等,或共时相交,或彼伏此起……他们都是多才多艺、文采风流的士人集群;而"吴门画派"一代代的传人,也多工诗、书、画三绝,形成了绵延相传的"才子家族";不少戏曲家也大抵是博综众艺,有些又是造园家……据此,《通史》在全国率先将边缘文学纳入文学史的视野,点面结合地体现了文学与戏曲、园林、绘画、书法、评弹等艺术的共时性交叉。具体地说,《通史》是首次将园记、咏园诗、题画诗乃至楹联这类微型的文学样式等,引入文学史的学术框架,开创国内交叉文学史的先例。例如,"吴门画派诗文"一章,就让人看到了为书画之名所掩的沈周、唐伯虎、文徵明、祝允明,看到了他们是如何集诗文、书画于一身而开辟文学新境的。

《通史》不但注意文学与多门艺术的横向交叉,而且注意对苏州文学进行历时性的纵向开掘,梳理"苏州作家"和"苏州作品"的来龙去脉,如对张继的《枫桥夜泊》、白居易的《忆江南》及冯梦龙的通俗文学等,都辟有专节探究其接受史、影响史乃至生成史。至于不列专节的接受史,更是比比皆是,其中,好些论述颇有发人之所未发的独见之明。《通史》这种纵横交错、时空相织的建构,无疑也具有文学史方法论的意义。接受美学创始人之一的姚斯曾指出,"只有当作品的延续不再是从生产主体思考,而从消费主体方面思考……才能写出一部文学和艺术的历史"①。此话虽矫枉过正,但有其合理性。

① 王长纯:《和而不同:比较教育的跨文化对话》,人民教育出版社2007年版,第376页。

《通史》以接受美学等新学科来更新文学史方法论，这种尝试对学术研究也颇有裨益。

《通史》又体现了文学史、文学理论、文学鉴赏批评三位一体而以文学史为主的有机结构。一般说来，文艺学包括文学史、文学理论、文学鉴赏批评三个组成部分，而这三者总是有机地联结在一起的。但目前较多的文学史专著往往只是单一的史学叙述，不是缺少理论色彩，就是趋于简略的评价，缺少有重点的、具体而细致深入的鉴赏分析。勒内·韦勒克、奥斯汀·沃伦在《文学理论》中指出："文学理论不包括文学批评或文学史，文学批评中没有文学理论和文学史，或者文学史里欠缺文学理论与文学批评，这些都是难以想象的。"①

苏州是文艺极为繁荣的历史名城，也是山水园林清嘉秀丽的旅游胜地，《通史》根据这一地区的文学史实，总结出与世推移律、江山助思律、景咏相生律、共鸣接受律、横向交叉律、合群功能律、迭用刚柔律、美善育秀律八大规律。这种独特的发现，不但大多具有普遍的共性，而且又从苏州文学特殊的历史实践中来，有血有肉地带着鲜明的地方个性。如景咏相生律，揭示了"文章藉（借）山水而发，山水得文章而传"的美学原理，而且它是从苏州虎丘、枫桥、沧浪亭等众多山水园林的景与咏互动增值的历史中概括出来的；合群功能律，既概括了苏州文学史上包括"吴门画派"在内的流派社团的成功经验，又对孔子"兴观群怨"说中的"群"字做了独创性的阐释，这是对文艺功能论极有价值的补充；迭用刚柔律，辩证地概括了苏州文学主导风格的节律性反复；美善育秀律，则探讨了苏州历来人才辈出的缘由，如云兴霞蔚，这也是亟待探究的课题。对文学发展历史规律的总结，是研究文学史的重要目的之一，某些文学史专著却忽视了这一点。《通史》强化了这方面的内容，也就强化了自身的理论深度和史学创见。

《通史》是史赏（析）交融。如对于作为兵家圣典和散文名著的《孙子》，从识见立意的高卓精深、议论逻辑的谨严连贯、一泻千里

---

① ［美］勒内·韦勒克、奥斯汀·沃伦：《文学理论》，刘象愚、邢培明、陈圣生等译，江苏教育出版社 2005 年版，第 32 页。

的气势美等层面做了多视角的评论和赏析,并首次把《孙子》散文和先秦诸子散文相提并论,将其推上先秦散文史"百家争鸣"的舞台。而陆文夫以刻画苏州世风民情的小巷文学享誉当今文坛,《通史》则从吴文化的独特视角切入,解剖其执着的表现、宽容的批判、细腻的雕琢、幽默的情趣及民俗的意识,给人以隽永的品位。总之,以别具慧眼的解读视角提供充裕的赏析性和品位量,是《通史》的又一特色。

《通史》对学术研究的方法论启示还在于:文学与文化的概念虽然层级不同,但编者善于让二者互为表里:互相交叉,从而使《通史》成为一部既有文化广度,又有新意和深度的地方性大文学史。文化学和历史学通过文学而交叉渗透,这是《通史》在文学史方法论方面又一成功的尝试。

当然,由于中国市级地方文学史至今尚无先例可供借鉴,因而难免有所不足。如对苏州籍作家的某些非苏州作品议论多了,可能会在一定程度上冲淡"吴味"。不过,从总体上看,这是瑕不掩瑜的。

(本文载于《文学报》2004年9月30日,有删改)

我国第一部市级地方文学通史

——读《插图本苏州文学通史》

陈 辽

一部150多万字的中国市级地方文学通史《插图本苏州文学通史》（以下简称《通史》），已由江苏教育出版社于2004年5月出版。该书的主编是苏州大学的范培松教授和苏州教育学院（今属苏州市职业大学）的金学智教授。

中国的名市颇多，但并不是每座名市都具备编写文学通史的条件。例如，陕西的西安、河南的洛阳、江苏的扬州，历代文人写它们的文学作品不少，但这些市的原籍作家并不多，学者可以编一本写西安的文学作品选，写洛阳的文学作品选，写扬州的文学作品选，但要编撰一部文学通史就勉为其难。唯有苏州可以，一方面，这里有2 500多年的历史；另一方面，2 500多年来，出生于苏州市（含苏州市原辖治地区）的原籍作家多达千余人（其姓名难以一一列举），在苏州做过官，或寓居苏州并写过苏州的作家（韦应物、白居易、刘禹锡等）有数百人，路过苏州又写了苏州的作家（张继等）亦有数百人，不在苏州但写了苏州和苏州人物的作家（司马迁写了《伍子胥列传》等）也有数百人。这四类作家写苏州的文学作品多达数万篇（首、部），如此，苏州文学通史的写作条件便具备了。然而，具备了写苏州文学通史的条件，并不等于就能写成功苏州文学通史。这首先需要范培松、金学智两位教授的运筹擘画，参与撰写；然后组织对苏州文学造诣精深的专家、学者悉心写作；最后由两位教授统稿。因此，这是一项巨大的文学系统工程。而今，这项系统工程已以高水准、高质量的面貌呈现在读者面前了，这不仅在苏州是空前的文学大事件，而且在全国、在江苏，也是不曾有过的重要文学事件。

最近，笔者把《通史》通读了一遍，认为其具有以下显著特点。

第一，《通史》发掘出了数以百计的、过去鲜为人知的"苏州作家"及其优秀著作，内容新，信息量大。如写道教诗歌的杨羲；"文体英绝"的吴郡赋家张融；诗作"婉娈清楚，深宜讽味"的崔国辅；以志怪小说见长的陆长源；以《姑苏百题》闻名的杨备；独来独往于诗坛的李弥逊；以笔记散文著称的龚明之；以《乐圃记》及咏园诗闻名的朱长文；以《乐府指迷》影响后人的沈义父；走出台阁体樊篱的诗人吴宽；散文广博侈丽的莫旦；女作家沈宜修；写作《南壕诗话》的都穆；写出《咄咄吟》且以诗为史的贝青乔；写出《亦园铭》的陈壁；虞山诗派中期代表作家王应奎；写《一瓢诗话》的薛雪……如果不是《通史》的主编及编写者把他们从文献典籍、笔记、史料中发掘出来，并充分阐明其著作的文学价值、构史意义及社会影响，他们及其作品很可能在时间的流逝中被湮没了。单是这一突出成就，就应为《通史》大书一笔。

第二，《通史》揭示了苏州文学发展的客观规律。新时期到来后，各省、市的文学史，各种文体的文学史，可谓多矣。它们论述了不少作家作品，也讲到了产生作家作品的历史背景。但是，读完这些文学史，若向编写者提出一个问题：该省、市的文学发展规律是什么？对不起，大多数文学史不做回答。只有极少数的文学史才回答或涉及了这个问题。而《通史》不仅明确地回答了这个问题，而且对苏州文学长达2 500多年的一以贯之的文学发展规律，做了符合客观实际的回答。这就是苏州文学的与世推移律、江山助思律、景咏相生律、共鸣接受律、横向交叉律、合群功能律、迭用刚柔律、美善育秀律。这些规律是苏州文学发展过程中所独有的。如苏州作家反映"吴中好风景"的诗文较多，这是江山助思律在苏州文学的历史时空中的突出表现。苏州文学固然独树一帜于江南，但苏州园林、苏州戏曲、苏州绘画、苏州书法也独步全国。它们之间既彼此影响，又相互交叉，这一横向交叉律对苏州文学的发展产生了很好的良性效应。而苏州文学审美的合群功能、高雅的文化社交功能，更是贯穿于苏州文学史实的一条红线。立足于苏州文学发展的特殊性，总结出苏州文学发展的八大规律，这是《通史》的又一显著成就。

第三，《通史》为苏州特有的文学品种设立专章专节。因为有"苏州刺史例能诗"，所以《通史》设立了专章"姑苏诗太守"，着

重论述了刺史韦应物、白居易、刘禹锡在苏州的文学创作,特别是白居易的《忆江南》及其多层影响。苏州的"园林文学",从苏舜钦的《沧浪亭记》开始就闻名全国,因此,《通史》又设立了"园林文学"专章予以论述。苏州的昆曲被联合国教科文组织列为"世界非物质文化遗产"之一,这又是苏州的"特产",《通史》由此开辟了"戏曲文学"专章。苏州评弹自诞生以来,流行地区很广,中华人民共和国成立后,更传播至海外,颇受听众欢迎。《通史》乃设置了"苏州评弹与评弹文学"给予论评。由此,《通史》的地方特色更加鲜明。

第四,《通史》不人云亦云,敢于与习惯的提法和说法"争鸣"。例如,明代"后七子"之一的王世贞,历来被认为是"力主复古"的复古派。《通史》则以为他的文学主张是"复古旗帜下的'二律背反'",从动机与效果、理论与实践相联系的视角来看,其主导动机和部分效果还不错。摆事实,讲道理,自成一家之言。又如,现代作家郑逸梅,善写"补白",但不为文学界所重视。《通史》则以"'补白大王'郑逸梅"专节为之"正名",认为郑逸梅的"补白"使那些短小精悍、知感交融、雅俗共赏的小品、笔记与掌故成为最能体现其写作风格的代表,充分肯定了郑逸梅"补白"的价值所在。这样的"争鸣",有利于读者更好地认识苏州文学的优良传统和文化意蕴。

第五,100幅插图不仅为《通史》增色,而且产生"图文共读"的真实效应。已出版的文学史,要么是没有插图,要么是插图极少,因而减少了读者阅读时的趣味。而《通史》精选了100幅插图,与文本相配合,图文并茂,兴趣盎然。

《通史》有此五大特色,我们可以毫不夸大地说,今后谁要研究苏州文学、苏州文化、苏州艺术,甚至谁要研究吴文化,都必须阅读《通史》。但是,笔者一开始就说过,并非所有的名市都具备写文学通史的条件,因此,笔者不提倡每个名市都写文学通史!

[本文载于《苏州大学学报(哲学社会科学版)》2005年第1期,有删改]

"文化苏州"的文学名片

——评《插图本苏州文学通史》

肖玉华

1904年，苏州大学的前身——东吴大学的教授黄人先生开始动笔编写由中国人自己所著的第一部《中国文学史》，这是中国文学史上具有里程碑意义的一件大事；2004年，苏州大学中文系博士生导师范培松教授和苏州教育学院（今属苏州市职业大学）金学智教授历时4年携手主编的中国第一部市级地方文学通史——《插图本苏州文学通史》（以下简称《通史》）由江苏教育出版社出版，这同样是具有里程碑意义的一件大事。

哈佛大学李欧梵教授重临苏州时曾说过，苏州在世界城市形象中的地位非常高，非常突出，非常具有吸引力。笔者想，李欧梵指的就是"文化苏州"。而在苏州众多的文化形态中，诸如园林、苏绣、昆曲、饮食等，文学又是其中极为炫丽的一个篇章。《通史》对这条群星璀璨的文学长河加以梳理，使今天的苏州人在他们的"名片"夹中，又增加了令他们骄傲的、极具分量的一张"文学名片"。

掰开手指数一数，像苏州这样有资格拥有自己的地方文学通史的城市确实寥寥可数。范培松教授曾粗略计算了一下，自古以来，苏州作家有14次在全国文坛上领衔。如孙武的《孙子兵法》是国内第一部军事散文；王鏊的台阁体影响文坛几百年；包笑天、周瘦鹃的"鸳鸯蝴蝶派"享誉海内外；陆文夫在20世纪80年代开创小巷文学；等等。已年过花甲的范培松教授治文学史多年，尤其长于散文文体史和理论批评史研究，却鲜少持有保守观念。近年来，范培松教授颇为关注"现代性"问题，《通史》的编撰，从某种意义上而言正体现了他对"现代性"的追求。金学智教授精于门类艺术、古典美学的交叉研究。两位教授分别从文学、艺术的角度进行深度协作，既顺应了苏州文学的特殊性要求,又保证了《通史》的高品位和高质量。

笔者认为,《通史》有以下两个重要特点。

第一,"通"——在横向和纵向上的交叉和贯通。《通史》主要概括历代苏州作家以创作为中心的文学现象,并展示其丰硕成果、总结其发展规律,是至今为止真正意义上的"通"史,具体体现在四个方面:一条线索、两极视角、三个板块、四个亮点。

一是一条线索,即《通史》以时间为线,通贯古今。上自季札观乐(公元前544年),下至20世纪80年代,纵贯苏州建城2 500多年的变迁发展史,将先秦至南北朝、唐、宋、明、清和现当代6个具有代表性的时间段串联起来。范培松教授和金学智教授遵循"古代从宽,今人从严"的原则,比较科学地厘定了"苏州作家"和"苏州作品"这两个重要概念,遵从"苏州作家"系列与"苏州作品"系列交叉进行的逻辑结构,并以前者为主。

二是两极视角,即《通史》不仅仅是一部文学史,还是一部文学接受史。《通史》将张继的《枫桥夜泊》收录其中即证明了这一点。诚然,对于这类弘扬吴文化精神,展示吴文化精华的名篇佳作,苏州文学史没有任何理由将其拒之于编写视野之外。相反,有了这样一批名篇佳作,苏州文学史的题材领域更加拓展了,文化内涵更加深厚了,艺术色调更加丰富了,对于广大的本土及境外读者也更加有吸引力了。

三是三个板块,即《通史》的编撰,注重由文学史本位向两端的延伸,一端通向文学理论,另一端通向文学的鉴赏批评,从而构成了文学史、文学理论、文学鉴赏三个板块,体现出以文学史为主体的三位一体的有机构成。

四是四个亮点,即《通史》皇皇150多万字的巨著,亮点绝不止四个。而吴地歌谣、园林文学、画派诗文、小巷文学都是具有苏州特色的亮点。

第二,求异性。《通史》不是全国性文学史的"拷贝"或"翻版",它凸显了其迥异于全国性文学史的独特个性、本色风貌——求异。除前面涉及的四个方面之外,还有两个方面值得一提。

首先,《通史》的求异性表现为该书通过史论相生的合力,反复探讨、归纳和证实文学发展、繁荣的一些历史规律,避免了常见的文学史著作对文学现象和文学发展史的梳理与研究流于表面化和肤浅化的弊端。更难能可贵的是,《通史》对苏州文学风格的形成和根源从多个层面进行了探讨。

其次,《通史》的求异性还表现在对边缘文学的关注。该书体现出实验性精神和宏观意义上的大文学史观,关注多种艺术门类和艺术形式的交叉关系,首次将园记、咏园诗、题画诗乃至楹联等微型的边缘性的文学样式引进文学史框架之中。另外,像杨羲的道教诗歌、兵家圣典《孙子》等也从文学角度被加以解读。对曾受到不公正批判的"鸳鸯蝴蝶派",《通史》客观地评价其应有的文学地位。

《通史》中附录的100幅精美插图,使我们可以更直观、更形象地理解苏州这座"中国后花园"的价值和意义。

《通史》呈现给我们的是一种新的文学史方法论。当然,它难免有不够成熟和不尽完善之处,也不可避免地将会引起学术上的争论。范培松教授说:"如果有人叫板,我愿意打擂台。只有通过争辩,才能把苏州文学史继续写下去。"其实要写下去的,又何尝是苏州文学史呢?

(本文载于《文汇报》2005年2月23日,有删改)

第三辑 文系姑苏

姑苏斯文载青史

周玉玲

期盼已久的第二十八届世界遗产大会拉开帷幕，苏州大学博士生导师范培松教授与苏州教育学院（今属苏州市职业大学）金学智教授联手主编的《插图本苏州文学史》历经4年的精雕细琢，终于出版问世。手捧精美厚重的四卷本，已过花甲之年的范培松教授高兴得像是老来得子。这部被教育部立为重点项目的150多万字的巨著，翔实地记录了苏州文坛千年之盛，开创了中国市级地方文学史编纂的先河。

沉醉于浓浓喜悦中的范培松说起图文并茂的苏州文学史激情飞扬。范培松教授认为，拥有2 500多年深厚历史文化底蕴的苏州最有资格编纂文学史，他粗略地计算了一下，自古以来，苏州作家有14次在全国文坛上领衔，如孙武的《孙子兵法》是国内第一部军事散文；王鏊的台阁体影响文坛几百年；包天笑、周瘦鹃的"鸳鸯蝴蝶派"享誉海内外；陆文夫在20世纪80年代开创小巷文学；东吴大学（苏州大学前身）教授黄人在20世纪初著述国内第一部中国文学史；冯梦龙的小说、金圣叹的评论都曾在那段历史上独领风骚。

在苏州文学史的编纂过程中，编委们遇到了诸多困难：什么是苏州文学史的视野？选什么人？选什么文？怎样来遴选？怎样做评价？一连串的问题都是前无古人的，没有任何章法可循。编委们分歧很大，大家几经讨论，达成初步共识，遵循"古代从宽，今人从严"的原则精心筛选。能纳入苏州文学史的可以有三类：第一类，作者是苏州人、苏州籍、在苏州工作；第二类，作者客居苏州、长期工作在苏州、写苏州的；第三类，作者途经苏州，短期在苏州游历，在苏州工作且写过非常著名的诗文，比如张继及其《枫桥夜泊》。范培松教授说，将张继的《枫桥夜泊》定为苏州文学恐怕世人没有异议，但在评述和表达方式上有些"冒险"。金学智教授从接受美学的角度来谈枫桥，文章写得很出彩，但读者看后是否认同这种写法，这一点范培松教授有些不放心，更让他感觉不太踏实的还有一些细节。该书将绘画文学、园林文学甚至用文学形式写的书法论也列入了文学史的范畴。不过，有创新就会有争议，直率的范培松教授倒也不怕，他拍拍胸脯说："如果有人叫板，我愿意打擂台。只有通过争辩，才能把苏州文学史继续写下去。"

范培松教授介绍说，书中还有几个妙处。那就是走进苏州文学史的主要人物曾居何处，他们做了考证；属于国家或省、市文物保护单位的建筑，书中也做了注释。

（本文载于《人民日报》2004年7月2日，有删改）

第三辑　文系姑苏

第四辑／磊落底牌

散文史家的"诗意"人生

——记范培松

徐宗文

"咬定青山不放松,立根原在破岩中。千磨万击还坚劲,任尔东南西北风。"郑板桥的这首《竹石》诗,对读者来说似乎不难读懂,但是容笔者说句冒昧的话,古往今来真正能够解得此诗的,除郑板桥自己之外,散文史家范培松也算得上一个。有趣的是,范培松不是用语言或文字解读此诗,而是用自己的人生,用对散文研究的执着与痴情对其做了准确、生动的诠释。

一、"咬定青山不放松"

在学术圈子甚或作家圈子里,说起范培松,大家都会不约而同地想到"散文"二字,散文成了他的标志性"符号"。范培松一生与散文打交道,教学散文,研究散文,乃至书写散文,散文是他"自己的艺术",是他心中的最爱,是他的灵魂和化身。一言以蔽之,范培松是一位"极端"的散文史家,时时刻刻"咬定"散文不放松。范培松从20世纪60年代中期留校任教,研究和书写散文,已经几十年了。2008年,范培松年届65岁,还独立撰写了100多万字的学术巨著《中国散文史》。散文与范培松朝夕相处,一生相伴,一起同行。

范培松的散文著作中,有作品集(《从姑苏到台北》),有评论集(《散文天地》《散文的春天》《散文瞭望角》),有史的研究(《中国现代散文史》《中国散文批评史》),还有教材(《散文写作教程》)和词典(《中国散文通典》),等等。范培松已有15种专著出版,其中,属于散文的就占了13种。为了散文,范培松可谓呕心沥血。

范培松从散文"起家",靠散文"成家",又凭散文"发家",

第四辑 磊落底牌

他的一切成果都与散文相关,从1986年越级晋升为江苏省最年轻的文科教授到现在成为学人羡慕的"二级教授",散文研究既带给他荣誉,又给他的生命注入不平凡的意义。

如果这些"纵横交错"的"情节"还是不能说明范培松的"执着",请看以下"细节"。

范培松的老伴埋怨说:"我们经常饭后一起散步,好多次走到半路,他抱歉地对我说,'哎呀,灵感来了',于是不由分说,丢下我一人,甩开膀子,大步流星赶回家……"

范培松的女儿心疼地说:"父亲半夜坐起,打开床头灯,拿起早就备好的纸笔,写下他梦中的所感所思,有时还靠在床头想到天明……"

范培松的小外孙用不无嘲笑的口气说:"又一次,外公正在用热水烫脚,突然,他湿漉漉地从脚盆里站起来,光着双脚,直奔自己的办公桌,奋笔疾书我们谁也看不懂的'天书'。"

这就是范培松!为了散文,他是如此的"痴情"。

可是,范培松又告诉笔者这样一件极为生动有趣的事:2005年春天,他前后花了20年时间,终于完成《中国散文史》的写作。当他手提书稿准备送交出版社时,62岁的他竟然像顽童一样在自家的门口燃放鞭炮,以庆贺作品大功告成。

这也是范培松!这样的异常举动显得多么富有激情!多么富有"诗意"!也只有一贯乐观开朗、以真性情示人的人才能想得出,做得出。

二、"立根原在破岩中"

范培松之所以能够在散文研究(包括创作)方面取得如此成就,乃至成为公认的散文史家,溯其本源,"立根原在破岩中"——他在困境中接受了锻炼,甚至在逆境中经受了煎熬,从而养成了"咬定"这样一种精神,这样一种性格,这样一种毅力。笔者带着好奇心向他探寻成功的"秘密"时,范培松从原来"燃放鞭炮"的热情介绍中一下子变得深沉起来,他陷入对遥远往事的回忆,眼睛里顿时充满对父母、对家庭无限留恋的神情。

范培松告诉笔者:"这应该归功于我的出身、我的父母、我的家庭。特别是我的父母对我自始至终的激励和引导。"范培松告诉笔者,他出生于江苏宜兴一个十分贫瘠的小山村。儿时家贫,范培松常常是吃了上顿愁下顿。尽管如此,范培松的父母还是想尽一切办法送他去读书。范培松在家里最小,深得其父母的宠爱。范培松的父母说:"因为范培松最聪明,最有可能读好书,所以只送他一个人上学。"其实范培松知道,并不是他特别聪明,而是儿时家里穷,根本供养不起几个读书人。为此,范培松的哥哥就做出了牺牲。说到这里,范培松特别表示,"到现在我还对父母心存感激,对家兄心怀歉疚"。

有一件事,对范培松来说是刻骨铭心的。

1961年,在范培松中学毕业的最后一天。早上,范培松去参加毕业典礼,临走前对父亲说,开完会,他就回家,不必送饭了。原来从小学五年级开始到高中毕业,范培松在离家三里(1 500米)的小镇上读书。整整8年,为了节省粮食和费用,每天中午都由父亲给范培松送饭,无论刮风下雨,从未间断。可是这一天,父亲怕范培松饿着,还是坚持送饭。孰料走到半路,父亲跌了一跤,饭菜撒了一地。到学校时,父亲满脸凄然,哽咽地对范培松说:"孩子,饭菜被我跌跤撒落到地上了。"范培松一听,难过至极,赶紧扶着父亲回家。范培松说:"因为父亲长期饥饿,双腿浮肿,身体虚弱,根本走不了路了。"当他们走到父亲跌倒的地方,见到撒落满地的饭菜时,不由得抱头痛哭。

这样一件偶发的小事件,对范培松触动极大,从此让他知道什么叫生活的艰难,他应该怎样改变眼下的生活状态,应该怎样好好报答父母。不久,父亲病逝,范培松一家陷入困境,日常生计就靠母亲为人针黹和饲养家禽维持。从此,埋头读书、刻苦用功就成了范培松一生中最重要的选择。范培松先以优异的成绩考取当时的江苏师范学院(今苏州大学),又以优异的成绩在全班70人中成为唯一的留校生。做了大学教师后,范培松不仅埋头读书,还埋头教书,埋头著书,包括"文化大革命"的10年也基本上都是这样过来的。难怪到1986年,范培松已经出版了8本学术专著,主编了8本教材。为此,范培松从讲师直接晋升为教授,这在当年实属凤毛麟角,《新华日报》头版还报道了此事。也正是从那时起,范培松开始招收研究生,25年来,他已经培养出硕士生、博士生共计100多名,其中已有好多人成

为学术带头人。当笔者称赞他的"功劳"时,范培松却特别加重语气说:"我的父母不识字,但心中装着很多道理,是了不起的教育家。若论'功劳',应该首先归功于我的父母。"

三、"千磨万击还坚劲"

常言道:性格决定命运。范培松之所以能够成为著名的现当代散文史家,还在于他生长和生活在一个更大的历史环境之中,正是这一历史环境铸就了他"千磨万击还坚劲"的性格。

宜兴是全国著名的"教授之乡",据说每100个宜兴人就有一个教授,范培松正是其中的一个宜兴籍教授。说到此事,范培松脸上满是骄傲的神情,显示出他对家乡的由衷热爱。于是,范培松发挥了幽默开朗的特长,微笑着对笔者说:"在宜兴人中,我算是'百里挑一';在宜兴教授中,我只是'芸芸众生'中的一个。"范培松给笔者扳着指头,一下子数出了许多笔者知道和不知道的教授。末了,范培松跷起小拇指:"在当代数万个宜兴籍教授中,我是小小的这个。"

范培松的坦诚和风趣让笔者忍俊不禁。

接着,笔者和他探讨宜兴"教授之乡"这一特殊现象背后的实质。范培松脱口而出:"以古代的周处为例,他缚虎擒蛟,刚猛异常;又闻过即改,最终至死不屈,为国捐躯,成为忠臣烈士。这是强悍正直的宜兴山民的性格使然,越是磨难越是坚强,越是要奋力拼搏。"确实如此,范培松自己又何尝不是这样一个人呢?

1965年,范培松留校任教后,为了人生,为了事业,也为了散文,他经受了"千磨万击"。自"文化大革命"起,范培松遭到批判,被囚禁于10平方米的斗室,从1971年2月一直被关押到1972年8月,整整一年半时间。在"受审"期间,范培松临危不屈,几次死里逃生。这正是宜兴人那种刚正不阿、勇敢无畏精神的体现。"文化大革命"中后期,范培松不问世事,只顾埋头读书、做学问;改革开放初期,西方各种思潮涌入校园,范培松依然我行我素,读自己该读的书,做自己该做的学问。在这期间,有人出于各种目的,不断对范培松加以攻击。当然被"诟责"得最多的还是他的散文研究。但越是这样,范培松越是奋发努力,越是要以自己的新成果来向他人证实自己的成功并非浪得虚名。范培松兴致勃勃地向笔者描述了围绕散文史研究发生的一系列"如烟往事"。

1987年,国家教育委员会首次在全国设立青年学者研究课题,在全部申报的200多个项目中先期筛选了12个,并要求项目申请人去北京大学参加答辩和论证,再从12个中淘汰2个。范培松的《中国现代散文史》是其中之一。那一年冬天,范培松顶风冒雪、满怀豪情地到北京大学参加答辩。由于范培松事先花了"笨"功夫,材料准备得充分扎实,答辩时口若悬河、滔滔不绝,加上他英俊潇洒的风度,感染了在场的所有专家。最后,范培松的这个课题毫无悬念地从所有项目中脱颖而出。

接着,范培松又讲到1994年在宜兴举办的该部作品出版研讨会的盛况。出席会议的学者有孙玉石、谢冕、蓝翎、叶廷芳、孙荪等,作家有陆文夫、张抗抗、姜德明、舒婷、陈丹晨等,其阵容之强大,实非一般。有人见此"群贤毕至,少长咸集"的场面,把它喻为当代版的"兰亭雅集"。北京大学著名教授孙玉石在会上富有激情地评论说,"一个事实将被证明:这本著作将在整个中国现代散文史的研究中竖立起一个新的里程碑"。

如果说《中国现代散文史》已经在现代散文研究中"竖立起一个新的里程碑",那么接下来的100多万字的研究百年散文史的《中国散文史》又是怎样一部著作呢?董建教授评价说:"这样大型的书,经常是由集体写作的,这不是个好现象。他(范培松)个人多年下功夫,拿出如此有分量的专著,对中国现代文学研究是一个很大的贡献。改革开放30年来巨大的思想解放体现在了这部书里,这是最大的成绩。"丁帆教授也赞誉道:"作为60多岁的一个学者,独立完成这部散文史,这是很难得的。作为学生和朋友,我对他表示祝贺……我谈谈它的文学史意义。杨义,之所以人们还记得他,就是因为他的小说史,那是他花了功力去写的。20世纪80年代以后,像他这样个人去写文学史的,几乎已经没有了。范先生恢复了个人写史的风格,这应该说是我国学术史上一件有意义的事情。散文是非常难以规范的一个门类。范先生首先给了散文史一个框架,这个框架尽管会有人提出不同看法,但框架诞生了,这是填补学术空白的,而且是一个范氏文本。这就是它的特别意义。"

从《中国现代散文史》到《中国散文史》,从近50万字到100

多万字,范培松在中国现当代散文研究中扎扎实实地跨越了两大步,不仅超越了前人,也超越了自己。由此,范培松不无自信地对笔者重申自己在《中国现代散文史》"后记"里的话语:"我盼望着人们超越它,但是对于想超越它的人们我也要提出一点忠告:你得为此付出沉重的代价。"① 这话虽然说得有些"狂傲",但是既反映了宜兴人的性格,又反映了范培松的个性,当然也是对基本事实的高度概括。

四、"任尔东南西北风"

范培松常说:"在散文面前,人人平等"。

范培松又说:"喜欢看别人脸色的人不要研究散文,喜欢包裹'自我'的人不要研究散文,喜欢说谎的人不要研究散文,喜欢损人的人不要研究散文。"

这是范培松的真知灼见,更是他的有感而发。众所周知,近几十年来,人们在真心赞颂经济腾飞的同时,也在哀叹人心不古、世风日下。作为最后一块净土的学术领域亦受到污染,恰如东西南北风,一阵紧似一阵。受其影响,学术活动不能正常开展,其公正性亦大打折扣。在这样一种氛围中,范培松似乎是一个特例。范培松常说:"散文研究要出成果,固然要不怕经受挫折和打击,坚持坐冷板凳,花个10年、20年时间不动摇,更重要的是不能跟风,不能人云亦云,努力坚持个人的学术立场和理念,形成自己牢不可破的学术见解,进而确立一定的理论体系。"

范培松认为,散文是"自我"的展示,也是真性情的流露。一个作家如果心灵不自由,活得遮遮掩掩,就不要靠近散文,否则写出来的东西也不好看。

针对自20世纪90年代以来的鲜花和香水报告文学泛滥的恶俗现象,范培松挺身而出,在2002年第2期《当代作家评论》上发表了《论九十年代报告文学的批判退位》一文,提出了猛烈批评,大声疾呼:鲜花香水何时休!范培松在文中发出了这样的论断:"报告文学的真实的最大极限是批判的真实和真实的批判,最高境界是:批判的

---

① 范培松:《中国现代散文史》,江苏教育出版社1993年版,第610页。

艺术和艺术的批判。"①

　　从上面所引的几段文字，我们可以鲜明地看出：范培松的批评风格是快人快语，实事求是，敢讲真话，一针见血，不为名人改变立场，或任意抑扬；相反，他坚持在批评中热烈"鼓掌"，在褒奖中认真"疗伤"。在坚持独立的批评立场方面，范培松特别强调重在建构完整的批评体系。范培松以50多万字的《中国散文批评史》为例加以说明。范培松认为，这是他学术生涯中的又一个飞跃：从侧面的、局部的研究，飞跃到建立起中国散文理论批评的整体框架体系。确实，该书发掘和建构的"三足鼎立""政治同化""多元蜕变"的体系，自2000年出版以来，迄今尚无其他学者对其有突破性的"重构"，可见其学术生命的持久性。从这个事实我们可以进一步看出：只有建立了稳定的理论批评体系，才能更加成功地拒绝"东南西北风"的侵蚀。

（本文载于《文汇读书周报》日期不详，有删改）

第四辑　磊落底牌

---

　　① 范培松：《论九十年代报告文学的批判退位》，《当代作家评论》2002年第2期，第135页。

范培松：水乡走出的中国散文史家

任宣平

在浩如烟海、群星璀璨的20世纪中国散文天地里，他就像一个天生的"精灵"，用水乡学子独具灵性的慧眼，以宜兴人认真、质朴、坦率的个性魅力，以苦修养成的扎实理论功底，不计世事纷扰，几十年如一日，心无旁骛地阅读、揣摩、梳理、研究中国的散文，取得了一个又一个令学界瞩目的成果，竖立起了一座属于个人的、20世纪中国散文史研究的丰碑。他，就是从宜兴南溪河畔走出去的苏州大学教授、博士生导师范培松。

一、"干将"新传

苏州，春秋时吴国的都城。相传，一心争霸天下的吴王阖闾想铸造最锋利的宝剑，于是请来了铸剑高人——干将。干将受命后历尽千辛万苦，铸造出了两把绝世宝剑，一把叫"干将"，一把叫"镆铘"。这两把宝剑远比当时的"鱼肠"和"湛卢"更为锋利。其锋利程度，有山石为证，即传说中虎丘的"试剑石"。2 500多年来，"试剑石"向人们诉说着这个一剑劈石的传奇故事。苏州的干将路、干将坊，都是纪念"剑仙"——干将的地方。自苏州建城至今，已有2 500多年，干将路始终横贯全城，恪守着这个古老的传奇故事。也许是"剑仙"有灵，也许是这方土地有灵，天生容易生成被人传扬、被人尊崇的高人和传世作品。

自古以来，在这片有着干将"剑仙"传奇故事的土地上，尤以屡创文化传奇著称于世。据历史记载，这里的文人、墨客曾有14次在全国文坛领衔，创造了中国文坛少有的"苏州现象"。如孙武的《孙子兵法》是国内第一部军事散文；王鏊的台阁体影响文坛几百年；冯梦龙的小说、金圣叹的评论都曾在历史上独领风骚；东吴大学（苏州大学前身）教授黄人在20世纪初著述国内第一部中国文学史；

包天笑、周瘦鹃的"鸳鸯蝴蝶派"享誉海内外；陆文夫在20世纪80年代开创小巷文学。

"二十世纪中国散文史，是伴随着五四新文化运动的兴起而拉开帷幕的。它的帷幕刚刚揭开，就立刻演出了一幕幕精彩、壮丽、生动的活剧，它的神韵在一个世纪之后依然放射出不绝如缕的光彩。"① 凡熟悉、喜欢中国散文的读者和作者，都会有这样的感觉，近百年来的中国散文，流派纷呈，风格各异，纵横交错，浩如烟海。毫无疑问，中国散文在百年的时代巨变和人性的交锋中，充当了至形、至争、至和、至美、至性、至情的独特作用，充当了文学之于时代、之于社会的先锋。对这个时代下中国散文的梳理、归类、研究是一项浩繁的巨大工程，它的重担落在了当代散文史学家的身上，范培松充当了这支研究大军的领军人。

21世纪初，由范培松著述，诞生于苏州古城的20世纪的两部共150多万字的鸿篇巨制——《中国散文批评史》和《中国散文史》，无疑又一次领衔于时代，领衔于当今文坛。在这条传世中外的干将路边竖立起一座既属于时代，又属于范培松个人的中国散文史研究丰碑。2008年9月29日，对于范培松来说，注定是一个收获的日子。在南京凤凰台饭店，北京大学、中国人民大学、南京大学、复旦大学、中山大学、上海大学、苏州大学等10多所高校的著名教授，《文学评论》《当代作家评论》《江苏社会科学》的知名编辑，以及当今国内相关领域的顶级专家、学者，齐聚一堂，召开"范培松的《中国散文史》研讨会"。令人兴奋的是，与会学者高度评价了这一文学史巨著，认为：该著作高屋建瓴、辨本清源，对20世纪的中国散文进行了系统的梳理、概括和总结，对中国现代文学研究是一个极大的贡献。

关于这部史书，学界有许多赞誉：专家们说，《中国散文史》是中国文学史书写的珍贵范本；专家们说，这是"到目前为止最完善的一部中国现当代散文史"。有专家评价此前范培松著述的《中国现代散文史》时果断预言，一个事实将被历史证明：这本著作将在整个中国现代散文史的研究中竖立起一个新的里程碑。与众多赞誉相

---

① 范培松：《中国散文史》上，江苏教育出版社2008年版，"绪论"第1页。

比，笔者更喜欢南京师范大学教授王晖、周稳在《独具风采的散文史——读范培松〈中国散文史〉》中，对这部著作的评价：《中国散文史》可谓"一个人的文学史"。著文学史难，著一个人的文学史更难，著深具独立学术与独立人格的文学史难乎其难。值得欣慰的是，范培松以他几十年的积累之功，以他独具个性、独具魅力的超拔学人气派，为学界奉献了这部堪称散文史记的皇皇巨著。

在这么多评价面前，范培松显得淡定平静，他这样评价："这是我20多年坐冷板凳，和散文相依为命的成果。"

在中国现代文学的学术圈子和作家圈子里，范培松的名字是和"散文"二字联系在一起的，散文是他的"标志"和"符号"。从20世纪60年代中期留校任教开始，范培松与散文结缘已半个多世纪，他痴迷散文、揣摩散文、教学散文、书写散文、研究散文史，散文是他的灵魂和化身。为了散文，范培松几十年聚精会神，呕心沥血。

干将路边有一座公园，里面的小桥流水、假山土丘、曲廊亭榭、古树花草、步道平台，错落有致，处处有景。在以精致、小巧园林著称的苏州古城里，这座公园地势开阔、占地面积较大，所以当地人称它为"大公园"。范培松的住所就紧邻大公园。从早到晚，在这里散步的市民非常多，笔者和范培松曾聊起过这里：一是环境好，二是人气旺，特别适合老年人散步。范培松对笔者的看法非常赞同，他就经常在这里散步。在大量散步的人群里，范培松的形象让人远远一眼就可以看出来。年近七旬的他身材高大，依然俊朗，两条长腿总把每一步跨得很大，踏得很结实，一双长约近膝的双臂，总是甩得那样潇洒、随性。这是范培松多年养成的习惯，他的形象与他的个性一样，率真洒脱。

范培松的老伴冯老师说，范培松在大公园里散步，有时走着走着，忽然会急急地赶回家。因为他的脑子里忽然有了新的灵感和思考，要赶紧记下来。在家里也一样，有时范培松晚上睡着睡着，会打开床头灯，取出纸笔，记下梦中的所思所想。笔者注意看过范培松书房的摆设，他的床和桌子靠得很近，只能插进一双腿，这的确方便休息和写作。范培松家里的两盏台灯很有特色，大肚小口的花瓶灯座，20世纪七八十年代流行的喇叭口灯罩，只是灯座、灯罩上的图案，有红的、紫的、黑的，色彩对比鲜艳夺目，就像20世纪中国散文的历史，大起大落而又精彩纷呈。这两盏台灯一盏搁在书房的电脑桌上，一盏搁在客厅的电话机旁，一位学者家里最需要照亮的两处地方。笔者完全可以猜想到，这两盏台灯也许是范培松完成这部传世著述的见证人，也许也给了范培松细微地揣摩散文的灵感。范培松说，这是孩子们送的。笔者要感谢这条干将路、这座大公园，给了范培松写作的灵感，营造了写作的氛围；更要感谢范培松的家人，助他圆满了这一桩非同凡响的中国文学历史功德。

范培松是地道的宜兴人，1943 年 7 月 10 日，他出身于徐舍镇中范村一个贫苦的农民家庭。1961 年，他毕业于徐舍中学。1965 年，他毕业于江苏师范学院（今苏州大学）中文系，后担任苏州大学教授、博士生导师，享受国务院政府特殊津贴，担任江苏现代文学研究会副会长，成为中国作家协会会员，担任苏州市作家协会主席 20 多年。范培松长期从事中国现当代散文研究，可谓著作等身。据统计，截至本稿写作时，范培松共撰写专著 11 部，散文集 1 部；主编及编著各类文学作品 10 多部，发表论文 120 多篇。其中，最具代表性的著述为《中国散文批评史》《中国散文史》。2012 年，在江苏省、苏州市有关领导的直接支持和关怀下，《范培松文集》（全 8 卷）正式出版。

二、温暖的乡音

笔者与范培松教授认识，完全是因为"乡情"二字。

笔者将近年来所写的有关乡村风情的散文结集出版，朋友建议笔者请范培松写序。说实话，当时无论如何笔者都没敢奢望范培松能为笔者写序。笔者一个年届六旬的业余作者，哪会入得了范培松这样大教授的法眼？不过，在朋友们的支持和电话引荐下，笔者壮大胆子，定了定神，还是叩响了范培松家的门铃。以后的日子，笔者和范培松交往数次，聊过天，说过笑话，在他家旁边的大公园散过步，在"水天堂"餐馆一道用过餐，笔者亲自操作过他那承载太多、启动时间长达 1 分 30 多秒的计算机，在他满是书柜、书桌和满眼是书的书房里的那张正对房门的整洁的单人卧床上落座过。

最有意思的是，笔者住在苏州的第二天一早，范培松如约准时来到宾馆，说是要陪笔者去吃一碗最好吃的面条。我俩并肩走着，姑苏

城冬季的早晨,寒气虽有点刺骨,却不干不燥,也十分宜人。范培松说了个关于这碗面条的故事:几年前,台湾东吴大学中文系许清云主任,几次电话邀他再次赴台湾东吴大学任教,鉴于多种原因,范培松未能从命。那天,许清云主任竟然来苏州,再次相邀,恰是早晨,范培松问:"不知许先生用过早餐没?"许清云主任爽快地说:"还没。"范培松要领他去吃一碗苏州的面条。许清云主任欣然应允。于是,他们一同来到离家不远的"东吴面馆",点了两碗面条。等许清云主任吃完面,范培松风趣地说,他不去台湾,原因就在里面。许清云主任若有所悟,与范培松相视一笑,再也不提邀请讲学之事。范培松将故事说完,一抬头,"东吴面馆"就在眼前。两间门面,一间镶着大玻璃,一眼可见店堂里走动的食客和八仙桌、长条椅;一间宽边的木框玻璃门,一推一拉,吱呀作响。范培松让笔者找位置坐下,一会儿人多了,位置很难找。笔者找好座位,看着范培松熟门熟路,排队、点单,然后端着两大碗面条落座,还特意给笔者加了一小碟清炒虾仁。笔者看着这碗面条,红汤白面,盖了一块大排,那肉酥软可口,入口即化,顿时笔者胃口大开,不声不响,一大碗面条全灌入肚中。范培松问:"怎么样?"笔者只说:"好!"笔者不禁想起了老家这边的阳春面,也是这么一碗红汤白面,加上一块大排盖浇,就是这般味道。范培松独爱这面,恰是骨子里的乡情,因为在他的心里,苏州与宜兴,中间仅隔一湖之水,但都是家乡。

范培松为笔者这本名为《金色的麦场》的乡村散文集写的序,极为动情,令笔者十分感动。范培松写道:"屈指算来,离开家乡已经整整五十年了,但是,对家乡的一切还是那样痴。记得六月的一天,刚刚吃完早饭,就有人来敲门。打开门,乡音扑面而来,自报家门是宜兴来的,姓任。我们一见如故。他老家离我老家不远,是邻居。他的生活阅历很多和我重合,共同的话题,使我们有说不完的话。我暗暗称奇,他讲的一切,居然都能勾起我的浓烈的回忆,相谈甚欢,真是亲如一家,仿佛他是我失散多年的兄弟。怪不得,今天早晨,院子里的树上,一只喜鹊直朝我家鸣叫。原来,天上掉下个结结实实的老兄弟。"

乡情之于人性,其实就是一具母本,一处与生俱来、无法改变的印记,它生成在我们的灵魂深处,影响着我们的言行举止,只是有人重些，有人轻些。笔者非常强烈地感觉到，这样的影响于范培松很深、很重。

在范培松的眼里，世界上最美的地方是宜兴。他说，每次他一到宜兴，就感到它的天空特别的蓝，空气特别的纯净；他说，小时候家里很穷，读书时，所有的学费都是减免的，他一直觉得是党和政府培养了他，是家乡的水土哺育了他；他多次和笔者念叨读中学时的朱校长当年对他有恩；他喜欢喝家乡的茶，无论是新街紫笋、阳羡雪芽，还是南山的毛尖、白茶；他喜欢用家乡的紫砂壶，"陶都"的紫砂大师他能叫出一多半；他爱吃家乡土地上产的所有食物；他相信人生有轮回，他想方设法回报家乡，回报有恩于他的老师、亲人和朋友。

《江南晚报》上发表这篇序时，用了一个标题叫"温暖的乡音"，范培松看到以后，打电话给笔者，说是标题取得非常好，虽然并没征求他的意见。笔者说，这是笔者给起的。说完，二人都在电话里大笑。

三、滔滔南溪河

南溪河是横贯宜兴半境，注入西氿、东氿，连通太湖的一条河流。因为有了这条河，因为有了与它并行的另一条北溪河，宜兴古称"荆溪"。南溪河水是活的，千百年来，它流淌着来自青藏高原的清澈雪水，传承着来自中原的地脉灵气，承载着这方土地上持续的苦难和不幸。

范培松是喝南溪河之水长大的，又随着这南溪河流啊流，流入太湖，一直流到了湖对面的古城苏州，在那里生根、发芽，长成一棵参天大树。范培松对南溪河，有着刻骨铭心的记忆。

一部长篇传记散文《南溪水》已在《钟山》（2002 年第 2 期）上发表，笔者有幸率先读到了它的电子版全文。这是一部史诗般的散文，也是范培松近 2 年用鼠标蘸着泪水写成的心血之作。上海交通大学著名教授夏中义读后，赞它是"范培松心中的《史记》和《红楼梦》"。它记述了北宋名臣范仲淹后人一支迁居宜兴中范村的第二十六至二十九世孙，在特殊岁月里经受的辛酸和苦难；它记述了这个时代最令人怀念而又印象深刻的水乡风情；它揭示了最具时代印记的各式人物；它更写出了南溪河水流淌不息、孕育出的无与伦比的情与

爱；它以优美浪漫的笔调，喊出了至真至纯的天理人道。

笔者喜欢这部散文。

"灯光如豆。母亲在纺纱。呜呜的纺线声，在静静的夜晚，如阳光一样和煦。依（倚）在她边上，偎着那如豆的灯光，我复习功课。家贫，没有钟表，此刻也不知何时何分。鸡窝里似乎并不安分，不时会发出骚动声，准是那只骚公鸡，偷偷在吻那只小母鸡，一会儿，安静下来。猪圈里的那头母猪，酷爱喂奶，似乎它只有喂奶才能证明自己爱儿女，那群猪崽子，吃奶放肆得很，挤轧着拼命吸吮，响声一片，不亦乐乎。"——这是六十年前，南溪河边一户农家的夜晚，里面的"我"，就是范培松。

"父亲是条硬汉子，沉默寡言，不苟言笑，整天不说一句话，苦难封闭了他的嘴巴，日月榨干了他的情感，永远是呆呆地想，默默地看世界，村人称他为'富呆子'。长大了，我才知道，他的寂寞孤独是一座喜马拉雅山。"——这是范培松心中的父亲。

"她是那么喜欢水，或许她就是水做的，她成了我的命中的像水一样的未成形的新娘。她和我前后生活在一起，没有超过半年，南溪水就把她带到了遥远的地方，从此，我再也找不到她了。她再也不会和我平排躺在红花郎上了，掐着那一根又一根的红花郎了。她走后的漫长岁月里，每当我看见圆圆的脸的姑娘，就会想起她来，是不是秀珍转世了呢？"——范培松的童养媳秀珍，一个可爱的圆脸小姑娘死了，这一章的标题叫《飘逝的草帽》。

"姐姐，你在天堂里好吗？那该死的阑尾炎治好了没有？"——这是范培松从心底里喊出的对姐姐的爱，也是对愚昧和落后的声嘶力竭的控诉。

"结婚无浪漫，河水依依，倒给了我一片静谧的天地。白天在学校，充耳的是污言恶语，回到家，傍水而坐，在妻子的安慰中，舔着伤口，抹掉污水，听听咿呀的橹声，忘却了一切。"——那不堪回首的岁月里，范培松在姑苏城里的新婚生活，简单却温馨。

"难道远在家乡的母亲感觉到了我的变化，在斗室的上空响起了她的声音：儿子，不能动摇。太阳就是太阳，月亮就是月亮……"——在最困难的时候，远在太湖对岸家乡宜兴的母亲给囚禁中的范培松以活下去的力量和信念。

1972年8月6日，已入而立之年的范培松终于走出囚室，见到了陌生的妻女。范培松回到中范村，得知母亲去世了，母亲是听说儿子被抓急火攻心离世的。范培松深爱自己的母亲，他一直对身处逆境未能见母亲最后一面而抱憾。从此以后，范培松在报刊上发表文章，常用"艾袁"署名："艾"有哀思、哀悼和深爱的寓意，"袁"是他母亲的姓。

四、导师和他的学生

18个月的囚禁岁月，磨炼了范培松的意志，让他学会了思考，学会了怀疑，更让他与散文结缘，并为之着迷。这一迷，便迷了几十年，使范培松的散文研究和教学道路越走越宽。由于范培松突出的学术造诣和教育成就，1986年4月，他从讲师越级晋升为教授，成为当时轰动江苏省的新闻，而他成了江苏省最年轻的文科教授。当年的《新华日报》曾在头版位置做了专门报道：复旦大学教授在鉴定时认为，范培松对写作学科有较全面的研究，对散文写作尤有研究，是我国近年来崛起的卓有成就的散文研究家之一。也就是从那一年开始，范培松受聘为文艺理论硕士生导师，开始招收文艺理论硕士生。从1993年开始，范培松享受国务院政府特殊津贴。在范培松的家里，笔者看到了他当时晋升为教授的聘书和国务院颁发的证书。

2012年春节临近，好像范培松和学生之间的联络也开始多了起来。那天，笔者在范培松的家，电话铃一阵接着一阵，他拿起话筒，一听是学生打来的，便发出一阵笑声。这位性情中的大教授，听到学生的问候，总要开怀地大笑一回。这些大多是学生打来的问候和预约电话，一天天地排，和学生的聚会差不多要排到春节了。范培松说，每年都是这样的。

范培松从20世纪80年代中期开始带硕士生、博士生，每年都有几名学生在他指导下完成学业，到现在他可谓桃李满天下了。毕业学生的准确人数，范培松说不上来，不过他给笔者看了学生整理的电子文档"苏州大学现代文学散文研究方向的硕士生、博士生通讯录"，笔者数了一下，整整84名。范培松说，这些活跃在当今中国文坛和文学教学、研究岗位上的学生，好多已经功成名就，有的甚至也已经是博士生导师，和范培松"平起平坐"了，可他们和范培松这位导师的关系还是非常亲密的。这是范培松数十载教学经历中最宝贵的成就之一。

借着还有一点时间,笔者请范培松谈谈自己的学生。

在范培松的脑海里,他的学生永远都是最棒的,他对每一名学生的研究方向、擅长的学术领域大多了如指掌,而且这个话匣一打开,就像打开一扇扇闸门,他如数家珍一般向笔者描述起自己的学生来。

王尧,范培松的第一位硕、博连读的学生,博士生导师,苏州大学文学院原院长,还从范培松手里接过了苏州市作家协会主席的担子。范培松说,王尧擅长从思想文化的角度来解读研究现代文学,目前在国内名气很响。

丁晓原,常熟理工大学副校长,教授,博士生导师,研究报告文学,很有成就,是鲁迅文学奖的评委。

徐国源,苏州大学文学院教授,博士生导师。

范培松和笔者聊起他曾经的两名女学生,一名叫蔡江珍,她文笔了得,毕业于华东师范大学,执意要报考范培松的博士生。因为她在散文研究领域里已经颇有成就,某大学动员她报考该校的研究生,但是她坚持考范培松的博士生。介绍到这里,范培松忽然说起一个笑话来。他说:有一年,他带着蔡江珍和另一名毕业于西南师范大学(今西南大学)的女学生蔡丽去海南参加一个学术会议,朋友们调侃说:"范培松带了两个女博士,一个是东施(师),一个是西施(师)。"听范培松说完,我们都大笑。笔者想,学术界也不乏幽默,范培松的谈吐就充满着学究式的幽默元素。以下的聊天,范培松就以"东施"和"西施"来称呼他的两名得意女学生,他说:这两个人在学术上都很厉害,"东施"在福州晋江学院中文系当教授,"西施"毕业后,到云南大学文学院任教。两名女学生,"东施"依然在东,"西施"还是在西。范培松啧啧称赞"东施"的毕业论文,南京大学的专家们对其给予了很高的评价。笔者看范培松说着这些,笑得眼睛眯成了一条缝,得意之情溢于言表。笔者认为,作为一位导师,学生的成就既是他的骄傲,也是他最为幸福的回忆之一。

学生令范培松感动的事还有好多,比如他家每年元旦早上,都会有快递公司送来鲜花。连续多年,从不间断,范培松一直不知道是谁送的。去年在通电话时,范培松才知道就是这位"东施"从千里以外的福建快递过来的。

范培松说,他的学生王晖也很了不起,他的毕业论文在《中国社会科学》《文学评论》等权威刊物上发表,这在学术界是很少有的。结果,南京师范大学把他作为特聘教授引进学校。

范培松有的学生在毕业之后,因管理方面的杰出才能,在各个重要岗位上任职,如杨新和陈龙等。

五、风情海外

范培松在现代文学,特别是在中国散文领域研究教学方面的卓越成就,吸引了海内外学界的目光,近20年来,他先后多次受邀赴中国台湾、香港地区及韩国等地讲学。面对异国异地的学子,范培松以他特有的带着宜兴口音的汉语,凭借豁达爽朗的个性魅力,把深厚的中国现代文学和他本人独特的研究成果,向更广阔的地域和空间传播,获得了众多赞誉。

范培松说,他去台湾东吴大学任教的时候,受历史因素的影响,中国台湾地区对大陆近现代文学史中许多作家的书开禁不久,范培松给学生讲现代文学史,讲鲁迅,讲郭沫若,受到校方和学生的热烈欢迎。范培松说,讲到这些课的时候,学生的学习气氛和讨论气氛都非常好。

在结束台湾讲学的时候,班长抱来一大箱书,说每名学生精心挑了一本中国台湾地区作家的散文集送给老师。这可把范培松开心坏了。优秀的散文书籍对于他,如同孩子一般珍贵,只是登机时的随身行李严重超重,仅运费范培松就多花了300多元。不过范培松说,他在家中所藏的中国台湾地区作家的散文集是比较齐全的,这都是学生的功劳。

笔者和范培松聊他在海外讲学经历的故事,是在他家旁边的大公园里进行的。二人就这么边走边聊,轻松、自在,聊的话题也充满乐趣。

范培松在学生时代学的是俄语,出国讲学有时要用翻译。说到讲学时的翻译,范培松又有好多故事。比如1991年,范培松在香港中文大学讲学时,香港著名的理论家小思给他做翻译。范培松说:"我讲一句,老太翻一句,配合得虽然很好,只是说过一句要等她翻完再

说下一句，影响思路，讲起课来很不顺畅。"1993年，范培松应邀在韩国全北大学讲演时，他带着宜兴乡音的汉语着实使翻译为难。当时，为范培松做翻译的是韩国全北大学的一位教授，毕业于台湾大学，说得一口流利的汉语。讲演完毕，翻译累得满头大汗，一边擦汗，一边问范培松："你的汉语怎么和我在台湾大学学的不同？翻译得好累。"范培松不由得笑起来，解释说，这是方言——宜兴话！原来是教授的乡音难为了翻译。范培松在台湾东吴大学任教时间比较长，他对中国台湾地区的汉语水平和汉语讲学的感觉不错，只是开始讲课时，也闹过一点笑话。范培松告诉笔者，他第一堂课的自我介绍是这样说的："我叫范培松，是搞中国现代文学研究的。"结果学生哄堂大笑，范培松一下愣住了，就请一位女生站起来，问她为什么笑？她说："先生，你这个'搞'字在我们这边，是说坏事才用的。"原来如此！于是，范培松郑重地重新自我介绍："我叫范培松，是从事中国现代文学研究的。"这下好了，话音一落，满场掌声。范培松说，开始一段时间，他用带着一点宜兴乡音的汉语讲课，学生有时听不大懂，尤其是他讲到激动处，速度快，嗓门高，有的学生急得哇哇大叫。可是过了一段时间，学生慢慢地听出味儿来了，习惯了，适应了，也跟着喜欢起范培松带着宜兴口音的汉语来。范培松对学生说，他一定改掉乡音，慢慢用汉语讲，但学生反而齐声说："不要！不要！你的乡音，好听！"

外出讲学的经历，范培松与这些境外学生建立了深厚的友情。范培松说，好多学生对他这个客座教授的感情深得无法用文字形容。范培松很激动。那次，范培松在中国台湾地区讲学半年期满返回，在桃园机场登机时的一幕记忆犹新。范培松告诉笔者：考虑到桃园机场离学校很远，离开前的最后一节课上，他专门交代学生，不要去送，不要流眼泪。大家纷纷答应。谁知第二天，范培松一到机场，学生都来了，一个一个抱着他拍照留念，还有一名女学生执意把他原先的领带解下来，帮他换上新的。待到范培松终于走进海关大门的时候，更让人感动的一幕出现了，学生呼啦啦扯出一条横幅标语："我们不流泪！"说是不流泪，学生却都挂着泪花。范培松说，当时，他感动得流下了眼泪。

还有一件很感人的事情，1999年范培松去台湾高雄师范大学讲演后,一名家住高雄的女生专门叫她的父亲开车过来接范培松去垦丁游览。那天,范培松刚出校门,一直候在校门口的这名女生的父亲就迎了上来:"请问您是范培松先生吗?"范培松说:"是呀。"女生的父亲做了自我介绍后,范培松就上了车。范培松有点纳闷,他与这名女生的父亲从未见过面,怎么会被一眼认出来呢?于是就问:"校门口这么多人,你是怎么认出我的呀?"女生的父亲一笑,说出了其中的缘由:原来他为了这次来接范培松,专门去图书馆借阅了有关资料,特意观看了台湾一家电影公司拍摄的大陆现代作家系列片,找到其中范培松讲述朱自清的内容,记住了范培松的长相。和笔者聊到这里的时候,范培松声音提高了好多。他说,这是台湾一位普通的农民,为了能认出他来,居然花这么多的工夫去查资料,太让人感动了。范培松对这一次旅居台湾农家的经历记忆很深。

六、宜兴的"黄埔军校"

宜兴是著名的"教授之乡",历来有"无宜不成校"的美称。与好多卓有成就但在宜兴知名度一般的学者、教授、乡贤不同,范培松的名字在宜兴的知名度是比较高的。这不仅源于他在宜兴有好多学生,也源于他始终不变的浓浓乡情,以及他的学术修养和个人魅力。

1985年,时任苏州大学中文系副主任的范培松,受聘担任宜兴广播电视大学毕业论文的指导教师。经过那一次返乡指导的数天时间的相处,范培松给当时学校的师生留下了深刻印象,他们私下里把这位在散文、报告文学研究领域声名卓著的教授传得有点"神"。学生不仅仰慕范培松的学识,还仰慕他宽厚待人和严格治学的品行。当年受范培松指导的宜兴电视广播大学学生裴秋秋在一篇文章中曾这样描述这位受人尊敬的导师:"吃饭时,他会像溺爱孩子的父亲,为你搛一筷菜,舀一勺汤;休息时,他会与你亲如一家谈天说地,欢声笑语。一旦坐下来指导文章,气氛立刻从春天走进冬天。虽然,他的语言依然平和,但像铆钉般丝丝入扣,特别是对不足之处,哪怕是标点不清,他决不宽容。"

1987年,范培松在宜兴有了更多的学生,那群学生来自被苏州大学中文系誉为宜兴"黄埔军校"的苏州大学中文系宜兴班。这个班是在当时的宜兴市委、市政府的支持下,苏州大学决定由范培松亲

自操办的中文系校外成人函授大专班。这在当时的高教领域还是个破茧不久的新事物。

于是，我们把视线转移到几十年前的那些岁月：改革开放以后的宜兴，百废待兴，经济社会快速发展，正需要大批有魄力、有文化的管理人才，而现实又是非常严峻的，从"文化大革命"中走来的大批骨干痛失了10年学习机会，亟须补上文化这一课。当时的宜兴市政府分管领导找到了范培松，请求苏州大学给予支持，到宜兴办成人函授大专班。范培松有一个习惯，和他接触过的家乡人都知道，只要是家乡的事，在他看来都是大事。只要可以办且能办的，范培松总是尽力相帮，这是教育上的事，他更觉得这是自己作为一个教育工作者对家乡能做的最好回报。范培松的提议得到了苏州大学领导的批准和支持。

这个成人函授大专班的学员年龄相差很大，最大的学员有40多岁，最小的学员只有20来岁，有的学员还没结婚，他们的文化基础参差不齐，教和学的难度都很大。3年时间，每隔2周，苏州大学中文系便会安排教师来宜兴上整整3天课，风雨无阻，雷打不动。学生一边工作一边学习，集中时间上课，平时做教师布置的作业，也克服了很多困难。范培松和全系的授课教师奔来奔去，车轮式的连轴转，花费了大量心血，一丝丝、一点点，学生都记在心里，家乡的父老也都看在眼里。为了写这篇文章，笔者特意走访了部分学生。

几十年过去了，当年的学生大多已年过半百，有的学生已经退休，有的学生已从领导岗位上退了下来。他们都说，范培松作为当时苏州大学中文系的系主任，为这个班的开办和教学付出了很多心血。范培松派来的教师都是系里最好的。笔者曾专门看过这个班授课教师的名单，一长溜，共有29位，大多是教授、副教授。范培松还精心选派了责任心强、富有政治工作经验的宜兴籍教师，现任中共苏州市委宣传部副部长的缪学为担任这个班的班主任。每开一门课，范培松就把授课教师的专业特长和教学特色都提前向学员逐一介绍，让学员有准备地听课，还把学员的情况预先与授课教师沟通，想方设法地加强学生和授课教师之间的沟通和理解。整个办班过程，师生之间的关系非常融洽。这样的师生感情，一直保持着，直到现在。

徐国君是负责上课事务的班委，当年算是班里的一个"忙"人，

50多岁的他很健谈，和笔者也很投缘。徐国君说，当年他们这个成人函授大专班，与周边县、市相比算是办得最早的。徐国君回忆起几十年前范培松对他们的教导，非常感激。徐国君说："对于我们这些受'文化大革命'影响，文化基础差的学生来说，最难的就是要过入学考试这一关，国家统一组织的成人高考，那可不是开玩笑的。"范培松在动员大会上，除鼓励学员努力复习，争取考出好成绩之外，有一句话徐国君记得最清楚，那就是"苏州大学不送分"！徐国君跟笔者强调范培松定的这个教学原则，他告诉我，范培松是这么说的，学校和教师也都是这样做的，录取时不送人情分。150多人参加一年多的复习课，其中有机关干部、企事业单位的管理人员，还有新闻单位的记者、编辑，都是拼了命地学习，谁都珍惜这次机会，可一考下来，还是淘汰了100多人，只录取了48人。徐国君说，在学习的3年时间里，主科和副科加起来近20门，每门学科的教学都按照范培松制定的大纲要求完成，考试也不送人情分，要是一次考试没通过，教师就会单独给他辅导，下次补考。不送分——体现了范培松一贯细密、严谨的治学作风，也使学生真正学到了知识。

范培松亲自担任写作课的授课教师，指导学生的写作。说起来也颇有意思，这么多授课教师中，范培松上的课给学生留下的印象最为深刻。这一点，笔者在和好几名学生聊天的时候都有明显的感觉，也许是因为师生都是宜兴人，带着一种特殊的乡音语调和乡土情感，也许是因为范培松的讲课风格和内容都特别吸引人。笔者想，这些因素都有。於淑英向笔者讲述了范培松上第一堂写作课时的情景。於淑英说，范培松要求每名学生各写一篇关于自己的小传，她的这篇小传得到范培松的好评，当时范培松鼓励她的话，她还记得很清楚。范培松曾对她说，她照着现在的路子写下去，一定会有成就的。这一篇被范培松细心地写着眉批、总批，画着好几个双圈的作文，於淑英一直把它作为珍贵资料保存着，有时还会拿出来看看。

应该说，这个被称为宜兴"黄埔军校"的成人函授大专班，在范培松和苏州大学中文系好多教师的努力下，既办出了特色，又办出了成效。1990年，这批学生毕业以后，范培松又接着办了个"丁山班"。这一大批毕业的学生在后来的工作中，大多成了各行业、各单位的领导和骨干。也就是从那时起，宜兴与苏州大学、与苏州的联系

日益紧密、日益加深。近些年来，宜兴每年都有上百名甚至数百名应届高中毕业生进入苏州大学就读，有数百名完成学业的宜兴学子在苏州就业。范培松一直在沟通家乡宜兴与苏州大学、与苏州的联系方面默默地奉献着。

七、兄嫂眼里的范培松

现在的南溪河是芜申运河（胥河）中段的一部分，几年前经过开挖、拓宽、驳岸，南溪河这一段，水域宽阔，一年到头，各种铁驳货船熙来攘往，非常热闹。

范培松出生的中范村，是南溪河流经的地方，而河水流经中范村时，水面变得特别宽阔，河水清爽、平静，岸边芦苇密集，沿岸圩堤围起的圩区土地，平整肥沃，是标准的水乡地貌。几百年前，范氏先祖们看中了这块"风水宝地"，落地生根，繁衍生息。

只有几十户人家的中范村算不上大村，小巧而安然，有着水乡村落的诸多特征。它与北面的湾埂村、南面的前范村，像排阵一般，一户挨着一户参差坐落于河道西岸。笔者从新建的徐舍镇临津大桥下来，就是顺着这河岸边圩堤上修筑的水泥村道，一直往南到的中范村。范姓在这个村属于大姓。

在中范村桥头，笔者向村民打听范培松的兄长的住址。村民朝桥东一指："那不是来了吗？"嘿，巧了！一位年届八旬的精干老人，扛着锄头正从桥东走了过来。他叫范鹤松，是范培松的兄长。范培松的母亲一共生了11个孩子，长成人的只有3个。范培松唯一的姐姐年轻时病亡，活下来的就只有兄弟俩。

笔者在和范培松的兄长范培松的聊天中得知，他也是上过学的，只是他在上学的时候正逢兵荒马乱，家里又穷，没几年就无奈辍学。范鹤松很自信，说是他小时候也很聪明。怪不得，这智商也许是遗传的。笔者对他们兄弟俩的名字来了兴趣。范鹤松告诉笔者：他们兄弟俩的名字都是算命先生起的。说是在金木水火土的五行里，他缺木，所以取名鹤松；弟弟缺土，所以取名培松。这五行，笔者不懂，只是范鹤松讲得认真，笔者听后十分信服。

说起范培松，范鹤松和笔者似乎有聊不完的家常。范鹤松说，他们兄弟俩的父母都是文盲，大字不识一个，他又没读完书，家里把读书成才的希望全部寄托在这个最小的弟弟身上。范培松小的时候，家里很穷，生活苦得不得了，他读书从来不要人来教，放学回来，自己看书，做作业，夏天的时候，蚊帐里放着一盏小洋油灯，他独自看书学习。范培松小学时的教师叫汪孝青，很喜欢范培松，说他很聪明，在小学时就跳了两级。范培松小的时候一点也不调皮，就是脾气有点暴躁。放学以后，范培松常跟着范鹤松樵草、捉鱼。

范培松考取大学，去苏州报到的时候，是范鹤松和父亲送到轮船码头的，一只破麻袋和一只纸板箱，装点衣服、书籍。这只纸板箱范培松直到现在还保存着的。范鹤松说，当年他看弟弟的裤子实在太破，就把自己身上那条唯一的半新半旧的裤子脱了下来，让弟弟换上去苏州的。范鹤松说，幸亏范培松会念书，年年都有助学金。

当年关押范培松的地方，兄嫂都去看过。范鹤松说话有点木讷，其妻却是个大嗓门，十分健谈。范鹤松的妻子叫王仙大，娘家在埝南村，离笔者老家的村子更近。当听到范培松被关押的遭遇后，笔者的眼泪又出来了。上次，听范培松说起这件事，笔者就哭过，非常感同身受。

这位健谈的王仙大打开了话匣，辛酸的往事像倒豆子一般被说了出来："那天见面的时候，我问阿叔，你睡在地铺上冷不冷？阿叔说冷。那你把被子抱出来，我帮你回去换一条来。"因为范培松在被关押的时间里，不被准许家里任何人探视，包括他的妻子和女儿。

范鹤松说，他是22岁结婚的，那年范培松只有9岁。兄弟俩年龄相差13岁，自小感情很深。范鹤松夫妻俩上了年纪以后，范培松年年都寄钱给家里贴补家用，村里人都很羡慕他们。说起他们兄弟俩的感情，这位81岁的阿哥如孩童般地笑了起来。范鹤松说："也许你不相信，三四年前的冬天，我去苏州，还和范培松睡一张床。"笔者清楚范培松家的房子不大，95平方米的套间，除了一间通阳台的客厅，只有一大一小两个房间，小房间是范培松的书房和卧室。兄弟俩睡在一张床上，肯定是大房间了。不知这么大年纪的兄弟俩睡在一张床上都聊了些什么，范鹤松说，都是家常话，不过弟弟说过的有几句话，他印象特别深。范鹤松说："弟弟告诉我，在大学里，有位平时威严的教师，大家都崇拜和畏惧他。一次考试后，这位教师在课堂上突然问道：'哪位同学叫范培松，请站起来。'弟弟吓了一跳。结果

第四辑　磊落底牌

这位教师说，范培松这次考试成绩是全班第一名。"说到这里，范鹤松非常自豪。范鹤松说，他们兄弟俩在一起的时候，总有聊不完的话。

关于这位从宜兴水乡走出去的范培松的故事，还有好多好多。例如，范培松曾访问和游历过世界多个国家，与国内诸多杰出文人有着很深的友谊。范培松与当代许多著名学者和作家如陆文夫、高晓声、汪曾祺、贾平凹和阎连科等都私交甚密。

范培松是一棵"松"。著名编辑、江苏教育出版社原副总编辑徐宗文先生阅读、编辑过范培松的大部分文稿，谙熟教授的人品、才气和成就。徐宗文先生写过一篇文章，题目叫《散文史家的"诗意"人生》，里面引用了郑板桥《竹石》诗来赞美范培松："咬定青山不放松，立根原在破岩中。千磨万击还坚劲，任尔东西南北风。"虽是写竹，却更在写松。笔者想，这才是真正的、傲立于中国文坛的范培松。

(本文载于《陶都》2012 年第 1 期，有删改)

我的父母都是文盲，
但他们是了不起的教育家

——范培松教授访谈录

孙宁华　刘　放

范培松，江苏宜兴人，1943年生，苏州大学教授、博士生导师，享受国务院政府特殊津贴，中国当代文学研究会理事，江苏现代文学研究会副会长，中国作家协会会员，苏州市作家协会主席。他长期从事中国现当代散文研究，著作有《散文天地》《散文写作教程》《悬念的技巧》《报告文学春秋》《中国现代散文史》《中国散文批评史》等，撰写散文集《从姑苏到台北》，主编《写作教程》《写作艺术示例》《文学写作教程》《散文的春天》《中外典故引用辞典》《中国散文通典》《插图本苏州文学通史》等。同时，他还在国内外刊物上发表论文100多篇，发表散文100多篇。论著和作品多次荣获国家级或省部级奖项。

一、父母的夸奖成就了我

晚报会客厅：范老师的"主业"是高校的教授、博士生导师，要想走进您，必然要了解您是怎样做教授的。回头看，在自己的人生理想中，您一开始就是冲着做教授这个人生目标而努力的吗？

范培松：我是"文化大革命"的幸存者。在"文化大革命"中历尽磨难，有2次死里逃生。在这种情况下，理想就成了我的奢侈品，能活下去就算幸运了。"文化大革命"结束后的10年时间里，我就是闷头读书、教书、写书，做个有责任的、对得起学生的教师。到1986年，我已撰写了3本学术著作，主编了3本著作。为此，在恢复职称评审时，我被越级从讲师晋升为教授，成为江苏省当时最年轻的文科教授。《新华日报》头版刊登了这样一则消息。我记得在

1986年全国各省、市都越级晋升了一两位教授,余秋雨也是在这一年从讲师越级晋升为教授的,上次他和夫人来苏州,还和我谈起这件事。似乎那时晋升教授,不像现在这样,要到有关方面去打招呼,相对还是比较公正的。我也正是从1986年开始招收研究生的,到目前为止,共培养了100多名硕士生、博士生。

晚报会客厅:您的家乡是苏州的"邻居"——宜兴,那里有名闻中外的紫砂壶,还出了大画家徐悲鸿。童年的故乡,在您的记忆中是很美的吗?您有哪些割舍不断的情缘?有什么难以忘怀的往事吗?

范培松:我始终认为,世界上最美的地方是宜兴。每次我一进入宜兴,就感到它的天空特别的蓝,空气特别的纯净。很遗憾,我童年对故乡的记忆却是饥饿,由于父母年老体衰,家中一贫如洗,我们家常常是吃了这顿不知下顿。那时,我在离家3里外的镇上求学,整整8年,早出晚归。父母为了保证我中午能吃到一口热饭,父亲就坚持送饭,年年如此,从来没有中断。最后中学毕业了,我清楚地记得,去参加毕业典礼前,叮嘱父亲可以不要送饭,我开完会就回家了。父亲还是不放心,坚持要送饭,他已病魔缠身,虚弱不堪,双脚浮肿,行走艰难,走到半路跌倒了,饭菜撒落一地。父亲走到镇上,见到我,很抱歉地说:"孩子,饭菜被我跌跤撒落到地上了。"我难过极了,搀扶父亲回家,在半路上见到撒落在地上的饭菜,我们不禁相拥而泣。我的父母都是文盲,但他们是了不起的教育家,他们留给我的印象,就是平时一直在夸我。在他们心目中,我是世界上最聪明的人。我对自己的情况很清楚,不像他们夸的那样,但他们的夸奖确实成就了我,使我心中永远充满了阳光。

晚报会客厅:居然是这样!如果不是范老师亲口说出来,真没有人相信乐观开朗的范老师的童年是这样充满苦难却又十分美好。

范培松:是充满了苦难,但也不乏美好。

二、鼓掌有利于社会的和谐

晚报会客厅:说到您的学生,必然是绕不开王尧的。听过您的课的人都知道,您在讲课当中也很推崇这个得意门生。王尧在做研究批评之余,散文创作也成绩斐然,很有才情和底气,这些都和您很像,您觉得这是巧合吗?您是否在一开始就提醒他?或者干脆直接指导他?

范培松： 王尧聪明、勤奋，既做院长，又当教授，十分不容易。我自己当过系主任，个中滋味我非常清楚。我认为，不管师生也好，同行也好，朋友也好，在前进的道路上，应该互相搀扶、相互鼓励，共同前进，这是我为人始终不变的一个原则。

晚报会客厅： 不怕他"青出于蓝"吗？

范培松： 王尧是我的博士生"开山"弟子。我希望自己的弟子能有成就，不要碌碌无为，而要超越我。除王尧之外，还有王晖，他被南京师范大学作为特聘教授、文艺学的学科带头人引进学校。还有丁晓原、徐国源等，他们都已成为博士生导师，在学术上颇有建树。我希望我的弟子个个都是好样的，因为他们才是我学术生命的延续。世界发展的规律就是"青出于蓝而胜于蓝"。我这大半辈子做的工作，就是鼓掌，为学生的进步鼓掌，为青年人的努力鼓掌。在苏州市里，我还兼任了20多年的苏州市作家协会主席，主要工作也是真诚地为取得每一点进步的作家鼓掌。鼓掌有利于社会的和谐，什么事都靠拳头，社会就要崩溃。

晚报会客厅： 高校教授不但要教书，更重要的是科研。而您撰写的《中国现代散文史》是必然要说说的。请您谈谈这部耗费了许多心血的大作。

范培松： 这是老皇历了。《中国现代散文史》是我早期的著作，并不是我的学术代表作。我的代表作是我的"20世纪散文研究系列"，即《中国散文批评史》《中国散文史》，共计150多万字。这是我20多年坐冷板凳，和散文相依为命的成果。感谢学术界的鼓励，它们面世后，在2008年9月29日，南京大学、复旦大学、苏州大学和江苏作家协会在南京大学联合为我举办了《中国散文史》的研讨会。北京大学、复旦大学、中国人民大学、中山大学等校的现当代文学研究的代表人物都到会做了发言。对中国现当代散文的研究，我很自信。记得在1994年《中国现代散文史》出版时，我在跋语中说过这样一句话："我盼望着人们超越它，但是对于想超越它的人们我也要提出一点忠告：你得为此付出沉重的代价。"今天我借这个机会，要重申这句话。

晚报会客厅： "把散文当作我的遗嘱写"，这句话出自范氏门下，让人心生许多的遐想和感慨。您能再给晚报的读者说说它的背景和含义吗？

范培松：这句话其实是巴金说的，是我欣赏的一个散文创作理念。我对自己的博士生、硕士生，在人格上有两条要求：一是阳光些，二是善良些。在散文理念上，我要他们坚持一条，即散文的极品应该是艺术地抒写自己的情感。

三、贾平凹与汪曾祺比字画

晚报会客厅：您与许多作家建立了深厚的情谊，其中，西安的贾平凹就与您很投缘。记得当年他有一篇小品文《笑口常开》，大家都当奇闻欣赏和赞叹；而您发文章批评其中的不足。记得贾平凹给您的通信中，对您的批评心悦诚服，这是为什么呢？

范培松：贾平凹身上"农民意识"较重，这大概和我们均出身农家有关，所以我对他文中的"农民意识"特别敏感。因此，我对《笑口常开》中的有些描写比较担忧。"农民意识"对创作有一定的积极作用，但过分偏爱就不行了，所以我发出了善意的提醒，或许是心诚，他对此做出了很积极的回应。

晚报会客厅：您能给我们读者讲讲贾平凹与汪曾祺比字画的故事吗？这也算是文坛佳话，就您掌握的资料，还有您客观的评判，说说他们文学之外雅好的高低。

范培松：这似乎是一件怪事。当作家谈自己的作品时，常常要谦虚一番，但一说到自己的书法和绘画时，总有"我是天下第一"之感，自信得很。1990年，贾平凹去美国接受"美孚飞马文学奖"，途经香港，我正在香港中文大学访学，便陪了他3天。临别时，贾平凹大概为了感谢我，要赠我一幅他写的字。贾平凹看我很不以为意的样子，就自夸他的书法如何了不得，说在中国作家的书法中可以名列第三。我大吃一惊，问贾平凹如何排名，他说鲁迅第一，郭沫若第二，他第三。我说他吹牛，他说自己有证据，某权威报刊曾为中国作家的书法发了一整版的内容，里面就是以这样的次序排列的。1993年，我到承德参加一个散文笔会，王蒙、汪曾祺等都参加了。晚上无事，我和汪曾祺闲聊。在所有作家中，我最喜欢和汪曾祺闲聊。这位琴棋书画一流的才子，如同不食人间烟火的仙人，在他面前，你不管碰到什么天大的烦心事，都能安定下来。百花文艺出版社约汪曾祺编写一本散文选集，他向出版社推荐了我。我为这本选集写了一篇序言，对汪曾祺的散文做了全面的评述。记得那次闲聊说到书法时，我对汪曾祺说，贾平凹说他的书法在中国作家中，名列鲁迅、郭沫若之后，排名第三。汪曾祺一脸惊讶，对我说："他第三，那我排第几？行，现在我写幅字给你，你回去比比看，到底谁行？"汪曾祺当场铺纸，挥毫为我写了一幅字，是抄录唐朝诗人崔颢的名句"停舟暂借问，或恐是同乡"。我的朋友在我家看了他俩的字，有的说汪曾祺的字好，有的说贾平凹的字好，莫衷一是。我把这两幅字拍下来，放到报上，读者给我的来信，也是意见不一。大约是在 20 世纪 90 年代末，一次，贾平凹来到苏州举办他的书画展览，他给我发了邀请书。在展览会上，我见到贾平凹，把汪曾祺的不服告诉了他。贾平凹还是执拗地说："我看，还是我的字好！"真是头倔驴！

四、苏州作家的优势与不足

晚报会客厅：您除了做您母校的教授，还在苏州市作家协会担任了 20 多年的主席职务，苏州作家群在全国颇为引人注目，与您这位主席的工作是有密切关联的。不少作家背地里非常感谢您，认为您不但是教授能给予理论指导，而且在组织上也利用自己的影响力，给作家办了不少好事。请谈谈您做苏州市作家协会主席最开心的事和最不开心的事。

范培松：我最开心的事莫过于看到了苏州作家写出了好作品。我没有什么不开心的事，更没有什么最不开心的事。因为我和作家不是上下级的关系，我们是文友，几十年来我坚持把作家视为朋友，作家第一，作品第一，为他们鼓掌，为他们喝彩，焉能有最不开心的事？

晚报会客厅：您最看好苏州后辈作家中的哪几位？为什么？

范培松：2008 年《苏州作家研究》丛书出版，共选了 9 位作家，其中就包括了我寄予希望的后辈作家。

晚报会客厅：请说说苏州作家最欠缺的是什么。

范培松：陆文夫生前说，一个作家必须"不踩着别人的脚印，也不踩着自己的脚印走"。应该说，这是我们现在一些作家最欠缺的。

晚报会客厅：苏州作家最大的优势又是什么？

范培松：苏州作家最大的优势是苏州有丰厚的文化传统。

（本文载于《姑苏晚报》2009 年 6 月 7 日，有删改）

无为有为"不欲堂"

范 伟

苏州不仅山灵水秀，而且人文荟萃，自古以来便是文学创作和研究的重要地区。2002年7月，由于一个难得的机缘，笔者来到这座古城，忝列范门，随范培松先生做博士后研究。

所谓"范门"，范培松先生名曰"不欲堂"。出苏州大学西门，沿十梓街西行至中途右转，便可见一个幽深小巷，巷口巍然矗立一座石制牌坊，三道坊梁在龙起云头、凤羽飘飞的精美浮雕中，刻着三个锥金大字：槐树巷。范培松先生的"不欲堂"就坐落在这个巷中。苏州巷子多，而名巷亦多，如学士街之于明代豪门、吏部尚书王鏊，而丁香巷则总让人想到戴望舒诗中那个撑着油纸伞、愁见丁香结的姑娘，所以比较之下，槐树巷自然就显得普通了些。不过，作为居所，槐树巷的一些说得出和说不出的好却正得自它的普通，至少，在游客如"海碰子"赶潮一般蜂拥而至探寻各种文化资源的热潮中，它少了被窥视、被搅扰的烦恼，闹市不闹，坐享一分从容。可以想见，这样窄处仅两人比肩的小巷，只要转身进入，便可如闸断水般将惊哗喧嚣抛在身后，踽踽独行，或两三人闲步，无论是想点什么还是说点什么，甚至不想不说，只需静心聆听足音在两侧壁间回响，都可一凭自我畅意做去，而不必担心会遭遇什么意外的惊扰。值得一提的是，槐树巷虽然普通，却芳邻四合，如望星桥北堍一人弄里程小青的"茧庐"，凤凰街王长河头周瘦鹃的"紫兰小筑"，临顿路温家岸"文正世家"范烟桥的"雅邻"旧宅，悬桥巷顾家桥南的顾颉刚祖居，体育场路章太炎先生的"章园"，十全街滚绣坊叶圣陶先生的"未厌居"。东西南北，皆举步可达，槐树巷可以说幽而不僻，而文气更是格外的通达与兴盛。

从南到北，从东到西，笔者曾出入过不少学人的书斋。笔者觉得，书斋在构造、布置上的千差万别反映的不只是经济实力的差别，还是面对物欲态度的差别、文化个性的差别。例如，书斋外另辟一间画室在寸土寸金的上海让人嫉慕着住房优越的同时，还能体会出那么一点文化的优越，那么隔墙再设置一个酒吧间，开放式酒柜上所列各种名酒则显摆着豪华，却也升腾起闹市的喧嚣，其文化骨子里所夹着的那枚物欲的弹片像经过 X 光射线一样清晰显影。在这个意义上，以书斋揣度人品、学品，看似以蠡测海，结果却往往立竿见影，十分灵验。从实用面积、室内装修这类"硬件"来看，范培松先生以海外讲学所得购置的这份房产当属上乘，不过，这里不以富贵骄人，而是通过书、一些"小摆设"在庄严与趣味的反差对比中体现人生态度和境界。

　　苏州人爱盆景，范培松先生自不例外。所以一走入书斋，于四壁书架之外，引人注目的就是点缀其间的盆景。其中一块太湖石形状稚拙，沧桑背面却灵窍四出，不待走近，岁月走过的踪迹已一览无余，书斋这平静的一隅也因为这一块太湖石而有了世界，有了风浪声，于辽阔和悠远中让人悟到人生。平常书斋是挂名人字画的，而范培松先生不这么做，他家的墙壁上是一排六方红木框镶着的云石挂屏，经精心打磨，屏面犹如写意画中的勾勒、皴染之法，凭天然淡墨色纹理的走向自成一处小景，或如楼台失烟雨，或如薄暮锁峰峦，或如江水流长，或如林莽蓊郁，虽形象皆从想象中点化而来，却有迹可循，不失生动。而质资天然，意境深幽，确有画幅不及的妙处。桌侧一缸红鲤，缸是瓷缸，彩釉，状如高脚酒杯，但高有一米，缸口直径也近一米，是少见的大缸；鱼有两条，一深红、一淡红，虽长过半尺，但因为鱼缸空间广阔，鱼依然能够优游自如。可以想见，在心倦神疲的阅读或思路不畅的写作中偷眼一望，"鱼之乐"传染至人之乐，在会心一笑的刹那，范培松先生定会为之身心一轻吧！

　　书斋名曰"不欲堂"，其意当为摆脱尘世间那份名利所累。如果说学术体现了学者的精神构成，那么书斋无疑为这一构成提供了一道触手可及的文化背景。不过，凡事有所为有所不为，"不欲"并非不欲，而实有大欲寄焉。范培松先生以散文研究名世，他的《散文通典》《中国现代散文史》及长达 50 多万字的皇皇巨著《中国散文批评史》，在散文研究领域都具有里程碑的意义。其实，除散文研究之外，范培松先生还潜心于小说和散文的创作、文学写作技巧的探索、文学史的建设，对报告文学的品评研究更是独标高帜，可以说每有涉及，均多有建树。这体现出范培松先生深思而兴趣广泛、博学而多才多艺的一面。由于范培松先生的勤奋，从20世纪80年代中期开始，他几乎每年都有专著或编著贡献给学术界。苏州大学附属第一医院建院百年的铭文，使范培松先生的文采哲思得以更直接地呈现给普通百姓。笔者亲炙范培松先生教泽日久，总为他身上的某些品质所感动，那就是他始终充沛的学术激情、郁勃的道德理想主义和严正犀利的批判精神。

笔者至今清楚地记得，2000年春天在南京大学举行的国际学术讨论会上，范培松先生对当下文学研究放弃批评立场的剀切而愤激的发言，以及这一发言所获得的强烈反响。批判精神说到底，是人文精神有无的问题，是能否坚守人文精神的独立性及坚守到何种程度的问题，仅有"文心"而缺乏这种精神就不是"雕龙"而是"雕虫"，只能使文学研究、文学批评沦为一种糊口的手艺。因为20世纪六七十年代特殊的政治文化背景，有人以为强调批判精神就必然降低学术分量和质量，但是，从2002年《文学评论》所刊发的范培松先生对京派和海派散文理论的学理探讨这样纯学术的文章，以及《新华文摘》所摘录的对报告文学批判精神"退位"的批判这样试图以学术介入社会的文章来看，批判精神和学术研究不仅可以并行不悖，而且可以相得益彰，批判精神灌注到学术不但没有降低反而提升了学术分量，而学者以学术的方式进行的批判在将批评纳入理性轨道的同时，也强化了批判力度。应该指出的是，范培松先生虽看重、珍视学者的批判情怀，却从不滥用。曾有编辑邀约范培松先生参加对时下某一当红散文名家进行有组织的批判，他毫不犹豫地拒绝了。批判是一把双刃剑，正确运用批判，可以促进文化建设的健康发展，而一旦不慎，就有可能对个人、对创作，甚至对文化环境造成伤害，产生消极的后果，而且滥用话语权力使批判泛化，不只浪费有限的文化资源，反过来还可能使批判自挫锋芒。笔者曾经接触过一位北京的批评家，他说，在这个时代，不盗用批评的名义到处乱说，就算是对得起文学了。也因为如此，石城的一位批评家要为批评正名。在这个批评变为一种商业主义的文化炒作、自我炒作的时代，保持清醒的批判立场变得更为重要。但是，要做到这一点，不仅要有建筑在深厚学术修养基础上卓异的识别力和判断力，批评得准，而且还要站在人格的高度，超越物欲、名利欲的诱惑，抵御住世故人情的诱惑，批评得稳。所以，这看起来不过是一个职业道德底线的坚守，其实也是文化人的最高操守。

　　有学者在《光明日报》撰文称范培松先生是一篇优美的散文。散文美在姿态，它没有诗歌因形式之累带来的拘束，也不像小说以宏大叙事给人施以威压，更没有杂文那种强势话语制造的锋芒，而只是自身美善的本色呈现，是生命的"自在"姿态而非"自为"姿态。范培松先生身材挺拔，挥洒儒雅，颇合当代青年"帅"与"酷"的审美标准。2002年夏天，范培松先生去南京大学参加博士毕业论文答辩，人们无论如何都不愿意相信他已年届六十。不过，这类外在美虽然也能为范培松先生赢得魅力，经常随侍范培松先生左右之人，却更心折于范培松先生的内在美。所谓"道德文章"，究竟以道德优先。作为一位敬业的学者，关心学生的学术发展自是应有之义，但范培松先生的可贵之处在于，除学术之外，他还对学生的生活关怀备至，在繁忙的学术研究、学术交流及教学工作中，他经常抽出百忙之身邀笔者至书斋，询问笔者的生活，如吃饭是否习惯这儿的口味、经济上是否有困难等，在琐碎之中润泽人心。为解除后顾之忧，在家属就业、孩子入学等问题上，范培松先生更是不惜屈尊，亲自出面。《尚友录》中有这样一段记载："汉武帝谓东方朔曰：'孔颜之道德何胜？'东方朔曰：'颜渊如桂馨一山；孔子如春风，至则万物生。'"笔者虽不敢自比颜渊那一山桂馨，但就问到范培松先生的几次感受而言，范培松先生长期的岁月修炼和文化陶冶形成的气质风度确有春风化雨之效。无论是上课，还是日常晤谈，范培松先生平易蔼然的长者风度、民主平等的自由交流、恰到好处的提醒点拨，总使人如沐春风。师生间瞬间形成的亲和感破除了严肃的学理探讨中坚硬的块垒。在不知不觉中，障碍得以克服，学问得以生长，人格境界得以提升。"人生得一知己足矣"慨叹的是知音难觅，"千里马常有而伯乐不常有"则潜隐着怀才不遇的忧愤。笔者生也有幸，性本驽钝却屡受错爱，南京大学蒙恩三年，一无建树，已自心愧，今临范门再沐教泽，能不惴惴？

（本文载于《时代文学》2003年第4期，有删改）

范培松：写的是苦难，展示的都是爱

高 琪

2012年年初，古稀之年的范培松在《钟山》上发表了他的长篇散文《南溪水》。作为一位几乎倾注毕生精力研究散文的学者，范培松在学术研究之外屡有创作，却是首次推出这样一部厚重的个人史，写他的亲人和家乡，写贫困的乡村，并且直面"文化大革命"那段历史，写他经历过的苦难。

这显然是一位学者对他的散文观的实践。范培松的散文致力写"我"。虽然，个人苦难也是民族苦难的缩影，但是范培松要写时代历史长河中一棵代表个人和家庭的"水草"的飘摇，将"自我"和盘托出，由此让读者看见历史长河的波澜，无论是光明的，还是晦暗的，这就是范培松的散文。

范培松说，这篇散文写得既流畅又艰难。那些故事都深埋在记忆中，但是因为感情太深，写到动情处，他常常伏案痛哭。范培松整理的4万~5万字初稿几乎是一气呵成的，他随后听取一些朋友的意见，进行了长达1年多的修改，扩充到近10万字。范培松说，"写得很伤人"，他身体一向很好，但是现在心脏不太好了。

2012年，范培松的8卷文集也由江苏教育出版社推出，包括散文史和散文批评史3卷，散文创作理论、报告文学各1卷，论文集2卷，散文集1卷，其中也收录了他的新作——《南溪水》。

"南溪水"长流不息，流过范培松的家乡——宜兴徐舍镇中范村，相传范家是范仲淹的二儿子一脉，从苏州沿太湖向西迁徙，在"南溪水"边停留，从此定居。

范培松是贫困之家聪慧的小儿子，家中赤贫，他却在父母和兄姐的呵护下长大。家里分到了田地，过了几年好日子，随后合作化开始了，父亲坚决不参加；哥哥成绩优异，却因为家里不参加合作社减免不了学费，没有钱交学费，只得辍学；童养媳落水身亡，姐姐病死；

数年之后，范培松通过1961年的高考被江苏师范学院（今苏州大学）录取，第二年暑假，父亲去世了。欢乐和悲伤交替出现，苦难和幸运轮番上场，这就是范培松的童年和少年。

场景转移到苏州。校园的宁静很快被打破：母亲去世的时候，范培松被囚禁在斗室，得不到消息，更不可能回家。在那个特殊的年代，范培松经历无数危难，却又化险为夷。

许多人对范培松有个疑问：经历了这么多苦难，为什么他还能这样热情洋溢？他不能原谅"逻辑先生"不让他回家见病危的母亲，后来却冒着危险救了"逻辑先生"的命。范培松记着当年帮助过他的人，在文中一一道出。母亲教他相信生活充满希望。苦难使他永远怀着希望。黑暗的年代，范培松看见人性的光明。心中有爱，就会看见爱——这是父母留给子女最好的财富。

以下为苏周刊对范培松的采访。

苏周刊： 您的长篇散文《南溪水》，写了您从出生到30岁的个人生活史，您在古稀之年推出这样一部长篇散文，应该有特殊的意义吧？

范培松： 很多人劝我写自己的经历，但是我一拿起笔就写不下去了，特别是有些刻骨铭心的镜头，让我很难写下去。这一次，我终于写了这篇散文，主要有两个原因。一是给下一代讲讲我和我的父辈是怎么生活的。我的外孙各方面都很健康，但是不坚强，碰到一点挫折就喜欢哭。每次我都说，你哭够没有，没哭够就再哭，男孩子的眼泪是不能轻易流的，人生是很艰难的，男孩子要有承担起艰难生活的能力。我要用这篇散文鼓励他们前进。我在报纸上看到，现在的孩子很脆弱，自杀这种事很多，我希望读到我这篇散文的人，把这篇散文作为他们的"护身符"，给他们希望。请永远坚信：希望在前面召唤着你们。我遇到这么多困难，每次都能碰到帮助我的人，都能平安渡过。我读书的时候村里有10多个孩子，后来只有我一个人读出来了。特别是在"文化大革命"中，我被关了一段时间，这时候一位叶师傅帮助了我。此外，还有百步街上素无交往的邻居冒着危险，挺身而出，为我做证，救了我的命。希望读到我这篇散文的读者，能有一个强烈的感觉：希望永远在前面，大胆往前走。二是给我父母一个迟到的告白。我女儿写过一篇散文，写三个女人，一个是她母亲，一个是

她外婆,一个是她奶奶。她的文笔非常好,但是我读后说:"孩子,还是我来写吧。"她没有经历过苦难,文字有些"飘"。用巴金的话来说,我是当遗嘱来写的,要给家里人一个交代。我的小孙子半天就看完了这篇散文,他说,真感动,这些故事像是发生在外国似的。诚然还有一个深层次的原因,文中所涉及的事实,尤其是"文化大革命"中的事,当事人还在,要请他们来检验,我是否说了谎,有没有掺假,欢迎他们批评。

苏周刊:您文中写到的历史,很多年轻人已经不了解了,您也是想让他们了解那段历史吧?

范培松:2009年动笔时,我一直犹豫。我写的是"小历史",是我们家的历史。如果说历史是一条大河,我们家就是这条大河当中的一棵水草。这棵水草在河水中,江河起波澜的时候,水草也要晃荡。我就是要写这棵水草的晃荡。单写这棵水草的苦难,我就变成了唠叨的"祥林嫂",我最担心的是这一点,所以我最需要写的是河水对水草的冲击。

这是一个心灵逐渐开放的过程。我写初稿时,只有4万~5万字,家里的很多事还没有写,没有写到童养媳,也没有写到我家里的矛盾。现在你看到的,已经丰富多了,写到了我父母和我嫂子的矛盾。当时我很小,印象却很深。家中无是非,家中无真理。家是讲爱的地方,不是分是非的地方。家庭的历史不可能和社会分割开来。我的家庭30年来一直处于动荡之中。照理来说,我们学校的"文化大革命"和我母亲没有半点关系,但是那场革命竟要我母亲来承担它的恶果。希望悲剧在下一代不要重演。我看了余华写的"文化大革命","文化大革命"不是那样的,他写的"文化大革命"的场景,有些我很难代入。

苏周刊:即使在那些艰难的日子中,哪怕在"文化大革命"中,我在您的文章里,还是看到了很多温暖、光明的东西。

范培松:是的。我从小到现在,写的虽然是苦难,但是展示的都是爱。父母爱我,兄嫂爱我,老师、同学爱我。一个人心中一定要有爱。你心中有爱,看见的才是爱,才会阳光。我要求我的研究生到社会上去,一是要善良,二是要阳光。诚然,爱不能包打天下,但是爱能帮助人们了解精神创伤。生活在仇恨中的人们是非常可怕的,我想用自己的散文来展示这一点，希望这样的悲剧不要再重现。我始终认为，人要心怀感恩，我已经年近古稀，常常想的是还有什么恩没报。这次文中写到"逻辑先生"，我还是以拷问自己的姿态去写的，并放到社会的背景下刻画的。我希望人与人之间能多一点理解。在这一点上，我踏上社会的第一个精神导师邵玉彬是我的榜样。"文化大革命"后，邵玉彬一概原谅了伤害他的人，真诚地对待他们，这是大爱。他和我每次见面，都殷切地关心我的科研，关心我的进步。记得有一次他的心脏病发作，昏迷了，经抢救，醒过来了。我去看他，他吃力地、断断续续地对我说："听说你牵了狗去参加党支部活动，今后要改。"虽然根本没有这事，不知哪个人在他的面前嚼我的舌根，但是我非常感动，没有做任何解释，只是含着泪点头，让他放心。

苏周刊：近年来，出现了不少写个人生活史、家族史的长篇散文，但是像您这样深入描绘江南农村底层生活的很少。作为一位散文史家，您写这部散文，也是为历史提供依据，有这样的意图吗？

范培松：中华人民共和国成立以后，几部反映农民生活的所谓"红色经典"，像当时影响较大的《暴风骤雨》《创业史》《三里湾》，当时我品读时，不敢怀疑，但是总和我的家对不上号，我也没有去认真思考。不过城市居民和农民对比强烈，那时，农民做梦都想当城市居民，因为城市居民每个月有定量。到目前为止，我没见到有人写过"统购统销"，这是怪事。1960年，县委书记到我的家乡来检查，看见农民不下田，斥责他们："你们为什么不下田？"九哥牛劲来了，发火了，他说："你叫他们怎么下田？他们没有饭吃，没有力气。"那是我唯一一次见到九哥发脾气。"统购统销"和合作化对农民的伤害太大了。农民太苦了，社会怎么关心农民都不过分。我读了陈庆港的《十四家》，对当今一些农民的生存状况触动很大。

现在我们家乡一带农民的生存环境不同了，比较有力的证明是：农村户口值钱了，孩子考上了大学，农民都不肯将户口迁出来。我听到这个消息高兴极了。

苏周刊：这部作品写到1972年就戛然而止，您还打算写下去吗？

范培松：有不少人劝我写下去，但是后面30年要写下去比较困难，姿态和立场都很难把握，也很难写。如果我要写，一定会和盘托出。我写起来，也肯定会拷问自己，不会把自己装扮成一个

"完人"。

苏周刊：这部散文各用一半的篇幅写了您在宜兴和苏州的经历。这两个地方在您心中，分别是什么样的位置？

范培松：宜兴留给我的虽然是两个字——饥饿，但是它是我的"精神原乡"。父母教我如何做人，我也按照他们的理念去做人，有时要吃亏，但是我终不悔。宜兴是我的精神本源所在。苏州是一个福地，它并不排外。我是一个没有任何背景的"草根族"，但是在这里，得到了太多的温暖。这里既有我深爱着的人，又有深爱着我的人。用陆文夫的话来说，是"梦中的天地"，也是"圣地"。这很奇怪，相邻的无锡和上海都比较排外，在无锡工作不会讲无锡话就会被排斥，而苏州就很包容。我有机会离开苏州，但是我舍不得离开，我和它共命运，这里有太多的酸甜苦辣。更重要的是，这里处处有文化，别的不说，如公交车的各个站点及公共卫生间等地方，就和别的城市不一样，有文化的味道。苏州这座城市很有文化，对文人来说，很迷人。

苏周刊：对近年来长篇散文的兴起，您怎么看？

范培松：我认为这是社会的进步。以前谁敢写？如果搞运动，这就是证据。沙汀为贺龙写的一部长篇散文，再版了十几版，其中有一段写到贺龙自述："我是土匪出身，过去也有七八个老婆。"就这么一句话成为"文化大革命"中声讨他的证据。中华人民共和国成立后修改的时候，沙汀已经把这一段拿掉了，但还是被翻了出来。现在个人史这样兴起，证明了社会的文明与开放。我写的东西，在特殊的政治环境下也可以成为批判我的证据：原来你还有童养媳，原来你家还是单干户。但是现在可以按历史的本来面目来写，这是社会的一种进步，也是一种文明和开放的表现。一个社会文明不文明，不是看小说、诗歌繁荣与否，而是要看散文，看作者心灵开放的程度。写散文时，作者如果能够把心灵充分地开放，证明这个社会是文明和开放的，这就是成正比的。散文是时代的风向标。现在长篇散文兴旺，是件好事。

苏周刊：您在《中国散文批评史》中说过，弘扬"自我"是中国散文批评的永恒主题。写这部长篇散文，您是不是对自己散文观的践行？

范培松：这是我在长期的散文研究中形成的观点，散文必须弘扬"自我"。但是，什么是"自我"，又是扯不清的一个哲学命题。直面人生难，直面"自我"更难。在这篇散文写作中，我对自己进行了严酷的拷问，我没有回避。历史存在着，我必须面对，因为我敬畏散文。同时，我要告诉子孙一个真实的"我"。散文是作者性情的艺术呈现，在散文中最能看到作者的"自我"。现在的社会浮躁到连石头都要"飘"起来了。散文要有一种人文关怀，对社会、对人的关怀。只有爱是动人心魄的。在苏州，有一次我对莫言说："我对你有一点意见，你《红高粱》里写的对人剥皮是欺负我们读者，因为我们谁也没看到过对人剥皮，写得未免太残忍了。"写小说可能会故意给读者刺激，散文不需要。汪曾祺说："散文是文化休息的场所。"

苏周刊：您认为散文和新闻媒体是怎样的关系？

范培松：现代散文是和新闻媒体同时产生的，没有新闻媒体就没有现代散文的传播。但是散文和新闻、时文是有区别的。孙绍振认为，我的散文史中，对李敖、柏杨等的散文评价不高，或者说是忽视，他说我善于解读文学散文、审美性散文，但对知性散文是忽视的。我对他讲，李敖、柏杨等的文章大多是时文，它的生命力和政治有关，当政治环境变化了，时文的生命力就失去了。散文和新闻媒体是密不可分的，但是它不是新闻文体，这一点要区别开来。散文作为文学作品必须要有文学特征，它是艺术品。我们普通人走路不是艺术，但是我看昆剧艺术家石小梅的演出，她在台上刚走了几步，还没开始唱，台下就掌声雷动，这几步就是散文。应该肯定，现代散文的产生、发展和繁荣，新闻媒体是起了巨大作用的。

苏周刊：您认为对于散文来说，现在是一个什么样的时代？目前，我们的散文创作如何？

范培松：我最近参加全国在场主义式散文评奖，看到了一些好的散文。当前是散文"百花齐放"的时代。现在写散文的人之中，新闻记者很多，官员中也有许多写散文的。我们千万不要以为当官的散文就写得不好，比如苏州市的杜国玲，她的散文就很有特色，尤其是《吴山点点幽》，我非常喜欢。散文讲究笔调，笔调就是个性，她的散文笔调真出格，文中的"神韵"没有沾染一点俗气，有一种处世的仙气。杜国玲的现实的角色"官"和文中的"自我"，判若两人，

真个是到了"忘我"的境界,实属难得。在她的文中看似没有规矩,却又有规矩,完全靠体验显示"神韵"。就像柳宗元的《永州八记》,我认为它是最好的散文,小石潭其实是不毛之地,怪石嶙峋,并不美丽,把一个不毛之地写成"境",那是出于个人的体验。

新闻记者写的散文集,我读过十几部,新闻记者写散文有个优势,他们很敏感,但是要防止新闻写作的惯性,这对散文创作来说是一个消极因素。新闻有新闻的要求,写散文的时候要忘掉新闻。新闻记者写散文的佼佼者是董桥。董桥有学问,写作很克制,笔墨中有无限的内涵和风光。

苏周刊: 您觉得好散文是什么样的?

范培松: 好散文的关键词是精、气、味。精是神,求品,要有品位;气有韵,以"和"为境界;味是滋味,要耐人寻味,这里的味常常为一些作者所忽视,以为说几句俏皮话就行了,其实没有那么简单。散文写的都是很平常的东西,但是要给人不平常的惊喜。现在我的散文观中,有两条我是很拒绝的:第一,不要说密切联系现实,散文不是靠联系现实就能写好的。第二,要写"我"而不是"我们",有人说要写"我们",我已经在其他文章中批判了,过去一直写"我们",从写"我们"到写"我"是社会的进步。

(本文载于《苏州日报》2012年6月1日,有删改)

将生命流淌成南溪河

——记中国散文史家范培松

戴 军

所有的跋涉都从南溪河出发，而所有到达的彼岸也都流淌着南溪河。

南溪河，是哺育范培松长大的"母亲河"，更是奔腾在他血管里的碧水清流，成就了他为人与为文的品格。靠着南溪河的滋养，范培松在中国现当代散文研究的天地里肆意驰骋，一走就是半个多世纪，身后留下了多部皇皇巨著。如今，范培松仍然与挚爱的散文结伴而行，但走得再远，他也觉得自己从未离开过南溪河。

小时候，范培松觉得门前的南溪河是天上的银河，是世界上最大的河；长大后，他依然觉得南溪河浩浩荡荡，绵延不绝，从他的血管里流出，流到他的笔端，又借着他的文字流向了四面八方……

范培松的博士生、苏州大学文学院原院长王尧，跟随范培松10多年，在他看来，范培松本身就是篇散文。论范培松的性灵，真性灵；论人格，真人格；而他待人接物处世，又是不施粉饰的叙述文字，不运匠心，但见真情。

一位声名显赫、身世坎坷的学者，依然保持着如此坦荡的胸怀、如此纯净的内心，靠的是什么？也许我们应该回到生养范培松的那片土地，回到南溪河畔去寻找答案。

南溪河自溧阳而来，横贯宜兴半境，经由西氿、东氿注入人湖。因它和与之并行的北溪河，宜兴古时被称为"荆溪"。1943年7月10日，范培松就出生在南溪河畔的徐舍镇中范村。南溪河水清澈透明，幼时的范培松经常和小伙伴"站在河埠的没在水里的台阶上，弯着腰，把水当镜子，照我们的脸……我们的脸映在蓝天白云上，朝发呆

第四辑 磊落底牌

的白云挤眉弄眼，笑了，那甜甜的笑容灿烂地悬挂在白云边上"①。镜子一样的河水，把蓝天、白云、自己和小伙伴甜甜的笑脸叠印在一起，让幼年的范培松感觉大自然是多么纯净，自己也是这纯净世界的一部分。

　　同样纯净的还有父母、亲友和乡邻们的心。翻开范家的历史，苦难像生命的孪生兄弟一样如影随形。祖辈的苦难，范培松只是听说，父辈的苦难他却历历在目。父亲幼年时在山里砍柴受寒，落下了一身的伤痛，睡梦里常常呻吟甚至嘶叫；整日里不说话，仿佛"苦难封闭了他的嘴巴，日月榨干了他的情感，永远是呆呆地想，默默地看世界，村人称他为'富呆子'"②。而"母亲四十二岁生下我时，就没有一颗牙齿了，本来瘪瘪的嘴，更是凹陷下去"③。但苦难没有让父母的人生走向虚无，走向怨天尤人，走向人性丑恶的一面；相反，他们固守着代代相传的为人准则，教儿子要做"好人"，要学会"相信"。笔者想，这朴素的人生信念一定来自生养他们的苍天厚土，来自哺育他们的南溪河。而这样的人生教育让率真与耿介深深植入了范培松的灵魂，在此后的几十年里，无论他的学识变得如何丰厚，地位变得如何尊贵，也无论他曾经历怎样的不堪，前途曾遭遇怎样的黯淡，他始终心性不改，坦荡为人。

　　"文化大革命"中，身为苏州大学教师的范培松，却被囚禁在黑屋中长达一年半之久。在这场浩浩荡荡的运动中，在那间囚禁他的幽暗小屋里，在对自己的灵魂无数次拷问之后，范培松坚定了最初的信念。他听到母亲的声音在斗室的上空响起："儿子，不能动摇。太阳就是太阳，月亮就是月亮……"④ 范培松的眼前出现了为自己仗义行善的村民九哥，冒着危险为他做证的邻居老徐……于是，几年后，在那位曾经折磨过他的"逻辑先生"突发疾病的万分危急之际，范培松冒着狂风暴雨借了条船送他到医院救治，挽回了他的生命。"文化大革命"发生后，范培松担任苏州大学中文系主任12年，他问心无愧的是，他从来没有无缘无故地伤害任何一个人，以后也不会，实现

---

① 范培松：《范培松文集》第8集，江苏教育出版社2012年版，第17页。
② 范培松：《范培松文集》第8集，江苏教育出版社2012年版，第8页。
③ 范培松：《范培松文集》第8集，江苏教育出版社2012年版，第4页。
④ 范培松：《范培松文集》第8集，江苏教育出版社2012年版，第102页。

了自己当年在幽暗的小屋里立下的誓言。

率真、耿介几乎成了范培松精神的名片。有时，人们也许会因他不顾情面的直言而有些许不快，但绝对不会怀疑这背后的真诚与坦荡。

见过范培松的人，都对他昂首挺胸、用力摆臂的走路姿势印象深刻，仿佛不管前方如何艰险，他都会坦然面对，勇往直前。这其实也是他在人生道路上的行走姿态，因为心底无私，便无所畏惧了。

> 不管风吹雨打，不管天寒地冻，中午，就会看到镇上的小桥边，立着一位留着八字胡的矮小的老人，拿着一个用棉絮包得结结实实的竹篮，伫立着。所谓饭，其实也就是瓜菜，再放一点米之类……我读了八年的书，父亲送了八年的饭，想不到，最后是以父亲跌跤结束的。①
>
> ——《南溪水》

在那个悲苦的年代，范培松的父母生了 11 个儿女，8 个夭折，于是他们对于范培松这个幺儿的疼爱几乎到了不顾他人非议、蛮不讲理的地步。我们不必担心这样的溺爱会造就如今那样一些极端自我甚至丧失人性的逆子，因为这份爱是父母以瘦弱的身躯在风雨里为儿子撑起的一片天，是他们用微弱的热量在苦海里为儿子点亮的一盏灯，他们的儿子深深懂得：这样的爱意味着什么！因而，自幼年起，范培松就发奋苦读，立志成才。他知道，这是父母对他最大的希冀。

同时，爱的种子也以超乎想象的韧性在范培松幼小的心灵上生根、发芽。范培松将从父母、乡邻那里得到的爱不断扩展，变成了撒播到人间的无私大爱。只要接触过范培松的人，都会被他自然流露的浓浓爱意打动。据范培松的学生、曾供职于《宜兴日报》的裴秋秋回忆，当年第一次见到范培松时，就被他深深地吸引了。在以后的接触中，裴秋秋更加感到范培松就是把学生当作自己的孩子，吃饭时，他会为学生夹菜、舀汤；休息时，他会与学生谈天说地，聊聊家常。然而一旦涉及学业，范培松立刻会变得苛刻起来，虽然语言依然平和，面容依然慈祥，但对于学生的不足，他直言不讳，决不宽容。渐

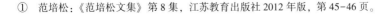

① 范培松：《范培松文集》第 8 集，江苏教育出版社 2012 年版，第 45-46 页。

渐地，裴秋秋体悟到，慈父般的关爱与严师般的苛刻才是范培松博大无私之爱的完整体现。

的确，这样的爱，才是发自内心的挚爱，也才是像阳光一样能够创造奇迹的大爱。

学生果然争气，26年来，从范培松手里接过博士帽或硕士帽的学生100多名，他们活跃在当今中国文坛和文学研究与教学的岗位上，好多已然功成名就，甚至已经成为博士生导师，但他们依然对范培松执"弟子礼"，从心里敬重这位慈父一般的恩师。2012年8月28日，欣逢范培松七十寿诞暨8卷本《范培松文集》首发，几十名学生从全国各地齐聚苏州，更有许多学生发来信函向教师祝贺与致敬，那隆重热烈的场面、师生间亲昵的交谈，令人感佩。

这样的爱的对象一旦变成宜兴的父老乡亲，范培松也一如当年父母对待自己一样，立刻变得不可遏制起来。1987年，苏州大学中文系宜兴班正式开班，这个成人函授大专班办学3年，范培松倾注了大量的心血。学生年龄差距大，文化程度不一，教学难度可想而知。但家乡的人才培养，从来在他的心头有着非同寻常的分量，他为这个班配备了一个"豪华"的教师阵容，29位授课教师中大多是教授、副教授。每开一门新课，范培松总会提前向学生介绍授课教师的专业特长和教学特色，还把学生的情况告知授课教师。因此，师生之间建立了深厚的感情，一直保持到现在。

任宣平，宜兴的一位业余作家，久仰范培松的人品、学问，想请他为自己的散文集写序。经人介绍，任宣平忐忑不安地叩响了范培松的家门。结果，范培松不仅一口答应，还在苏州陪他在大公园散步、聊天，在"水天堂"用餐，带他去"东吴面馆"吃自己最爱的家乡风味的面条，把他称作"结结实实的老兄弟"。这样一份浓得化不开的乡情，把任宣平的心彻底融化了。任宣平忽然明白，为什么有那么多的宜兴人知道范培松，钦佩他，因为得到过他帮助的宜兴人实在太多了，其中有很多就是像自己这样与他素昧平生的普通人。

> 南溪水，向东最后进入太湖……河中央芦苇萋萋，里面藏着无数神秘和恐惧……后来，读到诗经"蒹葭苍苍，白露为霜。所谓伊人，在水一方。溯洄从之，宛在水中央"，

就觉得这诗应该是我村人写的,它实实在在写的是我村的情景。①

——《南溪水》

范培松的童年过得虽然清贫,但依然美好,特别是南溪河的秀美,让范培松就读懂了《诗经》,读懂了文学的意境之妙。这样看来,范培松与散文的因缘似乎早就注定了。范培松的学生、常熟理工学院副院长丁晓原也认为,范培松是一个很"散文"的人,心态自由、真诚、率性,还有一点天真,因而他觉得范培松研究散文是水到渠成的事。

然而,许多学者认为,散文研究解释的空间不是很大,很难出重大成果。而且长期以来,将散文当作社会历史"附件"的观念根深蒂固。要改变这种局面,首先必须重新认识散文本体。这是一个极具挑战、充满艰险的开拓之旅。范培松甩开膀子义无反顾地迎了上去,以他的真性情拨开重重迷雾,寻找散文的本真。终于范培松发现,散文贵在"言志",在于自我人格的审美表现,这才是散文的灵魂,也才是它独立于社会历史、政治、意识形态之外的价值所在。于是,范培松将"自我"人格的发现、张扬与时代代言人之间的冲突作为主线,重新筑建起百年中国散文史的大厦,用历史与审美的眼光来解读各个时期具有代表性的作家作品,彰显特定历史时期人的情感与精神渴求。50多万字的《中国散文批评史》和100多万字的《中国散文史》相继诞生,范培松为百年中国散文的发展建构起了一个整体的框架体系,展现了中国现当代散文的无限魅力,这是具有里程碑意义的学术创举。

而在它们诞生之前,范培松其实早已功成名就。从1978年开始,范培松独树创见的散文研究论著就源源不断地问世,引起学术界的广泛关注。1986年,范培松越级晋升,成为江苏省最年轻的文科教授;自1994年起,享受国务院政府特殊津贴。多年来,范培松先后担任苏州大学中文系主任、苏州市作家协会主席、中国当代文学研究会常务理事等职。但荣耀没有让范培松放慢探寻的脚步,他把散文研究当

---

① 范培松:《范培松文集》第8集,江苏教育出版社2012年版,第15页。

作一生钟爱的事业孜孜以求，不断地超越自我，也在散文研究领域留下了自己清晰的身影。

2012年11月11日，范培松应邀回到宜兴，为家乡的作者开设了一堂散文创作讲座。200多位慕名前来的听众将会议室挤得水泄不通。在整个讲授过程中，全场鸦雀无声，因为讲座太精彩了。务实的范培松之前主动要求主办方提供一批宜兴作家的散文作品，讲堂上他结合对这些作品的品评，具体而生动地阐述了散文写作的要义，让听众们大呼过瘾。

讲座历时近4个小时，范培松汗流浃背，但眼睛依然炯炯有神。能以自己的学问为家乡所用，在范培松看来简直是莫大的享受。范培松，这位"南溪之子"，将生命也流淌成南溪河，谱写出一曲荡气回肠的不朽乐章。

（本文载于《宜兴日报》2019年11月19日，有删改）

范培松：文存天地，花散人生

徐 钦 戴 新

范培松把他一生最美好的时光献给了散文研究事业，他是属于散文的。范培松与散文相识、相知、相守的历程，曲折而又漫长。

1965年，范培松从江苏师范学院（今苏州大学）中文系毕业。在70多位毕业生中，系里仅留了这一位睿智的年轻人。"文化大革命"中，范培松被囚禁在校园方塔下面的斗室里，整整18个月，没有放风，没有阳光，也不被允许和家人见面。

20世纪80年代初，范培松开始对古今中外的经典散文个案创作经验进行研究，这也培养了他自身在散文个案上鉴别的能力。这种能力靠的是体验，靠的是感应，靠的是心与心的碰撞，久而久之，他渐渐在散文中找到了感觉，发掘出才情。范培松的体验和批评被北京大学教授孙玉石概括为"综合性体验批评"，受到散文研究专家的关注。这一时期，范培松撰写了《散文天地》《散文写作教程》等著作。尤其是1984年撰写的《散文天地》，是中华人民共和国成立以来中国大陆学术界第一部散文研究专著，文风轻松而又老到，就像与朋友聊天似的讲解散文创作的规律与经验，丝毫没有让人烦闷的说教痕迹。

1988年，为了推动高校科研，教育部第一次决定设立10个全国高校青年研究项目，要从全国申报的200多个项目中选出12个，并要求项目申请人到北京答辩，再淘汰2个。范培松的《中国现代散文史》项目有幸被选中。在接下来的近3年时间里，范培松阅读了近100位散文家的500多本（篇）作品，用这种看起来"笨"且"原始"的方法来吃透中国散文的精髓。而洋洋洒洒的近50万字见证了范培松的学养、识见、才情、审美和人格。难怪有专家评论说，一个事实将被历史证明：这本著作将在整个中国现代散文史的研究中竖立起一个新的里程碑。范培松接下来的目标是编撰一套

"20世纪中国散文研究系列"：《中国散文批评史》《中国散文批评文选》《中国散文史》《中国散文选》《中国散文通典》，计划写300多万字，这真是蚍蜉前行。可喜的是，这些著作都已陆续与世人见面。

个人编撰文学史、文体史，不能人云亦云地用一些所谓的"套路"去套作家作品，这对研究者来说也提出了更高的要求。范培松必须对每一位作家及其作品有自己独特的感受和见解，他必须有脚踏实地的精神和坐冷板凳的耐心、毅力。范培松的《中国现代散文史》正是这样的一项研究成果。历时多年，范培松硬是把这部《中国现代散文史》写出来了。

此后，范培松就水到渠成地转入中国现代散文理论批评的研究领域，该研究也被列为国家哲学社会科学"八五"科研项目。实际上，这一时期对于范培松来说，是散文研究的攻坚阶段。在20世纪散文评论研究中，尽管出现了众多的散文批评家，但是研究系统且有丰硕成果的并不多，大多是一些著名的散文家在创作之余的一些感悟，学术性不强。另外，对散文文类的归属和定位，分歧较大。范培松再次扎入原始文本中，梳理、集纳，最后形成了"三足鼎立—政治同化—多元蜕变"体系。为许多学者所认同的这一体系，显示出范培松自身的学术分量和卓尔不群的学术品位，在学术界产生了较大的反响。

在从事散文研究的同时，范培松还坚持散文创作，因此，他在评价散文作家作品时既有理论高度和缜密的思考，又有感性上的创作体验。《从姑苏到台北》是范培松以沉潜功力、丰富才情，写出的性情率真、热情洋溢、趣味盎然、别有韵致的散文。该书中收录的范培松的34篇散文，篇篇耐人寻味，又足见其灵气飞舞，其中，以《大丈夫》《尾巴》《醉酒》《男桥女桥》等最见其文风真味。

其实，范培松在20世纪80年代一手研究散文，一手还研究报告文学，后来由于精力有限，报告文学研究不得不中断，但他一直没有中断对它的关注。范培松在2002年发表的《论九十年代报告文学的批判退位》中，以犀利的笔锋、触及灵魂的胆识，对充斥鲜花与香水的报告文学领域提出了尖锐批评，他的"报告文学必须是批判的""批判必是报告文学"的观点，对"甜蜜的评论界起到了振聋发聩的作用"。文章发表7天，《文艺报》就以头版头条摘要转载，接着《文汇报》《新华文摘》《中国社会科学文摘》《文学报》都刊发消息，以摘要转载。

年过六旬的范培松著作等身，但不囿于散文领域，他和苏州教育学院（今属苏州职业大学）金学智教授主编的《插图本苏州文学通史》便是最好的证明。

范培松研究中国文学40年，深知苏州文学在灿烂中华民族文化中的重要地位。台湾著名学者龚鹏程教授非常赞赏范培松编纂苏州文学史的想法，并支持、鼓励说，明清文学史，一半在苏州，如果立项，没有问题。

为了拾掇起散落在历史长河和古巷深处的文学珍宝，范培松和金学智展开了广泛调研。自古以来，苏州作家有14次在全国文坛上领衔。孙武的《孙子兵法》是国内第一部军事散文；王鏊的台阁体影响文坛几百年；包天笑、周瘦鹃的"鸳鸯蝴蝶派"享誉海内外；陆文夫在20世纪80年代开创小巷文学；东吴大学（苏州大学前身）教授黄人在20世纪初著述国内第一部中国文学史；冯梦龙的小说、金圣叹的评论等都曾在那段历史上独领风骚。

经过3年的精雕细琢，《插图本苏州文学通史》终于在2004年出版问世。这部被教育部、江苏省、苏州市立为重点项目的150多万字的巨著，翔实地记录了苏州文坛千年之盛，开创了中国市级地方编纂文学史的先河。

这部作品史论结合、多元交叉，丰富了人们对文学功能的认识，概括了苏州文学的历史风格及其递变规律，探讨了苏州历来文人辈出的原因。令范培松欣慰的是，这部凝聚了这一代苏州专家、学者对古城的挚爱和心血的巨著，终于在第二十八届世界遗产大会开幕之前付梓，给大会献上了一份厚礼。

范培松从教40年，积累了丰富的教学经验，培养了100多名硕士生和博士生。范培松的大弟子王尧在学术上步履稳健，于2004年获得了"华语文学传媒大奖"。

范培松是个崇尚简单生活的人，他一不抽烟，二不喝酒，就是喜欢喝茶，尤其是茅山青峰。范培松说品茶就好比品味人生，风霜雨雪、酸甜苦辣、五味杂陈，个中滋味怎一个字了得。人生如白驹过

隙,范培松很珍惜目前自由的学术环境,他在把散文研究暂告一段落后,还将寻找新的学术生命生长点。

我们一起祝福范培松。

(本文载于《江海星光》第1辑,江苏文艺出版社2006年版,有删改)

范教授唱评弹

老 九

在四川青神县,古稀之年的范教授——范培松唱起了苏州评弹,在笔者看来,那是足以让巴山蜀水报以噼里啪啦掌声的。

那晚在四川眉山青神县的岷江边,有一爿农家乐小饭店,店里的家常菜、廉价土酒,令人印象颇深。家常菜中能记住菜名的不多,除有名的棒棒鸡之外,还有两道菜十分特别:一道是花生,用盐水煮的,味道不错;另一道也是花生,刚从土里刨出来的,别有风味。剥食熟花生和剥食生花生,一会儿生,一会儿熟,这个过程很好玩,总让人有一种若有所思又不知所思的境地,像一缕游丝在眼前飘飞,却无从抓住游丝的头。从小饭店的窗口望出去,能看到窗外的河面。是夜,月色皎洁,浮在江面,是物化的古典饮酒语:当浮一大白,也成了佐餐起哄者的乐趣。偏偏做东的邵先生,是范教授的粉丝,其言在江西上饶师专(今上饶师范学院)读书时,就听闻范教授在当代散文界的名望。当天刚听范教授讲散文,几十年无缘相见,不想在他的家乡青神,范先生居然溯长江而上,又溯岷江而上,"送货上门",他高兴得几乎与他的年龄和身份都不大相称,挺着个大肚皮,殷勤地抱着陶罐往远客杯中倒,那股子豪爽劲儿,俨然罐中倾倒的就是窗外的岷江水。

关于这位邵先生,还应该略介绍几句。其人面阔目圆,普通话中带有浓浓的川音,活脱脱就是那个电视剧《傻儿师长》中的主角神态。之前,邵先生做过旅游局局长,口才了得,对青神县的情况极为熟悉,说起青神县来自然是如数家珍。我们采风组的组长是诗人舒婷,往常数次见到她都是一派矜持,但在这位胖硕的"导游"面前,放下了架子。一开始,舒婷其实也是带反诘语气的,因为邵先生说到青神县也是丝绸之道,舒婷感觉不对,这里再怎么说也与丝绸之道没有关系,邵先生的介绍不应该流俗于一般不负责任的导游那般天马行

空的胡乱穿越。不料这位仁兄引经据典,证明这里的确是丝绸之路的一脉,还是茶马古道的水上一脉,让舒婷很是钦佩,于是,二人的对话自始至终就没有停止过。原本就是好客的东道主,偏偏舒婷又有约提前离队,副组长范教授又迅速"拨正",这位邵先生就"移情别恋",盯牢范教授了。功利是难免的,那就是:名人驾到,留下美文。

当天下午,范教授的课讲完后,邵先生手舞足蹈地领大家到中岩寺的唤鱼池,据传此地是苏东坡与初恋相识的地方,有溪流修竹、古木森森,游客稀少,显得非常幽静。范教授非常喜欢这个地方,他在接受电视台的采访时,细细将苏州的虎丘与之做对比,认为这里既是苏东坡的外婆家,也是他少年时期的求学地,在这里直接考取进士,并且这里还是他先后两任夫人的家乡,苏东坡那句"不到虎丘乃憾事也",放在这里也是再合适不过的。

有了这样一些前因后果,农家乐上的小酌,自然是主客都兴高采烈。

这个邵先生不但口才好,还有些"人来疯",能唱能跳,朗诵李白的《峨眉山月歌》:"峨眉山月半轮秋,影入平羌江水流。夜发清溪向山峡,思君不见下渝州。"他特别说明,这首诗是26岁的李白初出四川时写下的壮别故乡之歌,诗中的平羌江,就是岷江下游的支流,与这里相隔很近,李白当年肯定也是到过这里的。此情此景,面对主人的相邀,范教授在写美文之前,居然就唱了,唱的还是苏州评弹《蝶恋花》!范教授用标准的吴语唱"问讯吴刚何所有,吴刚捧出桂花酒",说的也是月宫中的饮酒事。笔者不记得范教授唱的是哪派了,只记得他说过专门与该曲创作者赵开生的交往,显示出他的评弹演唱还是颇有出典的。

笔者来苏州近30年,从来没有听过在苏州待了50多年的范教授唱过苏州评弹。范教授自己也证实,从没有在众人面前拿苏州评弹献过丑。

但是,在青神县,在李白和苏东坡都留过痕迹的青神县,范教授唱了,唱了月宫饮酒的苏州评弹。一如《赤壁赋》中所写:"举酒嘱客,诵明月之诗,歌窈窕之章。"至于唱得好与不好,那真的不重要,就像餐桌上的那两碟花生,熟有熟的味道,生有生的味道。有这么一种人，能被别人的真情美意打动，同时不顾忌自己也许不算很美的姿态，但仍愿意助兴，这不是超越了美本身的大美吗？

　　写明月，估计没有人写得过"举头望明月，低头思故乡"的李白，但到了宋代，苏东坡仍然敢问"明月几时有"，并且"把酒问青天"。那豪迈奔放之词的起笔是"大江东去"，最后的收笔居然是"一樽还酹江月"。在明月的照耀下，名人和无名之人都知道自己的渺小，也就不会忸怩作态，一同光明磊落起来了。

　　　　（本文载于《姑苏晚报》2015年12月21日，有删改）

第四辑　磊落底牌

心中有个爱

裴秋秋

第一次见到范培松先生，笔者就被他深深地吸引了。

那是1985年的春天，在范培松先生的带领下，苏州大学中文系的十几位讲师、教授来为宜兴广播电视大学汉语言类专业应届毕业生担任毕业论文的导师。范培松先生具体指导了两个学生，笔者是其中一个。在未见到范培松先生前，笔者心里有些紧张。那时，范培松先生已是苏州大学中文系副主任，在散文和报告文学研究上已名声卓著……但当笔者站在他眼前时，他那慈父般的容颜和言行，把笔者的紧张感消释得无影无踪。随着交往的深入，笔者才发现，宽厚的范培松先生也有严厉的一面，那是他对学问的一丝不苟。

尽管，吃饭时，范培松先生会像溺爱孩子的父亲一样，为学生夹一筷子菜，舀一勺子汤；休息时，他会与学生亲如一家谈天说地，欢声笑语。一旦范培松先生坐下来指导文章，气氛立刻从春天走入冬天。虽然，范培松先生的语言依然平和，但像铆钉一般丝丝入扣，特别是对学生的不足之处，哪怕是标点有误，他也决不宽容。一开始，笔者迷惑于范培松先生宽厚和酷严的迥然变化，渐渐地，笔者领悟到，慈父般的关爱和严师般的苛刻才是范培松先生博大无私之爱的完整体现。随着对范培松先生的了解，笔者又发现，范培松先生不仅仅是用宽厚和严酷对待他的学生的，也是这样对待他自己的。

最让人着迷的是范培松先生的走路姿势，大甩着双臂，无拘无束，像天地间最洒脱的人。然而，翻开范培松先生的人生档案，也记录了他举步维艰、身陷囹圄等沧桑往事。

1943年7月10日，范培松先生生于宜兴徐舍镇中范村，长辈说他是中国历史上大文豪范仲淹的第二十九代孙。家贫，险些让范培松先生像父母一般成为文盲。父母爱他，以微薄的收入支撑着他的学业。范培松先生心灵中的爱，也许就是从那时萌生的。

从小学五年级开始到中学毕业，范培松先生都在离家较远的徐舍镇上就读，晨出暮归。父亲怜惜他，抱病为他送饭，风雨无阻，整整8年。在范培松先生高中毕业典礼的最后一天，他劝阻虚弱的父亲不用来送饭了，但父亲仍坚持送饭。当范培松先生参加完典礼准备回家，父亲仍立在校门口，一脸凄然地说："送饭来时，路上跌了一跤。"范培松先生握住父亲的手，哽咽无语。回家路上，范培松先生见到道旁跌翻的饭菜，禁不住涕泪滂沱……

"文化大革命"时期，范培松先生在器重他的大学校园里失去了自由。从1971年2月到1972年8月，被关押、囚禁长达18个月之久。刚刚范培松先生还徜徉在阳光明媚的校园里，享受着别人崇敬的目光，眨眼之间，竟被强制关进黑屋，蒙受种种冤屈。范培松先生最担心的是母亲，因为母亲最器重、最疼爱他。大学二年级时，父亲去世，母亲为了让他能继续学业，将一分一分积攒起来的钱继续供养他。幸亏范培松先生从小人缘好，他有个关系极好的中学同学参军后，不时地给他一些资助，他才总算念完了大学，又留校当了教师。范培松先生知道母亲把他看作自己的"荣耀"，也看作辛勤一生的"报酬"。如今，范培松先生怎能让风烛残年的母亲，失去"荣耀"，失去"报酬"？失去自由，范培松先生唯一能做的事是每月发工资那天，一定亲手填好一张汇款单。在囚室里，范培松先生默默祈祷："千万别让母亲知道我的处境。"范培松先生心存侥幸地想：母亲接到汇款单仍会相信我是个自由人。但纸包不住火，母亲还是知道他被关押了。1971年10月，发工资那天，范培松先生没有拿到汇款单。那晚，范培松先生彻夜难眠，一闭上眼，就看到满头白发的母亲向他走来。第二天，范培松先生又被提审。走进审讯室的瞬间，范培松先生意外地看见了自己的兄嫂，兄嫂手臂上箍着令他胆战心惊的黑纱。"母亲死了？"他问。哥哥泣不成声，道出了母亲去世的原委。霎时间，如五雷轰顶，极度的悲伤和愤怒使范培松先生拍案而起，他边骂边哭，全然不顾自己还是被羁绊的"囚徒"。范培松先生觉得这个世界再也没有尊重和希望了。

在那段痛苦失望的日子里，看守人员中有位姓叶的工人，他不像看守，反而很细致地照料着范培松先生。见到范培松先生颓丧的神情，就轻轻安慰道："勿要急，勿碍的，你连党籍也丢不了！"那朴

第四辑　磊落底牌

素的语言,真如暑天的甘泉,渗进范培松先生行将干枯的心田。在远离人群,远离太阳,也远离"革命运动"的黑屋子里,范培松先生常常盯着眼前灰黄空旷的墙壁苦苦思索,思索人性的善恶,思索生命的强弱……每当思索的时候,他脑海中不时地浮现出庄子《逍遥游》中的句子,一遍一遍,他觉得莫名其妙,却又清晰强烈,他的精神得到了一种解脱。正是在这苦难的日子里,范培松先生与散文结下了不解之缘。范培松先生终于恢复了自由,经过苦难的磨炼、人生的参悟,他学会了宽容。有人这样评价范培松先生宽阔的胸怀:"许多人把苦难化为荣耀的勋章,化为仇恨的弓箭,他却把苦难化为爱。"但范培松先生的心灵深处也留有一道永难愈合的伤痕,那就是对母亲的负疚。从此,许多年以来,范培松先生发表文章,常用"艾袁"署名。"艾"有哀思、哀悼、深爱的寓意,"袁"则是他母亲的姓。

深爱母亲的范培松先生,对故乡宜兴一往情深。离家30多年,一口纯正的宜兴话始终不改,真是走遍天南海北,乡音依旧。1993年3月,范培松先生应邀去韩国全北大学讲学,担任翻译的是韩国的一位毕业于台湾大学的吴姓学者。讲学结束后,翻译问范培松先生:"范培松先生的汉语似乎和我以前学的汉语不相同?"范培松先生笑答:"我讲的是汉语中的宜兴话。"范培松先生对家乡的挚爱从不掩饰。1994年5月,国内一批著名作家、评论家,诸如陆文夫、林斤澜、孙玉石、张抗抗、舒婷等云集宜兴,参加"范培松散文论著研讨会"。会上,范培松先生用激动的语言开场:"我是宜兴人,生我养我的是宜兴,我爱我的家乡。每当我踏上宜兴这块土地,就有种莫名的激动。天特别蓝,空气特别新鲜。30多年前,我离开时,宜兴很穷,现在我回到家乡,每次都见到它有崭新的面貌。我希望全世界都来了解宜兴,让更多的人喜欢我的家乡。"

世间人和物,唯有爱,才能对其生发出真情;唯有真情,才能倾尽一生心血无怨无悔。范培松先生心中有真爱,真爱他成为情感丰富的人。范培松先生自己也说:"我和什么东西一产生情感就不能自拔。"举一例为证:范培松先生从来不养宠物,1995年友人赠送他一条西施犬,他将其视为宝物,取名"康康",与它形影不离,即使到香港讲学,电话中也不忘询问:"康康"安康否?后来,范培松先生的女儿怀孕,"康康"顽皮,范培松先生时时为其袒护。但家人听说动物会给孕妇传染病菌影响胎儿，便有了反对"康康"留在家中的声音，而且家中也时时因它引发矛盾。最后，范培松先生忍痛牺牲"康康"，将它送人。望着"康康"无助地离去，范培松先生痛苦难抑，发誓从此不再养宠物，以免再受别离的痛苦鞭挞。

范培松先生的真情挚爱，表现得最为强烈的是他对散文研究的执着追求。自从在人生最孤独无助时与散文结缘，范培松先生就痴迷地沉醉其中，几十年与其相依相伴。范培松先生研究散文，就像解读自己的恋人，不为其表面的光彩所盲从，不为其深藏的疵点所灰心，他要触摸散文的真灵性，就像要发掘恋人的真性情一样。正是范培松先生对散文研究的纯真心态，打开了散文研究的一片新天地。从1978年开始，范培松先生独树创见的散文研究论著不断面世，引发世人瞩目：1984年出版的《散文天地》是中华人民共和国成立以来中国大陆学术界第一部散文研究专著；1989年出版的《报告文学春秋》，是国内第一部从整体上研究中国当代报告文学的著作；历时3年完成的《中国现代散文史》更被学术界推崇为："在整个中国现代散文史的研究中竖立起一个新的里程碑。"

学术研究，本来就是个吃苦冒险的事情，尤其是研究历史，在评说别人的同时，也无可躲避地要遭受别人的无情评说。范培松先生深谙个中滋味，却因对散文研究割舍不了的爱，义无反顾地去承担艰险。我们不妨读一读范培松先生写在《中国现代散文史》后面的跋语，似乎可以窥见他当初鼓起了何等的勇气，又付出了何等的心血。"我一直恪守一个信条：历史只能远观而不能亲近。历史是惹不得的。人类忠实地创造了历史，但历史总是心安理得地主宰着人类。多少世纪以来，千古英雄轰轰烈烈地为她折腰，但最后她还是无情地要给他们留下许多遗憾。她永远是个胜利者。但是，1988年11月，鬼差神使，我居然一改初衷，冒朔风，豪情满怀地北上，来到北京大学，参加国家教委社会科学青年科研基金项目的角逐。慷慨陈述，滔滔答辩，我的《中国现代散文史》项目居然顺利通过。从此，我醺醺然，呵！我要亲近历史了，居然产生了一种降龙伏虎的气概。谁知，这却是一场苦难——我陷入了历史的漩涡之中，背上了沉重的十字架，以至不能自拔……"范培松先生在3年中读了500本散文集，对近90位散文作家进行了评点。范培松先生说："在历史面前，人人

第四辑　磊落底牌

平等的;在散文面前,也是人人平等的。""还历史的本来面目"是范培松先生编撰这本史书的最高理想。为了这个理想,范培松先生把自己完完全全地融入其中。他一个个地去贴近自己所要评述的人物,用自己的真情实感去体味他们曾经走过的人生历程和心路波折。在香港讲学,范培松先生特地去走访浅水湾,只因那里是英年早逝的女作家萧红生命历程的最后栖息地。如今的浅水湾,高楼林立,游人如织。一代才女孤独做垂死挣扎的旧居已杳无踪影。范培松先生感叹历史的飞逝,也愤恨命运对萧红的不公,把一个用全身心来热爱世界的女子,折磨成一个孤独者,让她只能在回忆的蚕茧中释放自己的光华。范培松先生善解人意地评说:"她是写鲁迅又写自己,她在哭鲁迅又是在哭自我。"范培松先生走进了萧红的灵魂深处,同情和钦佩这位命运多舛却又不甘沉沦的伟大女性。于是,范培松先生写萧红的那一段,写得情真意切,十分动情,十分顺畅,令读者读之动容。

  范培松先生做学问,与他的为人一样,信奉一个"真情实意"。唯其"真情实意",范培松先生常常把自己逼入绝境,饱受劳心劳力之苦。虽然范培松先生历时3年把中国现代散文的历史翻过去,捧出洋洋洒洒30万字的史书时,已经筋疲力尽,但他还挣扎着前进。又是5年辛勤耕耘,50多万字的《中国散文批评史》完成了。这是国内第一部系统研究现当代散文理论批评的著作,不仅填补了现当代散文研究的空白,也填补了中国文论研究的空白,在学科建设上具有重要的开拓意义。这部批评史的问世,也是范培松先生在自己学术生涯中的又一个飞跃——从以往侧面的、局部的研究,飞跃到建立起中国散文理论批评的整体框架体系。

  范培松先生的博士生,苏州大学文学院原院长王尧,在范培松先生身边耳濡目染了10多年,深深感佩范培松先生为人处世的品格和治学育人的风范,对范培松先生做了别具一格的概括:"范培松本身就是篇散文。论范培松的性灵,真性灵;论人格,真人格;而他待人接物处世,又是不施粉饰的叙述文字,不运匠心,但见真情。"

  如今的社会,时髦"包装",中华民族世代推崇的"表里如一"的美德越来越为人们所不屑,反倒是明知"挂羊头卖狗肉"的,倒会朝这挂着羊头的狗肉摊多瞧上几眼,或者干脆就去买这羊头下的狗肉,以慰猎奇之心。随着范培松先生在散文研究领域中成就的一点点丰硕，有人提醒范培松先生不必完全拒绝"包装"。范培松先生曾想试试，但做下来，就像他倾心挚爱的散文一样，来不得半点虚情假意。假了，虚了，就走味了，就不成为聚集中华民族千百年文化精粹的真散文。因此，无论是1986年越级晋升，成为江苏省最年轻的文科教授；还是自1994年起享受国务院政府特殊津贴，成为国家器重的凤毛麟角的科技英才……春风得意之时，范培松先生仍然以"真我"示人。范培松先生走路的姿态，还是大甩双臂，而没有收腹挺胸，端出一副"大人物"的架势。1995年，范培松先生卸掉当了12年之久的中文系主任的职务，全力以赴地投入教学科研工作。1998年，范培松先生带着5位博士生、2位硕士生，斗志昂扬地去争取新的国家科研课题，一如既往地埋头书斋，哪怕是大年初一也不轻易停下手中疾书的笔……宠辱坦然，人生练达如此，真可谓物我超然了。作为苏州大学教授、博士生导师，苏州市作家协会主席，中国当代文学研究会理事……无论头上顶着多少耀眼的桂冠，范培松先生还是这样平易近人，广交朋友。范培松先生交友，一如他做学问，捧出一颗热辣辣、不掺半点虚假的赤诚之心。范培松先生不着眼于对方是稚气未脱的学生，或是无权无势的百姓，或是身居要职的权贵，或是腰缠万贯的大款……范培松先生交友只有一个支点，那就是人格。

范培松先生心灵深处有真爱，也有幸生活在爱的氛围中。大凡到过范培松先生家中的人，都会感受到范培松先生拥有的幸福。在家中，范培松先生有时就像被溺爱的大孩子。当范培松先生滔滔不绝、手舞足蹈地演说时，师母会含笑望着他，一边听一边点头，就像慈母欣赏爱子。当范培松先生遭人误解、蔫头耷脑地委屈时，小辈们会齐心声援，"同仇敌忾"，尽显师生情谊。哪怕当范培松先生闲暇想释放一下心绪时，小外孙也会摇摇晃晃地迎上来，祖孙俩玩得一样的忘形，笑得一样的开心……得到爱的滋润，年近花甲的范培松先生神清气爽，极显年轻。有人讨教养身之道，范培松先生说他平生喜欢三件事："一是上课，每次上课我极投入，把体内的消极因素和疾病因子淘汰了；二是写作，我也极投入，把身体的经络理顺了；三是爱喝茶，多喝宜兴家乡茶。"范培松先生就是范培松先生，用坦荡直面人生。

心中有个爱，天地一片光明。范培松先生用心灵深处的爱去拥抱生活，生活对他微笑；范培松先生用心灵深处的爱去拥抱事业，事业还他以厚报。范培松先生说："我的一生零零碎碎地都给了散文研究。"世间人和物，唯有爱，才会对其发出真情；唯有真情，才能倾尽一生心血无怨无悔。依此言，笔者想范培松先生对他一生的付出，无怨也无悔！

（本文载于《相聚一个缘》，大世界出版公司1998年版，有删改）

附
录

附录一 范培松的《中国现代散文史》研讨会摘要

陆文夫 孙玉石等

苏州大学教授范培松的《中国现代散文史》由江苏教育出版社出版后，受到学界的一致好评。1994年5月15—17日，数十位教授、学者和作家在宜兴就这部学术著作进行了座谈。现将座谈会发言摘要发表如下，以供参考。

陆文夫（中国作家协会原副主席）：

今天，我们50位学者、教授、作家，聚在宜兴，讨论范培松的散文论著《中国现代散文史》。范培松是擅长散文研究的，对众多作家作品的评论很中肯，有独特的见解。这几年，范培松致力中国现代散文史研究，对我国近现代散文史进行了较为深入的梳理和评论，对现代散文的创作进行了理论的归纳和系统的总结，对我国的现代散文史的研究做出了很大的贡献。

孙玉石（北京大学中文系教授、博士生导师）：

范培松的《中国现代散文史》是一部有很强个性和学术性的著作，也可以说是一部作家兼学者所写出来的有水平、有才华的文体专史。人们对它可以有不同的评论，这本书也有它不谷讳言的弱点，但是一个事实将被历史证明：这本著作将在整个中国现代散文史的研究中竖立起一个新的里程碑。

范培松著作对杂文给予很高的评价，特别是对《新青年》所产生的杂感的体式特征、批评意识、开放视野、犀利表达等几个层面的分析都是非常贴切的。对闲情类的散文也给予了高度的重视，即使像冰心那种以爱心布道的散文对于它的意义和价值同样做了充分的肯

定,揭示了它内在的局限性。对周作人的冲淡散文的名士之气在范培松著作里不是一味地吹捧,既给了很高的肯定,又从时代的角度,用今天的审视眼光对它的局限做了明确的观照和批评,以此在前人论述的基础上能够充分表现自己独特的理解。另外,关于何其芳的散文转型期问题,这几年谈得也比较多,认为他的《画梦录》时期的水平最高,后来到延安以后写的散文水平就低了,提出了"何其芳现象"这样的一个理论问题。范培松没有回避这个问题,而是对它做了非常辩证的论述,他认为何其芳的艺术转型,反映了他从孤独的天地中走出来之后对劳苦大众感情的转变,因此,不能离开历史来评价散文的艺术转型。他反对对何其芳褒前贬后,也反对褒后贬前。范培松认为,何其芳前后期的散文均有建树、各有千秋,我们应该有这样的历史感,不能离开当时的历史来要求何其芳只能写《画梦录》这样的散文。

范培松著作在治史的方法上力求实事求是和有所创新。现代散文发展史基本上已属于一种过去的历史,已经成为一种经典性的东西了,对于这一段历史的研究,应该有一种与当代文学批评不同的历史的审美批评的科学方法。我认为,范培松著作既没有为追求新的体系去扭曲历史,又没有为现实的需要去涂抹历史,而是在历史现象里面进行综合归纳,得出一些尽量符合研究对象的结论来。读后,我觉得有一种厚重的历史感。

本书也有明显的不足。第一,关于散文观念问题,应该怎样做到散文观念的严格与灵活的统一。什么是散文,既要严格又要灵活,这是由散文本体决定的。第二,在作家的评论上,历史发展现象的客观性和写作主体的个性之间的调和问题。如过重地偏于五四时期,而减少其他两个时期的分量,就有一种失衡的感觉。第三,勇于引进一些新的批评方法是必要的。在选择审美的适度关系和选择审慎的尺度上,对散文研究和小说研究进行比较,还没有找到稳定的、得到人们共识的理论、方法和语汇。各种方法的引进,进行综合性的批评是范培松著作的一大特色。我把范培松的批评法概括为"综合性体验批评",即以历史的审美的批评为主干,吸收各种批评方法,再融会自己对于研究对象的感悟,推断出寓于创见的结论来。这种方法具有开放性和独特性,使这本著作具有一种多姿多彩、不拘一格的特色。但我又认为任何一种方法的引入应该以符合客观对象为原则，不然就可能失之偏颇，有时又过分牵强。

谢冕（北京大学中文系教授、博士生导师）：

一般治文学史、批评史的人，都希望把作家创作很无序、很混乱的状态秩序化。其实每个作家包括散文作家都不愿意把自己归在某个流派里面，归在某种风格里面。实际上也是这样的，有的作家有这种风格，同时也有另一种风格。我们做这种工作的人，包括范培松在内，就要给作家定位，从这个角度看范培松的《中国现代散文史》很有意义。我们是同行，我从同行的角度、从他的经验中能得到一些体会。写文学史包括诗歌史、散文史，你说容易也很容易，你说难也很难。我说容易就是说写一本没有自己见解的著作比较容易，按照作家排排类，进行归纳就行了。我认为难就难在一个角度，从哪个地方切入，怎么展开。像散文写到1949年，这么多作家、这么多年散文的变动，我们进行归纳分类就比较难。我看了范培松的书以后觉得他找到了一个突破点，进而展开了整个文学史的研究，这就是开头他说的"愤"。范培松用这个字对当时的散文主流现象进行了概括。这个字眼在别的地方怎么用，我觉得钱理群先生用的是忧患、反抗、奋击，范培松找到了"愤"，那是由于国家、社会的忧使得作家有了激愤的情感，有东西要发表，这就凝成了散文。我认为范培松找这个突破口就找对了，于是他成熟的框架和体系也就找到了。我想范培松对徐志摩、周作人这些人的评价是过去一些书里所没有提到的，范培松的写作给了我很大的启发，一些文学史家、批评家难就难在这里。当然，有个前提，要掌握丰富的资料，范培松做到了；对作家要有恰当的或者说是大体恰当的评论，他做到了；有个整体的观照，他也注意到了。这些就是对我的启发。

姜德明（散文作家）：

范培松敢于独立地表达自己的意见，比如对巴老的评价，范培松讲巴金散文个人风采少，或者说巴金散文最大的缺陷是太直露，至今我还没有看到这样直率评论巴金散文的。这些评论是不是每个读者都同意是另外一回事。我们应该尊重研究者，范培松有表达自己意见的权利。包括对刘半农，范培松讲他的功过也很鲜明，说他是正宗派的闲适散文代表，这还可以再研究。对刘半农的早期作品大家没有争论，他后期的作品鲁迅认为价值不大，我读后的印象并不完全是这样。对刘半农后期的散文及周作人的书斋散文，我觉得范培松著作的批判眼光太苛刻了一点。范培松对科学小品这种散文都可以容忍，可以承认，但对书斋小品采取了批判的态度。我个人看法，在论述这一点时还可以再全面一些。我对范培松著作欣赏的地方是很多的。因为范培松著作有独立看法必然会引起争论，存在一时我们还没有领会的、接受不了的，或者彼此还有商量余地的东西，这是一个正常的现象。只有如此，学术才能发展。

叶廷芳（中国社会科学院德语翻译家）：

范培松这个人全身焕发出一种童真，或者说孩子气。跟他交朋友，我是用不着设防的。范培松不会背叛我，也不会跟我说假话。而且我相信像这样的人写出来的著作不会有太多的假话。范培松的书是文如其人，像他本人一样充满童真、一样赤条条。范培松的这本著作带有他比较全面的眼光，对文学自身发展的规律有总体性的把握。在绪论里面，有两节范培松用了这样的语句，"近代报刊兴起中的散文躁动""中西文化交汇中的散文躁动"。这"躁动"两个字我觉得用得很好。因为散文的兴起是一个自然的规律，不是人为造成的。另外，我觉得范培松著作有一种生动性，它不是关于研究的研究，而是有自己的语言、自己的见解，读起来比较流畅，叙述语言本身有一种审美价值。还有这本书不是拿昨天来做模式、做标本，它是尊重现象的。

张抗抗（黑龙江省作家协会副主席、作家）：

经过新时期文学的发展，整个文学的观念已发生了非常大的变化。在这样的一种历史背景下面，我们对各种文学现象的认识都已经进入了一个新的阶段，我认为已具备了重写文学史特别是散文史的条件。但是第一个去做这种工作的人得有很大的勇气，我佩服范培松有这样的气魄，花了3年的工夫来重新解释半个世纪的散文面貌。范培松不服从于权威，也不服从于大众，他只服从于他自己对这段历史的认识。范培松把近50年的散文历史进行了整体上的系统化。范培松的年龄正好跨越了老前辈们和我们这批更年轻的作家，所以他有点像一架桥梁，把两代人从观念思想、审美趣味上整合了一遍。范培松达到了一种自然和谐的状态，把这二者沟通起来了。至少像我这个年龄段的作家，读了范培松的《中国现代散文史》后觉得非常亲切，而且感到其文字很生动。范培松的文笔、语言正如很多刚才发言的教授提到的那样，具有少有的书卷气，这也是这本散文史非常难得的一个地方。在文学观和范培松的语言表达方式、批评方式上有一种两代作家的共性，他将这种共性进行了非常和谐的连接。我是第一次读散文史，这让我觉得很欣慰。

蓝翎（文学评论家）：

范培松赠书予我，我没有读完。因为我的老领导正在编一部8卷本的散文著作，从鸦片战争一直写到1994年，他看到这本书就拿去做参考了，我只读到365页。我的第一个感想是，前几年学界曾发生过一次争论，关于重写文学史的问题。我认为，做文学研究应尽可能实在。在每一个历史阶段，每一个人都有重写文学史的权利，这个不容责难，或者说它根本不能作为一个问题来讨论，想凭一个人的文学史名垂千秋这是不可能的事。各领风骚数百年做不到，几十年很可能也做不到，几年还可以。一个研究文学史的人在一定的历史阶段能够达到他那个时候的思想高度，走在前列，他的历史任务就完成了。我有一个大致的印象，你可以不同意范培松的观点，但是他的书里面在治学思想上给自己设的界限很少，他有他的想法，他看了原始的资料，做出了自己的判断。范培松在思想上很少有所顾忌。从这一点上讲，再早儿年我们还做不到，因为有很多事情不是文学研究者所能说的。这样从整体上来看，范培松的这本《中国现代散文史》有他自己独立的框架，有他自己独立的见解，可贵就可贵在这里。如果说范培松引来了很多批评，我以为这恰恰是他的学术效应之一。我并不认为批评对学术研究只有坏的影响，相反，它也有好的方面。那种充满恶意的批评并不能叫批评。

孙荪（河南省社会科学院研究员）：

读了范培松的书，我有一个感觉，那就是这是一本令人羡慕的书。范培松花了3年的工夫写了这部具有体系性的、开创性的大书，确实是很不简单的。现在的文学史在新时期之前都是集体创作的成果，新时期之后个人著述的文学史，像这样大体系的书也是不多见的。现在由我们一位中年的同志自己独立写这样一部大书，这在中国无论是从教学，还是研究的角度来看都具有重大的意义。所以，在这一点上我自己是很羡慕的。我很认同刚才蓝翎老师讲的一个观点，即在这本书里可以看出范培松在治学上的态度、对历史的理解、对历史存在的合理性的判断。在这30年或者说半个世纪的散文发展史上出现的林林总总、形形色色或者说是多姿多彩、各式各样的创作类型、创作方式、创作成果，他是从可以理解的、存在的合理性方面来进行阐释的。当然，从总体上看，范培松这个态度首先是理解历史，找到历史存在的合理性的根基，这是他比我们过去的文学史著者表现得更宏大、更宽容的地方，同时他又很大胆地发表了自己独特的见解，这个大家已经举过很多的例子了，有一些可能会引起各种各样的争论。例如，有的人对谢冰莹的评价仅用一个"野"字来概括。这主要源自谢冰莹写的《从军日记》，从她的思维方式到她的题材、她的语言表达，用一个"野"字来概括是很大胆的。因为这种口语化的概括方式，它的意思在我看来是很解意、很形象的，但是它肯定容易引起歧义。在范培松对历史极大地理解和宽容的同时又敢于发表自己独到的、大胆的见解。这两种意见放在一块就使得这本书读起来很有味道了。

范希文（百花文艺出版社编审）：

我长期从事研究工作，我只能对范培松说一点抱歉的话。第一，这本书的出版，起初我介入过，我所在的出版社很遗憾没能出版这部《中国现代散文史》，所以我还得感谢江苏教育出版社。我是做编辑工作的，几年前我们做了一套百花散文书系，目前出版了50种。编这套书，我们查阅了很多现代散文资料，现在看到这部《中国现代散文史》，我的感受比较深，觉得它的材料是相当丰富的。第二，最令我感兴趣的是范培松用自己的观点对整个现代散文史加以归纳和梳理,而且梳理得比较清楚。第三,我这个人很喜欢非模式化的东西。我可能对一些评论家又不太恭敬,对一些写散文的评论家更不太恭敬,他们写的是一些模式化的东西,基本上是同一种模式,我不那么感兴趣。我感兴趣的是这部《中国现代散文史》没有陷入模式化的泥潭。读了范培松的书,我觉得很兴奋。

陈丹晨(文学评论家):

范培松的著作有它的分量,在对现代散文经过这么系统梳理之后,这是头一部比较科学的著作。这个工作做得怎么样是需要在座的专家来商议的。范培松在视角、文字叙述方面很有自己的特点。例如,范培松对五四散文的分流主要按艺术风格、艺术流派来分类。范培松给我们的印象是五四时期的面貌比较清楚,很有特点,也很有魅力,是比较成功的。前面谈散文的流变是散文体式的变化,对当时五四时期背景的认识很有力量,讲得很透彻。我在读这些章节的时候,是带着一种敬佩的心情,因为我自己也多多少少做这样一些工作。我觉得自己的工作做得就比较粗糙,而他做得很细致。这个细致是建立在范培松占有了大量材料的基础之上的,他几乎是把这一段历史时期的文学材料详尽地占有以后进行考察的,而不是那种现在我们批评界随意地说空话。范培松的治学态度很严谨,使人信服。当然我也有不太满足、不太同意的地方,有的地方是不是过分强调了,比如说五四时期散文出现的历史背景叙述是比较充分、比较有分量的,但散文文体本身的变化是不得不变的。这一部分我觉得恰恰在文体本身,而不是在社会大背景上,我个人看了以后不太满足,因为中国散文与外国散文一样都有古代与现代的区别。中国的文言文到了明清以后书面语与口语几乎是两回事。日常生活的应用文是一回事,文言文又是另一回事。从文学散文来说更多的是致力感情的叙述。文言文在这个阶段要表达情感会碰到许多障碍,这里值得我们探讨。

王绯(《文学评论》编辑):

苏州大学在散文史的研究、史学建设上的竭力争取权威地位的精神很让我十分感动。我在中国社会科学院时,院里经常讲我们要做什么什么史的研究,但是大家在具体做的时候总是说做得很不好。可是，刚才听到范培松讲还要再做批评史，范伯群也谈到了。我觉得这种精神很令人感动。我来得匆忙没认真细读，但我把目录认真地看了一遍。我有个习惯，一是要看前面，二是要看后面，所以我很认真地看了一下目录。前面几年批评界在谈重写文学史，待有了新的批评方法之后，我觉得可以从各种角度来写，如可以从心理学的角度、结构主义的角度、女权主义的角度进行分析，而不一定要按照时间进行分期。作为一个现代人，对于这种史学研究的挑战，尽管我们实际上还没做到，或者有些人正在尝试，但是这毕竟是对过去研究的一种突破。我觉得重写文学史是很有价值的，而范培松的这部书有重写的意识。

（吴福刚、周愉根据会议记录整理，有删改）

附录二 范培松主要学术成果及荣誉一览

一、专著

1. 《写作教程》（副主编），华东师范大学出版社1982年版。

2. 《写作艺术示例》（副主编），华东师范大学出版社1983年版。

3. 《文学写作教程》（主编），华东师范大学出版社1984年版。

4. 《散文天地》，花城出版社1984年版。

5. 《报告文学随谈》（与晓林、阿明合著），花城出版社1984年版。

6. 《散文写作教程》，语文出版社1985年版。

7. 《悬念的技巧》，花城出版社1988年版。

8. 《报告文学春秋》，吉林文史出版社1989年版。

9. 《散文的春天》（主编），贵州人民出版社1989年版。

10. 《师陀散文选集》，百花文艺出版社1992年版。

11. 《贾平凹散文选集》，百花文艺出版社1992年版。

12. 《散文瞭望角》，（台湾）业强出版社1992年版。

13. 《中国现代散文史》，江苏教育出版社1993年版。

14. 《中外典故引用辞典》（主编），江苏教育出版社1993年版。

15. 《1919—1949旧体诗文集叙录》（与王晋光、涂小马共同编著），江苏教育出版社1998年版。

16. 《中国文学通典——散文通典》（主编），解放军文艺出版社1999年版。

17. 《中国散文批评史》，江苏教育出版社2000年版。

18. 《插图本苏州文学通史》（与金学智共同主编），江苏教育出版社2004年版。

19. 《重塑自我灵魂的狂欢——范培松散文论集》，江苏人民出

版社 2005 年版。

20. 《中国散文史》，江苏教育出版社 2008 年版。

21. 《范培松文集》（全 8 卷），江苏教育出版社 2012 年版。

22. 《散文脉络的玄机》，广东人民出版社 2016 年版。

二、论文

1. 《也谈悲剧成因》，《光明日报》1979 年 3 月 16 日。

2. 《文艺，政治，生活》，《解放日报》1979 年 6 月 12 日。

3. 《略论悲剧的典型意义》，《宝鸡师范学院学报》1979 年第 2 期。

4. 《为雷焕觉昭雪——重评〈燎原〉中的雷焕觉形象》，《苏州大学学报（哲学社会科学版）》1980 年第 3 期。

5. 《论陆文夫近作对市侩主义的批判》，《江海学刊》1984 年第 3 期。

6. 《报告文学发展的一个趋势》，《写作》1981 年第 2 期。

7. 《论报告文学的想象》，《苏州大学学报（哲学社会科学版）》1981 年第 4 期。

8. 《不要轻贬昭君怨——对〈王昭君〉的评论的评论》（与徐采石合作），《江苏戏剧》1981 年第 9 期。

9. 《"花街"上的"留恋果"——读薛尔康的散文》，《文艺报》1987 年第 4 期。

10. 《散文，是喷出来的》，《散文》1983 年第 1 期。

11. 《切莫作假》，《雨花》1983 年第 5 期。

12. 《散文中山水的诗意美》，《苏州大学学报（哲学社会科学版）》1983 年第 3 期。

13. 《论陆文夫小说的艺术蜕变》，《苏州大学学报（哲学社会科学版）》1984 年第 3 期。

14. 《论散文的和谐美》，《齐鲁学刊》1985 年第 1 期。

15. 《论新时期的报告文学》，《江海学刊（文史哲版）》1985 年第 2 期。

16. 《叶圣陶散文艺术论》，《苏州大学学报（哲学社会科学版）》1985 年第 4 期。

17.《艾煊散文艺术论》,《江海学刊（文史哲版）》1986年第2期。

18.《解放散文》,《文学评论》1986年第4期。

19.《"净化"的散文和散文的"净化"》,《散文世界》1986年第2期。

20.《报告文学人物塑造漫论》,《徐州师范学院学报（哲学社会科学版）》1987年第1期。

21.《江南散文一"叶"：苏叶散文概观》,《散文世界》1987年第9期。

22.《反差，动真格，乱步》,《散文世界》1987年第12期。

23.《报告文学的昨天、今天和明天——报告文学发展轮廓的描述》,《苏州大学学报（哲学社会科学版）》1987年第2期。

24.《新时期游记功过得失谈》,《苏州大学学报（哲学社会科学版）》1988年第3期。

25.《闯进散文园地的不速客》,《文汇报》（香港版）1990年8月21日。

26.《论郁达夫前期的性爱散文》,《苏州大学学报（哲学社会科学版）》1991年第1期。

27.《"艾苏州"——台湾女散文家艾雯散文印象》,《瞭望》1991年第14期。

28.《"西风"卷来的绅士散文：论徐志摩的唯美散文》,《上海文论》1991年第3期。

29.《孤独者的灵魂告白》,《文汇报》（香港版）1992年5月3日。

30.《师陀散文论》,《苏州大学学报（哲学社会科学版）》1992年第2期。

31.《史家严谨风范的楷模——读胡适的〈四十自述〉》,《大公报》（香港版）1993年6月3日。

32.《幽囚牢狱的内心独白——读瞿秋白的〈多余的话〉》,《大公报》（香港版）1993年7月18日。

33.《描写"魔性"生命力的圣手——沈从文》,《社会科学研究》1994年第1期。

34. 《论三十年代散文的"返祖"现象》,《中国现代文学研究丛刊》1994 年第 2 期。

35. 《香港学者散文鸟瞰及评论》,《苏州大学学报（哲学社会科学版）》1995 年第 2 期。

36. 《京派散文的再度辉煌——论汪曾祺的散文》,《钟山》1994 年第 6 期。

37. 《论京派散文》,《文学评论》1995 年第 3 期。

38. 《梁实秋〈雅舍小品〉的概括艺术》,《国文天地》1995 年第 3 期。

39. 《思果散文的两大天地》,《现代中文文学评论》（香港版）1996 年第 5 期。

40. 《世纪之交：散文还能热多久》,《广州文艺》1998 年第 4 期。

41. 《论中国 80 年代的"饥饿文学"》,《中国现代文学理论》（台湾版）1999 年第 14 期。

42. 《把散文"当作我的遗嘱写"（发言提纲）——巴金散文理论批评的述评》,《评论》2002 年第 1 期。

43. 《论建国后的政治化散文批评》,《苏州大学学报（哲学社会科学版）》2000 年第 2 期。

44. 《澳门女散文家述评》,《世界华文文学论坛》2001 年第 1 期。

45. 《论郁达夫的散文"心体说"》,《江苏社会科学》2001 年第 1 期。

46. 《女散文家难裸心》,《青春》2001 年第 9 期。

47. 《台湾散文变革的智者和勇者——评余光中散文理论批评》,《海南师范学院学报（社会科学版）》2001 年第 5 期。

48. 《论散文的复活与辉煌——世纪末散文回忆》,《常熟高专学报》2002 年第 1 期。

49. 《湮没的辉煌，历史的激情》,《评论》2002 年上卷。

50. 《论九十年代报告文学的批判退位》,《当代作家评论》2002 年第 2 期。

51. 《京派与海派散文批评比较论》,《文学评论》2002 年第

4期。

52.《我看九十年代散文的兴盛》,《评论》2002年下卷。

53.《20世纪中国散文批评概观》,《厦门大学学报(哲学社会科学版)》2003年第1期。

54.《评喻大翔〈用生命拥抱文化〉——中华20世纪学者散文的文化精神》(与蔡丽合作),《文学评论》2003年第5期。

55.《雕塑的政治灵魂的塑像——论对于鲁迅的政治化散文理论批评》,《长江学术》2003年第4期。

56.《论二十世纪九十年代学者散文的体式革命》,《江苏社会科学》2004年第1期。

57.《西部散文:世纪末最后一个散文流派》,《中国文学研究》2004年第2期。

58.《西部散文四人志》,《江海学刊》2004年第4期。

59.《报告文学理论的终结和拓展》,《甘肃社会科学》2004年第6期。

60.《报告文学:拒绝"低俗化"》,《甘肃社会科学》2005年第1期。

61.《散文理论批评发展畅想》,《学术研究》2005年第2期。

62.《论"后工农兵"代言人时代的散文的精神特征》,《当代作家评论》2005年第6期。

63.《关于二十世纪中国散文史几个问题的思考》,《当代作家评论》2006年第4期。

64.《散文,"自我"的一种艺术阐释》,《文艺争鸣》2006年第2期。

65.《一个人的文学史如何可能》,《当代作家评论》2009年第4期。

66.《宏大叙事与报告文学的边缘的边缘》(与程桂婷合作),《福建论坛(人文社会科学版)》2010年第1期。

67.《从当代散文的嬗变论"以文化自我为中心"的确立的艰难——以巴金、贾平凹和余秋雨为例》,《江汉论坛》2010年第1期。

68.《把激情献给了诗歌,把唠叨留给了散文》,《文学报》2010年4月8日。

69.《钱锺书、杨绛散文比较论》（与张颖合作），《文学评论》2010 年第 5 期。

70.《当今散文的审美及评估》，《文学报》2011 年 8 月 11 日。

71.《论散文的三重境界》（与张颖合作），《江苏社会科学》2012 年第 1 期。

72.《文化人性：散文的变革及可能》，《当代作家评论》2012 年第 2 期。

73.《论"桐城谬种"之说的谬误和谬传》（与何亦聪合作），《中国现代文学研究丛刊》2015 年第 10 期。

74.《林语堂》，《钟山》2020 年 1 期。

75.《朱自清》，《钟山》2020 年 2 期。

76.《沈从文》，《钟山》2020 年 3 期。

77.《丰子恺》，《钟山》2020 年 4 期。

78.《陆文夫》，《钟山》2020 年 5 期。

79.《汪曾祺》，《钟山》2020 年 6 期。

80.《史铁生》，《钟山》2022 年 1 期。

三、项目

1.《中国现代散文史》，系 1987 年国家教委社会科学青年科研基金项目。

2.《中国散文理论批评史》，系 1995 年国家社会科学基金资助项目。

3.《插图本苏州文学通史》，系 2001 年教育部人文社会科学研究"十五"规划项目。

4.《插图本苏州文学通史》，系 2001 年苏州市委宣传部资助项目。

5.《中国散文史》，系 2001 年苏州大学精品教材编写项目。

6.《插图本苏州文学通史》，系 2003 年江苏省哲学社会科学重点资助项目。

7.《苏州作家研究》系列，系 2007 年苏州市委宣传部资助项目。

四、获奖情况

1. 1985年,《散文天地》获江苏省哲学社会科学优秀成果三等奖。

2. 1988年,《散文写作教程》获苏州市哲学社会科学优秀成果二等奖。

3. 1990年,《悬念的技巧》获江苏文学优秀成果三等奖。

4. 1990年,《写作教程》获中国写作学会优秀成果一等奖。

5. 1992年,《师陀散文选集》获首届国家图书奖。

6. 1993年,享受国务院政府特殊津贴。

7. 1994年,《中国现代散文史》获江苏省哲学社会科学优秀成果三等奖。

8. 1999年,《中国文学通典——散文通典》获第三届国家辞书奖二等奖。

9. 2001年,《中国散文批评史》获1999—2000年度江苏省哲学社会科学优秀成果二等奖。

10. 2003年,《论九十年代报告文学的批判退位》获2002年度江苏省哲学社会科学优秀成果三等奖。

11. 2003年,《论九十年代报告文学的批判退位》获2001—2002年度苏州作家协会文学评论奖。

12. 2003年,《京派与海派散文批评比较论》获2002年度苏州作家协会文学评论奖。

13. 2004年,被评为江苏省优秀哲学社会科学工作者。

14. 2005年,《插图本苏州文学通史》获2003—2004年度江苏省第九届哲学社会科学优秀成果二等奖。

15. 2008年,被评为苏州市首届优秀哲学社会科学专家。

16. 2015年,《论散文的三重境界》(与张颖合作)获江苏省第五届紫金山文学奖。

编 后 记

张 颖

　　弹指之间，距离笔者最初踏入师门已过去了近 17 年。这段岁月伴随着笔者生活中的许多变化与曲折。在自我成长的部分，笔者从散文阅读、散文研究中获益良多。因此，2022 年年初，笔者很荣幸地接下了编写这本文集的任务。笔者的导师范培松先生是国内治散文史的大家，他走上学术道路迄今已近 60 年，成就卓然，这是学术界有目共睹的事情。可以说，"范培松"已成为研究 20 世纪散文史绕不过去的一个"关键词"。考虑到这一点，笔者认为很有必要将有关的评论、资料加以梳理，辑成一册，并刊布于世。相信透过其中观点的交汇与碰撞，呈现出的不仅是范培松先生个人的治学理念与风格，还可以还原相当长一个时期散文研究的现场，从而能够为广大的散文爱好者及散文研究者带去一定的思考与启发。

　　这本文集中的文章大致分为这样几类：关于范培松先生作为散文史家的成就的评论；对他的散文集《从姑苏到台北》《南溪水》的评论；围绕《插图本苏州文学通史》一书的报道与评论；另有一类较特殊的，所记述的是有关范培松先生其人的印象式随笔，所谓"知人论文"，由其人言谈、笑貌与态度，无疑可以更好地理解他的学术追求。由此，这本文集中的文章被分列为"众家论史""灵气飞舞""文系姑苏""磊落底牌"四辑。由于文集中摘录的文章多已发表，且年代已久，笔者为尽量保留作品的原貌，其中引用的部分就未做注释说明。

　　需要说明的是，该书是研究文集，范培松先生又是治散文史的大家，在篇幅上，有关他的《中国现代散文史》《中国散文史》《中国散文批评史》的研究最多，其余各辑虽说并非专论他作为散文史家的成就，但也并非全无关系。就拿"灵气飞舞"一辑来说，这部分涉及对范培松先生《从姑苏到台北》《南溪水》两部散文集的评价。这些评价可以帮助我们更好地认识范培松先生散文的源头与根本究竟是什么。此外，范培松先生近些年在《钟山》连载的"文学小史记"系列评论，亦史亦文，既是一类个人化的文学史叙事，也是一些颇具思想性与艺术性的美文，考虑其中独特的述史观念与史料价值，与之有关的评论被归入了"众家论史"一辑。

该文集收录的论文、评论绝大多数都曾在各类报纸、期刊上发表过，为了保持全书体例的一致，在文中脚注、格式体例等方面做了统一调整，也一并在此说明。

这本文集中的作者既有前辈名家，又有熟悉的老师与同门。阅读这些文字使笔者从浮躁日常中得以抽离、沉淀。笔者既要感谢这些作者予以的共鸣与启发，又要感谢《钟山》杂志主编贾梦玮先生于百忙中抽空为本书作序，他的序言为本书增色不少。

彩页部分选用了不少范培松先生的照片，这些照片有些曾被《范培松文集》采用过，这次筛选了其中特别有意义的一批。笔者在整理这些照片的过程中，有一种强烈的感想：这里面不仅有范培松先生的个人生活、走过的治学道路、结交的知己好友……从一个更为宏观的视角来看，照片也记录了特定时期文学与文化交流的某个侧面、某种气氛，它们也是历史在言说。

笔者常年在苏州亲炙范培松先生的教诲，回想起来，有许多珍贵的记忆片段，这些片段加深了笔者对范培松先生全部著述的理解。而通过编辑这些文字，笔者得以对范培松先生为学为人的多个方面有更清晰完整的认识，并感到自己需要更加专注、努力，以对得起长期以来领受的这份幸运；在编写此书的过程中，笔者读到了范培松先生在《钟山》杂志上发表的《史铁生》《路遥论》两篇文章，这两篇文章实际上仍是"文学小史记"系列的延续。范培松先生已入耄耋之年，但他的文字没有丝毫思维衰退的迹象，表达依然犀利、深刻而饱满。笔者感到范培松先生倾心所写的"文学小史记"系列是对艺术的纯粹礼赞，因为追求艺术的纯粹是他毕生的理想。范培松先生或许感到

编后记

现实中的纯粹难觅，但艺术的纯粹赋予他创作的激情。凡写作者都能够了解，思维的过程也时常伴有情感与体能的消耗。记得范培松先生曾说过，他在长时间伏案写作后，心脏常感不适。在写作《南溪水》时，范培松先生曾因回忆纷涌，以至于恸哭。这让笔者感到，范培松先生的研究与他这个人的确是高度合一的，散文几乎是他的使命。熟悉范培松先生的人，也一定熟悉这种纯粹，在文科学术论文日益"机械复制"的时代，这样的纯粹已经不多见了。在世事纷扰的狂澜中，纯粹本身就是"定海神针"。

2022 年 4 月 22 日